땅콩집 이야기 7080

지은이 **강성률**

작가 강성률 교수는 전남 영광에서 출생하였으며, 전남대학교 철학과 및 동 대학원을 졸업하고 전북대학교 대학원 철학과에서 철학박사학위를 받았다. 한국교총 교원복지향상 위원장, 한국산업인력공단 비상임이사 및 옴부즈맨 대표를 역임하였고, 현재 통일부 통일교육위원, 민주평화통일자문회의 중앙상임위원 등의 사회활동을 겸하고 있다. 대통령상과 교육과학기술부장관상, 풍향학술상 등을 수상하였으며, 저서로는 1996년 인문과학분야 베스트셀러에 올랐던『2500년간의 고독과 자유』, 2009년 문화체육관광부 우수도서로 선정된『청소년을 위한 동양철학사』, 2010년 한국 간행물윤리위원회가 '청소년을 위한 좋은 책'으로 선정한『철학 스캔들』, 2014년 한국연구재단 우수도서에 선정된『이야기 동양철학사』등 14권의 철학도서와 최초의 자서전적 성장소설로서 인터넷 소설 <인터파크 도서>에 연재되었던『땅콩집 이야기』(2014)가 있다. 전남문학신인상, 국제문예 문학신인상, 미주한국 기독문학 신인상 등을 수상하며 소설가로 등단하였고(한국문인협회 회원), 한국장로신문 및 영광신문에 '강성률 교수의 철학이야기'를 연재 중에 있다.

땅콩집이야기

© 강성률, 2015

1판 1쇄 발행_2015년 09월 15일
1판 2쇄 발행_2015년 10월 15일

지은이_강성률
펴낸이_양정섭
펴낸곳_작가와비평
    등록_제2010-000013호
    블로그_http://wekorea.tistory.com
    이메일_mykorea01@naver.com

공급처_(주)글로벌콘텐츠출판그룹
    대표_홍정표
    편집_김현열 송은주 **디자인**_김미미 **기획·마케팅**_노경민 **경영지원**_안선영
    주소_서울특별시 강동구 천중로 196 정일빌딩 401호
    전화_02-488-3280 **팩스**_02-488-3281
    홈페이지_http://www.gcbook.co.kr

값 15,000원
ISBN 979-11-5592-160-9 03810

땅콩집 이야기

7080

작가와비평

이 책은 2014년에 출판되어 나온 『땅콩집 이야기』의 제2권에 해당합니다. 저의 자전적 성장소설에 해당하는 『땅콩집 이야기』는 전남 서해안의 농촌 마을에서 베이비부머 세대로 태어난 주인공 이태민이 여러 차례의 중학교 입학시험 낙방, 고교입시 실패 등에서 받은 마음의 상처를 어떻게 치유하며 버티어 왔는지, 그 내밀한 심리를 파헤치고자 하였습니다.

그 후속작인 『땅콩집 이야기 7080』은 1970년대 중반 주인공 이태민의 대학생활로부터 출발합니다. 그는 청바지와 생맥주, 통기타로 상징되는 청년문화를 즐기면서, 나름대로 낭만을 구가합니다. 하지만 캠퍼스 내에서 성폭행이 자행되는 현실을 목도하고, 서슬 퍼런 유신정권 통치의 어두운 면과 도리어 그 독재의 단맛을 추종하는 군상(群像)들을 동시에 발견하게 되지요.

최전방 비무장지대에 수색소대장으로 발령 받은 주인공은 백마고지 정상에서 월북한 대대장의 스토리, 월남한 북한군 장교

이야기를 들으면서 남북분단의 현실을 뼈저리게 체험합니다. 수색과 매복을 병행하는 동안, 10·26과 12·12사태, 5·18 광주민주화운동, 서울의 봄, 전두환의 집권 등 대한민국의 굴곡진 현대사와 맞닥뜨린 주인공은 군복을 입고 있는 동안 결혼과 딸 출생, 부친의 군(郡)농업협동조합장 사퇴 등의 사건들을 겪습니다. 전역한 후에는 대학원에 진학하여 배고프고 서러운 시간강사와 '교수의 졸개' 조교의 직책을 감당하고요. 그 와중에 두 여동생의 사망, 어린 딸의 죽음, 부친의 정치적 몰락 등을 겪고 난 후, 국립대학 교수 임용을 받습니다.

오늘날의 7080세대, 지금의 5, 60대 한국 남성들은 지독하게 가난한 어린 시절을 보냈고, 새마을운동, 경부고속도로와 포항제철로 대표되는 경제개발을 목도하며 성장하였습니다. 또한 서울의 봄과 5·18, 6·10항쟁으로 상징되는 민주화 시대를 통과해왔고요. 이 동안 역사의 죄인으로 남지 않기 위해 어떻게 살아야 하는가에 대한 고민도 많이 하였고, 따라서 본 작품은 바로 그 방황의 흔적들을 기록하기 위해 기획되었다고 말할 수도 있습니다.

이 작품의 특이한 점은 어느 한쪽에 치우치지 않는 중립성과 객관성이라고 말할 수 있습니다. 독일파견 광부와 월남전에서의 고엽제 피해, 육영수여사 저격사건과 실미도 사건, 홍수환의 4전 5기와 박치기 왕 김일, 야당의 '사꾸라' 논쟁과 김대중 납치 및 대형트럭 충돌사건, 10·26과 5·18, 이철희 장영자 사건과 율산그룹 도산, 국제그룹 공중분해, KAL기 피격과 아웅산 테러, 독립

기념관 화재, 평화의 댐 건설 등 1970년대와 1980년대에 걸쳐 이 땅에 일어났던 주요 사건들을 조명함에 있어서, 이념이나 지역, 세대 간의 편견에 사로잡히지 않고 가급적 균형 잡힌 시각으로 바라보고자 하였습니다. 문학이란 어느 한쪽의 진영논리를 전파하는 것이 아니고, 서로의 공감대 속에서 서로의 상처를 치료해 주는 것이라 믿기 때문입니다.

제목과 관련하여, 땅콩집은 '땅콩껍질 안에 두 알의 땅콩이 들어있는 것처럼, 한 필지에 지어진 두 채의 쌍둥이 집'을 의미하는 것은 아닙니다. 주인공의 고향 무라리 일대에서 땅콩을 재배하고 수확하기 위해 만주사람들이 지어놓은, 넓은 뜰 한 가운데의 가옥을 가리키지요. 폭력과 불륜, 간음, 살인으로 점철된 이 집과 주변의 밭을 주인공의 부친이 인수하고, 그 터에 번듯한 한식 기와집을 지었습니다. 하지만 낙성식을 올린 지 채 2년이 되지 않은 때, 온갖 종류의 비극이 발생합니다.

내년 출판을 목표로 집필중인 『땅콩집 이야기 3』은 '땅콩집' 시리즈의 완결판에 해당합니다. 주인공 이태민이 대학교수로서 누리게 되는 많은 혜택들과 함께 한국대학의 자화상을 파헤쳐보고, 88올림픽과 광주 청문회, 정주영 회장의 대선 출마, DJ 김대중의 정계은퇴, 김영삼 대통령의 금융실명제 실시와 하나회 해체, 지존파 사건 등 역시 전 국민적인 관심을 모았던 사건들을 조명해 보고자 합니다. 동시에 주인공의 삶과 관련하여서는 서경원 의원 월북사건과 영광함평 국회의원 보궐선거, 부친의 도의원 낙천, 교육위원 낙선, 양어장 실패, IMF가 몰아온 부도사태 및 극복과정 등이 담담하게 그려집니다.

『땅콩집 이야기』와 마찬가지로, 본서『땅콩집 이야기 2(7080)』 역시 인터넷소설 〈인터파크 도서〉에 연재되었고, 많은 독자분들께서 뜨거운 관심을 보이며 많은 조회 수가 기록되었습니다. 이점, 참으로 감사하게 생각합니다. 숨 가쁘게 진행된 한국의 현대사와 한 개인의 처절한 비극을 다층적으로 묘사하고자 했던 작가의 의도가 적중했다면, 한 권의 인문학 도서로서 손색이 없는 작품이라 감히 말씀드리고 싶습니다. 아무쪼록 기성세대에게는 과거의 아름다운 추억을 통해 스스로의 정당성과 정체성을 확인하고, 자라나는 세대는 오늘날 '세계 속의 한국'을 일구어 낸 부모 세대의 애환과 위대성 앞에서 새로운 도약을 꿈꾸는 계기가 되기를 소망해 봅니다.

『땅콩집 이야기』에 이어 시리즈로 출판을 감행해 주신 양정섭 사장님께 깊이 감사드리며, 아울러 이 작업에 열성적으로 참여해 주신 〈작가와비평〉 관계자 여러분들에게도 마음에서 우러나오는 진정한 감사와 사랑의 말씀을 전해드립니다.

2015년
지은이 강성률

차

례

이태민: 주인공이자 화자(話者)로서, 베이비부머 세대. 70년대 중반 유신체제와 '세시봉'으로 상징되는 청년 문화 속에서 대학생 시절을 보냄. 비무장지대에 수색소대장으로 배치되어 10·26과 12·12, 5·18을 경험했고, 80년대 5공화국 시절에 대학원생, 시간강사, 조교를 거쳐 국립대학 교수로 임용되기까지 그야말로 요동치는 대한민국 현대사와 비극적인 개인의 삶을 온몸으로 증언.

김진선: 고3 여학생 시절에 만난 태민과 여러 차례의 파국 위기를 넘긴 끝에 결혼에 골인. 고교 졸업 후 잠깐 은행에 근무한 적도 있으나, 1남 1녀를 낳은 후로는 가사에 전념.

이씨(이신만 씨): 태민의 부친. 대학 졸업 후 고향 발전을 위해 수많은 활동들을 전개. 민주공화당 영광장성 함평자구당 수석부위원장을 거쳐 군(郡) 농업협동조합장직에까지 오름. 그러나 6·25 동란기에 병역을 기피했다는 등의 이유로 모함을 받아 연임 중에 중도 사퇴함. 청렴결백하다는 찬사와 고집이 세고 독선적이라는 비판을 동시에 받음.

김씨: 태민의 모친. 120여 호의 농촌 마을에서 가게를 운영함과 동시에 넓은 전답(田畓)을 관리함으로써 6남매의 양육과 남편의 뒷바라지를 훌륭하게 해 냄. 신중이 지나쳐 매사를 비관적으로 보는 편이며, 점과 미신을 잘 믿는 경향이 있음.

종복: 태민의 대학 친구. 한 여학생을 죽도록 사랑한, 짝사랑의 표본.

리나: 태민과 한 반에 소속된 여대생. 명문여고 출신에 실력과 미모, 지성을 겸비한 여성.

미술과 여학생: 윤기가 흐르는 검은 머리칼을 엉덩이까지 늘어뜨리고 옆구리에 이젤을 끼고 다녔던, 서구 미인형의 여학생.

천 소령: 백마고지 산허리에서 태민이 만났던 부(副) 대대장. 월북한 소령과 3군 사관학교 동기동창.

진 소위: 월남(越南)한 북한군 장교를 맞이했던, 비무장지대 안 최전방 초소(GP)의 소대장.

명재남: 이씨와 중학교 동기동창생으로서 태민의 석사과정 지도 교수.

문정민: 태민이 명재남 교수를 통하여 알게 된 목양대학 교수. 단순하고 순수하긴 하나 5공화국 정권에 대해서는 매우 비판적인 성향을 보임.

신 과장: 목양대학의 초대 교무처장. S대 출신임을 매우 자랑스럽게 여기면서 카리스마적 권위로 학과 교수들을 지배하려 드는 만년 학과장.

심영진: 태민의 초등학교 5학년 담임교사. 결혼식 때 주례를 서 줄 정도로 정신적 지주 역할을 톡톡히 담당함.

김철중: 목양대학의 교수. 농부를 연상케 하는 외모의 소유자. 조교인 태민을 허심탄회하게 대해 주긴 했으되, 술을 지나치게 좋아함.

방극원: 목양대학 교수. K대 출신으로서 태민에 대해서는 오락가락하는 태도를 보임.

박주동: 태민의 박사과정 지도 교수.

캠퍼스의 낭만

"쨍그랑!"

"오메이 씨벌...."

막걸리를 담은 맥주병이 산산조각이 나는 순간, 실내는 아수라장으로 변했다. 체육교육과와 벌인 배구시합에서 문학부가 승리하는 이변이 일어났고, 승리감에 도취된 일행은 스쿨버스를 타고 충장로로 진출했다. 양손에 깨어진 맥주병 목을 부여잡은 채 사자후를 토해 내는 정수 쪽으로 모든 시선이 쏠렸다. 막 시판된 쌀 막걸리를 선보이던 학사 주점 안은 일순간, 정적이 흘렀다.

"느그같이 썩어 빠진 놈들 땜에, 이 나라가 이 모양 이 꼴인 것이여어. 이 비겁헌 놈들아!"

“······”

“유신을 추진헌 놈들은 장기 집권헐라고 저 추접을 떠는디, 느
그 놈들은 소위 지성인이라고 자부험시로 상아탑에서 낭만이나
구가헌다 어쩐다 지랄허고. 가시네들 궁뎅이나 쳐다봄시로, 침
이나 젤젤 흘리고...”

세칭 일류고등학교를 졸업했다는 자부심으로 똘똘 뭉쳐있는
듯한 그는 평소에도 정부에 대한 비판을 안주감으로 삼곤 했었다.

“아따! 카마이 듣고 있을 란 게, 영판 껄쩍지근허구만 이. 은제
우리가 가시네들 궁뎅이나 쳐다보고 댕갰어? 너, 말이 쪼까 심헌
것 아니냐?”

브레이크를 걸고 나선 쪽은 그와 고흥중학교 동창생인 채근.

“심허기는 뭇이 심해야? 이 새끼야!”

“움마! 이 새끼가 차말로 꼭지가 돌아 버렸다냐, 어쨌다냐?”

“이런 개 같은 세상에서, 꼭지가 안 도는 놈들이 이상헌 거여.
임마!”

이 대목쯤에서 태민 역시 한 마디 해야겠다는 생각이 들었다.

“야! 정수야. 나도 우리나라가 바뀌어야 한다는 것은 알고 있
는데, 그래도 시방 우리한테 무슨 힘이 있냐? 계란으로 바위 쳐
봐야 계란만 깨지지 않겠냐고?”

“그래도 안 치는 것 보당은 낫지야. 묻어서 더러와지기라도 헐
것 아니냐?”

“그래서 달라질 것이 뭔데?”

며칠 전. 황금동의 한 여관에서 창녀를 불렀었다. 화대 3만원을 선불로 건네며, '부모형제가 기다리는 집으로 돌아가라'며 간절히 호소했었다. 하지만 상대는 껌을 짝짝 씹으며 콧방귀를 꾸었다.

"달라지건 말건, 우리는 우리의 할 바를 다 해야 헌다 이 말이여. 시방."

"니 말도 틀린 소리는 아닌데, 이 세상은 각자 소신대로 사는 거여. 거지도 제 멋에 깡통을 오른쪽에 찼다가 왼쪽에 찼다가 헌다지 않냐? 대학의 본질은 자유라고."

"엊그저께 상진이 성은 왜 죽었디야? 너같이 비겁헌 놈들 땜에...."

이른바 김상진 할복사건. 서울대 농대생이었던 김상진은 대통령에게 드리는 공개장을 쓰고 할복자살했다. 그리고 이는 명동 민주구국선언의 도화선이 되었다. 거리에 나와 맑은 공기를 쐬었음에도, 씁쓰레한 기분은 쉽사리 가시지 않았다. 통금시간이 가까워진 탓인지, 인적은 뜸했다.

"모두들 잠들은 고요한 이 밤에
어이해 나 홀로 잠 못 이루나

넘기는 책 속에 수많은 글들이
어이해 한자도 보이질 않나

그건 너 그건 너 바로 너, 너 때문이야

그건 너 그건 너 바로 너, 너 때문이야"

어깨동무를 한 채 길의 한복판을 점령하여 고래고래 소리를 지르던 다섯 악당들은 호근의 지시에 따라 일렬로 늘어섰다.

"지금부터 오줌 일발 장전!"

"장전!!!"

"발사!"

"발사!!!"

시원스레 물줄기가 터졌다. 지나가던 여자들이 비명을 지르며, 전봇대 뒤로 숨는다.

"아이고! 염병헐 년들. 내숭 떨기는. 손구락 사이로 볼 것은 다 봄시로. 볼라먼 다 봐라. 본다고 닳아지는 것도 아닌디."

올 3월. 월남이 패망하면서부터 정부는 안보를 '빙자'하여, 정국을 공포의 분위기로 몰아갔다. 미국과 우방의 전폭적인 지원에도 불구하고 월남이 망한 것은 군사력이 아니라, '내부의 적' 때문이라며 호들갑을 떨었다. 유신헌법을 반포한 지 3년째 되는 해. 집권당은 정권말기적인 이상 징후를 보이며, 국민들을 볼모로 자신의 집권을 영속화하기 위해 온갖 '음모'를 획책하고 있었다. 거기에는 "유언비어의 날조, 유포 금지, 집회 시위 또는 기타 통신에 의해 헌법을 부정하거나 폐지를 청원하는 행위를 금지"

하는, 이른바 긴급조치 제9호 선포도 들어있었다.

그러나 태민의 경우, '박정희 대통령을 존경하는' 아버지 이씨의 입장에 전적으로 동조하는 편이었다. 더구나 지금은 이씨가 공화당 국회의원 박인규의 도움을 받아, 군기관장에 취임한 지 얼마 되지 않은 때였다. 입학한 지 한 달여가 지난 어느 날. 늘 그렇듯, 이씨는 사전예고 없이 자취집 대문을 들어서고 있었다. 집 앞에는 검정 승용차 한 대가 서 있었고, '기사'라고 하는 키 큰 남자는 태민을 향해 활짝 웃어 보였다.

"내가 그야말로 수 년 동안 박 의원한테 충성을 다했지 않냐? 그런디 이참에도 다른 사람을 천거허는 거여. 그래서 내가 따졌제. 난생 처음이자 마지막으로 '항명'을 헌 폭이지야."

"항명이요?"

"이참에는 양보 못 허겄다고 배수진을 치고 달라든 게, 본인도 어쩔 수가 읎제에."

대학 졸업 후 고향 무라리에서 농민운동을 시작하였고, 백수 농협 무라리 지소를 만들어 초대소장을 지냈다. 40대 초반에 민주공화당 영광 장성 함평지구당 수석부위원장이 되었고, 수 년 동안 국회의원 선거 일을 돕다가 이번에 기회를 포착한 것. 부하 직원 200명의 인사권을 거머쥐고 열두 명의 면(面) 단위 조합장들을 임명할 수 있는 자리, 권한만 있고 책임은 아랫사람(전무)이 지는 자리, 기사 딸린 고급 승용차가 제공되고 한 달 판공비로 국립대학 등록금의 다섯 배가 넘는 액수가 지급되는 자리였다.

더욱이 이씨에게는 전국 최연소 군농협장이라는 타이틀까지 따라붙었다니.

'아! 이제부터 우리 집 운이 트이려나 보다. 경제도 좋아지고...'

몇 년 전에는 평산 마을[1] 앞 솔밭을 개간하여 대대적인 땅콩단지를 조성하였는데, 이것이 정부 시책과 맞아떨어졌다고 하여 지방신문에 보도되기도 하였다. 원래 무라리의 땅콩은 만주 사람들에 의해, 서촌과 백수남초등학교 사이의 드넓은 모래땅에 재배되기 시작했다. 그런데 보미로 식구들이 몽땅 망해 먹고 가는 바람에, 태민네가 빚으로 그 땅콩집과 밭들을 인수하였다.

이처럼 가운(家運)이 융성하는 중, 무라리 역사상 최초로 군(郡) 기관장의 직책을 거머쥔 이씨에 대해 자랑스러워하고 있던 참에, 술만 마시면 민주주의가 어떻고 자유가 어떻고 떠들어대는 녀석들을 내심 백안시하고 있었다. 나라 민족을 걱정하는 것으로 말하면, 이씨도 남에게 뒤지지 않을 거라 믿었다.

"내가 무라리 모래땅에서 태어나 대학까장 졸업허고 다시 고향으로 내래올 때, 아무 생각이 읎었겄냐? 반만년 역사 속에서

---

1) 평산(平山) 마을: 1592년 임진왜란 중 세 성씨가 유황금에 정착할 때에는 원래 송정(松亭)과 한마을이었다. 그러다가 5·16군사혁명 정부가 서울 '달동네' 주민들을 위한 귀농 정착사업을 펼쳐 140호의 국민주택을 건립하고, 이 가운데 101세대는 지금의 한성 부락에 정착케 하고, 나머지 39세대가 마을을 형성하였다. 옛 선조들은 이 마을을 보고, 평산락안(平山樂安)이라 불렀다. '평평한 산에 까마귀가 앉아 쉬고 있는 좋은 해안가'라는 뜻으로, 이곳에 마을을 형성하면 좋은 마을이 될 것이라 한 데서 유래한다.

가난허고 못 배운 농촌 사람들, 그 사람들을 위해 한 몸 바치겠다는 각오가 슨 것이그든. 너도 알제마는, 오늘날 한국의 농촌 현실이 을마나 비참허냐? 박 대통령 새마을운동 땜시 많이 좋아졌다고 허제마는, 요새도 식구들 세 끼 때울라고 일꾼들이 식구들 다 데꼬 오는 것 못 봤냐?"

모내기철. 방학을 맞이한 태민에게, 이씨는 '못줄이라도 잡으라' 했다. 한 줄로 죽 늘어서 허리를 굽히는 30여 명의 일꾼들 가운데, 만삭된 여인이 눈에 띄었다. 김씨의 말로는 초등학교 동창생 홍식의 마누라란다.

"홍식이가 벌써 장가를 갔어요?"

"아직 결혼식은 안 올렸넌 디, 어쭈코 허다가 애기를 배 버렸어야. 엊그저께 났니라."

"엊그저께요? 그러면 모내기 하고 나서, 며칠 밖에 안 되게요?"

"한 사나흘 뒤였을 거이다."

"그런 몸으로 모내기를 해요?"

"우리가 뿌덕뿌덕 오락 해서가 아니라, 즈그덜이 올란다고 사정을 헌단 게. 배곯는 것보당 나은 게, 그럴 것 아니냐?"

"어머니도. 어쩌면 그렇게 잔인하실 수 있어요?"

"움마! 야가 시방 문 소리를 허고 있다냐? 그것은 암 것도 아니여어. 느그 태곤이 성네는 어쩐 지 아냐?"

"우리 집에 살고 있는 육촌 형님이요?"

"느그 성수 씨는 아침나절에 애기 낳고, 미역국 한 그륵 먹고 밭에 나가 호무질 했어야. 씨엄씨가 밭에 나가 있넌 디, 매누리가 카마이 누워 있을 수 있냐?"

"하기야 저희 초등학교 때만 해도, 도시락에 고구마 싸 오고 소사²⁾가 끓여 주는 옥수수 떡 얻어먹는 친구들이 많았지요. 큰어머니도 아무 말씀 안 하시고요?"

"촌에서는 바쁠 때, 굉이(고양이) 손이라도 빌린닥 안 허디야? 해질 때까장 지심(김) 매고 들어온 게, 그때까장 애기는 자고 있었는 갑이드라. 안 죽었은 게 다행이제, 어쩌야?"

새마을운동으로 보릿고개³⁾를 넘어섰다고 하는데도, 아직 배 곯는 백성들이 도처에 널려 있었다. 이 대목에서 이씨는 스스로의 정체성을 찾으려 애를 썼다.

"그래서 나 같은 사람이 가만있을 수 읎다 그 말이제. 농촌이 잘 살라면, 우선 농지 은행을 만들어야 해. 논밭을 농협이나 은행에 맽개 놓고, 돈을 끌어다 쓰는 것이여. 일종의 담보대출이라고 봐야지야. 도시 사람들은 집이나 건물 잽히고 이자 싸게 돈을 빌리지 않냐? 촌사람들도 갖고 있는 땅 잽히고 싼 이자 쓰자 그 말이여어. 또 하나는 농사지어서 손해를 볼 때에는, 정부에서 보상을 해 주는 것이여어. 농업이라는 것은 식량을 생산허는

---

2) 소사(召使, 小事): 학교에서 이러 저러 사소한 일들을 맡아 처리해 주는 아저씨. 일용직 근로자. 학교 종을 치거나 급식을 담당했음.
3) 보릿고개: 지난 가을에 수확한 양식은 바닥이 나고, 보리는 미처 여물지 않은 5~6월(음력 4~5월). 농가생활에 식량사정이 매우 어려운 고비.

것인 디, 국민이 먹을 식량이 옰으면 안보도 무너지는 법이그든. 사업허다가 망해먹는 것 허고 틀리다 그 말이여어. 내가 기어이 농협장을 해 볼라고 헌 것도, 내 한 몸 출세허고 이름 낼라고 헌 것이 아니란 게."

"......."

"대학생부터는 벌써 지성인 아니냐? 혼자 잘 살 생각보당은 더불어 잘살 궁리를 해야제에. 네 입 풀칠허고 살라고 **빼빠**지게 갈치겄냐? 물론 우리집이사 **빼빠**질 것 까장은 옰제마는. 나라에 대한 사명감, 역사에 대한 책임의식을 가져야 헌다 그 말이여어. 요새 대학생들이 멋도 몰르고 데모해싸코 그러는 디, 이참에 월남 망허는 것 봐라. 우리도 박 대통령 아니었으먼, 폴세 넘어가 버렸다. 월남이 어째서 망했겄냐? 월남 안에 적이 있었닥 않디야? 데모를 주도했든 종교지도자가 공산주의자였고, 제1야당 지도자가 간첩이었고, 대통령 정치고문이나 심지어 군대에까장 간첩들이 파고 들었닥 안 허냐? 고급정보 **빼돌**리고 부정부패 저질르니, 자연히 민심이 돌아서 총을 거꾸로 돌리고 그랬겄제에."

"월남전은 원래 미국이 개입해서는 안 될 전쟁이었대요. 남쪽과 북쪽끼리 싸우다가 결국 통일이 되었으니 잘 되었지요 뭐. 우리는 호지명이를 욕하고 그러지만, 베트남인들 사이에서는 영웅이래요."

"누가 그런 소리를 허디야? 야당 정치인들이 파병에 반대허고 그랬제마는, 거그서 을마나 많은 돈을 벌어왔냐? 그 돈으로 경부

고속도로도 놓고, 제철 공장도 짓고 그런 것 아니냐?"

"그건 독일에 간 광부, 간호사 덕분이기도 해요."

"아먼. 그 말도 맞고."

1960년대의 형편없는 경제 상황을 개선해 보기 위해, 박정희 대통령은 독일에서 차관을 들여와 경제개발을 추진하고자 했다. 하지만 마땅히 담보로 세울 것이 없었다. 고육지책으로 독일에 광부와 간호사들을 보내고, 그들의 월급을 담보 삼아 차관을 들여오기로 했다. 한편, 독일은 제2차 세계대전 이후 '라인강의 기적'으로 불리는 놀라운 경제성장으로 인해 노동력이 부족해지는 사태를 겪고 있었다. 이러한 두 나라의 이해(利害)관계가 맞아떨어져 파독산업전사(派獨産業戰士)들이 생겨난 것이다.

1963년 파독광부 5백 명을 모집하는 데 무려 4만 6천여 명이 몰려들었다. 3년 계약에 매달 600마르크(160달러-당시 우리 국민 1인당 연간 소득이 80달러 정도였음)의 높은 수입이 보장되었기 때문에, 지원 자격을 고졸자로 제한했음에도 불구하고 지원자 중에는 대졸자가 많았다. 광산 노동의 경험이 전혀 없었던 그들은 현장에 투입되어 크고 작은 부상과 후유증에 시달렸다. 지하로 1천 미터를 내려간 다음 다시 그곳에서 옆으로 5백 미터까지 나아가는 막장, 섭씨 40도에 육박하는 고온에 먼지투성이의 지옥 같은 노동 현장에서 그들은 죽기 살기로 석탄을 캤다. 한 푼이라도 더 벌기 위해 휴일에도 일을 했고, 봉급의 80퍼센트(최소한의 경비 20퍼센트를 제하고)를 조국으로 송금하였다. 바로 이 돈이 '한

강의 기적'에 종자돈으로 쓰였던 것이니.

6천여 명의 간호사와 4천여 명의 간호조무사들. 말이 좋아 '백의의 천사'지, 거구의 독일인 시신을 옮기고 씻는 일, 청소 등 자질구레한 일들을 도맡았다. 독일인 간호사들이 기피하는 야근을 자청(수당이 많았기 때문)하였고, 쉬는 날에도 다른 병원에서 아르바이트를 했다. 이렇게 돈을 모아 조국의 부모형제들 생활비와 학비로 보냈다. 광부 파견 다음 해인 1964년, 박정희 대통령은 함보른 광산을 찾았다. 탄광 회사 강당에는 파독 광부와 간호사 250여 명이 모였다. 국민의례가 끝나고 애국가가 시작되자 앞자리 간호사들이 흐느끼기 시작했다. 모두 울먹이며 애국가를 불렀다. 대통령 내외도 손수건을 꺼내 눈가를 찍었다. 박 대통령은 이렇게 연설했다.

"여러분 미안합니다. 외국에서 이런 고생을…. 그러나 우리의 자손들에게는 이런 불행을 겪게 하지 맙시다. 잘사는 나라를 남겨 줍시다…."

말을 잇지 못하던 박 대통령이 끝내 눈물을 흘리자 강당은 온통 눈물바다가 됐다. 이때 박 대통령과 영부인의 눈물을 파독 광부와 간호사들은 잊지 못한다. 그 눈물 속에서 애국 충정을 보았고, '우리도 한 번 잘 살아 보세'를 뼈저리게 느끼며 목숨 걸고 일을 했다. 그 결과, 파독 간호사들이 피땀 흘려 매년 조국으로 보낸 1천만 마르크 이상의 외화가 한국 경제개발에 견인차 역할을 했던 것이다. 광부와 간호 인력이 조국으로 송금한 돈은 연간 5천만 달러로, 그 당시 한국 GNP의 2%에 이르렀다. 또한 서독정부는 이들에게 제공할 3년치 노동력과 임금을 담보로, 1억 5천만 마르크(당시 3천만 달러)의 상업 차관을 한국 정부에 제공했다.

"월남전에서는 한국군이 5천 명도 더 죽고, 고엽제[4]가 뭔가 그 피해도 엄청났대요."

"죽은 사람이사 안 된 일이제마는, 그 핏값으로 나라가 살았은 게 을마나 고마울 일이냐? 경부고속도로 같은 경우는 세계에서 제일 빨리, 제일 싸게 지었다고 안 허디야?"

"그만큼 부실했다는 증거도 되지요."

"아따! 너는 아부이가 문 말을 허면...."

이 대목에서 더 나갔다가는 불호령이 떨어질 것 같아 입을 다물었다. 집안의 경제 사정이 좋아진 데에는 가게의 번창과 더불어 땅콩집 인수와 근처의 밭에 재배하기 시작한 땅콩 수확의 도움이 컸다. 봄에 그저 씨 뿌리고 거름 제때 주고 잡초만 제거해 주면, 알찬 수확을 보증해 주었다. 농사짓기도 수월한 데다 가격 또한 만만치 않은 것이 땅콩이었다.

---

4) 고엽제(枯葉劑): 풀과 나무를 말라죽게 하는 제초제. 흔히 미국군이 베트남전쟁 당시 밀림에 다량 살포한 제초제를 가리킨다. 1994년 6월, 베트남 정부는 "베트남군인 및 민간인 약 2백만 명이 고엽제 후유증으로 고통 받고 있다"고 발표한 바 있다. 한국의 베트남 참전용사들 가운데에서도 고엽제로 인하여 상당수가 두통, 현기증, 가슴앓이, 피부에 혹이 생기는 등 질환으로 고통을 겪고 있다.

호전(호남전기주식회사)의 거대한 건물 맞은편, 학교에서 도보로 30분쯤 걸리는 곳에 자취집은 위치해 있었다. 중고등학교 때죽 하숙을 하던 태민은 마침 여동생이 광주의 한 중학교에 3학년으로 편입해 오면서, 상하방을 얻어 함께 자취를 시작하였다.

집에서 출발하여 한옥이 늘어선 골목을 빠져 나오면, 길 양쪽에 논밭이 이어져 있었다. 봄 아지랑이 사이로 파릇파릇 새싹이돋아날 무렵, 탱자나무로 둘러싸인 밭 가운데에는 성미 급한 꽃들이 벌써 망울을 터뜨려 있었고, 그 위로 벌과 나비가 바삐 날아들었다. 똥장군5)을 진 농부들이 씨갈이 준비에 한창인 뜰 한 복판에서, 유난히 눈길을 끄는 것은 빨간색 지붕의 이태리식 가옥이었다. 영화 속에서나 나옴직한 그 집을 바라보며, 태민은 그집에서 사는 사람과 홍식의 삶을 비교해 보곤 했다.

학교 동쪽 후문의 맞은편에는 초가집이 한 채 엎드려 있었다.다 찌그러진 간판에 'OCO'라고 하는 상호가 눈길을 끄는 한편,유리창에는 '라면'이니 '찐빵'이니 하는 품목들이 쓰여 있었다.정문을 통과하여 플라타너스 나무가 늘어선 캠퍼스의 보도(步道)를 걷고 있노라면, 왼편으로 새로 조성된 인공호수가 나타났다.그 수면 위로 상쾌한 바람이 불어올 때마다, 알 수 없는 허탈감이몸을 덮쳤다.

'대학(University)은 곧 우주(Universe)라고 했지. 이 거대한 세계

---

5) 똥장군: 똥이나 오줌 등을 넣어 지게에 옮겨 농토에 거름으로 뿌리는 연장.

속에 편입되기 위해 몸부림을 쳤음에도 불구하고, 왜 이리 마음이 허전해지는 걸까?'

스스로에게 정직해 보고자 했다.

'이태민! 네가 지금 아파하는 까닭은 무엇이냐? 군대 문제냐? 직장 문제냐? 불확실한 미래와 더불어 갑자기 찾아든, 무제한의 자유 때문이냐? 중학교, 고등학교 입시에 줄줄이 낙방하다가 대학 입시에 단박에 붙어 버린 현실에 아직 적응이 되지 않은 탓이냐? 아니면 진선과의 버성겨진 관계 때문이냐?'

고3 때인 작년 여름. 아름답고 찬란한 사랑을 꽃피웠던 둘의 관계는 태민이 대학에 진학하고 진선이 은행에 취직하면서부터 불안정한 상태로 돌입했다. 갑자기 늘어난 주변의 여학생들, 몇 차례의 미팅 등이 복합적으로 작용했는지도 모른다. 함께 진학하지 못한 진선 자신의 열패감도 한몫 거들었을 테고.

토요일 오후. 진선은 약속 장소인 음악다방에 나오지 못했고, 태민은 즉각 전화를 걸어갔다. '자리에 없다'고 둘러대는 교환 아가씨의 말이 의심쩍어 창구에 달려갔고, 진선은 그곳에 버젓이 앉아있었다. 분노와 혈기의 노예가 된 손이 다짜고짜 진선의 뺨을 갈기고 말았다. 창구에서 일어난 엽기적인 폭력 사태에 은행은 발칵 뒤집혔고, 2층으로 끌려간 '현행 폭행범'은 죽지 않을 만큼 두들겨 맞았다. 그때의 절망감이란.

'아! 내가 아버지를 닮아 가는 걸까? 어머니를 두들겨 패던 그를, 그토록 증오하던 그를 내가 닮고 있다니. 서로의 의사 전달

과정에서 혼선이 빚어진 것뿐인데도, 그걸 못 참다니. 그래. 내가 이 여자와 만나는 한, 평생 이 버릇을 고칠 수 없을 거다. 그렇다면...'

이런 판단으로 이별을 선언했다. 진선이 아닌, 스스로에 대한 자괴감과 절망감이 절교 선언에까지 이르게 한 것이다. 그리고 어느새 한 달이라는 기간이 훌쩍 지나 있었다.

"오빠....넋 나간 사람처럼 무슨 생각을 그렇게 해? 진선 언니, 생각하는 거지?"

"내가 무슨....."

"피! 거짓말. 얼굴에 다 씌어 있는데 뭐. 오늘 가서 하나님께 기도하면, 오빠가 원하는 대로 다 들어주실 거야."

일요일 아침. 큰방의 둘째 딸 현희가 태민을 볶아대기 시작했다. 주근깨 깔린 얼굴이 그리 예쁜 편은 아니었지만, 통통한 엉덩이와 길쭉한 다리, 백옥 같은 피부가 나름대로 매력을 발산하고 있었다. 무엇보다 밝고 명랑한 성격, 백치(白痴) 같은 표정이 맘에 들었다. 오늘은 교복 대신 사복 차림이었고, 손에는 성경이 들려 있었다.

'성탄 전야, 무라리 서촌 교회에 떡 얻어먹으러 간 일 외에는 가 본 적이 없는 교회...그래. 귀여운 현희의 얼굴을 봐서라도 까짓 것, 한 시간만 인내하자.'

함께 계단을 올라, 입구 근처의 의자를 찾았다. 옆 사람들 눈치가 보여 찬송가 부르는 흉내를 내고, 하품을 참아 가며 대표 기도를 들었다. 그러나 성가대의 찬양이 시작되려는 찰나, 무심히 바라보는 시선 안에 진선의 얼굴이 들어왔다! 잘못 보았나 싶어, 여러 차례 눈을 비벼 보았다. 그러나 빨간색 가운 위에 하얀 후드를 두르고 제일 앞줄 한 가운데 서 있는 여자는 분명 진선이었다.

'오! 이럴 수가. 여태껏 교회에 가 본 적 없는 여자가 어떤 연유로…'

그때 현희의 말이 뇌리를 스쳤다. '하나님께 기도하면, 오빠가 원하는 대로 다 들어주실 거야.' 거짓말 같은 현실에, 거짓말처럼 두 눈에서 눈물이 나왔다. 기실 그동안 별의별 생각이 다 들었었다. 가당찮은 의심과 분노가 눈 녹듯 사라지고, 저 깊은 곳에서부터 움터오는 사랑이라니. 손수건이 건네졌다. 찬양에 은혜를 받은 줄로 착각한 듯, 현희가 손을 꼭 잡아 주었다. 골백번도 더 시계를 들여다보는 동안, 설교가 끝났다. 축도가 마무리되기 무섭게 사람들은 몰려나가기 시작했다.

"오늘 예배 어땠어? 좋았지?"

"……"

현희의 물음도, 나가자는 재촉의 소리도 귀에 들어오지 않았다. 붙박이처럼 앉아 있는 동안 송영(頌榮)이 끝났고, 그제야 가운을 벗는 장면들이 시야에 들어왔다. 바로 그때, 진선에게 누군가가 귓속말을 건넸다. 뛰던 발이 대여섯 발자국 앞에 도달했을 때, 태민은 벌떡 일어섰다. 정면 쪽에는 시선을 주지도 않은 채, 현희의 손을 힘껏 잡아끌었다. 등 뒤에 꽂히는 따가운 시선을

26

감지하며, 도망치듯 교회를 빠져나왔다. 아니나 다를까. 예상했던 대로 진선은 채 발을 씻기도 전에, 방문 앞에 도착해 있었다.

"....언제부터 교회에 나갔어?"

"우리가 헤어진 뒤로 얼마 되지 않아서요."

"근데 처음 나온 사람을 성가대까지 서게 해?"

"친구 덕분에요. 마음이 심란해 있는데, 마침 친구가 졸라서 교회에 나갔어요. 나가자마자 함께 성가대에 서자고 해서, 그냥 섰던 것뿐이고요. 그 친구도 남자친구와 헤어졌대요. 그래서 그 마음을 다 안다고..."

"계속 교회 나갈 거야?"

"태민 씨 맘대로 하세요."

"왜 그걸 내 맘대로 해?"

"교회 싫어하잖아요?"

"알긴 잘 아네."

3년 후. 문학부 붉은 벽돌 건물 앞을 지나려는데, 누군가 알은 체를 했다. 전경복 차림의 한 사내.

"아! 종복이. 휴가 나온 거야? 야, 인제 완전히 군인 아저씨 되어 버렸네?"

1학년 때 계열별로 입학한 문학부의 한 반 친구. 두어 개의 무덤이 엎드려 있는 야트막한 언덕으로 올라갔다. 혹독한 겨울 바람에 몸을 잔뜩 움츠리고 있던 잔디, 그 속에서 노랗게 변색되어 버린 껍데기를 뚫고 파란 싹들이 올라오고 있었다.

"군대 생활 어때?"

"우리 전경대야 후방에서 산다이6)나 험시로 세월아, 네월아 허고 시간 보내네. 그나저나 자네는 ROTC를 어째 받았는가? 수업 받을라, 훈련 받을라 바쁠 턴디?"

"그러긴 한데, 견딜만 해."

"허기사, 4학년이라 인자 조까 팬허게 생겼네."

"학군단에서는 2년차라고 부르는데, 1년차 후배들도 들어오고 해서 괜찮아졌지."

군대 문제로 골치를 썩던 2학년 가을, 서너 살 많은 호근이 ROTC 시험에 응시해 보자 제안했었다. ROTC?

"아따! 베레모 쓰고 하낫, 둘 구령 붙임시로 댕기는 아그덜.. 못 봤냐? 3학년, 4학년 때 군사훈련 받은 담에 소위 달고, 장교로 군대 생활허는 것이여어. 2년만 허먼 된 게, 사병보당 헐썩 빠르제에. 그리고 쫄병이 아니고 어디까지나 장교 아니냐? 월급도 받고, 영외거주도 헌 갑이드라."

태민의 귀가 솔깃해졌던 데에는 또 다른 이유가 있었다. 이씨의 병역기피 사건.

'아버지가 평생 그 멍에를 지고 살아오셨기 때문에, 나는 다른 사람보다 두 배의 몫을 감당해야 한다! 내성적인 성격도 좀 뜯어

---

6) 산다이: 서남해안 도서연안 지역 청춘 남녀들의 유흥적 노래판.

고치고, 리더십도 키우면 더욱 좋을 것이고.'

경쟁률은 3대 1이었고, 지원 자격은 평균 학점 B 이상이었다. 여기에 간단한 군사학 시험과 신체검사, 체력장, 그리고 신원조회로 선발이 결정되었다. 합격 통지를 받은 날, 코가 쑥 빠진 호근이 나타났다.

"웬만한 근시(近視) 정도는 괜찮은 디, 난시(亂視)는 안 된다여. 아따, 좆같이...."

"형이 되었어야 하는데. 내 대신 형이 가든지.."

"씨잘 데기 읋는 소리는. 니가 부럽다 야."

만능 스포츠맨에 주색잡기(酒色雜技)에 능한 그는 막힘없는 달변에 유머감각이 탁월하여, 어디를 가건 분위기를 주도하였다. 그런 사람이 탈락하다니? 혹시 그 사건 때문에? 어느 날 만원 버스 안에서 그는 입담 좋게 너스레를 떨고 있었다.

"니미럴.. 지가 무슨 애국자라고, 코카콜라가 어쩌고저쩌고 지랄해?"

미국의 제국주의를 경계해야 한다며 입에 거품을 물던 국어 교수를 조롱한 것. 그러나 아뿔싸! 수많은 승객들 사이에 그가 끼어 있었음을 나중에야 알았고, 결국 국어 과목에서 그는 F 학점을 받고 말았다. 보복성 학점이라 판단한 그는 칼을 품고 연구실을 찾았다.

"교수님! 학점을 주시지 않으면, 이 자리에서 제가 죽겠습니다."

그러나 돌아온 답은 상상을 초월하였다.

"학점을 가져가려면, 이 자리에서 나를 죽이고 가져가!"

하는 수 없이 그는 겨울 학기에 재수강을 받았다. 어떻든 막상 혼자 가려니 내키지 않았다. 하지만 '소집에 응하지 않으면 곧바로 영장이 나온다'는 공갈 협박(?)에 무너지고 말았다. 겨울바람이 매서운 2월 말. '완전히 두발을 깎고, 교련복과 운동화 차림으로 모월 모일 모시까지 학군단 앞으로 집합하라!'는 최초의 명령이 떨어졌다.

그때부터 AT(Animal-Training)훈련이 시작되었다. 인간이 아닌 '동물'로서, 훈련이 아닌 기합을 받는 것이다. 열흘 동안 매일 새벽 4시, 찬바람을 가르며 황토 운동장에 모여든 까까머리들은 선착순 달리기로부터 팔굽혀펴기, 제자리에서 쪼그려 뛰기, 통닭구이, 대변보는 자세로 신문보기, 높은 포복, 낮은 포복 등 온갖 종류의 얼차렷을 받아야 했다.

하지만 고진감래(苦盡甘來)라 했던가? 정식으로 입단한 후로는 장교 후보생으로서의 자부심과 긍지가 생겼다. 지성미 넘치는 대학생의 신분인 데다 '국제신사'라 일컬어질 만큼 우아한 복장에 절도 있는 걸음걸이, 몸에 밴 에티켓 등이 처녀들의 마음을 흔들어 놓고도 남으리라 믿었다. 더욱이 전역할 무렵이면 '학군장교 출신을 특별히 우대한다'는 유수 기업체의 취업 원서가 날아든다는 데야.

물론 '후보생'이 '장교'가 되어가는 과정은 녹록치 않았다. 선배와의 회식 때에는 두 홉 소주병을 단숨에 들이켜고 거리에 나가 30분 안에 아가씨 한 명씩을 붙들어 오라는 황당한 명령을 받았고, 대학 본부 건물 앞 아스팔트 도로 위에서 M1 소총을 끌어안은 채, 팔꿈치와 무릎 안쪽을 이용하여 땅바닥을 기어가기도 했다. 여름방학 4주간의 향토사단 입소 병영 훈련에서는 사병 수준의 훈련을 받아야만 했다. 섭씨 30도를 오르내리는 콘셋 막사와 반드시 얼차렷을 받고 나서야 주어지는 잔밥(짠밥), 오전 6시 기상으로부터 밤 10시 취침시간까지 쉴 틈 없이 돌아가는 훈련과 얼차렷, 몸서리쳐지는 점호와 눈꺼풀이 내리감기는 불침번 근무, 구대장들의 호통 소리 등.

  그 와중에 사막의 오아시스만큼이나 청량제 구실을 하였던 것은 진선의 위문편지. 우아한 필체로 써내려 간 아름다운 사연은 매일 날아들었고, 깨알 같은 글씨만큼이나 그 내용 또한 아기자기했다. 그녀를 괴롭힌 세월만큼의 통증이 느껴졌고, 그녀를 사랑한 양만큼 가슴이 뭉클해 왔다.

  "야! 이태민. 너무 티내지 마라. 씨벌, 이 년은 벌써 고무신을 꺼꿀로 신어 버렸는가 어쨌는가, 편지 한 통이 읎으니.."

  "나가면 개머리판으로 대갈통을 찍어 버려."

  "그렇게 수고헐 필요 뭐 있냐? 탄창 장진해 갖고, 배때아지에 대고 갈겨 버리야제. 벌집 되라고. 히히히..."

미인박명

잠시 침묵이 흐른 다음, 종복이 입을 떼었다.

"자네, 리나 좋아했었제?"

"응? 아니.... 왜?"

"이 사람, 그짓말은. 내가 다 아는데 그래?"

대학에 들어와 보니, 진선보다 예쁘고, 세련되고, 똑똑한 여자들이 많았다. 그 가운데 가장 눈길을 끈 여학생이 바로 최리나였다. 명문여고 출신인 데다 날씬한 키, 볼륨 있는 몸매, 하얀 피부에 커다란 눈망울, 오똑한 콧날, 빨간 입술 등 이목구비가 뚜렷한 미인. 안경을 낀 것이 '옥의 티'이긴 했으나, 보기에 따라서는 그것이 오히려 지성미를 더해 주기도 했다. 촉촉한 목소리와 유창

한 발음으로 영어책을 단숨에 읽어 내려갈 때면 마구 가슴이 뛰었다. 무엇보다 가장 큰 매력은 정작 본인이 그것을 의식하지 않는다는 사실.

'속세에서 벗어나, 저만치 홀로 피어있는 한 떨기의 백합화라고 해야 할까? 태고 적부터의 신비를 간직하고 있는 원시림이라고 해야 할까? 영어나 철학, 국어와 같은 필수과목 외에, 문학개론과 심리학 등 선택과목 역시 묘하게 나와 일치하고. 이건 우연이 아니야. 나의 내면세계와 그녀의 내면세계가 닮아있는 증거라고.'

심리학 시간. 〈오이디푸스 콤플렉스〉1)니 〈리비도〉2)니 하는 용어를 들으면서도, 그녀의 행동 하나하나에 신경이 곤두섰다. 마침 강의실 밖은 비가 주룩주룩 내리고 있었다. 책을 머리에 이고 걸어 나오는 그녀 쪽으로 다가가, 우산을 씌워 주었다. 고맙게도 거절하지 않았다. 함께 걸었다. 그러나 한참을 고민하다가 튀어나온 말은, 스스로 생각해도 황당했다.

"쩌어기....리나 씨. 저와 탁구 치러 가지 않으실래요?"

"......"

반 전체가 전남도청 앞 YWCA 건물 1층의 탁구장을 향해 몰려갔을 때, 수준급인 그녀의 실력을 벌써 확인한 터였다. 그러나

---

1) 오이디푸스 콤플렉스: 아들이 아버지를 미워하고, 어머니에게 애착을 품는 무의식적 심리. 그리스 신화의 영웅 오이디푸스에서 딴 말로서, 프로이트가 그의 정신분석학에서 사용한 말.
2) 리비도(Libido): 성(性) 충동을 일으키는 에너지.

리나는 엷은 미소만 지어보였다. 그리고 그것은 완곡한 거절의 의사표시로 읽혀졌다.

'앞으로 다시는, 데이트 신청 같은 것은 하지 않는다!'

다음해 태민은 철학과로, 그녀는 국어국문과로 각자의 길을 선택해 갔다. 점점 그녀는 태민의 시야에서, 마음에서 멀어져 갔다. 거기에는 진선과의 관계가 회복되고, 학군단 훈련을 받으며 학교생활이 바빠진 탓도 있었다. 그런데 교내에 이상한 소문이 돌기 시작했다. 그녀가 캠퍼스 안에서 괴한들로부터 집단 성폭행을 당했다는 것이다. 알고 보니, 상대는 교내 모 동아리 학생들. 처음에는 설마 했었다. 미모가 출중하다 보니, 헛소문이 난 것이라 여겼다. 그런데 어느 날부터 그녀가 종적을 감추었고, 얼마 후에는 그 일로 휴학까지 했다는 말이 나돌았다. 그러던 차, 바로 오늘 녀석의 입에서 그녀의 이름이 튀어나온 것이다.

"그보다 자네가 왜 리나를...."

"흐흐흐... 우리 반 애들 치고, 그 애를 좋아하지 않은 애는 읎었은 게. 나만 해도 그 애를 3, 4년간이나 쫓아 댕겼지 않은가?"

"진짜?"

어리둥절해 하는 태민 앞에서 그는 충격적인 말들을 쏟아 내기 시작했다.

"이 사람. 놀래기는. 자네들은 한때 좋아허다가 말아 버리고 했제마는, 나는 그것이 아니었그든. 나도 내성적이어서 처음에는 표현을 못했지. 또 내가 잘난 데가 무이 있는가? 키가 큰 것도 아니고, 얼굴이 잘난 것도 아니고. 그러다 본 게, 앞에 나서지를 못 허겄드라고."

"그야 다 마찬가지지 뭐."

"그래도 자네랑은 활발허게 학교를 댕겼지 않은가?"

딴은 다섯 명의 악당들(?)이 몰려다니며, 판을 주도하긴 했었다. 과대표인 정호근을 중심으로 주축을 이룬 그룹은 희한하게도 공통점이 없었다. 성씨와 고향, 출신 고등학교, 외모와 특기, 성격 등 모두 제각각이었다. 희망하는 학과도 '따로 국밥'이었고, 계획하는 진로와 직업 역시 죄다 달랐다.

"지금은 모두 군대 가 버려서 나 혼자 캠퍼스에 남은 꼴이야. 걔들이 복학할 때쯤 난 또 군대에 가 있을 거고."

"그런데 나는 1학년 때에도 아무 친구가 읎었그든. 혼자 으슬 렁 으슬렁 댕기다가 하로는 리나한테 편지를 썼어. 그런디 어쭈 코 전달을 해야 헐지를 모르겄드라고. 그래서 민광이한테 전해 달라고 부탁했데이, 아이! 이 자식이 뜯어서 다 읽어본 다음에사 전헌 모양이여."

조민광은 그의 고교 동창생이었고, 현재는 태민과 함께 ROTC 2년차에 올라 있었다.

"하루는 강의가 끝나고, 친구 노트를 베끼느라 엎어져 있었그 든. 수업시간에는 리나를 쳐다 보니라고, 아무 정신이 읎었은 게. 그런디 어디서 여자 삐딱구두 소리가 막 나서 아래를 내래다 봤 데이, 그 구두 끝이 보이드란 말이세."

"그래서?"

"후딱 올려다 본 게, 리나가 내 앞에 딱 버티고 서 있는 거 있제 이."

"리나가?"

"응. 을마나 내가 놀랬겠는가? 글 안 해도 편지를 보내놓고 나서 가슴이 퉁게퉁게 허고 있든 참인 디, 나를 빤히 노려보고 있은 게. 고개도 못 쳐들고 카마이 있었제. 리나가 보기보다는 당찬 디가 있네 거."

"그래? 나는 전혀 그렇게 안 봤는데?"

"보기보다 무지하게 야문 여자네 거. 나를 보고 종복씨냐고 묻는 거여. 그래서 얼굴이 빨개져 고개를 끄덕끄덕 했데이, 나한테 헐 말이 있다는 거여. 아따, 그때는 차말로 죽겠드만이. 그래서 나는 이다음 시간에 공대까지 가야 헌 게, 담에 만나면 어쩌겄냐고 그랬데이, 자기도 헐 수 없었는가 그러자고 허데."

"그때 언덕 위 금호각에서 수업 받았잖아? 고속버스 회장이 건물을 기증해 놓고, 수리를 안 해 주어 삐걱대고 그랬었지. 어떻든 거기에서 공대까지 엄청 멀 텐데. 그래서?"

"고로코 말헌 다음에, 뭇이 빠져라 도망쳐 나와 버렸제에."

"참, 자네도 남자가 되어 갖고...."

말은 그렇게 하면서도, 이 자가 자신과 닮은 구석이 있다고 생각했다.

"좌우간 그 뒤로 언칸 무서와서 한동안 몸조심을 했제에. 그랬데이 그 쪽에서도 벨 말이 읎드라고? 그래서 이참에는 편지를 써 갖고, 집으로 보냈그든. 우표도 착실허게 붙여 갖고."

"집 주소는 어떻게 알았는데?"

"폴세 알아 냈제에. 학교 끝나고 쫄쫄 따라서 그 집 앞에까지 자조 갔었그든."

"리나가 뭐라 안 해?"

"아따, 그런게 이 사람아. 몰르게 가제, 알게 가간디? 말허자먼 미행을 했제에. 아무튼 기대허지도 안 했제마는, 역시 답장은 읎었어. 난 리나가 무시락 헐 줄 알았제에. 근디 아무 소리도 안 해서 혹시나 편지가 다른 디로 간다냐 싶어, 산수동까지 가 봤제."

"집이 산수동이었구나?"

"집 앞에 슈퍼가 하나 있던 디, 거그 평상에 앉어 갖고 내내 지달리다가 막상 리나가 저 아래쪽에서부터 올라오먼, 전봇대 뒤로 뽀르르 숨어 버리고 그랬제에. 그러다가 집에까지 들어가는 것 보고, 그냥 돌아오고."

"말도 안 걸어보고? 그러면 리나가 자네 온 줄도 몰랐단 말이야?"

"나는 먼발치에서 보는 것으로 만족했다니까. 그런데 어느 날, 한 번은 저녁 무렵이었던 디, 집안에서 막 싸우는 소리가 나드라고. 그래서 열려진 대문을 열고 들어갈라고 본 게, 도저히 안 되겄드라고."

"왜?"

"당신이 누구냐 허먼, 내 입장에서 무시락 허겄는가? 깐딱허다가 뒈지게 맞어 버릴 것도 같고. 그래서는 담배락을 타고 내래다 봤데이, 이건 완전히 웃겨 버리드만 이."

"……?"

"다른 사람도 아니고, 리나 허고 즈그 아부지허고 마당에서 막 딩굼시로 쌈을 허는 디, 리나는 즈그 압씨 꼴마리를 잡고 즈그 압씨는 리나의 머리카락을 쥐어 뜯음시로 꼭 짐승들같이 쌈허는 디, 아따! 차말로 눈뜨고는 못 봐 주겠드만 이."

"정말?"

"나도 첨에는 내 눈을 의심해 갖고, 몇 번썩이나 눈을 비볐단 게. 거그다가 도저히 입에 못 담을 욕을 퍼붓넌 디, 차말로 가관이대야."

"리나도 욕을 한단 말이야?"

"욕도 그런 상욕이 읎어. 이놈 저놈은 보통이고, 개새끼, 씨발놈, 좆 같은 놈....아이고, 말도 못 헌단 게는."

"그래서 어쨌어?"

"어쩌기는. 멍청허게 구경만 허다가 내래왔제."

"어쩌다 술 먹고 그런 거 아닐까? 아니면 집안에 무슨 큰 일이 있었든지..."

"그러기만 험사 오죽이나 좋겄는가? 첨에는 나도 그런 갑이다 했제에. 사실 그러기를 바랬고. 근데 천만에 말씀. 슈퍼아줌마 말을 들어 본 게, 그것이 하루 이틀이 아니라여. 그쪽으로 이사 오기 전에도, 가는 동네마다 워낙 싸워대는 통에 한 곳에 오래 붙어있지를 못했다는 것이여. 동네방네 소문이 나 갖고, 여그 저그서 항의가 들어오고. 그래서 이사를 자주 다닌다는 거여."

"그 참. 그나저나 아버지는 어떻게 생겼어? 그리고 동생들은? 리나 닮아서 다 인물은 괜찮지?"

"나도 첨에는 그럴 거라 상상했지. 그런데 리나만 똘놈이여. 다 웃기게 생개 버렸단 게. 참 이상허대. 어째 한 식구끼리 타긴 디가 한 테기도 읎을까?"

머리가 어지럽고 속이 메스꺼웠다.

'내가 지금 꿈을 꾸고 있는 걸까? 아니면 내가 여전히 리나를 좋아하는 것으로, 녀석이 오해하는 거고. 그래서 경쟁자를 제거하기 위해....'

하지만 그렇게 의심하기에는 내용 자체가 너무 사실적이었다.

"그래서 그 뒤로는, 자네도 쫓아다니는 일을 그만두었단 말이지?"

분명 스토리가 그렇게 전개되리라 믿어 의심치 않았다.

"아니. 이상한 게, 아무리 리나가 그래도 나는 싫지 않드라고. 하루도 빼먹지 않고, 날마다 편지를 보냈어. 또 가끔 그 집에도 찾어가고..."

"무슨 소리야?"

"카마이 못 있겠던 디, 어찌겠는가? 아무 생각 읎이 그냥 댕겠어."

"아무튼 자네도 구제불능이구만. 무턱대고 쫓아다닌다고 일이 되냐고?"

"흐흐.. 그렇게 말이시. 근데 하루는 오랜만에 그 집엘 갔데이, 전혀 낮 모르는 사람들이 살고 있는 거여. 그래서 슈퍼 아줌마한테 물어 봤데이, 매칠 전에 이사를 갔다는 거 있제이."

"그럼 자네가 그동안 보낸 편지들은 다 어떻게 되고?"

"받을 사람이 읎으면, 반송이라도 와야 헐 것 아닌가? 그 점이 나도 이상해서 물어봤데이, 자기가 우체부한테 받어 두었다가 리나가 오면 챙겨주었다는 거여."

"리나가 그곳엘 다시 온단 말이야? 뭐 하러? 편지 받으러?"

"아따! 이사람. 숨이나 쉬고 대답허세. 허허.. 그짓말 같제마는, 내 편지를 받을라고 매일같이 들른다는 거여."

"그럼.. 자네를 좋아했던 모양이네 뭐. 속으로."

배알이 뒤틀렸다. 이 자가 바로 이 말을 내지르기 위해 지금까지 달려왔나? 시간만 낭비했는가 싶어, 짜증이 났다.

"몰라. 그런지 어쩐지는 모르겄던 디, 아무튼 편지를 엄청 기다렸다는 거여. 첨에는 읽어 보려고도 않고 던져 두었겄제. 그러다가 한 번 읽고 두 번 읽다 본 게, 나중에는 그 편지가 읎으면 웬지 허전해지고 그랬지 않었는가 싶어."

"자네 문장력이 좋은가 봐?"

"몰라. 그래도 리나를 워낙 좋아했든 탓에, 정성을 다해 쓰기는 했제."

"답장도 받아봤어?"

"아니. 한 장도. 그 애는 답장 같은 것을 보낸 적이 읎어."

"편지는 주로 어떤 내용이었는데?"

"별 거 아니여. 그저 오늘은 리나가 학교에서 무엇을 허고, 누구를 만나고, 어디를 가고 이런 내용들. 그러니까 리나의 하루 일과를 소상히 적어 보내는 거여. 편지 내용이 자기 일거수일투족을 알고 있으니까, 첨에는 얘가 당황하기도 허고 기분 나빠하기도 했던 것 같애."

"자네가 보내는 줄 알았을까?"

"그냥 익명으로 보내놔서 첨에는 몰랐을 것이고. 그래서 처음 매칠간은 리나가 노이로제에 걸리다시피 해 갖고, 누구한테나 막 신경질을 내고 그러드라고. 난창에는 들키고 말았제마는. 히히.."

"어떻게 해서?"

"애가 카마이 들여다본 게, 처음 내가 민광이 통해서 전해 준 편지허고 필체가 똑같다 싶어, 확인해 보다가 난 줄 알았겠제에."

"그랬구나. 근데 자네 말대로라면 별 내용도 아닌데, 왜 편지를 기다렸지?"

"생각해 봐. 리나도 외로웠을 거 아니여? 겉모양은 이쁘고 화려해 보여도, 가족들 간의 관계가 완전히 파괴되어 속병이 들어 있었은 게. 그것을 다른 사람들이 알까 싶어 을마나 무서웠겠냐고? 두렵고 고독허고 그러니까, 누군가를 그리워했다고 봐야제에. 그런 디다 나도 점점 용기가 생기니까, 리나의 거동뿐만 아니라 밤을 새워가며 아름다운 시를 골라 적어놓기도 했그든. 싫어헐 여자가 어딨어?"

"그야 그렇겠지."

"열 번 찍어서 안 넘어가는 나무 읎닥 안 허든가? 그 콧대 높은 리나가 월산동에서부터 산수동까장 뻐쓰를 타고 온다는 거여. 내 편지 받어 볼라고. 그 길이 오직이나 먼가? 어쭈코 보면 끝에서 끝이제에. 주변 동네까장 소문이 난 게, 가급적 멀리 이사를 헌다여."

"그러면 새로 이사 간 집 주소는 몰랐어?"

"알라고 허면 어째서 몰르겄는가마는, 어차피 리나가 이쪽으로 온다고 헌 게, 그냥 모른 척 해 버렀제에."

"편지 받아본다는 말을 듣고, 자네 기분이 괜찮았겠는데? 그 뒤로는 만나지 않았어?"

"왜? 만났제에. 내가 국문과를 간 것도 실은 다 리나를 자주 보기 위한 거였그든."

"세상에! 전공을 택할 때도 한 여자를 보고 했다는 거야?"

"나한테 학과가 무슨 의미가 있었는가? 리나가 전부였넌 디. 그 애가 국문과 간다는 것을 미리 알고 지망을 헌 거여. 자네같이 소신을 갖고 학과를 선택헌 사람도 있제마는, 요새 어디 그런가?"

"근데 왜 끝까지 함께 졸업을 안 하고, 자네 먼저 군대를 가 버린 거야?"

"그 일도 다 리나 때문이란 게. 우리가 국문과에 올라간 지 얼마 안 돼, 그 사건이 나고 말았지 않은가?"

"무슨 사건?"

"정말 몰라? 학교에서는 유명해졌을 턴 디?"

"아, 나도 듣긴 했어. 하도 쉬쉬하는 바람에 자세한 내용을 알지는 못했지만. 그게 사실이었어?"

"자네 생각에는 어쨌을 것 같어? 아니 땐 굴뚝에 연기 나랴라는 속담도 있지 않은가?"

"그럼..?"

"사실이었어."

"진짜? 자네는 그런 말 듣고도 괜찮았어?"

"뭐가? 그게 어째서? 상관 읎어. 리나가 워낙 이쁘다 본 게, 요 자식들이 눈독을 들이다가 납치해 버린 거여."

"그래서?"

"그래서 어쨌겠어? 여자 몸인데 보나마나 뻔허제. 그 가운데 우리 반 애가 하나 관련되어 있었그든. 왜 그 자네도 알제? 키가 크고 장발로 댕기다가 경찰한테 걸려갖고, 머리가 듬성듬성 짤려온, 그래 갖고도 이발도 허지 않고 그냥 댕기던 그 수민이 말이야."

"아, 그 애? 하하하. 가위 테가 난 상태인데도, 오기로 그냥 다녔지. 아무튼 괴짜야."

70년대 청년 문화의 상징은 장발에 청바지, 통기타, 생맥주였다. 허름한 청바지 차림에 긴 머리칼을 늘어뜨리고 값싼 통기타를 어깨에 맨 채, 생맥주집에 들어가는 장면. 태민 역시 언젠가 충장로에서 경찰의 장발 단속에 붙들린 적이 있었다. 학생증을 내보임으로써 위기를 벗어나긴 했지만. 추월산이나 월출산 기슭에 텐트를 치고 라면을 끓여먹으며 '고래사냥'과 '피리 부는 사나이', '아침이슬'을 목이 쉬도록 불렀다. 서울에서는 송창식, 조영남, 윤형주, 김도향, 김세환 등이 세시봉[3]에서 번안[4]된 외국 가

요를 통기타 반주에 맞추어 노래를 부른다는 소문을 듣고 있었다. 하지만 지방 도시에서는 가뭄에 콩 나듯, 어쩌다 얼굴을 구경하는 정도.

"그 애의 고등학교 선배가 주범이었는데, 그를 찾아가 항의를 했다는 것이여. 그래도 사과는커녕 이런 말 저런 말로 구슬릴락 헌 게, 승질이 나 갖고 완전히 까발려서 시끄럽게 만들라고 했었지. 근데 동문들이 우르르 나서 갖고, 말리는 디 어쩔 것이여어? 너 임마, 모교 우세시킬 일 있냐고 입을 틀어막는 통에, 결국 유야무야되고 말았단 게. 리나에게도 득 될 것이 읎다, 판단했을 것이고. 그래서 우리 반 아이들도 쉬쉬허고 다녔든 것이여."

"그랬구나. 그래서 리나가 휴학을 한 거야?"

"소문은 쫙 나 있제, 알 만한 사람은 다 알제. 결국 리나는 휴학허고 나는 입대했는데, 작년 언젠가 한 번 만나기는 했어."

"그랬어? 어디서?"

"그냥 우연히 학교 나왔다가. 근데 힘도 읎어 뵈고 우울해 허고, 더 말이 읎어 진 것 같드라고. 멍해진 것 같기도 허고..."

"자네 심정이 어땠어?"

---

3) 세시봉(C'est si bon): 1953년 서울 무교동에서 개업했던, 한국 최초의 대중음악 감상실. 70년대에 저렴한 입장료만 내면, 당시 인기 있었던 최신 팝음악이나 기타를 연주하며 부르는 가수들의 생음악을 들을 수 있었다. 대표적인 가수로는 송창식, 윤형주, 김세환, 조영남, 사회자로는 이상벽과 윤여정 등이 있었다. 세시봉이란 프랑스어로, 매우 좋다(very good)라는 뜻이다.
4) 번안(飜案): 원작의 가사 내용이나 곡을 그대로 살리되, 우리의 정서나 환경에 맞게 바꿈.

"글쎄. 첨에는 기가 맥혀 잠이 안 오드라고. 그렇다고 내가 어쭈코 허겠는가? 시대를 잘못 타고났다 생각했제. 자네, 정인숙 사건(1970년)이라고 들어봤제?"

"아니..."

"이 사람 참. 국무총린가 장관인가 몰라도, 고위직 인사의 애기를 낳았다고 소문난 여자 말이여. 서울에서는 유행가 '사랑이 무엇이냐고 물으신다면' 대신, '아이의 아버지가 누구냐고 물으신다면'이라고 고쳐 불른다고 안 허든가? 근디 그 여자가 밤중에 총맞어 죽어 버렸지 않은가?"

".....?"

"지 오빠가 여동생 행실이 드럽다고 쏴 죽였다는 디, 그 말을 곧이곧대로 믿을 사람이 누가 있는가? 정치 지도자란 사람들이 그 모양 그 꼴이니, 일반 국민들도 성폭력에 둔감헐 수배키...."

"로마가 무너진 것도 목욕탕, 성 문화의 타락이라고들 하데마는..."

"5·16혁명은 그런닥 허세. 근디 그 뒤로 비리 사건들은 또 뭐난 말이여?"

이른바 4대 비리 사건. 군사정권 아래서 일어난 4가지 부정부패 사건. 증권파동, 워커힐 사건, 회전 당구기(파친코) 사건, 새나라 자동차 사건을 가리킨다. 이 사건들은 군사정권이 정치자금을 조달하기 위해 저지른 것으로 알려져, 1964년 초 국회에서 국정감사를 받기도 했다.

"참. 말이 나온 김에, 사카리 사건은 또 뭐야? 초등학교 시절,

보리 베러 가면 밭주인이 찬물에 사카리를 타주고 그랬는데."

이른바 사카린 밀수 사건. 1966년 울산에 건설 중인 한국 비료의 자재 창고에 보관 중이던 요소 비료 원료 6톤이 시중에 유출된 사건을 일컫는다. 언론에서는 대서특필했고, 국회에서는 김두한이 단상에 올라 "국민의 재산을 도둑질한 당신들이 먼저 밀수한 사카린 맛을 봐라!"라고 말하며, 오물 세례를 퍼 부어 해외 토픽에까지 날 정도였다.5)

"우리가 시방 리나 이야기를 허고 있었제이. 그 뒤로 시간도 많이 흘러 버렸제마는, 흑장미에 속헌 애들이 워낙 거칠어야 말이제."

"흑장미?"

"그 유명헌 동아리 있지 않은가? 개네들한테 잘못 걸리면 여지 읎다 허그든. 여자애들이야 몸으로 때운다제마는, 남자애들은 빼따구도 못 추린다고 소문이 나 있어."

"대학에 그런 깡패 같은 놈들이 다 있어?"

"태민이 자네같이 순진헌 사람들이 몰라서 그러제, 알고 보면 살벌허네 이. 개네들이 학생회장도 세우고, 총장이나 학장들 만나고 댕김시로 학교 일을 좌지우지허고 그런단 게. 학교 운동회나 축제 때에는 몇 백만 원씩 빼먹고 그런대. 시내 깡패들허고도

---

5) 국회 오물투척 사건: 1966년 9월 22일, 무소속 김두한 의원이 국무위원 등에게 미리 준비한 똥물을 투척한 사건. 이 일로 김두한은 국회의원직을 잃고 구속되었다. 김두한은 독립운동가 김좌진 장군(청산리 전투의 영웅)의 아들로서, 현재 김을동 새누리당 국회의원의 부친이자 영화배우 송일국의 외조부에 해당한다.

다 줄이 닿아 있는 디다가 심지어 조직원을 대학에 심기도 헌단
디, 헐 말 다 했제.”

“젊은 놈들이 세상에 할 짓이 없어, 그런 짓을 하고 다닌단 말
이야?”

“아이고, 장교 후보생이라고 정의감이 대단 허십니다? 하하
하... 열 낼 것 까지는 옳고. 아무튼 나나 자네같이 순진헌 사람들
은 카마이 있어야제, 고난시 깝쭉 대다가는 큰 코 다치네 이.”

“총장까지 고놈들한테 휘둘린다니....”

“대학 총장이 존경을 못 받는 시절인 게. 왜 그 둔마 장관이라
고 있지 않은가?”

문교부 장관으로 ‘영전’해 간 총장은 무소불위의 권력인 대통
령 앞에서 “이 둔한 말(鈍馬)에게 채찍질을 가해 달라”며 머리를
조아렸다. 주마가편(走馬加鞭)이라는 용어의 ‘달리는 말’ 대신 ‘둔
한 말’이라는 단어를 사용한 것인데, 이는 “각하! 시원하시겠습
니다”라는 말과 함께 최고의 아부성 발언으로 사람들의 입에 오
르내렸다.

“그분이 전국 대학에 학도호국단을 창설토록 했다며?”

“그라제. 작년엔가 뇌일혈로 쓰러져 식물인간이 되았넌 디, 대
통령이 전 세계를 다 뒤져서라도 명약을 구해오라고 했다지 않
은가? 결국 세상을 떠나고 말았는데, 마지막 말이 의미심장허드
라고. 사람이 말릴 때 들었어야 하는데... 그러더래.”

“그것 참. 우린 그냥 학군단이라고 부르는데, 학도호국단은 왜

만든 거야?"

"우리 1학년 때 생겼지 않은가? 말로는 안보의식을 고취허고 전시(戰時)에 대비토록 헌다는 것인 디, 실제로는 학생조직을 통제헐라고 헌 것이제에."

"자네나 나나 복잡한 시대를 살고 있구만. 그래서 리나가 학교를 그만두었다고?"

"응. 그래 갖고 한참 늦게사 복학을 했제. 이제 아마 2학년을 도로 다니고 있을 턴디? 자네 은제 못 봤는가?"

"몰라. 요즘 나도 훈련 받으랴 수업 받으랴, 아무 정신이 없거든. 그래서 자네가 군대를 가 버렸구만? 그렇지 않아도, 자네 얼굴이 안 보여 이상하다 했지."

"문 좋은 일이라고 소문을 내고 그러겄어? 다 공부허고 바쁜 줄 아니까 조용히 사라졌제. 인제 제대 날짜도 을마 안 남었어."

"자네는 다 되었는데, 나는 앞일이 태산 같네. 졸업해야지, 군대 가야지."

"대한민국 남자한테 군대는 십자가 같은 거 아닌가? 누구나 짊어져야 할 십자가 말이여. 그래도 ROTC는 금방 제대헌담시로?"

"말로는 2년이라 하는데, 실은 3년 다 채우는 거나 마찬가지야. 혹시 리나 성격이 그렇게 된 것도 그 사건 때문이 아닐까?"

"글쎄. 그럴 수도 있제. 저질러 버린 놈들은 다 잊고 살겄제마는, 당헌 쪽은 평생 그 상처를 보듬고 살아가는 법인 게. 그건 그렇고. 어째 우리나라는 군대라는 제도가 있어 갖고, 젊은 사람들을 주눅 들게 허는지 몰르겄어. 제일 좋은 때를 군대에서 푹 썩게 만들고 말이여."

"그러니까. 에이! 씨..."

이래저래 속이 상했다.

"대개 군대 갔다 오면, 사람이 파싹 늙어 버리는 것 같드라고. 패기도 읊어지고, 중늙은이가 되는 것 같어. 근데 나는 자네가 ROTC 지원헐 줄은 몰랐네. 아무리 봐도, 자네는 군대체질이 아닌 것 같은디..."

"집안의 형님들이 사병으로 갔다가 빠따로 두들겨 맞고 배도 고프고 그랬다고, 어찌나 겁을 주든지. 또 아버지 때문이기도 하고..."

"자네 아버지가 왜?"

"스물두 살 대학생 때 6·25가 났대. 불려가는 대로 다 죽는 판 아닌가? 그래서 피해 다니셨던가 봐. 결국 기피자가 되신 거지. 그 때문에 사회 활동하시는 데 지장이 많았고. 그래서 한이 맺혔다고나 할까? 하지만 이렇게 고생할 줄은 몰랐지."

"왜 좋잖아? 후보생복 딱 다려 입고 충장로 나가면, 지나가든 아가씨들이 다 쳐다보고. 오늘 보니까, 국제 신사답게 자네는 사투리도 안 쓰는구만. 또 군대 가면 대우받고..."

"대우받는 대신, 또 책임이 따르잖아? 자네같이 전경대가 맘 편하고 좋지."

"말도 마소. 차말로 사람 배리기 존 디가 이 전경대시. 자네 산다이라고 들어봤는가?"

"재미있다고 그러던데?"

"재미있기는. 술과 노래, 여자 이 세 박자가 맞아야 헌다는 것 인 디, 그게 놀 때는 존 디 나중에는 골치 아퍼."

"왜? 군대야 그저 즐겁게 놀다가 건강하게 제대하면 끝나는 거지 뭐."

"돈 들어가지, 몸 배리지, 또 시골 처녀들 잘못 건들었다가 재 수 옳이 걸리면 신세 조진단 게. 생각해 봐. 시간 때울라고 장난 삼아 만난 처녀가 죽자 살자 달라들면 어찌겠는가? 영락옳이 촌 구석으로 장개 가야제. 만약에 거그다가 임신이라도 떡 해 보란 말이여. 빼도 박도 못허고, 이건 사람 환장허는 거여."

"돈 몇 푼 쥐어주고 애 떼라고 하면, 될 것 아닌가?"

"그게 도시 여자들한테는 통헐른지 몰라도, 어디 시골 여자들 한테 통허냐고? 보수적이어서 그러기도 허제마는, 자기들 입장 에서 무슨 팔자에 대학교 나온 신랑을 얻을 수 있느냐 말이여. 그런게 때는 이때다 허고, 염치불고허고 달라든단 게."

"하하하... 행복한 비명이구만."

"행복? 자네도 막상 당해 보먼 폭폭증 날 것이네. 왜 그 양광철 이라고 있지 않은가? 그 애가 칠따구가 났지 않은가? 죽어도 안 떨어질라고 허는 디, 어쩔 것인가?"

"왜? 임신을 해 버렸어?"

"그랬지. 어쭈고어쭈고 해서 겨우 띠기는 했는 모양이데마는, 보통 골치를 썩힌 게 아니었단 게. 월급할라 박헌 디 누구한테 말도 못허고, 결국 친구들한테 돈 빌리다가 소문이 난 거여. 참, 자네 고향 쪽이었을 것 같은 디?"

언젠가 무라리 친구들로부터 들은 이야기가 생각났다.

"아따! 그 노모 전경대 놈들 땜시, 우리 동네 가시네들 다 어작나게 생겠네 걍."

무라리 서촌에서 빤히 바라보이는 칠산 앞바다에 3000 정보 (町步-1 정보가 3천 평이므로, 9백만 평에 해당) 만든다며 물막이 공사가 시작되었고, 쌓아놓은 둑을 삥 돌아가며 해안초소가 세워졌다. 바로 그 초소에 주둔하며 밤낮으로 보초를 서는 부대가 전투경찰대였다. 이곳이 서해안 가운데에서도 가장 취약한 지구로 선정된 데에는 두 가지 이유가 있었다. 북한에서 무동력 배를 띄웠을 때 조류에 밀려 자동으로 백수면 구수리 앞바다에 도달하기 때문에 간첩들이 침투하기 용이하다는 것이 첫 번째 이유이고, 6·25전쟁이 종결되었음에도 불구하고 5일 동안이나 국군이 진주하지 못할 만큼 빨치산들의 저항이 거셌다는 점이 두 번째 이유였다. 특히 석구미와 동백마을을 품고 있는 대절산은 공산군을 피해 무라리 사람들이 피난처로 삼았건 곳이기도 했다.6) 그런데 문제는 간첩을 색출한다는 명분으로, 고기잡이해 오는

---

6) 해수탕으로 유명한 석구미 마을 입구에서 출발하여 길룡리 원불교 성지 입구에서 마무리되는 백수해안도로는 '한국의 아름다운 길'에 선정된, 낙조(落照) 감상의 명소이다. 해당화와 벚꽃이 흐드러지게 피는 총연장 16.3킬로미터의 이 길 주변에 영화 〈마파도〉의 촬영지인 동백마을과 원불교 창시자 박중빈의 생가 터인 영촌마을이 자리하고 있다.

주민들을 언제든지 검문할 수 있는 전경대의 특권.

"참. 그것도 문 권력이라고, 쪼끔이라도 싫어허는 기색이 보이면 고냔시 까탈을 잡어갖고 바닥(바다)에서 못나오게 헌 게, 어쩔 것이여? 괴기 중에서도 최고로 싱싱헌 놈만 골라서 상납을 해야헌다 그 말이여."

"고놈들이 언칸 시간이 남어돈 게 밤나 술 퍼먹고 노래로 날밤을 새는 디, 우리 무라리 순진헌 처녀들을 안 꼬시겠는가?"

"여자들이 겁도 없이, 밤중에 거기까지 간단 말이야?"

"씨벌 년들이 다른 때는 무서 무서허다가도, 그놈들이 오락 허먼 떼로 몰려간단 게. 우리 같은 촌놈들은 양에 안 찬다 그 말인디, 많이 배우고 잘난 대학생들이라 좋아허겄제에. 즈그 팔자에 은제 그런 놈들 물었어? 나 잡어 잡수시오 허고는, 날랍게 뺀쓰끈 내래준 게 자다가 떡 얻어먹는 기분으로 쏘아델 것 아닌가? 즈그들이사 저질러 놓고 가 버리먼 끝이제마는, 만만한 촌년들이 어쩌겄어? 신세 조졌다고 울고불고 해 봐야, 뻐쓰 떠난 담에 손 흔드는 꼴이제."

대학 친구 다섯 악당이 무라리를 찾았을 때, 고향 친구들은 그렇게 전경대[7]를 성토했었다. 그런데 타도해야 할 '적' 가운데,

---

7) 전경대(전투경찰대): 1967년의 대통령선거를 전후한 사회혼란과 간첩침투 증가를 대비하여 대통령령으로 창설되었고, 이후 1970년 대(對) 간첩작전을 임무로 하는 경찰조직으로 정비되었다. 그러나 민주화운동기를 거치는 동안, 주로 시위 진압 부대를 상징하는 경찰조직으로 국내외에 인식되어 왔다.

대학 친구가 끼여 있었다니. 리나에 대한 충격이 채 가시기도 전에 종복은 또 다른 스토리를 꺼내 들었다.

"그나저나 자네 미술과 여학생 말 들었어?"

"아니. 누가 무슨 일 있었대?"

"이 사람이. 학교 댕기는 사람이 군복 입고 있는 사람보당 더 깜깜이니. 자네한테 학교 소식 조까 들을라고 했데이, 완전히 거꾸로 되았구만?"

"원래 내가 소문에 좀 둔하거든. 그리고 아까도 말했지만, 워낙 바쁜 통에..."

"여기, 이 신문 조까 보라고."

그는 꼬깃꼬깃 접힌 학보를 태민의 코앞에 들이밀었다. 그가 가리키는 곳에는 '오창진' 학우의 시가 자리하고 있었다.

"여기 이 창진이가 내 고등학교 친군데, 지금 의대에 다니고 있거들랑. 근데 얘가 그 미술과 여학생을 엄청 좋아했어. 누구냐면... 하마 자네도 한두 번 봤을 거여. 집이 우산동이라 동쪽 후문으로 댕겼넌 디, 자네 집도 그쪽 어디 아니었든가?"

"한때는 그랬지. 지금은 정문 쪽으로 이사 왔지만..."

"왜 그 키가 늘씬허고, 머리칼을 엉덩이까지 늘어뜨리고 다니든....항상 이젤8) 가방인가 뭇인가를 들고 댕기든 가이나 말이여

---

8) 이젤(easel): 그림을 그릴 때, 캔버스(유화를 그릴 때 쓰는 천)나 화판을 안정시키기 위한 받침대.

어. 그래도 몰르겄어?"

"아, 생각났다. 그 애? 그 까만 머리칼에 하얀 얼굴? 꼭 무슨 사연이나 있는 것처럼 보이던, 그 애 말이야?"

"그렇지. 걔는 늘 혼자 댕겼어."

"무슨 특별한 이유라도 있대?"

"이유가 있어서라기 보담도, 항상 우울해 허고 그랬제에."

"겉보기에는 무척 유복하고, 있는 집 아이 같던데? 그림 그리는 아이들이 원래 부잣집 출신이 많잖아?"

"꼭 그런 것만은 아닌 디, 걔는 그렇게 보였제."

"근데 걔가 어떻게 됐다는 거야?"

"죽었잖아?"

"뭐? 죽어? 왜?"

"이 사람. 놀래기는. 자살했지."

"자살? 왜?"

"아따, 사람 귀청 떨어지겄네. 학군단 가데이 목청만 커졌는 생이네. 교수 허고 무슨 썸씽이 있어 갖고, 그랬든 모양이여."

"교수...허고?"

"하루는 시험을 보는데, 왜 그 여학생들이 커닝 페이퍼 준비해 갖고 보다가 급헐 때면 스커트 밑으로 집어넣는다고 안 허든가? 제일 안전한 곳으로 말이야. 뻔히 알제마는, 교수 입장에서 들춰 보자고 헐 수도 읎는 노릇이고..."

"그렇겠지. 자칫 잘못했다간 구설수에 오를 테니까. 그런데 걔는 영리하게 생긴 것이 공부도 잘하게 보이던데?"

"썩 잘헌 편은 아닌 디, 그런대로 중간은 유지허고 했든 모양이여. 근데 그 날은 전공과목 시험을 보는 디, 미처 공부를 마무리허지 못헌 상태에서 마음이 급허니까, 페이퍼를 준비했든 모양이여. 옆에 친구들도 허니까, 호기심도 발동허고 그랬겠제에."

"하기야 옆에서 자꾸 커닝하는 걸 보면, 성질도 나지. 괜히 혼자만 손해 보는 것 같고 그러거든. 나도 ROTC 군사학 시험 볼 때는 커닝 많이 했어. 좌우간 그래서?"

"그 학과에 '꼰대'라고 있었는데, 독허기로 유명허대. 해필 그 교수가 감독으로 들어와 갖고, 이 얘의 스커트 밑으로 들어간 페이파를 막무가내로 빼앗은 거야."

"야, 그 인간도 참."

"그래 갖고 여럿이 보는 앞에서 짝짝 찢어 버린 다음, 이 시간 시험은 빵점인 게 나가라고 소리를 바락바락 친 거여."

"세상에, 어떻게 그럴 수 있어? 자기는 학교 다닐 때, 커닝 안 해 봤대?"

"원래 깨구락지 올챙이 적 생각 못 헌다는 말이 있지 않은가? 교수들도 까놓고 보면 벨 볼 일도 읎음시로, 지들은 늘 모범생으로만 댕긴 것처럼 말허잖아?"

"지식인의 허위의식이라고 해야지. 그래서 어떻게 됐대?"

"보통 애들 같으면, 오늘 재수 읎어 갖고 그랬는 갑이다 허고 탈탈 털어 버릴 턴 디, 왜 그 흔히 예술헌다는 것들이 유난을

떨잖아? 거그다가 이 가이나는 또 자존심이 밸라 더 쎘든 모양이
여. 그 날 학교에서 돌아오는 즉시, 지 방에 연탄가스를 피어 놓
고는 죽어 버린 거여."

"야! 아니 어떻게 혼자 연탄가스를 마셔? 밤에 피워 놓고 잤다
는 말이야?"

"아니. 벌건 대낮에 그랬단 게는."

"대낮에?"

"차코 말 끊지 말고, 끝까장 들어보란 게. 부엌에 있든 화덕을
방에까장 들고 와서는, 거그다가 지 코를 박고 죽었단 게는."

"야, 무슨 가시네가 그렇게 독하대?"

"그런 게 말이시. 보기에는 순허디 순허게 안 생겼든가?"

"그러니까. 얼마나 예쁘고 고상하게 보이던지, 우리 같은 사람
은 감히 쳐다보기도 황송하던데. 이국풍으로 생긴 것이, 나는 첨
에 우리나라 사람이 아닌 줄 알았어. 어디 파리에서 온 화가 같기
도 하고. 그렇게 예쁜 아이가 그렇게 비참하게 죽었단 말이야?"

"얘가 유서까지 써놨는 디, 시험 감독했든 그 교수를 원망허는
내용이 들어있었던 거여."

"야, 죽으려면 지 혼자나 죽지, 왜 또 교수까지 물고 늘어지냐?"

"물론 교수도 너무허긴 했지. 그래도 그 양반 입장에서는 기가
맥힐 노릇 아닌가?"

"본인이 커닝을 했으니까 들켰을 때, 그 정도는 각오했어야지.
자살까지 할 줄 알았으면, 그 교수도 안 그랬겠지. 그럼 젤 첨에

시체를 누가 발견했는데?"

"부모는 시골 어딘가에 살고 있어서, 그런 일이 있는지 어쩐지도 몰르고. 하마 큰방 아주머니가 젤 먼저 봤겄제? 그 다음에 인자 같은 과 애들이 몰려가고..."

"죽었어도 예쁜 모습은 그대로 있었을까?"

"천만에. 현장에 가서 보고 온 미술과 아그덜이 그러는 디, 차마 눈뜨고는 못 보겄드라데. 그 숱 많든 머리카락은 다 타서 대머리같이 되야 버리고, 얼굴은 완전히 찌그러져서 누군지도 못 알아보게끔 타 버렸드라여. 한 마디로 사람도 아니드라여."

"그러니까 요는..."

"그러제에. 코를 박고 있다가 죽어 버린 게, 화덕 위로 그대로 엎어져 버린 것이제에."

"야, 독하다 독해. 여자가 한을 품으면 오뉴월에도 서리가 내린다고 하더니, 아무리 그래도 사람이 자기 목숨 끊는 것이 쉬운 일 아닌데. 자살을 아무나 하는 게 아니잖아?"

"팔자에 있어야 자살도 허는 것이여. 자네나 나나 억만금 줄 틴 게, 죽으락 허면 죽겄는가?"

"억만금이 뭐야? 이 우주를 다 준다 해도 안 죽지."

중학교 2학년 때, 그리고 고교 입시에 실패하고 나서 자살하려 했다는 말은 입 밖에 내지 않았다.

"그러고 보면, 꼭 이쁜 것들이 얼굴값을 해요."

"미인박명이라더니. 근데 오늘 자네는 나를 놀래 주려, 아주

작심을 하고 온 것 같아. 혹시 일부러 꾸며 낸 이야기 아니야?”

“자네는. 을마나 존 말이라고 역불러 그러겄는가?”

“그러면 그 교수는 어떻게 되었어?”

“휴직을 했지. 사표 안 쓰니라고 다행이제. 을마나 놀랬겄는가?”

“근데 아무 책임도 없을까?”

“책임은 무슨. 커닝허다가 걸렸을 때 빵점 맞는 것이사, 당연
헌 일 아닌가?”

“보통은 그냥 봐주기도 하잖아?”

“그것이사 사람 좋을 때 말이고, 이 양반은 꼰대란 게는. 그러
고 교수가 다 큰 학생들 일일이 따라 댕김시로, 감시헐 수도 읎는
노릇이고, 대학생이면 성인 아닌가? 지 목숨 지가 알아서 간수해
야제, 누가 이래라 저래라 헌단가? 또 그 교수한테 커닝허다가
걸린 경우가 어디 하나뿐이겄어? 그 수많은 학생 가운데 어째서
지만 죽냐 이 말이제.”

“그래도...”

“물론 도덕적인 책임이사 따라 댕긴다고 봐야겄제에.”

“마음에는 평생 빚이 되겠지. 그나저나 자네는 어떻게 그리도
잘 아는가?”

“내나 말헌 게는. 야가 내 친구란 게. 창진이가 그 죽은 애를
생각험시로 쓴 시라고, 이게.”

“아참, 그랬지. 그동안 난 건성으로 봤는데...”

“자세히 봐도 그 내막을 모르먼, 그냥 그런 모양이다 허는 거지.”

백마고지의 월북자

"이 계급장 하나 달라고.. 그나저나 고상했다."

"예, 아버지. 제가 대한민국 장교가 되었습니다."

광주 쌍촌동 상무대 연병장에서 거행된 임관식, 이씨는 감개 무량한 표정을 지었다. 학업과 군사훈련을 병행하는 가운데 교직 이수를 포기했고, 간헐적으로 전개된 민주화운동과도 거리를 두어야 했다. 이씨는 영광 출신 동기 소대장 20여 명을 시내 중국 음식점으로 초대하여 점심을 사겠노라 했다. 조합장 전용차에는 진선도 동승했다.

"실은 우리도 무인 기질이그든. 내가 군대를 안 갔은 게 그러제, 갔으면 폴세 장군 되얐을 것이다. 말허자면 전쟁에서 안 죽었으먼 그랬을 것이란 소리여."

"그야 누구든지 그렇지요. 헤헤…"

"글 안 헌 것이여. 사람마닥 타고난 기질이 다 틀리그든. 느그 한아씨랑이 서촌 아내미에 있는 큰집 뒷잔등에 올라가서 악때기를 질르면, 10리 떨어진 염산 포천이나 중촌에서 친척들이 듣고 탐박질해 온단 게는."

"설마요?"

"움마! 야가. 내가 그짓말허겠냐?"

"그때는 다른 소리들이 없어서 그랬을 수도 있겠네요."

"느그 작은 한아씨랑은 쌀 한 가메이 같은 것은 그 자리서 뿔끈 들어갖고 쩌만치 땡개 버려. 우리 집안이 승질이 조까 급해서 그러제, 불의를 보면 절대 못 참그든."

광주 시내에서 가장 유명하다는 충장로 1가의 중국 식당. 이씨는 기어이 진선을 옆자리에 앉게 했다. '오늘은 배터지게 양껏 먹어버리라!'는 그의 전매특허용 발언에 박수와 환호성이 터졌다. 이에 고무된 듯, 그는 장황한 인사말을 늘어놓았다.

"여그 있는 김양은 태민이 약혼자… 물론 아직은 아니제마는, 좌우간 그런 줄 알고. 앞으로 고향 발전을 위해 큰일들 해 주기 바라고… (…중략…) 어이, 뽀이! 여그 최고 일류로 해서, 먹는 대로 갖고 와 버려."

집안에서는 괴팍하기 이를 데 없는 성격이 밖에 나오면 세련된 매너와 뛰어난 화술로 둔갑하니, 참으로 불가사의한 일. 군

농협장 3년 임기를 성공리에 채우고, 재임을 받은 데 대한 자신감의 발로일지도 모른다는 생각이 들었다. 그로부터 이틀 후, 졸업식이 열렸다.

"어머니. 오늘 춤 안 추세요?"

"뜬금 없이 문 소리디야?"

"제가 고등학교 졸업하던 날, 그러셨잖아요? 대학교 졸업식 같으면, 깨 벗고 춤이라도 추시겠다고요. 하하하..."

"호호호. 그런 게 말이다. 내 큰아들이 대핵교 졸업했으니, 을마나 좋은 날이냐? 근디 시방도 너는 그 말을 기억허고 있냐? 허기사 그때만 해도 까마득해 보이데이, 세월 참 빠르긴 허다."

"제대도 금방 할 거예요."

"아면. 4년도 갔넌 디, 찍해야 2년이람시로 그것 안 갈라디야?"

입영전야(入營前夜). 상무대 보병학교에 들어가 16주, 4개월 동안 고강도 훈련을 받고 나면, 십중팔구 전방으로 가게 되어 있었다. 대한민국의 젊은이라면 누구나 거쳐야 하는 통과의례, 하지만 오늘따라 주위에는 아무도 없었다. 고3인 여동생은 자정이 다 되어 들어올 것이고, 진선 또한 군 복무 중인 오빠가 휴가 나왔다며 못 온다는 기별을 해 왔다. 작년 늦가을, 오랜만에 나타난 그녀의 입에서 청천벽력 같은 소리가 튀어나왔다.

"나... 임신했어요."

"뭐? 지금 뭐라 했어?"

"태민 씨의 애길 가졌다고요."

"왜 그동안 소식이 없다가, 이제 와서 아기를 밴 거야?"

"몰라요. 몇 달째 생리가 없어서 병원에 가 보았더니....."

마땅히 기뻐하고 축복해야 할 일이었다. 하지만 아직은 학생 신분이고 미혼인 데다, 결혼 준비도 되어있지 않은 상태. 희한하게도 결혼에 대해서는 깊이 생각해 보지 않았던 것 같다. 그렇다고 다른 여자를 염두에 둔 것도 아니었다. 다만 장가가서 살림 꾸리고, 아이 낳고, 직장 출근하여 돈 벌어 오고... 다람쥐 쳇바퀴 도는 그런 생활이 남의 일처럼 느껴졌었다. 억만년의 세월 속에서 오직 한 번, 찰나를 살다 가는 이 인생살이에서 남과 구별되는 삶을 영위하고 싶었다. 이 세상에 태어난 수십억의 인구 가운데, 자신만이 할 수 있는 일을 하고 싶었다. 기나긴 인류 역사에서 보일락 말락 한 점 하나라도 찍고 싶었다. 그런데 왜 이런 일이 나에게? 그러나 전화를 받은 김씨는 반색을 했다.

"오메이! 그래야? 차말로야?"

"이제 우린 어떻게 해야 하는 거예요?"

"뭇을 어쭈코 해야? 낳아야제."

"예? 낳아요?"

"그러면 떨래? 너, 하나나 그런 생각은 먹지도 말어라 이. 꿈도 꾸지 말어!"

"왜요?"

"뭇이 왜야? 뱄은 게 그냥 낳는 것이제, 애기 낳는 디도 문 이

유가 있디야?"

"어머니도. 내 나이가 몇인데, 벌써 애기를 낳아요?"

"니 나이가 어째서야? 낼모레 대학 졸업허먼 으런 아니냐? 느그 친구 홍식이는 애기가 초등학교 들어가게 생겼다. 차말로 다행이다. 나는 어째서 애기가 안 들어슨디야 꺽정을 태산같이 했었넌 디. 물론 결혼허고 나서 나먼 좋겄제마는, 어디 세상일이 내 맘대로 되디야? 그나마 다행인 줄 알고, 다른 생각 말어. 고냔 시 진선이한테 헛소리 허지 말고."

비로소 정신이 차려졌다고 해야 할까. 다음 날, 태민은 진선의 불룩해진 배를 만지며, 코 먹은 소리를 내고 있었다.

"미안해. 내가 잠깐 어떻게 되었나 봐. 이렇게 감사할 일을 가지고..."

"제가 칠칠치 못해 그렇지요."

"그런 말 하지 마. 우리, 애기 잘 낳아서 건강하게 키우자."

진선과의 결혼을 숙명으로 받아들인 데에는, 임신 외에 두 가지 요인이 더 작용했다. '나는 이 여자 없이 결코 행복해질 수 없다'고 하는 뼈아픈 자가 진단과 장인(?)의 당부. 졸업을 두 달여 남겨 둔 어느 날, 그는 시외전화를 통하여 이렇게 '유언' 했었다.

"나 진선이 애빈데... 잘 부탁한다."

오직 그 한 마디를 남기고, 두 시간 후 숨을 거두었다. 그에게는 원래 부인이 따로 있었다고 한다.

"첫 부인이 못 견디고 나가 버리셨대요. 종갓집인지라 제사도 많고, 할아버지, 할머니가 살아계시는데 워낙에 두 분 성격이 유별나셨대요. 그러고 나서 어머니가 처녀로 들어가셨는데, 나이 차가 많으셨음에도 두 분은 정이 많으셨대요. 막 결혼하시고 한 방도 못 쓰게 하던 때, 새벽녘에야 엄마가 사랑방으로 건너가고 그러셨다고...."

"야! 로맨틱하네."

"그러니 얼마나 살가왔겠어요? 엄마를 애기처럼 대하고 그러셨대요. 엄마는 지금도 아버지의 그 사랑 때문에 모든 것을 잊을 수 있었다고 그러시더라고요."

"난 아버지와 어머니의 다정한 모습을 본 적이 없어. 싸우고 욕하는 것만 많이 봤고. 그래서 부부끼리는 그런가 보다 했지."

"난 욕을 해 본 적이 없어요. 아니, 잘 몰랐어요. 집안에서 아예 욕을 들어보지 않은 데다, 아버지가 딸들은 밖에 안 내보내셨거든요. 시장통이라든지 사람들이 많이 모이는 데 갔다가는 벼락을 치셨으니까요."

"양반집이라 은근히 자랑하는 것 같은데?"

"솔직히 당신집이 신흥 부자라면, 우린 전통이 있는 양반 가문이에요."

"아이구! 한국인들 치고, 옛날에 양반 아닌 집안 있나? 아버지 결혼 초창기에 조금 고생하시긴 했지만, 우리도 종갓집에 끌텅이 있는 집안이야. 이거 왜 이래?"

보성 율어의 면사무소 소재지인 문양리. 완행버스에서 내리면

정류장 부근에 시장이 있었고, 그곳에서 산을 향하여 언덕배기를 오르면 진선의 집이 자리하고 있었다. 일제시대 때 면장을 지낸 할아버지는 행차 시 차대[1]가 높은 호마(胡馬-몽골이나 여진족 등의 북방 민족으로부터 들어온 말의 호칭) 위에서 총을 차고 다녔으며, 아버지는 일본 동경까지 유학을 다녀왔단다. 읍어면 안에서 가장 큰 밤 밭(栗田)을 소유한 집안답게, 솟을대문이라든가 정원의 넓은 터 등 대저택의 면모가 그대로 남아 있었다. 다만 정원 한 가운데 자리하고 있던 커다란 연못은 둘째 오빠가 그곳에 익사한 후 메워졌단다.

은행에 난입하여 진선의 뺨을 후려갈긴 사건 때, 그가 집으로 찾아와 각서를 요구했었다. 다시 한 번 폭력을 휘두르면 어떠한 처벌도 달게 받겠다고 하는, 참으로 굴욕적인 항복문서. 그 모든 것들이 전화 한 통화로 깨끗이 해소되고 말았던 것이니. 며칠 연기된 장례 날짜에 맞추어, 태민은 노란색 국화 꽃바구니를 사들고 내려갔다. 그 바구니가 놓인 영정 앞에서 호상[2]을 맡은 야당 중진 의원이 조사(弔辭)를 읽어 내려갔다. 며칠 후, 해쓱해진 얼굴의 진선이 나타났다.

"아버지가 너무 불쌍해서 많이 울었어요. 원래 암이 그렇게 통

---

1) 차대(車臺): 기차 따위의 차체(車體)를 받치며 바퀴에 연결되어 있는 철로 만든 테. 여기에서는 말의 키가 컸음을 의미.
2) 호상(護喪): 모든 절차가 잘 진행될 수 있도록 하기 위하여 내세우는 장례 의식의 총지휘자. 고인의 형편이나 인간관계를 잘 아는 친척 혹은 친구 가운데 고른다.

증이 심하다네요. 환자 본인이 몸을 막 잡아 뜯으시니까, 병원에서도 침대에 꽁꽁 묶어놓고 그랬거든요. 당신 전화 받으실 때에도, 고통이 무척 심할 때였어요. 나중에는 이를 부득부득 가시며 몸부림을 치시는데, 옆에서 보기에도 힘들었어요."

"…."

"근데 마침 오빠도 집에 없어서…"

"왜? 어디 가셨대?"

"몰라요. 워낙에 속없이 돌아다니니까. 그때도 연락이 안 되어 장례도 못 치르고 있는데, 사흘 만에 왔더라고요. 포니 승용차 하나 사 갖고, 전국을 돌아다녔는가 봐요. 근데 오빠가 병풍을 제끼니까, 아버지가 눈을 부릅뜨고 이쪽을 쳐다보고 있는 거 있지요?"

"어떻게 그럴 수가 있대?"

"워낙에 큰아들을 보고 싶어서 그러셨겠지요. 오빠가 울면서, 아버지 제가 왔어요. 그러니 제발 눈을 감으세요 하면서 손으로 눈을 감겨드리니까, 그제야 눈이 감기더라고요. 그 전에는 다른 사람들이 암만 감겨드려도, 도로 떠지고 그랬거든요."

"아이고, 무섭다. 그만해."

그런데 오늘밤은 그 잘난 오빠, 어렸을 적부터 과외 선생님을 붙여 주어도 죽어라 공부를 멀리하던 오빠, 고등학교 시절 용돈을 부쳐 주지 않으면 죽어 버리겠다며 부모를 협박하던 그 오빠를 만나느라 오지 못한단다. 임관식, 졸업식의 부산물로 방안 가득 쌓인 꽃다발들이 도리어 슬퍼 보였다.

'며칠 지나면 시들겠지. 아! 우리의 젊음도 저 꽃처럼 시들어 갈 텐데, 왜 우리는 젊음을 송두리째 전쟁을 위한 병정놀이에 바쳐야 하나?'

울적한 마음에 기타를 꺼내 잡았다. 오늘밤에 어울리는 노래라면? 당연히 '입영전야'였다. 코드를 짚으며, 조용히 가사를 음미해 보았다. 창백한 얼굴을 가진 가수가 얼마 전에 불러 히트하기 시작한 이 노래만큼, 오늘밤의 심경을 잘 표현한 곡도 없으리라.

아쉬운~ 밤 흐뭇한 밤
뽀얀 담배연기
둥근 너의 얼굴 보이며
넘치는 술잔엔
너의 웃음이
정든 우리 헤어져도
다시 만날 그 날까~지
자~ 우리의
젊음을 위하여
잔을 들어라

지난 날~들 돌아보면
숱한 우리 얘기
넓은 너의 가슴 열리고

마주 쥔 두 손엔

사나이 정이

내 나라 위해

떠나는 몸

뜨거운 피는 가슴~에

자~ 우리의 젊음을

위하여 잔을 들어라

자~ 우리의 젊음을

위하여 잔을 들어라

자~ 우리의 젊음을

위하여 잔을 들어라

잔을 부딪칠 사람 하나 없다는 사실이 슬펐을까. 양 뺨으로 눈물이 흘러내렸다.

'왜 우니? 이 못난 놈아. 너는 지금 국가와 민족을 위해 잠시 잠깐 젊음을 유보하는 것뿐이야. 아버지의 병역기피를 보상하기 위해, 그리고 너 스스로 떳떳한 대한의 남아로 우뚝 서기 위해 기꺼이 길 떠나는 거야. 수많은 이 땅의 선배들이 걸어갔고, 지금 네 또래의 젊음들이 걷는 중이며, 앞으로 네 후배들이 따라야 할 길 아니냐?'

그럼에도 어쩔 수 없이 튀어나오는 다른 목소리.

'만에 하나, 군대에서 살아 돌아오지 못한다면? 훈련이나 작업

중, 예기치 않은 사고로 사망하거나 부상을 당한다면? 전쟁이라
도 일어나는 날이면, 가장 선봉에 서야 할 소대장으로서 십중팔
구는 전사하거나 부상을 입을 것이고. 만약 내 몸이 성치 못하게
될 경우? 필시 어머니는 기절하고 말 것이며, 진선과 내 아기는?'

더욱이 지금은 남북 간에 긴장이 한껏 고조되어 있는 상황.
월남전 패망 이후, 얼마 되지 않아 8·18 도끼만행사건(1976년)이
판문점 공동경비구역 안에서 일어났다. 북한 경비병 30여 명이
미루나무3) 가지치기 작업을 하고 있던 미군 장교 두 명을 무자
비하게 살해하고, 한국군 여러 명에게 중경상을 입힌 사건. 미국
은 전폭기 및 전투기 대대를 출격시키고 미군 제7함대 기동부대
를 한국과 북한 해역에 출동시키는 등 무력시위를 전개하는 한
편, 군사정전위원회를 열어 강력히 항의하였다. 결국 김일성이
사과함으로써 사건은 일단락되었지만, 남북 사이에 팽배해진 적
대감은 한반도 상공을 맴돌고 있었다.

거기에다 또 하나의 소문이 있었으니. 최전방부대의 GOP 사
단에서 한 대대장이 무전병을 데리고 월북(越北)하는 사건이 일
어났단다. 보안사는 대통령께 "북한에 의해 납치되었다"고 보고
했지만, 그가 사단의 보안부대에 약점이 잡혀 스스로 월북한 것
으로 밝혀졌다. 이 사건으로 한국군 부대의 이름과 암호 체제가

---

3) 미루나무: 버드나무과에 속하는 낙엽활엽교목. 미국에서 들어온 버드나무라는
뜻에서 미류(美柳)나무라고 부르기도 한다. 높이는 30m이며, 꽃은 3월말부터 4월에
걸쳐 피고, 열매는 5월에 성숙한다.

깡그리 바뀌었고, 사고 사단을 경기도 양평으로 빼내어 혹독하게 훈련시킨다는 것. 언론통제가 워낙에 심한 시절이라 확인할 길은 없었지만, 알 만한 사람은 다 알고 있었다.

입대를 앞둔 젊음들이 왜 괴로워하는지 비로소 알 것 같았다. 왜 그들이 길거리에서 비틀거리며 아무나 붙잡고 시비를 거는지 이해할만 했다. 몇 년 전, 큰집 앞집에 사는 무라리 염전 인부의 아들 광호는 입영을 앞두고, 대인동을 가자 졸라댔다. 어렸을 적 가장 착한 친구였고 서촌 교회에 함께 가자며 성가시게 조르던 그 녀석이 반항하는 여자에게 욕설을 퍼부으며, 마구 뺨을 후려갈겼었다.

'그때 그는 한 마리 미친개였다. 열심히 교회에 나가던 그가 어떻게 술집 여자를... 하지만 나는 이 순간, 그를 용서한다. 아니, 차라리 그를 닮고 싶다!'

70년대를 대표하는 청춘 영화 '바보들의 행진'에서 주인공 병태는 애인 영자를 홀로 남겨 두고 군대로 떠난다. 최인호 소설가의 시나리오를 작품화한 이 영화의 압권은 입영 열차가 떠나는 장면. 움직이기 시작한 기차 안의 병태와 창밖의 영자가 작별을 고하는데, 한 헌병이 영자의 몸을 들어 올려 두 사람의 키스를 도와준다.

'그런데 나의 영자는 오늘밤 오지 않는다. 도와줄 헌병도 없다. 이제 나 홀로 떠나야 한다. 무엇하러? 고래 잡으러. 답답한 젊음, 끓어오르는 분노를 식히기 위해 동해 바다로 뛰어들어야 한다!'

간밤의 폭풍 같은 번민과 방황을 아는지 모르는지, 아침 하늘은 말짱 개어 있었다. 더블 백을 메고 상무대 정문을 통과할 무렵, 위병들은 귀청이 떨어지도록 '받들어 총!'을 외쳐댔다. 위관 장교 이상을 향해서만 행해지는 의식.

'그래. 또 하나의 세계가 나를 기다리고 있다. 무라리에서 처음 광주에 올라왔을 때 느꼈던 그 두려움, 하지만 이젠 그때의 내가 아니다. 더 이상 촌닭이 아니란 말이다. 난 어엿한 대한민국의 장교이고, 문무를 겸비한 엘리트다!'

비무장지대의 가을 하늘은 높고도 푸르렀다. 병사들의 낫과 도끼 끝에, 소대장의 소총 끝에 햇빛이 번득였다. 노란색 페인트로 '군사분계선'이라고 쓰인 녹슨 철판이 간간이 불어오는 바람에 무심히 흔들릴 뿐, 어디에도 중무장한 100만 대군의 대치지역에 와 있음을 느끼게 해 주는 곳은 없었다. 마침 점심시간. 태민은 부대대장인 천 소령과 담소를 나누는 중이었다.

"여기 이 백마고지가 해발고도로 따지면 395미터에 불과한데, '철의 삼각지'라고 들어봤지? 철원, 금화, 평강 이 세 꼭짓점을 연결한 지역이 드넓은 평야 지대, 말하자면 곡창지대란 말이지. 그지역에서 가장 높은 백마고지는 적을 한 눈에 내려다볼 수 있는 군사적인 요충지이고. 그래서 한국동란 중 가장 치열한 전투가 벌어졌던 곳으로, 무려 열두 번을 빼앗고, 열두 번을 빼앗겼다고 하잖아? 낮에는 우리가 빼앗고, 밤에는 또 저쪽한테 뺏기고."

민족상잔의 비극 6·25전쟁이 일어난 지 1년 만인 1951년 7월, 회담이 시작되어 '정전협정이 맺어지는 때의 전선을 군사분계선으로' 삼기로 정한 뒤, 한국 및 유엔군과 북한 및 중공군 양측은 조금이라도 유리한 지역을 차지하기 위하여 치열한 전투를 벌였다. 양측은 그 어느 곳보다 철원 평야와 서울을 연결하는 군사적 요충지 백마고지에 주목하였다. 그리하여 1952년 10월 6일부터 15일까지 열흘 동안 24차례나 주인이 바뀔 정도로 혈전을 치렀고, 마침내 한국군 제9사단이 중공군을 격퇴함으로써 이 고지가 남한의 영역으로 들어오게 된 것이다.

"이때 얼마나 많이 죽었겠어? 말 그대로, 피비린내 나는 전투였지. 여기에 지뢰가 많이 묻혀있는 것도 그래. 일단 고지를 빼앗으면 방어하기 위해 잔뜩 묻어놓고, 상대편에서 빼앗으면 또 그쪽에서 양껏 묻고. 그 와중에 누가 지뢰 지도 같은 것을 작성했겠어? 그래서 어디에 얼마나 묻혀 있는지, 지금까지 파악이 안 되는 거지."

"저희가 지금 선배 용사들의 한이 서린 곳에 앉아있네요?"

"감개무량할 일이지. 지도에 보면 서부전선은 쭉 밑으로 내려가 있는데, 여기 중부전선에서부터 가파르게 올라가잖아? 그런데 바로 이 지점을 공중에서 내려다보니까, 온 산이 초토화되어 나무 한 그루를 찾아볼 수 없었다는 거야. 이 모양이 하얀 말(白馬)의 형상이었다고 하여 붙여진 이름이 바로 백마고지야."

"그래서 그런지, 30여 년의 세월이 흘러갔는데도 키 큰 나무가 별로 없네요?"

"우리가 발을 딛고 서 있는 이 지점에도 얼마나 많은 시신들이 묻혀있을지 몰라. 피를 먹고 자란 나무들이라고 해야 할까. 그런 나무들일수록 유난히 잎이 푸르고 무성하다는 말이 있거든. 참 슬픈 이야기지."

보병학교에서 4개월의 장교 훈련을 마치고 배속 사단 통보를 받은 것은 지난 6월말이었다. 더블 백을 메고 경기도 의정부 보충대 연병장에 집결해 있는 동안이었다. 처음 5사단에 배치되었다고 하자 동기생들은 "너는 이제 죽었다. 거기는 공수사단이라 중대장까지 배낭 매고 구보한다더라"라며 겁을 주었다. 그러나 잠시 후. "전방에 있던 20사단이 양평으로 내려오고, 대신 양평에서 잘 훈련된 5사단이 그 자리를 메꿨다더라"는 말이 들렸다.

신임 소대장들을 태운 군용 트럭이 동두천을 지나 초성리에 이르렀을 때, 글씨도 선명한 38선 푯말이 나타났다. 그 옆을 지나 다시 북으로, 북으로. 연천읍 근처의 사단 휴양소에서 하룻밤을 보낸 다음, 다시 트럭에 올랐다. 울퉁불퉁한 비포장도로를 30여 분 달려 도착한 곳은 신망리 중심가에서 그리 멀지않은 지점의 대대급 부대. 트럭이 정문을 통과할 때, 양쪽에 선 초병들이 '받들어 총!'을 소리높이 외쳐댔다. 태민은 중화기중대인 5중대의 박격포 소대장으로 발령을 받았다. 광주 상무대의 보병학교에서 받은 특기 교육을 살린 셈. 그러나 그것도 잠시. 며칠 후, 대대장의 호출을 받았다.

"난 진작부터 신임 소대장들의 신상을 파악해 놓고 있었어. 네

가 우리 고향 출신이란 것도 벌써 알았지. 하지만 군대에서 출신
지역을 들먹이면 안 되게 되어 있어. 잘 알지?"

깜짝 반가운 마음에 눈물까지 나오려 했다. 앞으로 남은 군대
생활이 한결 수월하겠다 여겨져 가슴이 부풀었다.

"에! 그래서 하는 말인데, 이번에 누군가를 수색 소대장으로
임명해야 하거든. 내가 볼 때에는 이 소위가 적임자인 것 같은데
어때?"

"……?"

가슴이 철렁 내려앉았다. 수색대라면 GOP 철책 안쪽의 비무
장지대를 안방처럼 드나들며 작전을 펴야 하는, 그래서 철책 경
계 근무보다 훨씬 더 위험하다는 곳이 아닌가?

"전방에 들어가지 않고 그냥 여기에 남아있는 건데, 평상시에
는 대대장을 근접 거리에서 엄호하다가 만일 전쟁이 벌어지면
적의 후방으로 침투하여 정보를 수집해 오거나 후방 교란작전을
펴는 거지. 이번에 우리 대대에 온 아홉 명의 신임 소대장 가운데
그래도 네가 제일 나아 보여서 하는 말이야. 그런 자리는 아무나
하는 게 아니거든. 사상 무장도 잘되어 있어야 하고, 또 체력도
좋아야 하고, 통솔력도 있고 야문 맛도 있어야 해서 말이야."

듣고 보니 조금은 안심이 되었다. 그 막강한 자리에 추천되었
다는 사실이 고맙기까지 했다. 대대장의 경호실장이나 된 것 같
은 착각 속에 우쭐한 기분도 들었다. 그러나 이튿날 아침, 우연히
마주친 1중대장은 그 자부심에 찬물을 끼얹었다.

"수색 소대장? 야! 씨팔. 말이 그렇지, 인제 얼마 안 있어 전방에 들어갈 텐데 뭐. 지뢰가 쫙 깔린 철책 안에 들어가서, 제대헐 때까지 좆뺑이 한 번 쳐 보라지. 맛이 어쩐지."

박격포 소대장으로 발령받은 첫 주. 군기 잡는 과정에서 사병 하나를 의무대에 입원케 하는 사건이 터졌고, 그 일로 대대장으로부터 호된 꾸지람을 들었던 일이 생각났다.

'동향(同鄕)이니 어쩌니 씨부렁거리면서, 나를 멀찌감치 떼어 내려 하고 있어. 개자식, 위선자!'

여름방학 하계 입영 훈련 중, 수색대 출신의 구대장은 이렇게 말했었다.

"니들, 공수 부대보다 더 지긋지긋한 데다 어딘 줄 알아? 수색 대라는 곳이야. 문자 그대로 낮에는 수색을 하고 밤에는 매복을 하는 곳인데, 수색할 때에는 군사분계선 근처까지 가서 적을 찾아내어 사살하거나 생포하는 임무를 수행하는 거고, 또 밤에는 적의 침투가 예상되는 길목에 엎드려 있다가 먼저 보고, 먼저 쏘는 거야. 목숨을 거는 것은 둘째 치고, 영하 20도, 30도까지 내려가는 철책 안의 최전방 고지에서 모포 몇 장 깔고, 꼬박 밤을 새워야 헌다고 상상해 보란 말이야. 발에 동상이 걸리는 것은 기본이고, 까딱 잘못허다가 발을 절단하는 일도 생기거든. 재수 없는 놈은 북한군들 손에 죽기도 하고..."

대대장의 '괘씸죄'에 걸려, 여름철 뜨거운 태양 아래에서 소대 원들과 함께 특수 훈련을 받았고, GOP 부대의 수색 소대장으로 배속 받아 마침내 박살띠 작업에 투입되었다. 그리고 전체 작업소대들 가운데 '불운하게도' 최전방에 배치된 상태. 더욱이 그 유명한, 듣기에 따라서는 무시무시한 백마고지에까지 와 있으니.

박살띠 작업이란 비무장지대의 중간선인 군사분계선을 따라 그 근처의 야산을 불모지(不毛地-식물이 자라지 못하는, 거칠고 메마른 땅)로 만들어 적의 침투를 한 발 앞서 막아보자는 취지의 작업(작전)이었다. 북한군이 남방한계선 철책 앞까지 다가와 총을 쏘거나 수류탄을 던지는 일이 잦아지자, 생각해 낸 일종의 고육책이었으니. 작업의 위험 요소는 여기저기 널려 있었다. 톱과 낫, 도끼, 긴 칼을 다루는 병사들의 안전사고가 첫 번째 골칫거리였고, 한 발 한 발 내딛는 그 어디에서 지뢰가 터질지 알 수 없는 몸서리쳐지는 공포에 북한 초소로부터 유효사거리 안에 위치해 있는 작업 장소까지. 무엇보다 소대원들의 월북(越北) 사고 가능성은 벙어리 냉가슴을 앓아야 하는, 소대장 혼자만의 고민거리였다. 월북하는 자는 보이는 즉시 쏘아 죽이라는 지시를 비밀리에 받아 놓고 있었다.

'내 부하를 내 손으로? 나는 왜 지지리도 운이 없을까? 열심히 공부를 해도 낙방만 거듭했던 아이, 무라리 서촌의 촌놈이 오늘 또 세상에서 가장 불운한 처지가 되었구나.'

분노와 절망감에 사로잡힌 채로, 땀과 먼지, 긴장으로 뒤범벅되어 막사에 돌아오면 '오늘 하루를 무사히 보냈다'는 안도감 외에는 아무 것도 생각나지 않았다. 물론 잠자리에 들어도 쉬이 잠은 오지 않았다. 먹는 것, 입는 것을 따지자면, 일반 보병들과 비교가 되지 않을 만큼 훌륭했다. 그런데도 수색대 병사들과 장교들의 얼굴은 점점 창백해져갔고, 몸은 수척해져만 갔다.

"자네, 혹시 월북한 김준만 소령 이야기 들어본 적 있나?"

"들어보긴 했는데, 자세한 내용은 모릅니다."

본격적으로 이야기를 시작하려는 듯, 쪼그리고 있던 천 소령이 아예 털썩 주저앉는다.

"나하고는 사관학교 동긴데, 그 친구는 참 능력이 뛰어났어. 동기생 중에서 가장 빨리 소령 진급을 했고, 또 소령을 달자마자 이 일대를 카바하는 대대의 장을 맡았어. 자네도 알다시피, 원래 대대장은 중령이 하는 거잖아? 그런데 워낙 그를 신임했던 사단장이 소령에게 대대장 발령을 냈던 거야."

"그렇게 잘 나가던 사람이 왜 월북까지 하게 되었어요?"

"사고가 생겼지. 아무 일도 없는 바에야 어떤 미친놈이 넘어가겠어? 그쪽에서도 마찬가지야. 다 문제가 있으니까 넘어가고, 넘어오고 하는 거야. 최후의 승부수이자 이판사판 도박판인 셈이지. 그러니까 준만이가 넘어가기 2, 3일쯤 전이었대. 밤중에 철책을 지키던 초병이 들어보니까, 전방에서 무슨 바스락 소리가 나더라는 거지. 당시에는 무장 공비들이 자주 출몰하던 때였거든. 잔뜩 겁에 질린 그가 소리 나는 쪽을 향해 총을 한 방 쏜 거야. 그러니까 옆 초소에 있던 병사들이 영문도 모른 채, 무작정 지원

사격을 했지. 이쪽저쪽에서 사정없이 갈겨대는데, 나중에는 기관총, 무반동총까지 동원되고, 수류탄과 크레모아가 터지고 하더니... 결국에는 포병의 야포까지 동원됐다나 어쨌다나. 밤새워 집중 포격을 퍼부은 거지."

"......?"

"자네들이야 후방에서 학교 다닐 때니까 어떻게 알겠어? 군대에서 일어난 일은 절대 신문에 나는 법이 없거든. 가령 오늘 자네 소대원이 자살을 했다거나 지뢰 밟아서 죽었다고 가정해 봐. 신문에 한 줄도 안 나와. 집에는 그냥 전사 통지서가 날아가는 거고."

"전사 통지서라면... 전쟁하다가 죽었다는 뜻 아니어요?"

"전쟁은 무슨. 하기야 박살띠 작업도 일종의 전투라고 하니까, 전혀 틀린 소리는 아니지만. 문제는 술 먹고 하수구에 빠져 죽어도 전사, 내무반에 소총을 난사하다가 사살되어도 전사, 오발 사고로 죽어도 전사... 물론 국립묘지에 묻히고, 무슨 혜택도 조금 나오긴 하겠지. 그래봤자 개죽음지 뭐 별거 있겠어?"

"그런데 뭐가 나타나긴 한 거예요?"

"참. 그게 문제였다는 거지. 뭐라도 있었으면 좋게? 아침에 보니 노루 새끼 한 마리도 없는 거야. 하다못해 토끼라도 한 마리 잡혔더라면, 경계 근무 잘 섰다고 포상 휴가를 갔을 텐데 말이야."

"그 사병은 어떻게 됐어요?"

"잘은 몰라도 보나마나 영창 갔겠지. 그보다 앞날이 창창한 김 준만의 입장이 뭐가 되었겠어? 자네들 ROTC야 복무 기간만 끝나면 제대하니까 사회에 나가 성공할 수도 있고 하지만, 우리 같은 사관학교 출신들은 군대 외에는 희망이 없거든. 그런데다 그 사람이 참 욕심도 많고, 야심만만한 사람이었거든. 근데 일이 이렇게 되고 보니, 사람 환장할 노릇이지. 자기 인생은 끝났다고 생각했을 거 아니야? 실수는 사병이 했지만, 책임은 어디까지나 지휘관이 지는 법이니까. 이튿날부터 고민을 하기 시작한 거야. 과연 이대로 처벌을 기다리다가 군복을 벗을 것이냐, 아니면 북쪽으로 넘어가 버리느냐를 놓고 얼마나 고민을 하다가 결국 넘어가기로 마음을 굳힌 거지."

"참, 그렇게까지 해야 하나요?"

"그러니까 미친놈이라는 거지. 아니, 지가 기껏 해 봐야 제대하면 끝나지, 뭐 별일이야 있겠어? 일부러 그런 것도 아니고 실수일 뿐인데. 그리고 사회에 나가 새로 밥벌이 찾아보면 되지 않겠냐고. 그런데 군대에 모든 것을 걸었던 그놈으로서는 더 이상 삶의 의미가 없어졌다고 생각한 거지. 그러니까 사람이 너무 머리가 좋아도 문제더라고. 아무튼 사고가 일어난 다음다음 날인가, 준만이가 운전병과 함께 GOP 철책문에 도착했대. 저 앞에 내려다보이는 초소 말이야. 보이지?"

"아, 예. 그러니까 바로 이 근방에서 사고가 났다는 말씀이지요?"

"자네는 지금까지 내 말 안 듣고 어디서 뭐했는가? 바로 저 아래 보이는 우리 철책에서 오발 사고가 났고, 그 옆에 있는 초소를 통해 준만이가 이 비무장지대 안으로 들어왔다니까."

"쉽게 말해서, 작업하기 위해 오늘 오전 저희들이 통과했던 문 아닙니까?"

"인제 말귀 좀 알아듣는구만. 그런데 보통 때와는 다르게 말이야. 철책을 지키는 소대장더러 하는 말이 '지금 내가 철책을 통과해서 GP 쪽으로 올라갈 테니까, 사단에 보고하라'고 하는 거야."

"그야 당연한 일 아닙니까?"

"당연하지만 누가 그걸 일일이 보고하나? 자기 부대의 1개 소대 병력이 들어가 있는 최전방 초소, 즉 GP에 그 지역 대대장이 순찰하겠다는데, 수시로 일어나는 그런 일을 다 보고할 수야 없지. 그런데 그날은 고집을 피우더라는 거지. 아이고, 대대장님. 그냥 들어가십시오. 제가 나중에 보고하겠습니다. 그래도 이 대대장이 자기가 보는 앞에서 전화를 걸라고만 하는 거야."

"월북하려고 맘을 먹었으면, 오히려 보고하지 않는 것이 유리할 텐데요."

"그래서 의리가 있었다는 거 아니야? 마침 그 철책 소대장이 자기 사관학교 후배였거든. 자기는 넘어가더라도 자기 때문에 후배가 징계 받는 것을 막으려고 한 거지. 소대장이야 보고만 하면 책임은 벗어나니까."

"야! 만일 그때 보고하지 않았더라면 작살나는 판 아니어요?"

"군대 말로, 꼬질대 나가는 거지. 쉽게 말해서 인생 종 치는 거야."

"그래서 보고를 했대요?"

"응. 워낙 볶아대니까. 나중에는 막 승질까지 내드래. 보고하는 것을 직접 듣고 난 후에야, 찝차를 타고 철책을 통과했고. 쩌어기 아래 내려다보이는 역곡천 있잖아? 이상하게 거기 위에 있는 다리는 움푹 들어가 있어서, 이쪽 GP나 철책 양쪽에서 다 안보이게 되어 있거든. 그러니까 준만이가 우리가 아침에 왔던 그길을 쭈욱 타고 온 거야. 길이나 마나 하나뿐이니까. 다리 위에 도착해서는 찝차를 세우라고 하고서, 운정병 뒤통수에다 딱 권총을 갖다 들이댄 거지."

"왜요?"

"왜는. 같이 넘어가자고 그랬겠지. 이건 순전히 추리이지만. 그래서 운전병은 꼼짝없이 내려서 준만이가 시키는 대로, 역곡천을 따라 쭈르르 올라가 버린 거야. 거기서 걸어가면 5분도 안 걸려 군사분계선에 도착할 수 있거든. 그리고는 월북했다는 표시로 백기를 흔들어대면, 그쪽에서 엄호를 펴 주니까."

"세상에! 그럴 수가. 근데 자기 후배는 지켜주면서, 죄 없는 운전병은 왜 데리고 가요?"

"어쩔 수 없어서였겠지. 운전병을 놔두고 어떻게 혼자 넘어가겠어? 그냥 두고 가자니 신고하면 금방 잡힐 것 같고, 죽이자니 안 되기도 한 데다 총소리가 날 것이고. 그 운전병이 재수가 없었다고 봐야지."

"혹시 그 운전병도 월북에 동조했던 건 아닐까요?"

"그것까진 모르겠어. 실제로 북한이 살기 좋다고 믿었던 준만이가 설득했을지도 모르고. 1960년대까지만 해도 북한이 남한보다 더 나았다고 그러잖아? 국민소득도 더 많고."

6·25 한국전쟁이 끝나고 경제력이나 군사력 면에서 북한이 남한보다 훨씬 더 좋았다고 전해진다. 그 이유는 일제강점기 때에 일본군들이 남한에 있는 자원(석탄 등)을 싹쓸이해 간 반면, 북한 쪽은 지역적으로 멀고 추웠던 까닭에 그러지를 못했기 때문이다. 북한은 남아 있는 그 자원으로 남한에 비해 자급자족하기가 훨씬 더 수월했고, 그것이 국가 경제력으로 여실히 드러났다.

그런데 1960년대를 지나면서 남한이 북한을 따라잡기 시작한다. 북한의 경우, 김일성이 중국과 소련 외의 우방국이 없다 하여 폐쇄 정책을 쓰는 한편, 다시 한 번 적화통일의 망상을 실현하기 위해 전쟁 준비에 돈을 써 버린 까닭에 경제나 복지 등 민생에 관심을 가질 수 없었다. 더욱이 공산주의의 속성상, 똑같이 나누어주는 상황에서 열심히 일하려는 사람이 없을 것은 너무나 당연하기 때문이다. 이에 반해, 자본주의 시장경제 체제를 받아들인 남한은 열심히 배우고 성실하게 일하는 사람이 늘어나 상호 경쟁력이 생기고, 기술을 발전시키려는 노력들이 생겨나기 시작했다. 북한에 비해 부족한 자원은 자원이 풍부한 나라로부터 수입을 통하여 극복하고, 그 자원에 노동력과 기술을 투자하여 부가가치가 높은 상품을 만들어 내고, 그것을 다시 외국에 되팔아 돈을 벌어들인 것이다.

한국 제품이 좋다고 소문이 나자 많은 나라에서 수입 물량 주문이 몰려들고, 그 결과 여러 선진국들과 수출 경쟁력을 키워 나감으로써 남북한의 경제력 차이는 더욱 벌어질 수밖에 없었다. 또한 이 경제력을 국민 복지와 경제 재투자, 군사력 증강에 골고루 투자함으로써 내수 경제도 활성화시키고, 이에 따라 국민들의 삶의 질 또한 높아졌던 것이니.

"70년대 후반 들어서면서 그 차이가 더 벌어졌다면서요?"

"그럼. 현재 북한은 땅거지⁴⁾가 되어 있고, 우리 남한은 개발도상국으로 올라가는 중이잖아? 아마 지금은 중진 신흥국 정도까지 올라갔을 걸?"

"그런데도 김준만이가 북한을 살기 좋은 곳으로 알았던 거예요?"

"아이, 그래서 미친놈이라 하잖아? 지금이 어느 세상인데, 흘러간 옛날 노래를 부르고 있냐고?"

"혹시 시도 때도 없이 날아오는 삐라 때문은 아닐까요?"

"그 영향도 있겠지. 그놈들은 죽어라 거짓말만 하니까. 문제는 그쪽도 그쪽이지만, 그런 감언이설에 속아 넘어가는 이쪽 놈들이지. 그래서 지금은 사병이라도 전방 부대에는 아무나 배치 안 해. 최소한 고졸 이상을 들여보낸다고. 판단력이 어느 정도는 있어야 하니까."

"그러니까요. 참. 고급 장교가 그 모양이니. 그 다음에는요?"

"사건이 일어난 한참 후에도, 이쪽에서는 넘어간 사실조차 모

---

4) 땅거지: 땅에 떨어진 음식물을 주워, 눈치 보며 먹는 거지. '가진 게 하나도 없는 자'라는 뜻으로, 보통은 친구들끼리 놀릴 때 사용한다.

르고 있었던 모양이야. 아까도 말했다시피, 역곡천이 움푹 들어가 있거든. 철책으로부터 대대장 올라간다는 보고를 받은 GP 병들이 날개, 엄호라고 하지. 날개를 펴 주기 위해 나갔는데, 아무리 기다려도 올라오지를 않는 거야. 10분, 20분이 지나고, 결국 30분이 지나자 안 되겠다 싶어 급히 철책으로 연락을 취한 다음, 양쪽에서 수색을 해 나갔대. 월북 사고라고까지는 미처 예상 못하고, 혹시 북한군의 공격을 받았거나 아니면 무슨 교통사고나 지뢰 사고라도 터졌는가 싶어서였겠지. 그런데 양쪽 병사들이 중간 지점인 역곡천에서 딱 만났는데, 그 다리 위에 빈 찝차만 덩그러니 놓여 있는 거야."

"얼마나 황당했을까요? 바로 뒤쫓아 가지는 않았을까요?"

"황당한 거야 말할 필요조차 없지만, 쫓아가면 뭐하나? 이미 상황 끝인데. 거기서 10분, 아니 5분도 채 안 걸린다니까."

"난리가 났겠네요?"

"말도 마. 사단장, 군단장, 군사령관까지 떴지. 그때 보니까 사단장이 지휘봉을 꺾으면서 이제 내 인생은 끝났다고, 막 울더라고. 인간적으로 진짜 안 됐더구만. 그 자식 하나가 여럿 죽인 셈이지. 한 시간 후에 바로 대남 방송이 나오는데, '김준만 의거월북'이라고 떠들어대면서 대대적으로 선전을 하는 거야. 지금까지 월북한 군인들 가운데 최상급 계급의 소유자가 넘어갔으니, 신이 날 만도 했겠지. 지금도 북쪽에서 넘어오는 삐라를 보면, 최상단 왼쪽에 얼굴이 나오잖아?"

"저도 봤습니다."

"아마 상좌(연대장급)든가 대좌(대령급)든가 뭐 그런 걸 거야. 아무튼 우리 식으로 하면 대령쯤 되는가 봐. 출세욕이 강했든 자식이라, 소원 성취한 셈이지. 미친놈. 그쪽에 가자마자 이쪽 지역의 연대장을 맡았다나 어쨌다나. 원래 정보 계통에 밝았던 데다 백마고지를 중심으로 이쪽 일대를 자기 손바닥 들여다보듯 하니까, 그쪽에서도 일단은 이용 가치가 있다고 여겼겠지. 하지만 얼마 지나지 않아 숙청될 거야. 보나마나 이용만 당하고 죽든지, 아니면 강제수용소에 가든지 하겠지. 지금 삐라에 사진이 나오고는 있지만, 벌써 죽었을지도 몰라."

"아무튼 그쪽 사람들, 잔인한가 봐요?"

"인간을 인간으로 보지 않으니까. 무산 계급 유토피아 건설을 위한 프롤레타리아 혁명에 얼마나 필요한가, 얼마만한 가치가 있는가만 따지잖아? 거기에 걸림돌이 된다 싶으면, 그 자리서 즉결 공개 처형을 하든지 아오지 탄광5)에 보내 버리든지 하니까."

"사람보다 이념을 앞세우면 꼭 문제가 생기더라고요."

"사람 사는 세상에 사람보다 더 중한 것이 뭐 있겠어? 이념이란 것은 시시때때로 바뀌잖아? 이 사람 말 들으면 이 말이 옳고, 저 사람 말 들으면 저것이 옳고. 그런데도 거기에 목숨을 걸고

---

5) 아오지 탄광: 함경북도 은덕군에 있는 탄광. 평안북도의 철산탄광과 함께, 북한 정치범수용소의 양대 산맥으로 유명함. 북한 군인들이 사고를 치면 이곳으로 보내지는데, 노동조건이 매우 험난한 것으로 알려져 있다.

저 난리를 쳐대니."

"지구상에서 몇 안 되는 분단국, 더욱이 가장 적개심이 강한 이 한반도에 태어난 것이 불운인 것 같아요."

"물론 좋은 땅에서 태어났으면, 전방까지 와서 고생하거나 하지는 않았겠지. 그나마 북쪽에서 태어나지 않은 것을 감사하게 생각해. 그보다 하던 이야기나 마저 끝내세. 근데 그자가 넘어간 뒤로 더욱 심각한 것은, 그가 대한민국 군대의 비밀과 전방에 관한 사항을 속속들이 알고 있는 사람이라는 거야. 걸려도 아주 고약하게 걸린 셈이지. 그가 넘어가자마자 전군에 비상이 걸렸어. 전국의 군부대 명칭과 암호가 한꺼번에 바뀌고...."

"아! 맞아요. 31사단이라 불리던 저희 쪽 향토사단도 9853부댄가? 뭐 이런 식으로 바뀌더라고요."

"김준만 같은 경우는 20사단의 제일 오른쪽 대대 철책 경계를 맡은 대대장이었는데, 사고가 나자 부대 군기가 빠져서 그런다고 전방에서 전체 사단을 빼냈지. 그리고 후방에서 그동안 훈련이 잘된 5사단을 여기에 투입한 거야."

"한 사람 때문에 두 개 사단이 부대 이동을 한 셈이네요? 저도 첨에 5사단에 떨어졌을 때, 경기도 양평으로 가는 줄 알았거든요."

"여기 GOP부대는 경계 근무만 서니까, 훼바 부대보다 몸은 덜 고되다고 할 수 있지. 준만이가 자네 살렸구만. 히히..."

비무장지대(DMZ) 안에서

일요일 오후. 족구를 끝내고 마루에 걸터앉는 태민 옆으로 진 소위가 다가온다. 2년제 사관학교를 졸업한 그 역시 박살띠 작업을 위해 파견 근무하는 중.

"이 소위는 어쩌다가 이런 전방에까지 오게 됐어요?"

"연줄 없고 빽 없는 놈이 전방 아니면, 어디 갈 데 있나요?"

긴장된 시간들이 늘어나다 보니, 무심결에 나오는 볼멘소리. 하지만 막상 내뱉고 보니, 그다지 틀린 소리도 아니었다. 더욱이 올 여름, 이씨마저 군농협장 직에서 물러났다는 바에야. 민간인 통제구역(민통선) 안의 수색대 중대본부 운동장이라고 해 보아야 배구 네트 하나 칠만한 공간뿐이었다.

"그래도 학군 출신들은 제대하고 곧장 사회로 돌아갈 수 있잖아요? 근데 별을 바라보고 이 길을 선택한 내가 비무장지대 안에서, 몇 년씩이나 썩고 있으니..."

그제야 임관한 지 꽤 되었다는 그가 아직 소위 계급장을 달고 있다는 데 생각이 미쳤다. 이곳에 오기 전, 그는 GP(Guard Post-감시 초소)에서 근무했단다. 비무장지대 안의 군사분계선 코앞 높은 언덕 위에 있는 곳. 명실상부한 최전선. 하지만 다소 위험하고 오랫동안 밖에 나오지 못하는 애로사항이 있긴 해도, 훈련이나 작업이 없어 근무할 만한 곳으로 듣고 있었다.

"나도 처음에는 경계 근무만 서는 줄 알았지요. 근데 아니더라구요. 담이 무너지면 그것도 쌓아야지요, 풀이 자라나면 그것도 베어야지요, 병사들 교육이나 훈련도 시켜야지요. 다른 부대랑 하는 일은 똑같아요. 그리고 일단 들어왔다 하면 몇 달이고 세상 구경을 못하니까, 미치겠더라구요. 고생한 만큼 보람이라도 있으면 좋은데, 그것도 아니고... 씨팔!"

"이 담에 별을 달면 되지요."

"별은 무슨. 난 진작 틀렸어요."

"앞길이 창창하신 분이 왜 그런 말씀을 하세요?"

자그마한 키에 앳된 얼굴을 가진 그의 얼굴은 평상시에도 늘 부어 있었다.

"그 놈오 이민철이 자식 때문에, 출세하긴 애당초 글러먹었다고요."

이민철? 그라면 작년엔가 언젠가, 의거 월남했다고 하여 한창 매스컴을 탔던 그 친구가 아닌가?

"귀순 용사 이민철 씨에 대한 서울 시민 환영 대회가 열렸습니다. 북한 괴뢰군 소위로서 휴전선을 넘어 자유 대한의 품에 안긴 이씨에게는 서울 시민증과 월남 귀순 용사 특별 포상금, 주택 입주증이 주어졌습니다. 이민철 씨는 '북한괴뢰는 아직도 전 전선(戰線)에 걸쳐 군단별로 땅굴1)을 파고 있다'고, 북한 괴뢰의 발악상을 폭로하였습니다."

국민적 영웅이 되어있는 그, 그가 넘어온 현장이 바로 백마고지 옆 GP였단다. 마침 진 소위가 소대장으로 근무할 때였고.

'야! 엇그제는 월북(越北)한 소령 이야기더니, 오늘은 월남(越南)한 소위 스토리로구나.'

"원래 좋은 집안에서 태어나, 김일성대학을 나온 엘리트 중의 엘리트였답니다. 부모들 역시 당성(黨性)이 강한 사람들이고, 특히 그의 어머니는 함경북도 도당 위원장인가를 역임할 정도였대요. 그런데 장교로서 금지되어 있는 연애를 하다가 그만 들키고 말았대요."

"연애하는 것도 죄가 되나요?"

---

1) 땅굴: 북한이 기습작전을 목적으로 휴전선 비무장지대의 땅 아래에 파 놓은 남침용 군사통로. 1971년부터 파기 시작한 땅굴은 20여 개에 이르는 것으로 판단되고 있다. 제1땅굴은 1974년 경기도 연천의 군사분계선 남쪽으로 약 1.2km 지점에서 발견되었고, 제2땅굴은 1975년 강원도 철원에서, 제3땅굴은 1978년 판문점 남쪽 4km 지점에서, 제4땅굴은 1990년 강원 양구 북동쪽 26km 지점에서 발견되었다.

"그렇다나 봐요. 그 때문에 심한 질책을 받았는데, 왜 그 자아비판인가 뭔가 있잖아요? 공개적으로 창피를 당한 데다, 그 사건이 자신의 장래에까지 영향을 미치리라 생각하니 불안해졌겠지요. 그리고 남녀 간의 애정까지 통제하려는 체제에 대해 회의감이 생겼을 거 아닙니까?"

"그렇다고 월남까지 해요?"

"물론 다른 요인들도 있었겠지요. 하여튼 그 자식 말로는, 기회를 엿보던 참에 찬스가 오더라나요. 그날은 자기가 철책에까지 부식을 운반해 주는 책임을 맡았다고 그래요. 부식 차량을 타고 와서는 돌아가지 않고 숨어 있다가, 해가 지자 드디어 행동을 시작했대요. 북쪽 철책에는 탈북자를 방지하기 위해 몇 만 볼트의 전기가 흐르고 있다는 거 아시지요? 그런데 이 전기를 밤에만 넣는대요. 부족한 전력을 절약하기 위해서겠지요."

"그러면 해가 지기 전에 넘어야 한다는 말이 되네요?"

"바로 그거지요. 타이밍! 낮에는 초소의 감시가 있어서 안 되고, 해가 지면 전기가 들어오니까 안 되고. 그러니까 어둑어둑해지면서도 아직 전기가 들어오기 직전까지의 그 짧은 찰나를 이용했던 거지요. 마침 그때가 저녁 식사 시간이기도 하기 때문에, 어수선한 틈을 타서 일단 철책을 넘었대요. 그리고 땅에 바짝 엎드려 어두워지기를 기다렸다나요. 사방이 완전히 깜깜해지자 한 걸음씩 전진하기 시작했는데, 여기저기에 지뢰가 묻혀있기 때문에, 대검으로 일일이 땅을 찔러가며 내려왔다는 거지요. 거의 기어오다시피 했는데, 어떨 때는 시간당 2~3미터밖에 이동을 못했다고 그러더라고요."

"이 잡듯이 샅샅이 팠다는 뜻이네요? 야, 지독하네요."

"이북 사람들 원래 독하잖아요? 그리고 생목숨이 걸려있는 판국에 그러지 않을 수도 없고요. 밤을 새워 쉬지 않고 내려왔는데, 동이 틀 무렵이 되어서야 군사분계선 앞에 도달했대요. 말하자면 우리 소대의 GP 바로 아래까지 온 거예요."

"그래서요?"

태민은 자신도 모르게 주먹을 불끈 쥐었다.

"문제는 그때부터 일어났지요. 이 자식 하는 말이... 자기가 아무리 소리쳐 불러도 대답이 없었다나요? 소리를 쳤는지 안 쳤는지 모를 일이지만, 설령 그랬다손 치더라도 아니, 우리가 지가 넘어올 줄을 미리 알기를 허겄어요 어쩌겄어요? 하루 이틀도 아니고, 허구헌 날 그쪽에다 눈을 대고 있을 수는 없잖아요?"

이 대목에서 그의 목소리는 더욱 높아지기 시작했다.

"좌우간 그래서.... 점점 먼동은 터 오고, 자기가 탈출한 사실을 알면 뒤에서 금방 잡으러 올 것만 같고 해서, 다급한 마음에 권총을 꺼내 공포탄2)을 쏘았다는 거예요."3)

---

2) 공포탄(空砲彈): 탄알 없이 화약만 들어있는 탄환. 총과 포의 소리만을 내기 위한 것으로, 상대편에게 위협을 주거나 훈련이나 신호를 할 때, 예포(禮砲)를 쏠 때에 주로 쓴다.

3) 역사는 반복되는가? 이와 유사한 사건이 30여 년이 흐른 시점에서 재발하였으니. 이른바 노크귀순 사건. 2012년 10월 2일 북한군 병사가 철책을 넘어 일반 전초

"그럼 총소리를 들었어요?"

"들었지요. 총소리에 놀란 우리 병사들이 우르르 울타리 쪽으로 달려가 아래를 내려다보니까, 어떤 놈이 하얀 손수건을 꺼내 흔들고 있더래요. 자다가 나도 놀래 갖고 뛰어갔지요. 그래서 내가 1개 분대를 무장시킨 다음, 분대장에게 명령하여 그를 데리고 올라오도록 했지요. 생포라고 해야 하나 어쩌나?"

"야! 진급할 수 있는 절호의 찬스네요?"

"나도 첨에는 그렇게 기대를 했지요. 그때 이유를 불문하고 빵 쏴 버렸어야 하는데, 씨팔! 재수가 없으려니...."

"......?"

"즉시 상부로 보고를 하는 한편, 추위와 배고픔에 떠는 그 자식을 아주 잘 대해 주었지요. 자식이 음식도 잘 쳐 먹고 기분도 좋아진 것 같고 해서, 내가 그랬어요. 당신 말이야. 상부에 가면 나에 대해 말 좀 잘해 달라고. 그랬더니 자식이 그러겠다고 그러더라구요. 아이, 근데 이 자식이 막상 올라가서는 헛소리를 해 버린 거예요."

"....?"

"참나. 기가 막혀서. 뭐라 했냐면, 자기가 아무리 소리를 질러

소초의 문을 두드리고 귀순한 사건을 말한다. 그 병사는 북한 쪽 철책과 남한 쪽 철책을 넘어, 동해선 경비대의 현관문을 두드렸다. 그러나 아무런 반응이 없자, 맞은편 1초소 막사로 이동하여 유리문을 두드려 귀순 의사를 표시하였다. 이에 소대장 등 우리 장병이 신병을 확보하게 되었다.

도 내다보는 사람이 없어 총을 쏘았대요. 그랬더니 그때서야 나오더라는 거예요."

"사실대로 이야기를 한 셈이네요?"

"사실은 무슨. 설사 그랬더라도 지가 그렇게 말을 하면 쓰겠어요? 지질이 먹여 주고 입혀 주고 그랬더니 자식이 헛소리를 해버렸으니, 내 입장이 어떻게 되겠어요? 포상 휴가는커녕 몇 달 동안 오라 가라 불려 다니고, 보안대에서 조사받느라 밤샘하고. 그러다가 요 모양, 요 꼴이 되어 버렸지요."

"지금이 어때서요?"

"이 소위도 참. 내 동기들은 진작 중위로 진급했는데, 나만 소위를 몇 년째 달고 있잖아요? 까딱 잘못했으면 강등될 뻔했다니까요. 장교가 이등병으로 제대해야 되겠어요?"

"그러고 보면 불행 중 다행이네요. 어떻든 이민철이는 은혜를 원수로 갚은 셈이네요?"

"아니, 지가 나를 물고 늘어져서 저나 나한테 득 될게 뭐 있습니까? 말 한 마디만 곱게 해 주었어도 누이 좋고 매부 좋고, 도랑치고 가재 잡고 할 텐데.... 다 내 잘못이어요. 그 자식이 손수건을 흔들 때, 미친 척하고 그냥 팍 쏘아 버렸어야 하는 건데. 그러면 포상도 받고 휴가도 가고, 1계급 특진까지 할 수 있는 거 아닙니까? 근데 그 놈오 인정머리 때문에....."

"그래도 자진 월남한 사람을 그럴 수 있나요?"

"그야 꾸미면 되지요. 침투하려고 해서 사살했다, 이렇게 발표하면 되거든요. 그러면 경계 근무 잘 섰다고 영웅취급 받는 건데…"

"하하하.. 진 소위도. 아무튼 GP에서는 난리 났겠네요?"

"첫날은 그랬지요. 대대장, 연대장이 쫓아오고 나중에는 사단장 군단장까지 뜨는데, 아무 정신이 없더라구요. 그런데 모두들 그 자식만 붙잡고 악수하고, 사진 찍고, 이것저것 물어보고. 에이 씨팔! 나는 꿔다 놓은 보리 차두 신세 되어 옆에 찌그러져 있고, 지들끼리 콩치고 팥치고 다 합디다."

"주연이 조연으로 바뀌었네요?"

"조연이라면 또 괜찮게요? 이건 완전히 엑스트라라니까요."

"군대가 원래 그런 곳 아닙니까? 돌격 앞으로 한 사병들은 목숨 바쳐 국가에 충성하고, 지도만 들여다보던 장군은 훈장 받고 진급하고. 그래서 전쟁은 원래 높은 사람들이 일으키고, 죽어나 자빠지는 건 불쌍한 군인들, 백성들이라 하잖아요. 그보다 이민철이는 장교 아니었어요?"

"소위였잖아요? 그것도 출신 성분이 좋은 정보통이라서 더 난리법석이었지요. 거물급이 내려왔다고."

"그런 그가 나 몰라라 해 버렸단 말이지요? 목숨보다 명예를 더 소중히 여기는 장교출신이요?"

"그렇다니까요. 정보부에 끌려가 취조 받으면서, 지 살라고 그러기도 했겠지만. 사건이 막 났을 때에는 먹을 것, 입을 것 A급으로 막 올라 오더라구요. 사단 참모가 날마다 와서는 더 필요한 거 없냐고 물어보고. 우리 부하들도 이제 곧 1계급 특진에 포상 휴가 간다고 한창 들떠 있었지요. 근데 조사 과정에서 그 자식이 그렇게 말을 해 버리니까, 사단장도 입장이 곤란했을 거 아니어요? ....인자 나는 끝났어요. 죽어라고 해 봤자 승진허기는 틀렸고. 기회 봐서 빨리 제대 신청이나 해야지요. 인제 한 번만 그런 놈들 나타나면, 내가 가만 두나 보세요. 대번에 M16으로 따르르 갈겨 버리지."

아직도 분이 풀리지 않은 듯, 씩씩거리는 모양이 차라리 귀여웠다.

"그래도 다행이네요 뭘."

"뭐가요?"

"진급은 안 됐지만, 그래도 처벌받지 않은 것만 해도 어디여요?"

"지금 누구 약 올리는 거여요?"

"하하하.. 죄송. 그때 만일...."

'당신과 소대원들이 규정에 따라 제대로 근무를 섰더라면, 얼마나 좋았겠느냐?'는 말이 목구멍을 타고 올라왔다. 그러나 치켜떠진 그의 눈꼬리를 보는 순간, 그 잔인한 언어들은 내장 속으로 잦아들고 말았다.

이튿날. 태민은 단독 군장 차림으로 소대를 집합시켰다.

"사나이는 한 번 태어나 한 번 죽는 거다. 조국과 민족을 위해 한 목숨 바친다면, 얼마나 영광스런 일이냐? 그래 안 그래?"

"그렇습니다!!!"

"그러나 이왕이면 살아야 한다. 살아서 건강한 몸으로 애국해야 한다. 니들 부모님을 생각해서라도 아무쪼록 조심하고. 특히 낫과 도끼, 톱 같은 도구가 있으니까 각별히 주의하고. 절대로 혼자서 돌아다니거나 허락 받지 않은 지역에 들어가는 일이 없도록!"

아무런 사고 없이 일주일이 지난 시점. 그러나 지금껏 사고가 일어나지 않았다는 것은 앞으로 발생할 확률이 그만큼 더 커진다는 뜻도 되었다. 소대를 이끌고 철책을 통과할 때면 저절로 기도가 나왔다.

'신이시여. 내 사랑하는 부하들, 저 철부지 소대원들을 보호해 주십시오. 혹시 제 부하를 다치게 하시려거든 차라리 제 몸이 다치게 해 주시고, 누군가를 죽게 하실 계획이시라면 차라리 저를 데려가 주십시오.'

하늘을 우러러 거짓 없는 마음으로, 빌고 또 빌었다. 늦가을의 비무장지대. 병사들이 작업에 열중하고 있는 사이, M16소총을 어깨에 멘 태민은 김 소위와 나란히 서서 이런저런 이야기를 나누고 있었다. 바로 그때.

"쾅!"

악몽처럼 지축을 흔드는 굉음이 들려왔다. 소리 나는 쪽을 향해 몸이 반사적으로 돌아섰다. 흙더미가 45도 각도로 비산(飛散)하는 틈 사이로 솟구치는 까만 군화 한 짝.

'아뿔싸! 사고로구나.'

몸은 돌아선 자세로 석고상처럼 굳어졌다. 공중으로 흩어졌던 흙들이 발아래 우수수 떨어진다. 태민의 어깨와 군화 위에도 흙 부스러기가 얹어졌다. 그제야 정신을 차리고 몸을 만져보기 시작했다. 두 팔과 두 다리, 가슴, 배 그리고 마지막에는 얼굴과 머리통까지. 아무 이상이 없었다.

'그렇다면 누가? 내 부하? 아니면?'

단 몇 초 동안 불쾌한 정적이 흐르는 동안에도 만감이 교차했다. 잠시 후, 가냘픈 신음소리가 들려왔다.

"으으음. 소대장님..."

그리고 마침내 그 소리마저 뚝 끊기고 말았다. 여기저기서 웅성거림이 들려왔다. 3소대 박 일병, 바로 옆에 서 있는 김 소위의 전령이었다. 3소대 선임 하사의 다급한 음성이 들려왔다.

"야! 다들 조용히 해. 아직 꿈틀거리고 있잖아? 빨리 구해야지 뭐해?"

"선임 하사님. 안 돼요. 저기는 지뢰 매설 지역이라 들어갔다 가는 또 당한다고요. 야, 로프, 로프 가져와!"

그때까지 우두커니 서 있던 김 소위가 쏜살같이 달려갔다.

"안됩니다. 소대장님! 여기는 모두 지뢰밭입니다. 위험합니다."

"야! 이 자식들아 비켜. 박 일병, 박 일병...."

그는 끝내 병사의 가슴에 안긴 채, 흐느껴 울었다. 일단은 이 하사로부터 소대에 아무 이상이 없다는 보고를 받았다.

"박 일병은 좀 어떻대?"

"......"

"..죽었냐?"

"...예. 재수 없이 대인 지뢰였습니다."

지뢰는 태민이 서 있던 지점에서 불과 4~5미터밖에 떨어지지 않은 곳에서 폭발했다. 밟은 사람의 몸을 공중으로 2~3미터 붕 뜨게 한 다음 갈기갈기 찢어놓는 위력으로 보면, 당연히 태민도 큰 부상을 입어야 했다. 그러나 천우신조였는지 폭발 지점과 태민의 서 있던 지점 사이에 자그마한 언덕이 있었고, 그것이 일종의 방벽 구실을 하여 작은 파편들까지 피할 수 있었던 것이니.

'부하들을 지켜달라는 나의 기도가 나 자신에게 응답되었나?'

작은 언덕 하나 사이로 삶과 죽음이 갈린 후, 희생자의 조각난 시신은 하나하나 로프에 의해 끄집어내어졌다. 여느 날과 똑같이 하늘은 푸르고, 바람 한 점 없었다. 아직 해는 중천에 떠 있는데 철수 명령이 떨어졌고, 비무장지대는 천 근 같은 무거운 침묵에 휩싸였다. 돌아오는 길목 언덕에 쪼그리고 앉아있던 소령 하나가 '한 명만 죽었다니 천만다행'이라며 고개를 주억거린다.

'천만다행? 과연 그 병사와 가족에게도 그럴까? 아! 잔인한 군대 문화라니...'

철책 앞에는 트럭 한 대가 대기하고 있었다. 뒤 칸 쪽으로 다가간 김 소위는 허옇게 드러난 시신의 종아리를 붙잡고 꺼이꺼이 울어댔다. 태민은 조용히 그의 어깨를 감싸 안았다.

"이 소위. 박 일병은 원래 이런 데에 올 녀석이 아니었거든.

그래서 더 미치겠다니까. 자네도 기억할지 모르겠지만 녀석 얼굴도 잘생기고, 키도 크고, 명문대 재학 중인 데다.... 그리고 집안이 무척 좋은 애였거든. 자기 아버지가 정부 고위직에 있는데, 애초에 군대에 가지 않도록 빼 준다고 했대."

"빼... 주다니?"

"빽을 써서라도 면제시켜 주겠다는 거지. 그런데 녀석이 자원해서 왔단 말이지. 대한민국 남아로 태어나 어떻게 국방의 의무를 저버릴 수 있느냐며, 고집을 피웠다는 거야. 그럼 아무 데나 빼줄 테니 편하고 안전한 곳에 가 있다 오너라 했더니, 또 이녀석이 꼭 전방으로만 가겠다고 고집을 피웠다는 거야."

"...."

"그래서 결국 수색대까지 오게 되었는데, 내가 보니까 하도 착실하고 또 대학물을 먹어놔서 전령을 시켜 놨잖아? 그런데 박살띠 작업을 한다고 우리 소대가 차출되고 보니, 내 마음에 녀석을 빼 주고 싶은 생각이 들더라고. 그래서 너, 여기서 빠져라 하고 말렸거든."

"......?"

"그런데 이 녀석이 나만 따라오겠다고 또 우기더란 말이지. 그래서 하도 용기가 가상하고 고마워서 그냥 데리고 왔던 건데, 오늘 끝내......"

그는 이 대목에서 차마 말을 잇지 못했다.

"김 소위. 인간의 운명은 어쩔 수 없잖아? 지 운이 그것밖에 안돼서 그런 걸 어떻게 하겠어?"

"그 와중에서도 가급적 위험한 지역에 보내지 않으려고 애를 썼지. 누군들 귀하지 않은 부하가 있겠는가마는, 왠지 녀석을 아끼고 싶더라고. 그런데 늘 그렇듯이, 오늘도 녀석이 앞장서겠다고 하여 내가 말렸지. 임마, 너는 소대장 전령이니까 대충 감독만 하다가 내가 필요할 때, 물도 떠다 주고 내 점심도 챙겨 주어야 헐 것 아니냐 그랬더니, 녀석 허는 말이 다른 동료들은 위험한 작업을 하는데 나만 그럴 수 있느냐는 거야."

"참..."

"그리고는 바로 작업장으로 투입됐던 거지. 지금 변을 당한 바로 그 장소로 말이야."

태민은 하늘을 쳐다보았다. 여전히 높고 푸르렀다. 햇볕은 따갑게 내리쬐고, 바람 부는 방향도 바뀌지 않았다.

'그런데 왜? 왜 박 일병 같은 병사가 죽어야 하는가? 과연 신은 있는 것일까? 있다면 왜 저렇게 착한 사람을 먼저 데려가는 걸까? 요령만 피우는 병사가 수없이 많고, 아예 군대조차 오지 않은 사람들도 수두룩한데. 하나님! 왜? 무엇 때문에 착하고 정의롭게, 아름답게 살려고 몸부림쳤던 한 젊음이 저토록 처참하게 죽어야 합니까? 착한 사람이 복을 받고 악한 자가 벌을 받는 것이 하나님의 공의라고 할진대, 과연 이 땅에 하나님은 살아계시는 겁니까?'

이웃 소대의 육사 출신 중위는 하나님이 아닌, 사람의 운명을 더 믿는다고 했다. 때문에 수색이나 매복, 특히 박살띠 작업을 내보낼 때에는 부하들의 손금을 보는 습관이 생겼단다.

"암만 고민하고 걱정해 봐야 소용없어. 다 운명이니까. 어디 손금 좀 보까?"

그런데 희한하게도 명이 짧다고 예언한 병사들이 꼭 죽더라는 것. 그런 병사들을 특별히 한 중앙에 세워 들어가도록 해도 결과는 마찬가지인데, 가령 앞에 가는 병사들이 암만 많아도 그냥 넘어가고 하필 꼭 그 병사 발에 걸려 지뢰가 터진다는 것이다. 그는 자기 말이 거짓말이면 '손에 장을 지지겠다'고 장담을 했다.

"그러면 명이 긴 아이들을 내 보내면 되잖아요?"

"수가 늘 부족하니까 그렇지. 그래도 내 맘속으로 웬만하면 명이 긴 녀석들을 앞장세우려 하는데, 절대로 걔들은 안 밟아요. 내가 거짓말하면 내 눈을 찔러라!"

커다란 그의 눈은 횅하니 귀기(鬼氣)마저 서려 있는 듯 했다. 깡마른 몸뚱이에 연거푸 소주를 들이부으며, 그는 입담 좋게 말을 이어 나갔다.

"나 같은 경우는 손금에 명이 길다고 나와 있그든. 그래서 아무 데나 가리지 않고 뛰어 다니는데, 안 죽는 거야. 실제로 죽을 고비를 아홉 번이나 넘겼잖아? 안 믿어지지? 그럴 거야. 한 번은 제일 앞장서서 걸어가는데, 내 뒤의 뒤에서 걷던 녀석이 대인지뢰를 밟는 바람에 바로 내 뒷 녀석까지 날아갔지. 그러나 나는 털끝 하나 다치지 않았어."

"……"

"또 한 번은 내 앞서 가던 소대장이 지뢰를 밟아 그 자리에서 즉사했고, 그 날도 실은 내가 앞장을 서겠다고 했거든. 근데 대대장이 소대 순서대로 들어가라고 워낙 고집을 부리는 바람에 그렇게 된 거야. 희한하지 않아? 앞장을 서건 뒷전에 서건, 사고가 나를 피해 가는 거야. 반면에 뒤꼭지에 죽음의 그림자를 달고 댕기는 놈들은 아무리 조심을 해도 죽더란 말이지."

"...그 참."

"그러니까 이 소위도 내가 손금을 보면, 이 작업을 무사히 끝내고 고향으로 돌아갈 수 있는지 없는지 금방 알 수 있단 말이야. 어디 좀 보자니까."

"왜 이러세요? 저리 가요!"

황급히 손을 감추며 구석으로 물러나 앉았다. 내심 궁금하긴 했지만 겁이 났다. 명이 길다고 하면 몰라도, 만에 하나 명이 짧다는 판결이라도 내려지면 어찌할 것인가? 발악하듯 내저은 거부의 몸짓에도 불구하고, 끝내 손목은 잡히고 말았다. 그리고 절대 절명의 위기 앞에서 내질러진 소리는 스스로 듣기에도 괴상 망측했다.

"저리 가란 말이야. 우리 어머니가 사주를 보고 와서 그러시는데, 나는 명이 길다고 했다니까...."

"뭐? 하하하.. 그러니까 어디 확인해 보자는 거 아니야?"

"난 안 한다니까요!"

천장이 울리도록 악다구니를 쓰는데, 찔끔 눈물까지 나왔다. 죽기 살기로 손을 움켜준 덕분에 위기는 넘어갔다. 그러자 이번에는 꿈 이야기가 등장했다.

"꿈도 무시할 게 못 되더라고. 간밤에 아주 재수 없는 꿈을 꾸었다고 말하는 녀석은 작업에서 제외시켰는데, 그게 큰 효과를 보는 것 같아."

"그러면 아무나 다 꿈이 안 좋다고 이야기 할 거 아니어요?"

"자기 목숨이 걸린 일인데, 아무리 사병들이라도 그러진 않아. 또 내용을 들어보면, 진짠지 가짠지 금방 알 수가 있거든."

사주나 점, 꿈은 어머니 김씨의 전공분야였다. '하얀 수염을 기르고 하얀 두루마기를 입은 한 노인이 나타나, 이 세상의 모든 이치가 적혀있는 큰 책을 건네주었다'는 태민의 태몽에서부터 시작하여 집안의 대소사를 앞두고는 광주 방림동의 뿡뿡다리 아래 점쟁이를 찾는 일까지 다양하기도 했다. 어느 해 여름날 아침에는 '어젯밤 꿈자리가 사납다'고 하여, 가족들이 이미 계획해두었던 가마미 해수욕장행까지 차단했고, 이씨가 새로운 사업을 시작할라치면 '운대가 안 맞는다'며 결사적으로 반대하여 부부싸움을 촉발시키기도 했다.

태민은 최근에 꾼 꿈들을 더듬어 보았다. 자나 깨나 잊지 못할 진선과 귀여운 홍은, 그리고 고향에서 보냈던 어린 시절의 추억들이 간혹 나타났을 뿐, 뚜렷이 기억에 남는 장면은 없었다.

지난 7월. 편지 한 장이 날아들었었다. 신망리 대대로 복귀한

지 일주일 만에 다시 야전 훈련을 나와 텐트에서 생활하는 중, 짓궂은 장마비는 하염없이 내리고 있었다. 판초 우의를 뒤집어 쓴 전령의 손에서 봉투를 빼앗듯 낚아챘다.

"여보! 눈이 커다란 공주를 낳았어요. 나보다 훨씬 예쁜 우리 딸을 낳았어요. 당신이 옆에 계셔 주었더라면 더욱 행복했겠지요? 하지만 괜찮아요. 이 진선이가 하나의 인간을, 당신의 딸을 낳을 수 있었다는 사실이 믿어지지 않아요. 당신의 축하를 받고 싶어요. 사랑해요! 당신의 진선 올림."

하얀 종이에 쓰인 글씨를 읽고 또 읽었다. '아빠'가 되었다는 벅찬 감격, 그 기쁨을 감당할 수 없었다. 며칠 후 받아 본 편지에는 이렇게 쓰여 있었다.

"아기가 드디어 엄마와 눈을 맞추기 시작했어요. 첨 막 태어났을 때에는 손가락이 여섯 개인 것만 같아 세어보고, 또 세어 보았거든요. 그러나 우리 아기는 너무나 완벽해요. 내가 꿈꾸어 오던 공주의 모습 그대로여요."

이름은 홍은으로 지었다. 클 홍(洪)자에 은혜 은(恩)자. 외박을 받아 광주에 도착했을 때, 진선의 헝클어진 머리와 해쓱한 얼굴에서 산고의 아픔을 충분히 느낄 수 있었다. 말없이 두 손을 잡아 주었다. 연애할 때와는 전혀 다른 느낌. 한 여자에 대한 사랑을 초월하여 '한 생명을 이 땅에 내어놓은 위대한 어머니'에 대한 외경심이라고나 할까.

"요즘 꿈은 너무나 달콤해요. 비참한 현실에 비해 너무 아름답고, 편안하고. 그래서 어떨 때는 기상나팔 소리가 그렇게 듣기 싫다니까요."

"기분이 좋다는 것은 그 자체가 좋은 꿈이야. 다른 소대에서는 발목이 달아나기도 하고 심지어 몸이 공중분해 되기도 하는데, 이 소위 소대원들은 손끝 하나 다치지 않으니까 그게 좋은 거지."

"그냥 운이 좋았던 거겠지요?"

"아니. 그냥이란 말은 없어. 모든 것이 운명이라니까."

궁정동의 총소리

"강물은 흘러갑니..다아...아! 제 3한강교 밑을..."

1차 박살띠 작업을 끝낸 다음 잠시 신망리 자대로 돌아왔고, 병사들의 휴식과 재정비 기간에 태민 또한 2박 3일간의 외박을 허락받았다. 신망리역에서 서울행 경원선 열차에 몸을 싣고 두 시간을 달린 끝에 도착한 곳은 성북역. 이곳에서 강남터미널까지 택시로, 광주행 고속버스로 또 네 시간, 유덕동 고속터미널에서 택시로 대인동 공용터미널까지, 그곳에서 영광읍까지 또 다시 직행버스로 한 시간. 그리고 초저녁 무렵 영광 터미널에서 택시를 잡아타고 백수면 무라리 서촌까지 또 40리 길을 달리고 나야 목적지에 도달하는데, 발 씻고 늦은 저녁을 먹고 나면 10시가 넘어있기 마련.

겨우 하루를 쉬고 나면 이튿날이 자대 복귀일. 새벽부터 서둘러 역순으로 귀대하는 중. 강남터미널에서 성북역으로 향하는 택시 안의 라디오에서는 한창 유행 중인 대중가요 '제3한강교'가 흘러나오고 있었다. 바야흐로 대학가요제 시대. 2년 전에 〈나 어떻해〉를 부른 서울대 보컬그룹 샌드 페블즈는 이미 가요계의 혜성으로 떠올랐거니와, 기성 가요와 달리 신선한 노래와 얼굴을 등장시키면서 건강한 대학 문화의 산실로 자리 잡아 가는 대학가요제는 젊은이들의 뜨거운 찬사를 받았다. 〈나 어떻해〉에 이어 대상을 받은 〈밀려오는 파도소리에〉와 〈내가〉 역시 대중의 사랑을 받았다. 그럼에도 신데렐라로 등장한 혜은이의 〈제3한강교〉 또한 시대의 주류에 속해 있었다.

성북역을 출발한 완행열차의 길다란 몸뚱이가 시내에서 벗어났다 여겨지는 순간, 콘셋 막사와 철조망, 헬리콥터, MP 마크를 붙인 헌병들의 모습이 차창 밖으로 스쳐 지나갔다. 새삼 분단된 조국의 현실이 피부에 와 닿는다.

'이 시대의 최고 가치이자 지상 명령이라 강조되는 안보! 그러나 그것을 빙자한 강압 통치의 그늘에서 민주와 인권, 자유는 또 얼마나 유린되고 있을까?'

부산과 마산에서 수백 명의 시민들이 반정부시위를 하다가 탱크에 깔려 죽었다는 '유언비어'가 나돌고 있었다. 이른바 부마사태(부마민중항쟁). 태민이 임관한 1979년은 백두진 파동1)과 박정희 대통령 취임 반대운동으로 한 해가 출발했었다. 그 뒤를 반정부 인사들에 대한 연행과 체포, 고문과 연금 등 강압 정책이 잇따르고 있었는데, 이 와중에서도 야당과 재야 세력의 저항은 그 어느 때보다도 고조되어 가고 있었다. 그러다가 마침내 10월 부산 및 마산 지역을 중심으로 유신 독재에 대한 반대 시위 사건이 벌어진 것이다.

부마 민중 항쟁은 같은 해 5월, 신민당 전당대회에서 김영삼이 총재로 당선된 일로부터 비롯되었다. 이어 9월 김영삼에 대한 총재직 정지 가처분 결정, 10월 김영삼의 의원직 박탈 등의 사건이 이어지자 신민당 의원 66명 전원이 사퇴서를 제출한다. 그럼에도 공화당과 유정회 합동 조정 회의에서 '사퇴서 선별수리론'이 제기되자 부산 및 마산 지역의 민심이 크게 요동친다.

10월 16일 부산대, 동아대 학생 6천여 명의 시위대는 파출소, 경찰서, 도청, 세무서, 방송국 등을 파괴하였고, 마침내 마산 및 창원 지역으로까지 시위가 확산되었다. 이에 정부는 이 지역에 비상계엄령을 선포하고 공수 부대를 동원하여 강도 높은 진압을 단행하였다. 이 때문에 부마 사태는 적어도 표면적으로는 단시간에 진압되었다. 그러나 불과 1주일이 안 되어, 더 큰 비극을

---

1) 백두진 파동: 박정희 대통령이 당시 차지철 경호실장의 건의를 받아들여 유정회 국회의원 백두진을 국회의장에 내정한 것에서 발단이 되었는데, 맨 처음 격렬하게 반대하던 신민당은 여권의 협박에 못 이겨 굴복하고 만다. 이 일은 김재규 중앙정보부장과 차지철 경호실장이 처음으로 갈등을 빚은 사건이라 할 수 있다.

촉발시켰으니. 태민이 신망리역에 도착한 것은 10월 26일 저녁 8시 30분 무렵이었다. 행정실로 들어서는 순간.

"따르릉! 따르릉!"

전화벨 소리가 요란하게 울려댔다. 전화를 끊고 난 박 상병.

"육군 전 부대에 비상이랍니다."

"또 무슨 일이래?"

"저도 잘 모르겠습니다. 군대에서 비상이야 늘 다반사 아닙니까?"

태민은 페치카[2] 옆에 깔아놓은 매트리스 위로 몸을 날렸다. 곰팡이 냄새가 진동하는 BOQ(장교숙소)보다 병사들의 체취가 묻어나는 내무반이 오늘밤 향수(鄕愁)를 달래는 데에는 더 나을 것 같아서였다. 얼마쯤 지났을까. 한창 꿈속을 헤매다가 확성기에서 흘러나오는 요란한 군가 소리에 눈을 떴다. 침구를 정리한다, 내무반 청소를 한다 병사들이 법석을 떨었지만, 태민은 누운 채로 꼼짝도 하지 않았다. 그때 군가가 뚝 그쳤다.

"긴급 뉴스를 말씀드리겠습니다. 어젯밤에 박정희 대통령 각하께서 서거하셨습니다. 다시 한 번 말씀드리겠습니다. 어젯밤 궁정동에서...."

자리를 박차고 벌떡 일어났다. 군의 최고 통수권자가 유고를 당해? 내가 뭘 잘못 들었나?

"야! 박 상병. 어떻게 된 거야?"

---

2) 페치카(pechka): 벽에 만들어진 러시아식 난방 기구. 돌, 찰흙, 벽돌 등으로 방의 구석 등에 만들어 벽 자체를 가열하여 난방을 한다.

"진돗개 둘이 발령되었습니다!"

'북한 무장간첩의 침투가 예상되거나 군대에서 탈영병이 발생할 경우' 발령되는 경보. 하지만 오늘 같은 경우는 국가의 존망이 걸린 위급한 사태임을 암시하고 있었다. 밖으로 뛰어나가 지나가는 동기 소대장을 붙들었다.

"어이 최 소위. 어떻게 된 거야?"

"방금 뉴스 들은 대로야. 간밤에 서울에서 무슨 일이 있었던 모양이야."

베이비부머 세대인 태민으로서는 여태껏 한 번도 박 대통령이 없는 대한민국을 상상해 본 적이 없었다. 철들고 나서부터 '대통령'과 '박정희'는 동의어였다. 김신조 부대[3]가 청와대 코앞까지 갔다가 발각되었고, 육영수 여사[4]가 총탄에 맞아 쓰러질 때조차도 불사조처럼 살아남은 그가 아닌가? 그런데 어떻게 이런 일

---

3) 김신조 부대: 1968년 1월 21일 '청와대를 기습하여 박정희를 제거하라'는 김일성의 명령을 받고 내려온 31명의 북한군. 당시 유일하게 생포되었던 김신조의 이름을 따서 김신조 사건이라고도 부른다. 이 사건 이후에 '국가안보 우선주의'가 선포되어 예비군이 창설되었다. 아울러 특수부대인 684부대(나중에 실미도 사건을 일으킴) 를 비밀리에 조직하여 북한에 대한 보복성 공격을 계획하였다.

4) 육영수 여사 피살사건: 1974년 8월 15일, 서울 장충동 국립중앙극장에서 박정희 대통령 연설 도중에 영부인 육영수 여사가 문세광이 쏜 총탄에 피격당한 사건. 광복절 기념식이 열린 이날, 객석에 앉아있던 문세광은 총탄을 발사하며 앞으로 뛰어나왔다. 박정희 대통령은 연설대 뒤에 몸을 피하여 무사하였으나, 문세광이 발사한 여러 총탄 가운데 하나가 단상 옆에 앉아 있던 영부인에게 명중되었다. 범인 문세광은 현장에서 체포되었고, 육영수 여사는 서울대 의대 부속병원으로 후송되었으나 오후 7시, 향년 50세로 사망하였다. 이후 문세광은 대법원에서 사형을 선고 받았으며, 그해 12월 20일 사형이 집행되었다.

이? 가장 먼저 뇌리를 스친 것은 국방이었다. 가장 커다란 '전쟁 억지력'이 무너진 지금, 저 흉악무도하고 예측 불가능한 북한 괴뢰 정권이 어떤 책동을 해 올지 알 수 없는 노릇.

'이 뉴스가 사실이라면, 그리고 이 사태를 제대로 수습하지 못하면 이 나라는 적의 손아귀에 떨어진 것이나 진배없다. 그랬을 경우, 내 운명은?'

몸서리가 쳐졌다. 무거운 공포감이 한 발자국도 떼기 어려우리만치 온몸을 짓눌렀다. 대대(大隊)의 모든 병력이 완전 무장을 하고 진지로 투입되었다. 실제로 탄약과 포탄이 운반되고, 비상식량이 지급되었다. 일찍이 경험해 보지 못했던 미증유의 상황, 머리가 쭈뼛거렸다.

'이런 때일수록 침착해야 한다. 어차피 한 번은 죽을 목숨, 내 한 몸 바쳐 조국과 민족, 나의 가족을 구할 수 있다면, 기꺼이 이 생명 바치리. 무엇보다 사병들 앞에서 겁을 집어먹는 몸짓을 해서는 안 된다. 나는 장교이고, 그들의 소대장이 아닌가?'

결연한 음성을 흉내 내려 애를 써보았다.

"지금부터 잘 들어라. 이제까지 우리를 먹이고, 입히고, 보살펴 왔던 조국과 민족이 지금 이 순간, 우리를 부르고 있다. 우린 비록 함께 태어나진 못했으나, 함께 죽을 수는 있다. 나와 너희들이 이 나라와 부모형제를 위해...."

적어도 스스로 생각할 때에는, 기가 막힐 만큼 감동적인 연설이었다. 진지를 보수하고, 무기와 탄약을 점검하며 반나절을 보냈다. 모든 병사의 얼굴에는 죽음을 각오한 사람에게서나 볼 수 있는, 초연함과 평온함이 드러나 있었다. 그러나 서너 시간 만에 비상은 '어이없이' 해제되고 말았다. 경계병을 제외한 모든 병력이 진지로부터 철수했다. M16소총 탄약과 81밀리 박격포탄을 둘러맨 병사들이 끙끙거리면서도, 사뭇 밝은 표정들이다. 오전 10시가 넘어서야 조반(朝飯)이 나왔다. 내무반 침상에 걸터앉아 식사를 하던 중.

"이 소위, 저 있잖아. 어제 밤에 매복을 섰다가 복귀한 녀석들이 그랬다는데, 밤중에 느닷없이 이북 놈들이 소리를 지르더래. '박정희 죽었다'고..."

"뭐? 정말이야?"

"비무장지대 안에 들어가 있던 수색대원들이 들었닥 허드라니까. 그래서 저놈들, 또 미친 소리 헌다고 웃어 버렸다는 거지. 그런데 그게 사실이었잖아? 그러고 보면 남한에 간첩도 많은가 베?"

신임 소대장이 GP에 부임해 가는 즉시, 그에 대한 정확하고도 상세한 인적사항이 대남용 확성기를 통하여 흘러나온다는 말을 들은 적이 있었다. 이제 막 임지(任地)에 도착한 '병아리' 소대장의 간담을 서늘하게 만들기 위한 얕은 수작이긴 하지만, 어찌됐건 녀석들의 정보 수집 능력은 대단하다 여겨졌다.

"저쪽은 모든 것이 통제되어 비밀이 새나오기 힘든 반면, 우리쪽은 너무 자유스러운 것 같아. 간첩들이 바로 옆에 있어도 모르니 말이야."

"그것도 아니야. 이 소위. 자네 HID[5]라고 들어본 적 있어? 저쪽에서만 넘어오는 것이 아니고, 이쪽에서도 넘어가. 이 사람아."

"그래?"

"나는 실제로 넘어갔다 온 사람을 만났었는데, 비가 오거나 안개가 자욱하게 낀 날, 간혹 수색대에 연락이 온닥 허드라고. 매복 들어가지 말라고."

"난 한 번도 그런 연락 받은 적 없는데?"

"자네들처럼 훼바에 있는 수색 소대가 아니라, 사단에서 운용하는 수색대가 따로 있다니까. 좌우간 아무 이유도 없이 그런 명령이 떨어질 때에는, 그네들이 넘어가는 날이라고 생각하면 틀림없다는 거야. 그때에는 날개 펴 줄 팀을 사단에서 따로 지정을 하는데, 그 사람을 데리고 군사분계선까지 가는 거지. 그래서 '앞으로 몇 시간 후에 이 지점에서 만나자'고 한다거나, 아니면 이틀이나 사나흘 후에 시간을 정해 주기도 한다 하더라고. 암호하고 같이 말이야. 그래서 그 날 그 시간 제 장소에 나타나 제대

---

5) HID부대: Headquarters of Intelligence Detachment의 약자로서, 육군첩보부대 쉽게 말하면, 북파공작원을 가리킨다. 50년대까지는 혈혈단신으로 월남한 이북 출신이 주축을 이루었지만, 60년대 이후엔 이들과 함께 남한 출신의 무연고자나 깡패 등에서 선발되었다. 그러나 이들 가운데에서도 체력은 물론, 명석한 두뇌와 투철한 반공관이 우선적으로 고려되었음은 물론이다. 이들에 관해서는 훈련부터 임무수행까지 국가 기밀사항으로 취급돼 존재조차 알려지지 않았다. 그러다가 2000년 10월, 민주당 김성호 의원이 국정감사 자료를 통해 "1952년부터 72년까지 파견된 북파공작원 수가 1만여 명이며, 이 가운데 7726명이 사망했거나 실종됐다"고 밝히면서, 거론되기 시작했다.

로 암호를 대면 데리고 오는 거고, 나타나지 않으면 즉시 철수를
해 버린대."

"왜?"

"왜긴. 그들이 잡혔을 경우를 가정할 때, 도리어 이쪽이 위험
해지기 때문이지."

"시간이 조금만 늦어도 못 돌아온다는 뜻이야?"

"그러니까 목숨을 걸고 다니는 건데, 어떤 사람은 1주일씩이
나 북한 땅을 밟고 돌아다니다 온대."

"들키지도 않고 어떻게 그럴 수 있어?"

"이북 말씨까지 일일이 다 배우잖아? 복장도 이북 사람들 하
고 똑같이 하고, 행동도 똑같이 하고 그러니까 알 수가 없는 거
지. 밥도 해 먹고, 사람도 만나고 하면서 실컷 다니다가 시간이
되면 넘어온다는 거야. 북한의 중요한 정보를 캐오기도 하고, 요
인을 암살하기도 한대. 이들이 얼마나 지독한지 알아? 젓가락
하나로 나무를 뚫는 정도니까, 사람은 그 자리서 즉사하는 거지.
키 하나로 모든 문을 열 수 있고, 체력은 보통 사람 100여 명이
달려들어도 못 당한다 하드라고. 또 그 사람들은 여러 번 다녀와
서 그쪽 지리에 대해 환하대."

"하기야 서로에 대해 정보가 있어야 하니까, 이쪽이나 저쪽이
나 그건 마찬가지겠지. 근데 어떤 사람들이 그런 일을 하는데?"

"잘은 몰라도, 대개 큰 사고 친 사람들 아니겠어? 처음에는 사
형수나 무기징역수 가운데 죽이기 아까운 사람들, 예를 들면 싸

움을 잘한다거나 배짱이 두둑한 사람들은 나라 입장에서도 아까울 거 아니야? 그런 사람들을 모아 부대를 만들고는, 당신들 말이야. 어차피 죽을 목숨, 나라 위해 희생하면 서로 좋지 않으냐고 꼬시는 거지. 그 다음에는 일반인들을 모집하기도 했는데, 돈을 많이 주는 대신 사회와 인연을 끊고 국가를 위해 봉사하라고 지령을 내리는 거지. 그래서 어차피 이판사판인 사람들이 그쪽을 선택하여 특수 훈련을 받는 거야."

"아무리 그래도 괜히 그런 일을 지원할까?"

"그러니까 나라에서 돈을 많이 주잖아? 평생 먹고사는데 걱정하지 않을 만큼 대 주는가 봐. 그 많은 국방비 두었다가 어디쓰겠어? 또 그에 상응한 대우를 해 주지 않으면, 누가 함부로 목숨을 걸겠냐고?"

"돈을 아무리 많이 주어도, 본인이 죽어 버리면 끝나잖아?"

"죽으면 할 수 없는 일이고. 대신 남은 가족들은 평생 잘 먹고 잘 살 수 있도록 해 준다니까, 자기 한 몸 희생해서 가족들 살리는 거지. 그런데 죽어라 고생했음에도 막상 나라에서 약속했던 돈을 주지 않으면, 불만이 팽배해질 거 아니야? 그래서 실제로 전역한 HID병사들이 들고 일어나서 시위를 하기도 했대. 또 누가 꼭 가고 싶어서만 가겠어? 자의반 타의반으로 가도록 만드는 어떤 제도가 있겠지. 훈련도 지독하고 그런가 봐... 자네 실미도 사건6)이라고 들어봤어?"

"실미도? 그게 뭔데?"

"나도 잘 모르는데.. 쉬이! 이건 일급비밀이야. 정부에서 1·21 사태에 대한 보복을 목적으로 창설하였는데, 북한에 들어가 김 일성 목을 따오라는 것이 명령이었대. 실전과 똑같은 훈련을 받 고 철저한 인민군 식 훈련으로 얼마나 지독하게 단련되었는지, 단 3개월 만에 북파가 가능한 인간 병기로 탈바꿈되었대. 그 뒤 3년 4개월 동안 출동 명령만을 기다리던 중, 정부에서 기간병들 을 시켜 자기들을 죽이려 한다는 사실을 알고는..."

"왜? 왜 죽이려 했는데?"

"애초에는 잘 써먹으려고 했는데, 국제적으로 긴장이 완화되 고 남북 화해 분위기7)가 조성되면서 그 존재 가치가 땅에 떨어 져 버린 거지. 그러니까 나라에서 어떡하겠어? 살려두자니 골칫 거리 될 것 같고 하니까, 죽이기로 작정한 거야. 그 눈치를 채고 이 사람들이 기간병들을 죽이고 탈출했대. 인간 병기 앞에서 기 간병들은 손 쓸 틈도 없이 나자빠져 버리고. 24명 가운데 18명이 죽고 네 명인가 다섯 명인가 어떻게 겨우 살아남았다네?"

---

6) 실미도 사건: 이 사건에 가담한 부대는 1968년 1월 북한의 124군부대 소속 31명(김신 조 부대)이 청와대를 습격하기 위해 세검정 고개까지 침투한 사건에 대응하기 위해, 같은 해 4월 창설되었다. 그 때문에 일명 '684부대'로 불리기도 한다. 이들이 1971년 8월 23일, 인천 중구 용유동에 딸린 무인도(실미도)에서 자기들을 감시 감독하던 기간병(基幹兵-군대에서 가장 으뜸이 되거나 중심이 되는 병사)들을 살해하고 탈출하여 청와대로 향하던 중 자폭한 사건.
7) 1970년 8월 15일 박정희 대통령은 평화통일 구상을 발표하였고, 1971년 8월 12일 최두선 대한적십자사 총재는 남북적십자회담을 제의하여 북한의 수락을 받아 냈다. 그리고 1972년 7월 4일, 7·4남북공동성명이 서울과 평양에서 동시에 발표되었다.

"야! 그러니까 먼저 선수를 친 거로구만."

"그러지 않으면 자기들이 죽으니까. 실컷 이용만 당하고 이름도 없이 죽는다 생각하니, 기가 막혔을 거 아니야? 그래서 인천인가 어디에서 버스를 빼앗아 타고는 서울 시내까지 들어간 거야. 그리고 청와대로 가던 중에 뭐 경찰인가 군대를 만나 교전하다가, 스스로 수류탄을 터뜨려 죽었다나 봐. 4명이 살아남았는데, 그 사람들도 나중에 모두 사형을 당하고...."

"야! 진짜 억울하겠다."

"씨발! 인생이 뭐 별 거 있냐? 복불복이지 뭐. 잘난 놈은 잘난대로 살고, 못난 놈은 못난대로 살고... 에이!"

'그건 그렇고. 한국 현대사 초유의 대통령 시해(弑害-임금이나 부모를 죽임) 사건이 일어나다니, 과연 나는 역사의 분수령에 서 있음이 분명하구나.'

이른바 10·26사태는 1979년 10월 26일 밤 7시 40분 무렵에 서울 종로구 궁정동 중앙정보부 안가[8]에서 중앙정보부 부장 김재규가 대통령 박정희를 살해한 사건을 일컫는다. 1961년 5·16군사정변과 1972년 10월 유신 선포로 18년 동안 권위주의 통치를 이어오던 박정희 정부는 그 부작용을 사회 곳곳에서 분출시키고 있었다. 자원이 빈약한 한국의 처지에서 수출주도형 고도성장 전략이 급속한 경제성장을 가져온 것은 사실이지만, 그것은 노

---

8) 안가(安家): 안전가옥의 준말. 특수정보기관 등이 비밀유지를 위해 이용하는 일반 집.

동자와 농민의 상대적 희생을 전제로 한 것이었다. 1979년 소비자 물가가 하늘 높은 줄 모르고 치솟는 상황에서, 이들의 생존권 요구는 민주화에 대한 열망과 함께 거세지고 있었다.

이러한 때에 미국의 카터 행정부는 미군철수라는 카드를 이용하여 한국의 인권상황을 개선하려 하였다. 하지만 결과적으로 한·미간의 갈등만 키워놓고 말았다. 이에 자극을 받은 박정희 대통령은 자주국방을 달성하기 위하여 핵무기를 개발하려고 시도하였던 바, 이에 대한 미국의 우려는 점점 커져가고 그 중심인 박정희 대통령의 존재에 대해 극도로 신경이 예민해져 있었다. 이에 박동선 사건(1976년 박동선이 미국 의회에 거액의 로비자금을 제공한 사실이 보도됨으로써 시작된 한미 간의 외교마찰사건)까지 겹쳐 한·미관계는 최악의 상황까지 치달았다.

이러한 환경에서 재야 세력과 야당은 반독재 민주화운동과 민중의 생존권 투쟁을 계속 전개해 나갔다. 이에 힘입어 제10대 국회의원 총선거에서는 야당인 신민당이 여당인 공화당의 득표율을 앞지르게 되었다. 이에 위기감을 느낀 집권여당은 극단적인 강경대응 이외에 다른 대책을 찾지 못하고 있었다.

이 와중에 YH 노조의 여공들은 체불임금을 지불하지 않고 미국으로 도피한 사장 대신, 김영삼이 총재로 있는 신민당의 당사로 들어가 농성을 벌이기 시작했다. 이에 여공들을 강제로 해산시키기 위해 당사 안으로 진입한 경찰의 진압과정에서 여공 하나(김경숙 양)가 건물 옥상에서 추락, 사망하고 1백여 명이 부상당하는 사건이 일어났다.

이러한 때에 부산과 마산, 창원 등지에서 일어난 소요는 불난 집에 기름을 붓는 격이 되었다. 부산시 일원에 비상계엄령(군사권을 발동하여 치안을 유지할 수 있는 국가긴급권의 하나. 최고 통치권자인 대통령만이 갖는 고유 권한)이 선포되고 마산·창원 지역에는 위수령9)이 발동됨으로써 일단 부마사태는 해결되었다. 그러나 그 대응 방식을 둘러싼 집권층 내부의 갈등이 일어났고, 바로 이것이 10·26사태를 촉발시킨 것이다.

1979년 10월 26일, 중앙정보부장 김재규는 대통령 박정희와 함께 삽교천 방조제 준공식과 당진에 있는 중앙정보부 시설에 가려 했다. 그러나 '권력의 제 2인자'라고 불리던 대통령 경호실장 차지철은 김재규에게 "헬리콥터 1호기에는 더 이상 자리가 없으니, 알아서 와"라는 모욕적인 언사와 함께 일방적으로 그를 제외시켰다. 이에 김재규는 행사장으로 가는 대신, 중정본부로 돌아오고 말았다.

당시 김재규와 차지철의 권력투쟁은 심각한 수준에 이르러 있었다. 하지만 둘은 비교가 되지 않을 정도의 경력을 갖고 있었다. 김재규는 박정희 대통령의 고향(현 구미시) 후배이면서 육사 동기생(육사 2기)이었다. 김재규는 육군보안사령관, 제3군단장(중장)을 역임한 후 전역하였으며, 이후 유신정우회 국회의원, 건설

---

9) 위수령(衛戍令): 육군부대가 한 지역에 계속 주둔하면서 그 지역의 경비, 군대의 질서 및 군기(軍紀) 감시와 시설물을 보호하기 위하여 제정된 대통령령(大統領令).

부 장관을 거쳐 중앙정보부장에 임명되어 있었다. 반면에 차지철은 김재규보다 아홉 살 손아래인 데다 비(非)육사 출신의 대위 계급장을 달고 있었다. 5·16군사정변에 가담하여 최선봉에 선 공로로 국가재건최고회의 의장 경호차장에 임명되었으며, 1962년 육군중령으로 예편하여 민주공화당 상임위원을 지냈다. 이어서 민주공화당 전국구로 6대 국회의원에 당선되었고, 연이어 7·8·9대 국회의원에 당선되었으며, 1974년에는 대통령 경호실장에 임명되었다. 어떻든 김재규가 볼 때, 차지철은 '깜도 안 되는 것'이 설쳐대는, 즉 인간 말종에 지나지 않았던 것이다.

차지철은 김재규에게 전화를 걸어 "오후 6시 궁정동 청와대 부지 안에 있는 중앙정보부 소속의 한 안가로 오라"는 박정희의 명령을 전했다. 박정희와 차지철이 궁정동 안가로 들어오고, 김계원과 김재규도 연회장이 있는 '나' 동으로 들어갔다. 김재규는 총을 자신의 바지 주머니에 숨긴 채, 박정희와 마주 앉았다. 박정희는 김재규, 차지철, 김계원, 가수 심수봉, 모델 신재순 등과 함께 전통 한국식 만찬 교자상을 앞에 두고 앉아 술을 겸한 저녁 식사를 하였다. 대화는 자연히 정치 쪽으로 흘러갔다.

"각하! 지금은 대화로 야당과 미국을 설득해야 할 때입니다."

이러한 김재규의 온건한 주장에 박정희는 동의하지 않았다. 오히려 대규모 소요 사태에 적절히 대처하지 못했다는 이유로 그를 질타했다. 또한 신민당에 대한 중앙정보부의 온건한 자세도 비판하였다.

"중정부장이란 자가 저 모양이니, 난국이 더 꼬일 수밖에...."

이때 차지철이 나서서 "캄보디아에서는 3백만 명이 죽어 나가도 끄떡없지 않습니까? 1, 2백만 정도는 희생시켜도 됩니다. 반항하는 자들은 모두 탱크로 깔아뭉개 버려야 합니다"고 말하였다. 박 대통령은 이러한 차지철에 동조하며, 강경 진압을 지시하였다.

이후 김재규는 육군참모총장 정승화와 중앙정보부 제 2차장보 김정섭이 대기하고 있는 안가의 '가' 동으로 들어가 저녁 7시 10분경 그들에게 양해를 구했다. 그리고 다시 연회장으로 갔는데, 문 앞에서 총 점검을 하는 순간 차지철이 나타났다. 이때 김재규는 총을 바지 주머니에 집어넣었고, 차지철은 그냥 스쳐 지나갔다. 차지철이 경호원들이 있는 주방으로 내려갔다가 연회장에 다시 들어온 시점에 심수봉이 노래를 부르고 있었다. 저녁 7시 30분 무렵, 차지철이 들어오자 김재규가 밖으로 나가 중앙정보부장 수행비서 박흥주와 중앙정보부 의전과장 박선호(중학교 시절 김재규의 제자)를 불러 아래와 같이 말했다.

"박선호! 너는 정인형(대통령 경호처장)과 안재송(대통령 경호부처장)을 차단하고, 박 대령(박흥주)은 경비원들과 함께 주방의 경호원들 모두 없애라. 이것은 혁명이다!"

다시 돌아와 보니, 시간은 저녁 7시 38분. 심수봉의 노래가 끝나고 신재순이 심수봉의 반주에 맞춰 '사랑해'라는 노래를 부르고 있었다. 7시 41분, 김재규가 차지철을 향해 총을 겨눴다.

"각하! 이 버러지 같은 자식과 정치를 하셔야 되겠습니까?"

이때 차지철은 무의식적으로 오른손을 들어 방호하려 하였고, 총알은 그의 손목을 맞혔다. 차지철이 화장실 쪽으로 도망하는 순간, 김재규의 총탄은 박정희의 가슴을 향하였다. 이때 박정희는 두 눈을 감고 미동도 않은 채 앉아 있었다. 박정희는 오른쪽 심장에 치명상을 입고 옆으로 쓰러졌다.

그 총소리가 들리는 순간, 박선호는 대기실에서 대통령 경호부처장 안재송과 대통령 경호처장 정인형을 차례로 쏘아 죽였고, 박흥주 역시 경비원들과 같이 주방에 있던 경호원들을 죽였다. 그때 갑자기 정전이 되었다. 김재규는 연회장을 빠져나가 1층 로비로 갔다. 두리번거리고 있을 때 박선호가 나타났고, 김재규는 총을 박선호의 총과 맞바꾸었다. 박선호는 탐색하러 갔고 김재규는 연회장으로 다시 들어갔는데, 심수봉과 신재순이 총에 맞아 쓰러진 박정희를 부축하고 있었다. 화장실에 숨어 있던 차지철이 다시 나와 경호원을 찾으러 나가려는 순간, 김재규가 들어왔다. 김재규는 차지철의 폐와 복부를 향해 총을 발사하였고, 차지철은 그대로 엎어졌다. 김재규는 박정희 앞으로 다가와 총을 겨누었고, 심수봉과 신재순은 도망쳐 어디엔가 숨었다. 김재규는 쓰러져 있는 박정희의 머리에 방아쇠를 당겼다. 오른쪽 귀 윗부분으로 들어간 총알은 지주막10)을 꿰뚫은 후, 박정희의 왼

10) 지주막(=거미막, 蜘蛛膜): 뇌나 척수를 덮고 있는 세 층의 수막(髓膜) 가운데 중간의, 얇고 거의 투명한 막.

쪽 콧잔등 밑에서 멈추었다. 일종의 확인 사살이었다.

한편, 대통령 비서실장 김계원은 연회장의 대기실에서 사건을 지켜봤다. '가' 동에 있던 육군참모총장 정승화와 중앙정보부 제2차장보 김정섭도 20여 발의 총소리를 들었다. 김재규는 정승화와 김정섭과 함께 어디로 갈 것인지를 놓고, 잠깐 고민에 빠졌다. 이때 정승화는 "육군 본부로 가야 한다"고 주장했다.

김계원은 박정희의 시체를 국군 서울지구병원으로 싣고 가서 박정희를 살려내기 위해 노력했다. 그리고 청와대로 들어와 국무총리 최규하에게 "박정희의 저격범은 김재규"라고 말했다. 곧이어 최규하와 함께 육군본부로 간 김계원은 정승화와 국방부장관 노재현을 만나 거듭 "범인은 김재규"라고 말했다. 한편, 박선호의 명령을 받은 경비과장 이기주는 경비원 김태원을 시켜 쓰러져 있는 사람 모두를 확인 사살케 하였고, 이미 사망한 상태였던 차지철 역시 확인 사살되었다.

육군참모총장 정승화는 육군본부 헌병감 김진기에게 김재규를 체포하라는 명령을 내렸고, 10월 27일 오전 0시 40분경 김진기는 김재규를 체포하였다. 일이 이렇게 되자 정승화는 보안사령관 전두환을 불러 "헌병감 김진기 준장으로부터 김재규를 인계받아 철저히 조사하라"고 지시하였다. 이후 김재규는 동빙고동에 있던 보안사령부 서빙고 분실에서 가혹한 고문과 함께 수사를 받았다. 쇠파이프로 얻어맞았을 뿐 아니라, 전기고문과 물고문까지 당했다. 그리고 마침내 1980년 군법회의에서 '내란목

적 살인'이라는 죄목으로 사형선고를 받았으며, '광주민주화운동'이 한창이었던 1980년 5월 24일, 서울구치소에서 극비리에 교수형에 처해졌다. 이때 그는 최후진술에서 "국민 여러분! 자유민주주의를 마음껏 누리십시오! 저는 먼저 갑니다!"라고 발언했다고 한다.

김재규는 "민주화를 위하여 야수(野獸)의 심정으로 유신의 심장을 쏘았다. 거사를 7년 동안 준비해 왔다"고 주장했으며, 재판 중에는 "내 뒤에 미국이 있다"는 말도 했다. 한미 연합사령부 부사령관 류병현 장군은 10월 26일 자정 무렵에 주한 미국 대사 글라이스틴을 찾아와 "박 대통령에게 사고가 발생했다"고 보고했다. 글라이스틴은 통신 보안이 철저한 전화선을 이용하기 위해 미국 대사관으로 달려갔고, 여기에서 워싱턴에 있는 브레진스키와 국무부에 이 사실을 알렸다. 10·26 사태 며칠 전, 김재규가 CIA 한국지부장을 면담했다는 이유로 미국이 박정희의 죽음에 개입했다는 의혹이 제기되었다. 김재규 또한 군사재판에서 '한미관계의 개선'을 거사의 한 이유로 들었다. 하지만 글라이스틴은 김재규의 발언을 '쓰레기 같은 소리'라면서 신경질적인 반응을 보였다.

김재규에 대한 수사는 보안사령관이 하게 되어 있었다. 이를 기회로 전두환은 10·26 사건을 위해 설치된 합동수사본부의 장을 겸직하게 되었고, 이때부터 두각을 나타내기 시작했다. 한편, 가수 심수봉은 전두환이 집권하던 시기에 가수로서의 활동을 금지 당했고, 모델 신재순은 미국으로 이민을 갔다. 박흥주 대령은 총살형, 박선호와 유성옥(안가 운전기사), 이기주(안가 경비과장), 김태원(안가 경비원)은 교수형에 처해졌다. 며칠 후.

"야! 최 소위. 김재규가 어떻게 되었대?"

"잡혀갔다잖아? 어떤 사람들은 그가 안중근 의사처럼 영웅이라고도 한다는데..."

"안중근 의사가 이토 히로부미를 처단한 날짜에 맞추기 위해, 거사일도 10월 26일로 잡았다면서?"

"날짜 잡는 거야 지 맘인데, 뭐라 하겠어? 하지만 의거 운운하는 것은 자기 행동을 합리화하기 위하여 만들어낸 명분에 지나지 않는다고 봐. 그렇잖아?"

"차지철과의 개인감정에서 표출된 우발적인 범행으로 봐야겠지?"

"물론 김재규 입장에서는 견디기가 어려웠겠지. 그렇다고 해서 세상에, 대통령을 그래야 되겠어?"

"주군(主君)을 시해하였다는 것은 우리 정서상, 또 동양적인 윤리에서도 한참 벗어나는 일이고."

10·26사태 직후 최규하 과도정부는 제주도를 제외한 전국에 비상계엄을 선포하였으며, 10월말 군부 고위층은 유신헌법의 폐기를 결정하였다. 그러나 충격이 채 가시기도 전인 12월 12일, 또 하나의 사건이 터지고 말았으니.

이른바 12·12 군사 반란. 10·26사건 이후, 각 군 수뇌부들은 계엄사령관으로 임명된 정승화 육군참모총장을 구심점으로 국가의 보위와 안녕을 위해 일치단결하기로 결의했다. 전두환은 합동수사본부장을 맡아 10·26 사건을 수사했다. 하지만 10·26 사건 당시 정승화가 현장 가까이 있었고 범인인 김재규와 평소 친분이 두터웠기 때문에, 정승화가 박정희 대통령 시해사건과 관련이 있을지도 모른다는 의혹이 증폭됐다. 그러나 어떻든 11월 6일 전두환은 김재규의 단독 범행이라는 수사결과를 발표했다.

그러나 이후, 정승화는 전두환을 동해안 경비사령관으로 전보 발령시키려고 하였던 바, 일부 정치군인들을 견제하기 위해 인사조치안을 작성하여 실행하려고 하였던 것이다. 이에 신군부 세력은 반격을 개시하였다. 즉, "정승화가 김재규에게 묵시적으로 동조했다"는 혐의를 내세운 것이다. 11월 중순부터 전두환은 하나회11)를 비롯한 동조 세력 규합에 나섰다. 허화평 보안사령부 비서실장, 허삼수 인사처장, 이학봉 수사과장, 장세동 제30경

---

11) 하나회: 1951년, 4년제 육군사관학교 첫 입학생 가운데 영남 출신 생도, 전두환, 노태우, 김복동, 최성택, 박병하 등 5명이 5성회를 조직한 것이 시초이다. 비밀 점조직 방식으로 조직하되, 가입 시에는 조직에 신명을 바쳐 충성할 것을 맹세케 하였다. 이들은 선배가 후배를 추천하고 밀어주는 식으로 군내 주요 요직을 독점하였으며, 진급과 보직에 있어서 특혜를 누렸다. 고위층으로부터 활동비를 지급받거나 재벌로부터 자금을 징수하기도 하였다. 전두환 주도로 육군사관학도들은 5·16 군사정변 지지 시위를 벌였고, 이는 박정희 소장의 관심을 끌었다. 하나회는 박정희 전 대통령에 충성을 맹세하며 대통령의 지원을 받아 엄청난 세력이 되었다. 12·12 군사반란, 5·17 쿠데타를 주도하고 5·18 광주민주화운동 진압 과정에도 참가했다. 전두환이 대통령에 취임하자 회원들은 군내 요직을 독점하였고, 전역한 후에도 장관, 국회의원을 역임했다. 김영삼의 문민정부는 하나회에 대한 대대적인 숙군작업을 진행하였고, 5·18 광주민주화운동 책임과 12·12 군사정변에 대한 책임을 물어 전두환·노태우 등 관련자들을 재판에 회부하였다.

비단장 등 영관급 후배들과 모의를 진행하기 시작한 것이다. 그리고 11월 말 경, 전두환은 황영시 제1군단장, 노태우 제9사단장 등 선후배 동료 장성과 거사를 협의한다.

드디어 운명의 12월 12일 오후, 전두환은 황영시, 노태우 등 동조세력을 장세동이 있던 경복궁 내 수도경비사령부 예하 제30경비단 단장실로 모이도록 한 다음, 쿠데타 음모를 상의한다. 같은 날 오후 6시, 전두환은 최규하 대통령에게 육군참모총장 체포안에 대한 재가를 제안하였다. 그러나 거절당했다. 오후 7시. 허삼수, 우경윤(육군본부 범죄 수사단장)은 수도경비사령부 33헌병대 50명을 참모총장 공관에 투입하였다. 이들은 총격으로 경비병력을 제압하고 공관에 난입했다. 오후 7시 21분, 반란군은 정총장을 보안사 서빙고 분실로 강제 연행하였다. 오후 9시 30분 경, 전두환, 유학성, 황영시 등은 다시 국무총리 공관으로 달려가 최규하 대통령에게 정총장의 연행·조사를 재가해 달라고 재차 요구하였다. 그러나 다시 거절당했다.

이후, 신군부 세력은 총장의 강제연행이 부당하다 주장하던 3군사령관 이건영 중장, 수도경비사령관 장태완 소장, 특전사령관 정병주 소장 등에 대해 하극상12)을 감행하고, 이들을 무력으로 제압하여 연행했다. 하나회 회원이던 박희도 준장이 이끄는 제1공수특전여단 병력과 최세창 준장이 지휘하던 3공수특전여

---

12) 하극상(下剋上): 계급이나 신분이 낮은 사람이 예의나 규율을 무시하고 윗사람을 꺾고 오름.

단, 그리고 장기오 준장의 제5공수특전여단은 서울로 출동했다. 또한 노태우 소장은 자신이 지휘관으로 있던 9사단 29연대를 중앙청 앞에 집결시켰다.

1공수여단은 행주대교에 있던 30사단 병력을 무력화시킨 후, 곧장 서울로 진격했다. 얼마 후, 1공수여단은 국방부와 육군본부를 공격하여 국군 수뇌부를 체포했다. 그리고 국방부 청사에서 노재현 국방부 장관을 찾아내어 최규하 대통령 앞으로 끌고 갔다. 한편 3공수여단은 특전사령관 비서실장 김오랑 소령을 사살하고 특전사령관 정병주 소장을 체포하였다. 최규하 대통령으로부터는 세 차례에 걸친 10시간만의 '협박' 끝에 13일 새벽 5시, 사후 재가를 받아 냈다.

12월 13일 오후, 노재현 장관은 담화문을 통해 "10·26 사건 연루 혐의로 정승화 총장을 연행하였으며, 육군참모총장과 계엄사령관직에 이희성 육군 대장이 임명되었음"을 발표한다. 12·12 사건 이후, 전두환은 군의 주도권을 완전히 장악하게 된다.

사태 직후, 미국은 신군부가 평시 작전통제권[13] 행사와 관련한 한·미 간의 합의를 위반한 데 대해, 강력한 불만을 전달하였다. 하지만 보름 뒤에는 군부 내 반란을 사실상 묵인하고 말았다. 한편, 12월 20일 김일성은 "지금 남조선에서는 군 수뇌부가 갈팡

---

13) 작전통제권: 한국군의 작전을 통제할 수 있는 권리. 평시 작전통제권과 전시 작전통제권으로 나누어져 있다. 1994년 12월 1일 평시작전통제권은 한국군에 환수되었으나, 전시작전통제권은 아직도 한미연합사령관이 행사하고 있다.

질팡하고 있습니다. 언제든지 신호만 떨어지면 즉각 행동할 수 있도록 만반의 준비를 갖추고 있어야만 합니다"라며 남침의 야욕을 드러냈다.

10·26과 12·12 사태는 제2차 박살띠 작업 투입 직전에 터졌고, 그로 인하여 몸서리쳐지는 그 작업은 종료되고야 말았다. 겨울. 얼마 만에 부대 이동이 있었다. 장소는 민통선 안의 독립부대. 체력을 보강하고 사격 훈련 등 수색대의 기본 훈련을 받도록 한다는 것이 부대 이동의 목적이었다. 하지만 새로 만난 중대장은 매우 작은 키와 깡마른 체구를 소유하고 있는, 기상천외한 '또라이'였다. 부임한 지 이틀 만에 비상을 걸어 소대장과 인사계, 선임하사 등 모든 간부로 하여금 팬티 차림으로 5분 안에 연병장에 집합하도록 하였다.

"모두 뒤 칸으로 승차!"

그리고는 운전대에 올라 M60트럭을 전속력으로 몰기 시작했다. 미군이 남기고 간 고물차는 울퉁불퉁한 산길 비포장도로 위를 위태위태하게 질주하기 시작했고, 영하 20도를 오르내리는 엄동설한에 양 볼과 철제 손잡이를 붙든 손, 그리고 팬티 속의 '고추'는 꽁꽁 얼어붙었다. 삐끗하면 천 길 낭떠러지로 떨어지는 판국에 두 손을 놓을 수도 없었거니와, 태민을 더욱 공포 모드로 몰아넣은 것은 중대장에게 운전면허증이 없다는 사실의 인식이었다. 미친 코뿔소처럼 민통선 안을 헤집고 다니던 트럭이 마침내 출발지인 연병장으로 돌아왔다.

"모두들 하차!"

그러나 간부들은 내릴 엄두조차 내지 못하고 있었다. 거머쥐었던 손목과 팔이 펴지질 않았고, 다리의 근육마저 경직되어 한 발자국도 뗄 수가 없었다.

"오늘밤은 기분도 그렇고 하니, BOQ에서 간부 회식을 한다."

그는 큰 사발에 소주를 콸콸 따르더니 단숨에 비워 버렸다. 사병들에게는 엄격하게 금지되어 있는 술이 인사계를 통해 민통선 안에 들여져 와 있었던 것이다.

"이제부터 내가 앉은 자리에서 시계 반대 방향인 오른쪽으로 술잔이 돌아간다. 이건 명령이야!"

소대장, 선임하사들은 마지못해 사발을 들이키기 시작했다. 술에 약한 태민도 예외일 수 없었다. 중대장은 자기 앞으로 돌아온 사발에 다시 술을 채워 마셨다. 그리고 또 술잔을 돌리고, 또 돌리고…. 변변한 안주도 없이 오직 '전쟁하듯' 술만 들이붓는 것이 그가 생각하는, 최고의 회식이었다. 결국 얼마 가지 못해 모두들 거나하게 취하고 말았다.

그는 갑자기 소리를 질러 밖에 서 있는 보초를 불렀다. 이제 막 전입해 온 신병이 불려 왔고, 중대장은 땀에 절인 그의 군화에 술을 채워 꿀꺽꿀꺽 마셔 댔다. '꼭지가 돌아 버린' 간부들이 보는 앞에서, 그는 방안 여기저기 널려 있는 종이 부스러기며 쓰레기들을 술잔에 모두 쳐 넣었다. 그리고 단숨에 들이켠 다음, 또다시 술잔을 돌려 댔다. 그리고 종국에는 재떨이마저 다 털어 넣었던 것이니. 그걸 받아 마시던 윤 중위가 느닷없이 캑캑거리기 시작했다. 담배 필터가 목에 걸린 것이다. 그는 기어이 뱃속에 있는 것들을 죄다 토해 내고 말았다. 그러나 이상 성격자의 변태 행위는 이 지점에서 빛을 발했다. 수저를 들고 '오물' 덩이들을 뜨기 시작한 것이다. 그리고는 그것을 술잔에 집어넣었다.

"흐흐흐!.. 사람 뱃속에서 나온 것은 다 깨끗헌 법이여."

그 말을 교훈처럼 뱉어내며 꿀꺽꿀꺽 '잡탕'을 마셔댔다. 물론 그 잔은 윤 중위와 태민에까지 돌아왔고.

육군참모총장이 꿈이라는 그가 오고부터 죄다 1등이었다. 중대 대항 구보대회나 사격대회, 심지어는 체육대회까지. 비밀은 간단했다. 최고가 되지 못하면 무조건 기합이었던 것. 그러던 어느 날. 축구경기 결승전에서 5중대에 0:1로 패하는 사건이 벌어지고 말았다. 엉겁결에 한 골 먹고 나서 사력을 다해 상대를 몰아붙였지만 소용이 없었다. 배구나 족구, 달리기 등 다른 종목은 이미 우승해놓은 상태였지만, 사병들은 벌레 씹은 얼굴 그 자체였다.

"군대에서는 변명이 필요 없다. 전쟁에서 패배한 자에게는 죽음만이 있을 뿐, 한 번 죽은 자가 살아오는 법은 없다. 너희들은 모두 죽은 목숨이다. 알았나?"

"예!"

"고로 모두들 죽었다 복창하고, 지금부터 포복을 하여 중대까지 복귀한다. 모두들 낮은 포복 준비!"

대대 연병장에서 중대본부까지 가려면 산을 두 개는 넘어야 하는 상황. 중대원들은 모두 자갈밭에 엎드려 포복을 개시했다. 물론 소대장, 선임하사 등 간부 중에도 열외는 없었다. 중간중간 선착순 기합도 받아 가며. 막사에 도착하고 나니, 새벽녘. 그러나 그것으로 끝난 것이 아니었다.

"지금부터 양 팀으로 나누어 축구 시합을 한다. 선수들은 5분 안에 완전군장 차림으로 집합하고, 나머지 병사들은 한 사람도 열외 없이 응원을 한다. 만일 응원 군기가 빠졌다 하면 각오하라!"

이렇게 하여 싸리나무로 횃불을 밝힌 채, 독립 중대의 연병장에서는 기상천외한 축구 시합이 벌어졌으니. 철모 쓰고, 군화 신고, 총 들고, 잘 보이지도 않는 공을 쫓아다니는 선수들... 그리고 양편으로 나뉘어 목이 터져라 응원하고 있는 병사들.

매사에 있어서 '군인다운' 풍모를 잃지 않으려 했던 그는 어느 날, 모두가 잠든 밤중에 중대본부 앞에 M60 기관총을 장착했다. 그리고는 공중을 향해 난사하기 시작했다.

"타타타타타.........."

요란한 기관총 소리가 밤하늘을 수놓았다. 모두들 놀래어 뛰쳐나와 보니, 중대장은 넋 나간 사람 마냥 눈을 감은 채였고, 전령은 그 옆에서 계속 탄띠를 넣어 주고 있었다.

그로부터 한 달 여가 지난 어느 날, 윤 중위가 흥분된 목소리로 '희소식'을 전했다. 손금이 보이지 않을 만큼 비벼 대던 그가 사단장 부관으로 '영전'해 가게 되었다는 것.

이임식을 마친 '또라이'가 병사들의 어깨에 올려졌다. 행렬은 위병소 근처에 있는 '짠밥통' 연못으로 향했다. 골짜기에서 내려온 물이 고여 만들어진 자그마한 둠벙은 오랫동안 버려진 잔밥과 쓰레기들로 말미암아 시궁창이 되어 있었다. 평소에 기합의 마무리 코스로 중대장이 자주 애용했던 곳. 한밤중에 위병소를 순찰하는데, 그는 정면으로 오는 것이 아니라 삥 돌아서 뒤통수를 치곤 했다. 그랬다가 만일 졸거나 근무 태도가 불량하면, 전 중대에 비상을 걸어 모두 이곳에 빠뜨리는 것이었으니.

　뒤늦게 행렬이 지향하는 곳을 알아차린 그는 작은 몸뚱이를 흔들며 발버둥을 쳤다. 하지만 이미 지휘권을 상실한 그의 비명에 귀를 기울이는 사람은 아무도 없었다. "풍덩!" 하는 소리와 함께 먹물처럼 시커먼 물이 튀었다. 형편없는 수영 실력과 그 얼굴에 나타난 공포를 바라보며, 병사들은 박장대소를 했다. '연못' 가장자리에 삥 둘러선 병사들은 윤 중위의 명령에 따라, 허우적거리며 기어오르는 중대장의 가슴팍을 향해 막대기를 겨냥했다. 그리고 찌르고, 또 찔러 넣었다. 그 가운데에는 평소에 충견처럼 따르던 그의 전령도 끼여 있었다. 결국 그는 자신의 탐욕으로 말미암아 쏟아진 병사들의 땀과 눈물, 오물과 한(恨)들을 양껏 들이키고 나서야 부대를 떠날 수 있었다.

사표 수리된 청렴결백

　철책 아래의 독립부대로부터 신망리 대대로 복귀한 지 두 달 여 만에 연천시 부근에 있는 현가리 전차사격장에 파견되었다. 초소는 사격하는 전차와 타깃의 중간지점 둔덕의 보호 하에 납작 엎드린 모양으로 자리하고 있었으며, 주어진 임무는 탱크들의 사격 훈련으로 말미암아 피해를 입는 일이 없도록 민간인들의 출입을 통제하는 것이었다.

　아홉 명 몫으로 여섯 마리의 통닭이 주어지고 간식으로 라면을 끓여먹던 중, 무라리 이씨로부터 '결혼식 날짜를 잡았으니, 그리 알고 준비하라'고 하는, 매우 일방적인 내용의 편지 한 장을 받았다. 80년대의 시작을 알리는 핏빛 태양이 동쪽 하늘에 떠오른 지 사나흘이 지난 때였다.

작년. 광주 상무대 보병학교 훈련 기간 중, 첫 휴가를 나와 처가가 될 보성 율어에 가서 부랴부랴 약혼식을 올리고 혼인신고를 마쳤었다. 뱃속에 있는 아기를 사생아(私生兒)로 만들 수 없다는 현실적인 이유가 크게 작용했거니와, 그로부터 3개월 후 예쁜 딸아이를 낳았다는 소식을 접했다. 야외훈련을 하던 7월 초, 주룩주룩 내리는 빗속 텐트 속에서 전령이 가져다 준 편지를 통해서였다. 그로부터 다시 6개월여가 지난 시점에 정식으로 결혼식을 올리게 된 것이다.

'아버지 입장에서는 떳떳한 할아버지로서, 명실상부한 시아버지로서 손녀와 며느리를 대하고 싶으셨을 것이고, 또 동네사람들의 이목과 체면도 고려하셨을 것이다. 정국이 하 수상하다 보니, 군에 몸담고 있는 장남의 신상이 위태롭게 느껴지기도 했을 터이고...'

주례는 태민의 뜻에 따라, 초등학교 5학년 담임이었던 심영진 선생님으로 정해졌다. 식을 열흘 앞두고, 진선과 함께 장성으로 향했다.

"아이고, 내가 어쭈코 주례를 스겄냐? 딴 사람한테 부탁허그라."

"저에게 선생님은 정신적 지주나 마찬가지였습니다. 제가 힘들고 어려울 때마다, 선생님을 생각하면서 이겨낼 수 있었거든요."

"그래야? 허어이 ...정 니가 그러면 헐 수 읎다마는. 나는 그런 줄도 모르고, 니 짝궁을 하나 찍어 놨었넌 디."

"그래요? 누군데요?"

"떼끼! 인자사 알아서 뭇헐라고 그러냐? 요로코 이쁜 처녀가 있넌 디."

"저한테 진작 연락을 주시지 그러셨어요?"

"허허허.. 요로코 참헌 아가씨 허고 연애하고 있었으롬시로 나한테는 일언반구도 읎은 게, 나는 나대로 니 신부감을 찾었지야."

"제가 너무 오랫동안 연락을 못 드려서..."

"아니, 아니. 그런 말이 아니고. 니가 해년 마닥 크리스마스카드를 보내 주고, 은제 답장도 못했다마는. 그것이 절대 쉬운 일이 아니그든. 좌우간 니가 고등학교 들어가고, 대학교 올라가고, 군대를 장교로 갔단 소식까지 다 듣고 있었다."

"선생님께서 백수남교를 떠나실 때, 제 이야기를 하셨다는 말씀 들었습니다."

그의 이임사 중에 '이 학교에 와서 이태민, 하나 남기고 간다!'는 말을 후배들로부터 전해 들은 적이 있었다. 초등교사 양성대학이 아닌, 일반대학을 졸업한 그는 벌써 오래 전에 중등교사 임용시험을 거쳐 중고등학교 교사가 되어 있었다. 고향인 장성에서 한 여고에 근무할 때에 수제자의 배필감으로 '집안 좋고, 얼굴 예쁘고, 신체 건강하고, 키도 크고, 맘씨 착하고, 공부도 잘하는 여학생'을 물색해놓았다는 것. 물론 결과적으로 도로(徒勞)가 되긴 했으되, 제자에 대한 스승의 무한한 사랑을 깨닫는 시간이었다.

2월 2일 결혼식 당일. 광주에는 기상대 관측 이래 가장 많은 눈이 내렸고, 무라리에서 올라오던 관광버스 두 대는 눈에 길이 막혀 식이 다 끝난 후에야 도착하였다. 그나마 전날 미리 올라와 있었던 이씨 부부의 경우가 운이 좋았다고 해야 할까. 폭설로 인하여 결혼 여행이 취소되는 대신, 이튿날 무라리에서는 성대한 잔치가 벌어졌다. 서촌 친구들은 '나이도 제일 어린놈(일곱 살에 초등학교 입학)이 가장 먼저 장가 간다'며, 인정사정없이 두들겨 팼다. 시국이 시국인 만큼, 천정부지로 치솟은 금반지 값 만드느라 힘들었다며. 다음날 아침상에서 이씨는 고개를 절레절레 흔들었다.

"아따! 사람들도. 문 놈오 음식을 고로코 먹어싼고. 에이, 아무튼 여자들이 헐썩 더 먹는단 게. 내가 카마이 본 게, 누구는 융녕 먹고 있다가, 울타리 뒤로 막 책보를 땡기드라."

"책보를 던져요?"

"떡이랑 고기랑 양씬 먹다가 인자 질린 게, 즈그 매누리한테 음식을 싸 갖고 막 땡긴단 게는. 매누리는 배까테서 지달리고 있다가 받아 갖고, 즈그 집에다가 후딱 갖다 놓고, 또 핑 와서는 빈 책보를 땡기고. 참, 볼만 허드라. 하도 그래서 무시락 헐라다가 어차피 맥일라고 벌인 잔친 디, 먹은 짐에 몽땅 먹어 버리라고 카마이 놔두었다."

"당신도 참. 부잣집이서 잔치험시로 짜잔허게 논다고 욕허지라우. 하나나, 그런 소리 마씨요. 누가 들을랑가 무섭소. 당신은 여자들이 더 먹는다고 허제마는, 내가 볼 때는 남자들이 헐썩 더 먹습디다. 아따, 어떤 양반은 아침부텅 그 자리에 카마이 안거 갖고는, 새 손님 올 때마닥 궁데이만 이리 돌르고, 또 오먼 쩌리 돌리고 험시로 겁나게 먹어 댑디다. 그래도 여자들은 술은 안 먹은 게 그런다고 허제마는, 남정네들이야 술까정 먹지 않소?"

"술 배 따로, 밥 배 따로 있는 법이그든. 그나저나 사람같이 많이 먹는 짐승도 읇을 것이여."

"이참에 쌀이며 떡, 김치, 돼지 두 마리에 소 한 마리 값은 계산에 넣지도 안 했넌 디, 음식값만 해서 200만원이 더 들었어라우."

"200만원이요? 지금 제 장교 봉급이 10만원밖에 안 되는 데요?"

"날이 추왔은 게 망정이제, 여름 같으먼 다 쉬어서 못 먹을 빤 봤어. 내가 봐도, 겁도 안 나게 장만했은 게."

"그 통에 동네 사람들 목구먹에 때 뱃겠으먼 되얐제 문."

물론 국회의원 선거 돕는다며 이리저리 돈을 쓰기도 했지만, 서촌 한복판에 집터를 잡은 이후, 경사다운 경사는 처음이었다. 이씨가 군농협장직에서 물러난 후, 그동안 물심양면으로 도와준 동네 어른들에 대해 감사하다는 인사도 겸하여 잔치를 벌였다는 것.

작년 여름. 전방에서 무라리로 첫 외박을 나왔을 때, 이씨가 사표를 제출했다는 소식을 들었다. 1년 전에 재임을 받았으니, 아직도 2년 이상의 임기가 남아있는 상태였다. 조합이 생긴 이래 처음으로 2억 원의 흑자를 내고, 조합원들로부터 신망도 두터웠다면서 왜 그런 일이?

"다 정치 바람이지야. 애시당초 느그 아부지가 박인규 의원님 덕분에 그 자리에 오른 것 아니냐? 근디 이참에 새로 국회의원이 바까져 버렸냐 안. 조 누구락 허디야?"

"조재천 의원이요. 그 사람이 도지사로 있을 때, 헬기로 자기 과수원 농약을 뿌렸다 해서 구설수에 오르고 그랬잖아요? 근데 국회의원이 농협장 인사에까지 간섭을 한대요?"

"요새 시상이 다 그러제 어쩐디야?"

"아버지가 그 사람한테 뭐 잘못한 거라도 있으시대요?"

"잘못은 읎제마는, 저도 인자 좋은 자리 앉었은 게, 지 사람 쓰고 싶제 어찌겠냐?"

"들리는 소문으로는 김팔봉 씨가 아버지를 모함하고 그랬다면서요?"

"누가 그러디야?"

"저도 귀가 있는데, 안 들으려 해도 들리지요."

"속 상허까 배키, 너한테까장 말을 안 헐라고 했다마는. 그 사람은 문 일로 느그 아부지 일이락 허면, 눈에 불을 쓰고 달라드는 가 몰르겄어야."

"왜 그런대요? 무슨 원수가 졌다고 그러냐고요?"

"우리가 저한테 뭇을 잘못했겄냐? 더구나 무라리 안에서 엎어 지면 코 닿을 남촌 동네에 살었다, 느그 아부지 허고 국민학교 동창이었다, 계헐라 몇 년간 같이 해 오고 그랬그든."

"언제 보니까, 이마만 푹 나온 것이 영리하게는 생겼드만요."

"공부는 못했어도, 영리허다고들 그래. 키는 째깐해갖고 꼭 딴 또같이 생겼넌디, 을마나 꾀가 비상헌지 몰라야. 느그 아부지는 거그다 대면, 시 살 먹은 애기여 애기. 배우기만 많이 배왔제, 국민학교도 제대로 안나온 팔봉씨보다 훨썩 못허단 게."

"못한 것이 아니라, 잔꾀를 부리지 않으시니까 그렇지요 그야."

"그러기는 그런 디. 아이고! 청렴결백헌 것이사 시상이 다 알 제마는, 그것도 어느 정도여야제. 명절 때에 사람들이 먹을 것 들고 찾아오는 것까장 받지 마라고 그러고. 은젠가는 단위조합 장을 헐락 허는 사람이 한 100만원을 싸갖고, 조합장실로 찾아갔 든 갑이드라. 근디 좋게 안 받을라먼 말제, 그 돈 뭉때이를 들고 아래층 사무실에 내래가 갖고, 여럿이 보는 앞에서 땡개 버렀는 갑드라. 그런게 뭇이 되겠냐? 그 사람 체면이...."

"아버지도 참."

"사람한테 못 당헐 일 시키먼 못 쓰는 법이그든. 하나, 너는 그러지 마라 이. 지금까정 4 년씩이나 조합장 했제마는, 나 월급 이라고 10원짜리 한 장 받어 본 적 읎다. 내가 그깃말허먼 손에 장을 지지겄다."

"저도 알지요."

"한 달이먼 4, 50만 원씩 월급을 받은 만치나 더 집에서 갖고 나가니, 촌살림에 문 돈이 남어 나겄냐? 그래도 살림이 이만이나 했은 게 망정이제, 다른 집 같으먼 진작 떡시리 엎어먹었다. 다른 사람들은 군 조합장 3년만 허고 나먼 광주에 집 한 채씩을 산다

고 헌 디, 느그 아부지는 육녕 집이서 갖다가만 쓰니. 살림이 어
작 안 난 것이 신기헐 정도란 게."

"어머니가 고생하신 덕택이지요."

"하다! 느그 아부지가 그런 종이나 알면 다행이게? 밤나 점빵
봐서 돈 어디다 두었냐, 농사 지어서 쌀 어디다 두었냐, 땅콩 판
돈 어디 두었냐 볶아 댐시로 돈을 그때그때 안 주면, 댑뚜로 나한
테 난리를 친단 게 걍. 날마닥 당신 갖다 쓴 돈은 생각 않고, 또
그 많은 새끼덜 똥구먹으로 들어가는 돈이 암만인 디, 고로고
애먼 소리를 헌단 게."

이 대목에서 드디어 김씨는 눈물을 찔끔거리기 시작했다.

"사회활동 하시려면, 암만 해도 돈이 필요하시니까 그러셨겠
지요."

"그것이사 누가 몰르냐? 근게 돈도 웬만치 써야제, 영광읍 사
거리에서 지내가는 사람 잡고, 고냔시 밥 사맥이고, 술 사맥이고,
차 사맥이고. 돈이 하늘에서 떨어지기를 허냐, 땅에서 솟아나기
를 허냐?"

"그러니까요. 근데 김팔봉 씨가 어떻게 통일주체국민회의 대
의원이 되었대요?"

"그 사람이 애랬을 때 똥구먹 찢어지게 가난헌 게, 핵교도 잘
못 댕기고 그랬는 갑드라. 근디 낙월도 허고 법성포를 댕김시로
젖장시를 했거덩. 근디 같이 장사허든 일본사람이 느닷읎이 죽
어 뻔졌는 갑드라. 아퍼서 죽었는지 물에 빠져 죽었는지, 좌우간

그래논 게, 그 사람 돈까장 옴막 물려 받았을 것 아니냐? 그런게 배락부자가 되야 버렸제에. 그 돈을 갖고 3천 정보 사업에 뛰어들었든 생이드라."

"아! 바다를 막다가 그만두었다는 곳이요?"

"칠산바다 앞에 말이다. 정부에서 그것을 진작부터 막는다고 안 했냐? 어뜬 사람들 말로는 밀가리로 막었어도 폴세 막었을 것이라고 그런 게, 정치허는 사람들이 을마나 빼먹어 버렸는고 몰르겄어."

"그때 아마 미국에서 지원이 많이 나왔을 거예요."

"몰라. 좌우간 이 사람이 정부에서도 포기헐락 했든 사업을 추켜들고 허데이, 느닷없이 성공을 해 버렸단 게. 다는 못 막었제마는 쬐끔이라도 막어 논 게, 인자 돈을 양씬 벌었지야. 그 땅들을 이쪽 사람들헌테 팔아먹었지 않겄냐? 어뜬 디는 두 번씩도 팔아먹고 그랬다고 허드라마는, 그것이사 모를 일이고..."

"그 사람이 좀 불량하지 않아요?"

"돌아스먼 곧 그짓말허고, 금방 헌 말도 안했닥 해 버린 게. 그런게 느그 아부지가 싫어했제 어쩠디야? 남자새끼가 한 입 갖고, 두 말 헌다고. 그런다고 시상에, 느그 아부지도 아부지여. 은젠가는 친구들 모다 있는 자리서, 욕허고 빰까지 때래버렸는 갑드라."

"빰을요?"

"이 새끼가 간사해갖고 이 말 했다, 저 말 했다 험시로 간나구

짓꺼리헌다고. 그러제마는 다른 사람을 어쭈코 내 맘같이 쓴디야? 그러고 누구한테든지 숭(흉)은 다 있는 법이그든."

"그렇지요."

"너도 조심해."

"제가 왜요?"

"너한테도 그런 면이 쪼까 있어서 허는 소리여어. 느그 아부지 꼬라지 타기면 안 된다고."

"어머니도. 좌우간 그 돈을 갖고 대의원이 되었다고요?"

"돈이 있어 논 게, 우게 올라 댕김시로, 운동해 갖고 오다를 따 오지야."

"오다요?"

"여그 사람들은 우게서 허란 대로 허지 않냐? 공천인가 뭇인가 받으면 되는 것이여. 그러고 대의원이 별 것 아닌 것 같아도, 글 않는 갑이드라. 우리도 첨에는 멫 년에 한 번씩 모여 대통령이나 뽑제, 문 허는 일이 있을라디야 했그든. 근디 그것이 생각보당 심이 센 모양이드라고. 어쨌든 이 사람이 주동이 되야 갖고, 군내에 있는 대의원들을 모탔는 생이여. 그래 갖고 느그 아부지의 비리를 캔다고, 멫 번씩 모이고 그랬는 갑이여어."

"아버지가 무슨 비리를 저지르셨대요?"

"하다! 그런 짓이라도 해서 새끼덜이나 팬허게 먹고 살았으면 좋겠다마는, 느그 아부지가 그럴 양반이냐? 택도 읎는 소리제."

"근데 왜 그래요? 세상에 할 일이 없어서 다른 사람 뒤나 캐고 다녀요?"

"그런 게 폭폭증 날 일 아니냐? 다른 사람들은 그냥 건성으로 따라 댕기고, 그 인간이 지 돈 써 감시로, 여그 저그 찔르고 댕긴 게..."

"참, 그 사람도 묘하네요. 친구지간이고 또 같은 계원이라면서 그래요?"

"느그 아부지한테 당헌 것이 한이 맺혔는가, 아니먼 장차 정치판에서 경쟁자라고 미리 겁을 먹었는가 어쨌는가, 고로코 몽니를 부리드라."

"그래서요?"

"그래서 느그 아부지가 기분 나쁘다고 사표를 내버린 것이여!"

"아버지도 참. 그런다고 사표를 내 버려요? 그래서 그 뒤로 출근을 안 하고 계세요?"

"그러제에."

"뒷조사해서 뭐가 나왔대요?"

"나오기는 뭇이 나와야? 전쟁 통에 군대 안 간 것 빼면 뭇이 있간 디? 그때사 잽해가먼 다 죽는 판인 디, 그것이 문 숭이디야? 그러고 그런 사람이 어디 한 둘이냐? 박 대통령이 그런 사람들 다 죄를 갚어 주었그든."

"죄를 갚어 준 것이 아니라, 그때 아마 다른 부역을 감당하면 병역을 마친 것으로 해 주었을 거예요."

"좌우간 법적으로 아무 문제가 읎게 되얏지야. 그래서 니가 장교로 임관헐 때, 느그 아부지가 을마나 좋어허신 지 아냐? 내 새끼라도 군대 가서, 나라에 진 빚을 갚으먼 쓰겄다 싶으신 갑드라."

아니나 다를까. 이 대목에서 김씨는 어김없이 눈물을 훔쳤다.

"아무리 캐봐도 뭇이 안 나온 게, 아따, 이런 징헌 놈이 읎다고 즈그들끼리 말을 했는 갑이드라. 그러고 안 되겄은 게, 느그 아부지한테 와서 화해허자고 했제."

"집에까지 왔어요?"

"왔단 게. 근디 느그 아부지 고집이 어디 보통 고집이냐? 나, 추접스럽고 드러와서 그런 것 그만 헌다고 딸싹도 않고 안 있냐? 하도 속이 타서, 느그 작은 아부지 오라고 부탁을 했지야. 그래 갖고 아직은 나이도 젊고, 새끼들도 있고 헌 게 한번만 참고 출근 허시라고, 느그 작은 아부지허고 나허고 저녁내 달랬지야. 그래도 소용 읎어. 아이고! 문 놈오 고집이 저러코 신고, 내가 고집 신 사람만 보면 인자 징헌 기가 난다."

"남자가 고집을 부릴 때는 부려야지요. 나 같아도 기분 나쁘겠네요."

"하이고, 너도 그런 소리 말어라."

".....근데 팔봉 씨는 왜 그렇게 오기를 부렸대요?"

"염산 이(李) 누군가가 단위조합장이 될란다고 허는 디, 느그 아부지가 볼 때에는 사람이 아니드라는 거여. 면장 허다가 돈 먹고 쫓겨났넌 디, 그 명예를 다시 찾는다고 했다디야 어쨌다디야? 근디 김팔봉이 허고 국회의원까지 들어서 그 사람만 시키라고 해싼 게, 느그 아부지가 어째서 느그덜이 조합장 인사권에까지 간섭헐락 허냐 이랬겄다. 그러고 그 사람이 우리 문중인 디, 사람이 쓸 만 허먼 어째서 안 쓰겄냐?"

"그렇겄지요."

"느그 아부지가 끝내 말을 안 듣고는, 최 누군가 있어야 거. 그 사람을 딱 시캐 논 게, 이 놈들이 눈알이 뒤집혀 갖고는, 그 난리를 핀 것이여어. 막말로 즈그덜이 조합장 되는 디, 눈꼽만치 라도 심이 되얐다든가 그러면 또 몰르까. 헤엠 허고 행감 치고 앉어 있다가 그래싼 게, 느그 아부지 승질에 말을 듣겄냐?"

"말을 들으면 오히려 이상하지요. 사표를 내면 바로 수리가 되 었을 거 아니어요?"

"다른 사람 같으면 진작 되얐겄제마는, 농수산부 장관이 누구 냐? 느그 아부지 허고 형님 동생 허는 박경원 씨 아니냐? 쩌그 가마미 해수욕장 옆에 법성 출신인 디, 군대에서 대장으로 졸업 했는 갑이드라."

"하하하…. 졸업이 아니고 예편이겠지요."

"좌우간 느그 아부지를 을마나 애끼는지, 지금까정 수리가 안 되고 있다. 그새 한 달이 헐썩 지냈는 생이다마는, 동상이 아니면 누가 허겄냐고. 장관 입장에서도 느그 아부지가 승질은 쪼까 급 해도, 청렴허고 능력도 있고 허는 것을 알지야."

1960년대 초반. 당시 무라리 사람들은 20여 리나 떨어진 백수 단위농협을 이용해야 했다. 이에 이씨는 백수농협 무라리 지소 를 초등학교 정문 근처, 한성부락 초입에 개설했다. 이를 계기로 이씨는 농민운동에 뛰어들었고, 정식으로 독립한 백수농협 무라리 지소의 소장이 되었다. 다음으로 착수한 사업은 경지정리. 서촌과 초등학교 사이에 넓게 펼쳐진 벌판은 가뭄과 홍수에 매우 취약하였고, 기계농업 자체가 불가능했다. 이씨는 바로 이 '물둠벙'을 경지 정리하는 데 추진위원장을 맡았고, 반듯하게 정돈된 밭 곳곳에 전국 최초로 200여 개의 관정(管井)을 파도록 주선했다. 이로 인하여 '물둠벙'은 전천후농업이 가능한 문전옥답으로 거듭났던 것이니.

"어디 관정뿐이디야? 전기, 전화, 수도, 뻐쓰 노선... 느그 아부지 손 안 닿는 곳이 읎었제에. 또 동네에서 누가 쌈박질을 허거나 시비가 붙어갖고 지서에 가도 꼭 느그 아부지가 들어야 일이 해결된 게.... 그래 봤자 시방은 누가 알아주기나 허냐? 하이튼 그 장관 허는 말씀이, 자네만치 농촌에 대한 애착을 갖고 일을 허는 사람이 어디 있냐, 말을 해도 알고 안 해도 안 게, 그런 쫄장부들한테 휘둘리지 말고 그냥 돌아와 근무허라고. 집으로도 여러 번 전화 왔었어야. 그런디 저로코 고집을 핀단 게. 내가 차말로.... 니가 온 짐에 아부지 헌테 말 조까 해 볼래?"

"제가요?"

"그래도 니 말이락 허먼 젤 잘 들어야. 아들이 다 커갖고, 아부지허고 이런 말 저런 말도 헐 줄 알아야제. 나보고는 무식허다고 헌게, 헐 수 없고. 또 느그 작은 아부지보고도 암 것도 모른 것이 돈이나 자리에만 욕심 부린다고 무시락 헌 디, 어쩔 것이냐?"

"알았어요. 하지만 직접 말씀드리는 것보다 부대로 돌아가 편지를 쓸께요."

"쓸라면 하로라도 빨리 써라. 지금 조합직원들이 결잭가 문인가도 못 올리고 그런 갑이드라. 새 조합장도 안 오고..."

부대로 돌아오자마자 글을 썼다. 그러나 내용은 김씨가 기대했던 것과는 정반대였으니.

"아버님 전상서! 이 세상에서 가장 존경하는 아버님. 어머니로부터 자세한 말씀 잘 들었습니다. 여지껏 아버지에게 힘이 되어 드리지 못한 저를 용서해 주십시오. 늘 그랬듯이, 저는 아버지의 살아가시는 모습이 자랑스럽습니다. 악과 불의에 맞서 싸우시는 아버님을 존경합니다.

사람이 살면 얼마나 산다고 구차하게 삽니까? 잘하셨습니다. 사표를 내신 것도, 복직하지 않고 버티신 것도 잘하셨습니다. 대나무는 부러질지언정 굽혀지지 않는다고 했습니다. 그리고 모름지기 군자는 대나무를 닮아야 한다고 배웠습니다. 차라리 부러질지언정 끝까지 굽히지 않는 아버님의 모습을 보고 싶습니다. 자식들을 위해 많은 재산이 아니라, 명예를 물려줄 수 있는 아버님이 되시기를 간절히 빕니다.

저는 군대생활을 통하여 남자란 필요할 때 목숨을 걸 줄 알아야 한다는 진리를 깨달았습니다. 죽을 자리에서 뒤로 물러서지 않는 것이 참 용기가 아니겠습니까? 세상 사람들이 모두 아버지를 비난한다 해도, 저는 언제나 아버님 편입니다. 힘을 내세요.

전방에서 장남 올림."

편지를 받은 이씨는 그 때문인지는 몰라도 끝까지 출근을 거부하였고, 마침내 사표는 석 달 만에 수리되고 말았다. 거대한 야망을 품고 욱일승천하던 중 날갯죽지 부러진 독수리 꼴이 되고 말았다고나 할까. 그러나 태민은 '비겁하지 않게 정도(正道)를 걷다 보면, 언젠가 기회는 오고야 말리라'는 것을 믿어 의심치 않았다. 어쩌면 이씨도 그런 고도의 '정치적 계산'을 하고 있을지 모른다는 생각이 들었다.

그로부터 3개월쯤 후. 1차 박살띠 작업이 끝나고 그에 대한 보상 차원에서 사병들에게는 휴가가, 장교에게는 외박이 주어졌을 때.

"시상에! 손지가 뭇인고. 생전 어디 가서 싸들고 오는 승질이 아닌 디, 저 홍은이 준다고 항카치에다가 떡이랑, 사과랑 하나 싸 왔드란 게는. 시상에! 문 애기가 시방부터 그것을 먹기나 허겄냐?"

"하하하..."

"은젠가 느그 처갓집 누구 회갑잔치 헌다고 가겠넌 디, 저것이 똥을 쌌든 갑이드라. 그런 디 그 많은 사람들 앞에서 지저구를 갈아주드란다. 나 살다가 느그 아부지 그런 꼴은 또 첨 들었다 이."

"저희들 클 때도 안 그러셨잖아요?"

"지저구가 다 어딨냐? 똥은 고하간에, 오짐만 싸도 나 불르니라고 정신이 옳었제.”

“요즈음 마음이 허전하시니까 더 그러시겠지요.”

“글 안 해도, 니 편지 받고 그러시드라. 내가 세상을 헛 산 것은 아닌 갑이라고. 아들이 커 갖고 애비 심정 알아준다고, 그 편지를 수십 번도 더 읽었을 거이다.”

울먹이는 김씨를 따라 둘 모두 눈시울을 적셨다.

“그나저나 너는 요새 어쩌냐?”

“뭘요? 아! 부대생활요? 저 괜찮아요. 옛날 말이지, 요즈음 군대는 편하거든요.”

“에미 눈은 못 속인다. 몇 번 죽을 고비 넹겼지야?”

“예?”

진선에게도 내색을 하지 않았는데 어떻게? 혹시 짐작으로 넘 겨짚는 건 아닐까?

“바른대로 말해라. 한 식구끼리 못 헐 말이 뭇 있냐?”

“어떻게 아셨어요?”

“에미 눈은 못 속인단 게는. 너를 낳고, 이날 이때 까장 키운 이 에미다. 실은 요새 꿈자리가 언칸 사나와 광주 뽕뽕다리 밑에 안 가봤냐?”

“그 영허다는 점쟁이 말이여요? 유방구...라든가?”

“음력 8, 9월이라고 헌 게, 양력으로 허먼 요 때나 안 되겠냐? 니가 잘해야 살아날 것이고, 글 안 허먼 큰일 날 것이라고 허드란 마다.”

가슴이 뜨끔했다. 어쩌면 이렇게 족집게처럼 알아맞힐까? 과연 사주나 팔자가 있기는 한 걸까? 어떻든 군 농업협동조합장 사표 파동의 와중에서 손녀를 얻었고, 그로부터 6개월쯤 후 장남 결혼식까지 무사히 끝냈으니. 안도감과 뿌듯함 때문인지, 이씨의 얼굴에는 모처럼 활기가 넘쳐나는 듯 보였다.

피로 물든 '화려한 휴가'

1980년 4월. 연천 현가리 사격장에서 철수한 태민 소대는 남방한계선 철책 바로 아래의 독립부대로 다시 배속되어, 본격적인 수색대 활동에 들어갔다. 비무장지대 안으로 들어가 낮에는 군사분계선을 넘어오는 북한공비를 발견하는 즉시 사살하는 수색 작전을, 밤에는 침투가 예상되는 길목에 자리 잡고 앉아 밤을 꼬박 새우는 매복 작전을 수행하였다. 꽁꽁 얼다시피 한 맨땅 위에 판쵸와 모포 몇 장 깔고 앉아 무려 10시간 이상을 견뎌야 하는 작전. 그리고 5월 중순 외출외박을 허락받아 무라리 집으로 향했다.

서촌 고향집의 아침은 늘 그렇듯이, 그날도 싱그러웠다. 동이

틀 무렵부터 탱자나무 사이에서 새 지저귀는 소리가 정겹게 귓전을 때렸다. 다만 이틀 만에 부대로 복귀해야 하는 태민의 마음은 스산하기만 했다. 새색시 티를 벗지 못한 아내 진선과 돌도 지나지 않은 딸 홍은을 남겨두고 홀로 떠나야 한다는 사실, 위안이라면 광주까지 함께 갈 시간이 남아있다는 것이라고나 할까.

월산동 돌고개를 넘어오는데, 하얀 장갑을 낀 군인들이 대검을 꽂은 총을 허리에 받치고('허리에 총' 자세), 경계를 서는 모습이 드문드문 보였다. 모녀를 뒤로 한 채 유동 터미널을 떠난 고속버스가 운암동을 돌아 나올 때, 눈매가 매서운 형사 하나와 사병 하나가 승차하였다. 신분증을 일일이 조사해 나가던 사병은 태민 앞에서 절도 있는 거수경례를 붙였고, 옆에 앉은 이씨는 코를 연신 킁킁거렸다.

'장교계급장을 단 장남이 그토록 자랑스러우실까?'

성북역에서 출발한 열차가 경원선의 거의 끝 지점인 대광리에 도착하였고, 그곳에서 부대까지 무려 두 시간 동안 어두운 황톳길을 걸었다. 그러나 소대원들의 떠들썩한 환영을 기대하던 태민의 귓전을 전령의 숨넘어가는 목소리가 대신하여 때렸다.

"소대장님. 광주에서 난리가 났다면서요? 방금 뉴스에 나왔습니다. 대학생들이 데모를 해 갖고..."

"아니, 내가 금방 광주에서 오는 길인데, 그 무슨 뚱딴지같은 소리야?"

그의 손가락이 가리키는 TV화면에는 눈에 익은 거리가 등장해 있었다. 군용 찝차 위에는 얼굴의 반쪽을 천으로 가린 채 총을 높이 치켜든 청년, 공중을 향해 총을 난사하는 한 남자가 보였고, 어디론가 떼 지어 몰려가는 군중들 모습도 비춰졌다. 화면상에 나타난 광주는 무법천지 그 자체였다. 아나운서는 '폭도들이 선량한 광주시민을 위협하고 있습니다. 가정집에까지 침입하여 강탈해 가고 있습니다'며 연신 숨넘어가는 소리를 토해 냈다.

'혹시 이 뉴스, 조작된 거 아닐까?'

태민이 외박을 나간 것은 이틀 전인 5월 17일이었고, 일요일인 18일에는 백수 무라리 서촌의 집에 머물러 있었다. 오후엔가 '제주도를 제외한 전국으로 계엄을 확대한다'는 뉴스가 TV 자막에 잠깐 떴지만, 그러려니 했었다. 그리고 오늘 아침 넷이서 서촌 집을 나서 광주에 도착하였고, 아내와 어린 딸을 그곳에 남겨둔 채 이씨와 함께 서울행 고속버스를 탔었다. 오전 10시. 그때까지만 해도 평온해 보였는데.

'그런데, 그런데 이 무슨 날벼락이란 말인가?'

돌고개 근처에서 보았던 군인들과 고속버스에 올랐던 형사의 날카로운 눈매가 뇌리를 스쳤다.

'머리가 덥수룩한 청년들 몇 명이서 끌려 나갔었지. 그러면 그 청년들이 폭도였단 말인가?'

가슴은 뛰고 신경은 잔뜩 날카로워져 있는데, 소대장의 속내를 알 길 없는 병사들이 여기저기서 비아냥거리기 시작한다.

"저 놈아 짜석들. 밥 맥에서 학교 보내 났더이, 밤나 데모만

하고 참 큰일이데이. 누구는 뭐 빠지게 전방에서 뺑이 치는데, 즈가들은 뭐가 잘났다고 가시나들 껴안고 데모만 해 대노? 그러니 나라꼴이 어떻게 되겠는교?"

"개자식들. 전방에 데려다가 하룻밤만 매복 들어가 보라고 하지. 데모하고 싶은 생각이 드나.."

평소에는 한없이 사랑하고 아끼던 부하들이었다. 하지만 실상을 제대로 알지 못한 상태에서, '광주'에 대해 이러쿵저러쿵하는 모습이 영 맘에 들지 않았다. 그 날 이후, 태민은 거의 잠을 이루지 못했다. '폭도들'이 집에까지 쳐들어온다는데, 만에 하나 나쁜 짓이라도 저지른다면? 광주에는 아내와 젖먹이 딸 말고도, 여고에 다니는 여동생 둘과 중학교 2학년생인 남동생 하나가 '인질'로 잡혀 있었다. 선임하사와 분대장, 고참병까지 합세하는 밤샘 고스톱 판에도 흥미를 잃었고, 매복 다녀온 아침에 전령이 끓여주는 라면도 예전 맛 같지 않았다. 억지로 청하여도 잠은 오지 않고, 깜박 잠이 들었다가 벌떡 일어나 우두커니 앉아있기를 반복했다.

부대에는 '데프콘 2'[1])의 비상사태가 선포되어 있었다. 완전군

---

1) 데프콘(Defense Readiness Condition): 모두 5단계로 나뉘며, 숫자가 낮아질수록 전쟁발발 가능성이 높다는 것을 의미한다. 한국에는 1953년 정전 이래 데프콘 4가 상시적으로 발령되어 있으며, 데프콘 2는 적이 공격 준비태세를 강화하려는 움직임이 있을 때 발령된다. 데프콘 2가 발령되면 전군에 탄약이 지급되고, 부대 편제 인원이 100% 충원된다. 최고의 단계인 데프콘 1은 전쟁이 임박해 있을 때 발령된다.

장을 꾸려놓은 채 24시간 출동대기상태를 유지해야 하기 때문에, 취침할 때조차 군화를 벗을 수 없었다. 병사들 얼굴에는 웃음이 사라지고 말수가 적어졌으며, 식욕마저 상실한 경우가 많았다. 상부의 명령에 따라 손톱 발톱을 깎고 유서를 쓰게 하는데, 그동안 눈물을 줄줄 흘리는 병사들도 있었다. 돈은 관물대 사이에 꽂아놓은 채, 신경조차 쓰지 않았다.

북한의 특이한 동향이 있으면 즉각 보고하라는 지시가 계속 내려오는 와중에 태민은 이틀에 한 번 꼴로 같은 지역으로 수색을 나갔다. 그러던 어느 날, 200여 미터에 이르는 북방한계선 철책들이 제거되는 장면이 눈에 들어왔다. 여느 때처럼 긴팔 하얀색 러닝셔츠 차림의 북한 작업병들도 눈에 띄지 않았다.

'이건 남침을 감행하겠다는 의사표시가 아닌가?'

태민의 명령에 따라 전령은 즉시 무전을 날렸고, 전군에는 비상이 걸렸다. 사단장, 군단장, 군사령관까지를 포함한 고급지휘관들이 헬기를 이용하여 속속 OP(전방관측소)에 집결하였다. 이틀 동안 서부전선 전 지역에 초비상사태가 유지되었다. 그러나 그 다음날, 아무 일도 없었다는 듯 북한군들은 철책을 다시 세우기 시작했다.

'자식들. 교활하기는. 영락없이 남침이라도 할 것처럼 굴더니, 병사들의 마음을 한 번 흔들어 보겠다는 수작이었구먼.'

며칠 동안 고민하다가 중대장을 찾았다.

"계엄군이 곧 광주에 투입된다는 뉴스를 들었습니다. 저를 함께 보내 주십시오."

"허허이, 이 중위. 아무나 계엄군으로 가나? 가더라도 후방 휘바 부대가 갈 거야."

"아닙니다. 저는 꼭 가야겠습니다."

"쓸데없는 소리 그만하고, 할 일 없으면 가서 잠이나 자. 정식구들이 궁금하면, 대광리에 나가 전화나 한 번 해 보든지."

황토 고갯길을 서너 개 넘어 한 다방에 도착했을 때에는 오전 10시 30분. 즉각 시외전화를 신청하였다. 그러나 점심시간이 지나고, 오후 5시가 다 되도록 광주와는 연락 두절. 무라리에 머물고 있는 김씨와 서울의 작은 이모님 댁에 칩거 중인 이씨, 그리고 대광리 삼각편대 형태로만 통화가 이루어졌다. 사람이 들어가지도 나오지도 못하는, 전화마저 불통인 광주는 말 그대로 '육지 속의 섬'이 되어 있었다. 불길한 상상으로 온밤을 뒤척이고 눈물 속에 밥을 삼켰다. 터질 것 같은 가슴을 짓누르고 있던 참에, 계엄군 투입이 임박했다는 뉴스가 나오기 시작했다. 그동안은 정부에서 아무 조치나 취해 주기를 바랐는데, 막상 그 소식을 들으니 새로운 불안이 몰려왔다.

'혹시 남동생이 폭도로 몰리지나 않을까? 계엄군의 실수나 오발사고로 식구들이 다치지나 않을까?'

깔아놓은 매트리스가 사치스럽게 느껴졌다. 숨을 쉬고 있다는 사실조차 미안했다. 뜬눈으로 밤을 응시하다가 새벽녘에 트랜지스터라디오를 켰다.

"긴급뉴스를 말씀드리겠습니다. 광주지역에 계엄군이 투입되어 모든 상황이 종료되었습니다. 피해는 극히 최소한으로 머물고..."

순간 태민은 자리를 박차고 일어나 '만세!'를 불렀다.

'드디어 계엄군들이 해냈어. 이제 광주가 해방되었다고!'

어제 최규하 대통령이 헬기로 광주 시내 상공을 선회하며, '폭도들'에게 최후통첩을 했다는 보도에 희망을 걸었었다. 오늘 내일 틀림없이 어떤 조치가 내려질 것으로 직감했었는데, 그것이 정확하게 맞아떨어진 것이다. 5월 27일 새벽 2시. 광주 시내로 진입한 2만 5천여 명의 계엄군은 전라남도 도청에서 1만여 발의 총탄을 퍼부어 끝까지 항전하던 시민군을 살상했다. 도청 안의 시민군은 자진 투항하자는 쪽과 결사항쟁하자는 쪽으로 나뉘어져 있었지만, 계엄군이 도청을 점령하면서 모든 생존자들이 체포, 연행되었다. 이로써 진압작전은 '성공리에' 마무리된 것이다.

6월초. 태민은 외박 신고를 했다. 강남버스터미널 화장실 부근의 광주행 고속버스 개찰구에서 기다리는 동안, 임시차가 배차되었다는 소식이 들려왔다. 참 운이 좋다 싶어 잽싸게 올랐는데, 마침 앞쪽에서 두 번째 자리가 비어 있었다. 차가 출발하기 직전, 기사의 안내를 받은 한 중년 여자가 옆자리 창가 쪽으로 들어가 앉는다. 시내를 막 벗어났을 때, 태민이 빤한 질문을 던졌다.

"어디... 광주까지 가십니까?"

"예. 비행기로 가도 되는데, 오빠 회사 차를 타고 싶다고 했더니, 임시차를 내주네요."

"오빠 회사...요?"

"아, 이 버스회사 회장이 제 친오빠거든요. 파리에 있다가 오늘 귀국했는데, 궁금하기도 해서요. 근데 군인 아저씨는 광주에 대해 잘 모르시지요?"

"아, 광주 사태 말씀이신가요? 왜요. 잘 알지요. 폭도들이 다 진압되었다고..."

"어머, 광주분 아니세요?"

"맞는데요."

"근데 말씀을 그렇게 하세요? 제가 파리에서 텔레비전을 보았는데요. 차마 눈뜨고 못 보겠더라고요. 독일 공영방송에서는 현지 생중계를 했대요. 그래갖고 유럽에서는 난리잖아요? 전두환이 살인마라고...."

"그런 주장은 폭도들이 한 거 아닌가요? 철없는 대학생들이 동조하고..."

"역시 장교님하고는 말이 안 통하네요."

그 후로 침묵. 유동 터미널에 도착하여 고속버스를 내려서는데, 바라보는 눈빛들이 싸늘했다. 전남대 정문 사거리 근처의 집 앞까지 가는 동안 택시기사는 한 마디도 대꾸하지 않았고, 골목을 들어갈 때 알만한 얼굴들마저 모두 고개를 돌렸다. 이층 계단을 뛰어올라 서둘러 군화 끈을 푼 다음, 홍은을 번쩍 들어 안았다.

'이 자식, 건강했구나. 고맙다. 내가 너 땜에 얼마나 걱정을 했는데....'

볼을 비벼대는 동안, 찔끔 눈물이 났다. 히죽히죽 웃던 막내 동생이 갑자기 정색을 했다.

"성(형). 앞집 학생이 맞어 죽었단 게."

"맞아 죽어? 왜? 어째서?"

"구경했다고. 암 말도 않고 있었넌 디, 군인들이 달라 들어갖고 때래 죽얬어."

녀석은 국어책을 읽어 내려가듯, 무미건조한 음성을 토해 냈다.

"당신도 아시잖아요? 착하게 생긴 그 고등학생 말이어요. 그냥 추리닝 바람으로 자기 집 앞에 서 있었거든요. 근데 사거리에 있던 군인들이 우르르 달려들더니, 집안으로 숨은 그 학생을 막 끌어내더라고요. 그리고 큰길로 끌고 가더니 방망이 같은 것으로 인정사정없이 막 때리고, 발로 차고 그러대요. 그러니까 이 학생이 길바닥에 쓰러져 쭉 뻗어 버리더라고요. 움직이지도 안해요. 그러자 네 명이서 다리 하나씩을 들어, 트럭 위로 획 던져 버리더라고요."

"트럭?"

"씽 가 버리는데, 상무댄가 어딘가로 가서 쥐도 새도 모르게 파묻어 버린대요. 아마 그렇게 해서 죽은 사람들이 수천 명은 될 거라고 하던데요?"[2]

---

[2] 5·18에서 3천여 명에 달하는 수많은 시민이 계엄군에 의해 폭행을 당하고, 트럭에 실려 광주교도소, 상무대에 연행됐다. 연행자는 영창으로 넘겨지기 전, 보안대에서 온갖 고문을 당했다. 5·18과 사실상 연관이 없는 김대중과 관련하여 내란음모

"에이, 그럴 리가. 자기 엄마랑, 식구들이 다 있었을 거 아니야? 그냥 구경만 하고 있었대?"

"왜요? 저 놈들이 내 아들 죽인다고, 울고불고 난리 났지요.3) 그래도 힘으로도 안 되고, 까딱하면 다 죽이는 판인데 어떻게 해 볼 도리가 있어야지요. 지금이니까 이만이라도 하지요, 그때는 숨도 제대로 못 쉬었다니까요."

"어쩐지 나를 쳐다보는 눈초리들이 이상하더라고."

"당신, 두들겨 맞지 않은 것만 해도 다행으로 아세요. 엊그제 충장로에 외출 나갔던 공수부대원들이 시민들한테 몰매를 맞았대요. 광주 사람들은 군인을 사람으로도 안 보거든요."

그때 또 막둥이가 끼어들었다.

"큰 성. 우리 집 배람박에 총구먹이 다 났단 게. 진짜여. 밖에 한 번 봐 보란 게."

"뭐야? 그래도 식구들은 괜찮았단 말이야?"

조작이라는 각본 수사가 이루어졌다.

한국 인권의료복지센터 부설 '고문 정치폭력 피해자를 돕는 모임'은 5·18 당시 연행 또는 구금됐던 피해자가 1인당 평균 9.5회의 고문을 경험했다는 조사결과를 발표했다. 이 가운데 물고문, 매달기, 구타 등 신체적 고문이 62%를 차지했으며, 수면 박탈, 암실(暗室) 가두기 등의 심리적 고문은 38%를 차지했다. 연행자들은 눈동자를 움직이면 담뱃불로 얼굴이나 눈알을 지지는 '재떨이 만들기', 발가락을 대검 날로 찍는 '닭발요리', '며칠째 물 한 모금 못 먹어 탈진한 사람에게 자기 오줌 싸서 먹이기', '화장실까지 포복해 가서 혀끝에 똥 묻혀 오게 하기', '송곳으로 맨살 후벼 파기', '손톱 밑으로 송곳 밀어 넣기' 등 차마 입에 올리기조차 끔찍한 고문을 받았다.

3) 당시 민간인 사망자 가운데 14세 이하의 어린이가 8명에 달했던바, 계엄군이 어린이들에게까지 총을 겨눴다는 사실이 드러났다.

"밤에 총소리가 콩 볶듯이 나니까, 식구들 모두 솜이불을 무릅쓰고 있었어요. 총알이 이불을 못 뚫는다고 해서 그렇게 했지요. 이번에 이불 장사하고, 유리창 장사가 돈을 엄청 벌었대요. 총땜에 자꾸 유리가 깨지니까 갈아 끼워야 했으니까요. 그리고 택시 기사들 하고요. 어머니가 우리를 데리러 오셔서 걸어서 화정동 77병원 앞까지 가고, 거기에서부터 영광읍까지 산길로, 산길로 돌아서 택시가 가는데, 1인당 3만 원이나 주라고 허잖아요?"

"3만원? 내 봉급의 4분지 1이네? 그 난리 통에도 돈에 혈안이 된 사람들이 있었구만? 그래서 무라리에 있다가 올라온 거야?"

"당신이 온다고 해서 엊그제야 올라왔지요. 인제 동생들 학교도 가야 하고. 지금까지 학교고 뭐고 다 못 갔거든요. 아버님은 서울에서 꼼짝도 안하시는데요, 어머님은 군인들이 77병원 앞에서 못 들어가게 하니까, 막 악을 쓰고 그러셨대요. 내 새끼들 만나러 가는데, 당신들이 뭐냐고. 그래갖고 집에까지 오셔서 보따리 하나씩 들고요, 어머님이 젤 앞장서시고, 저하고 홍은이가 한 가운데, 고모들과 삼촌이 젤 뒤에 서서 한 줄로 걸어갔다니까요."

"야! 피난행렬이 따로 없구만. 아버지 하고 어머니는 많이 다르시지."

"모성애가 그렇게 강한지, 저도 그때 첨 알았네요. 참말인지 거짓말인지는 몰라도.... 금남로에서는 애기 밴 여자를 찔러 갖고, 뱃속에 있는 애기를 끄집어내서 칼끝에 꽂고 다녔대요."

"설마...? 악성 루머일 거야."

"당신도. 남편이랑 같이 가다가 그랬대요. 어디선가는 젊은 여자의 유방까지 도려냈다고 허잖아요? 나중에 들어온 계엄군은 그래도 괜찮았는데, 그 전에 있었던 놈들 말이어요. 공수부댄가 뭔가 대낮에 술 퍼먹고 눈이 벌개 갖고 미친놈들같이 돌아다니는데, 일부러 며칠씩 밥을 굶겨 갖고 술을 잔뜩 먹였다고 하더라고요. 술 속에 마약 같은 것을 집어넣었다는 소문도 있고요. 산수동 어디 골목에서는 꼭 짐승 사냥 하듯이, 지나가는 사람을 보고 조준 사격까지 했다잖아요?"

"다 폭도들 땜에 그랬다며?"

"폭도는 무슨. 다 대학생들이고 선량한 시민들이었다니까요. 그 난리 통에 도둑 하나도 없었고, 은행이나 슈퍼 털린 데도 없었다니까요. 간첩까지 잡아서 경찰에 넘기고요."

"나 참. 무슨 소리를 하는지...."

"일부러 경상도 군인들만 이쪽으로 배치했대요. 그래야 잔인하게 죽일 수 있고 그런다고."

"그건 지어낸 말일 거야. 지역감정은 망국병이란 거 몰라?"

1980년 비상계엄이 지속되는 가운데 '서울의 봄'이 유동적으로 흘러가던 4월, 전두환 합수부장은 중앙정보부 부장직을 겸하게 되면서 신군부를 대표하는 실질적인 최고 권력자가 되었다. 최규하 과도정부와 전두환의 실질권력이 공존하고 있던 안개정국 속에서 1980년 5월, 학생들의 반군부 가두시위가 벌어졌다.

이 시위가 날이 갈수록 열기를 더해가자 여야 정치권 역시 계엄해제 촉구와 유신헌법 개헌에 합의함으로써 신군부의 정권장악 의도에 서서히 제동을 걸기 시작했다. 이러는 가운데 신군부는 우월한 물리력을 동원하려는 음모를 진행하고, 이때 광주항쟁이 좋은 먹잇감으로 떠오른 것이다.

이무렵 경제는 마이너스 성장을 하는 중이었고, 박정희 대통령의 갑작스런 서거에 따른 사회적 불안감과 위기의식은 한껏 높아져 있었다. 정권찬탈에 눈이 먼 신군부는 1980년 5월 17일 비상계엄 포고령 10호를 통해 국회와 대학을 폐쇄하고, 모든 정치 활동을 금지할 것이며, 파업금지와 함께 언론검열을 강화할 것이라고 발표하였다. 5·17 계엄확대는 유력한 야당정치인인 김대중을 정부 전복(顚覆) 기도혐의로 체포하고, 김영삼을 가택연금시킴으로써 12·12 하극상에 이어 군부의 권력 장악 의지가 표출된 또 한 번의 쿠데타였다.

이러한 군부에 온몸으로 저항했던 사건이 광주민중항쟁이었던 바, 이에 대해 신군부는 공수부대를 투입하는 등 매우 폭력적인 조치로 대응하였다. 광주민주화운동이 그토록 과격한 성격을 띠었던 배경에는 첫째, 호남 지역의 특수성이 자리하고 있다. 광주로 대표되는 호남은 박정희 정부의 편향적인 지역개발정책과 인사정책으로 인해 소외감과 불만이 누적되어 있었다. 둘째는 김대중이라는 요인이다. 박정희에 이어 전두환 등 대구-경북 중심의 신군부세력이 호남 출신의 정치지도자이자 집권 유망주였던 김대중을 '정부전복을 기도했던'는 혐의로 체포하였던 것이다. 수십 년 동안 경상도 정권에 실망한 호남인들로서는 호남 출신의 대통령을 간절히 원하고 있었다. 그런데 그 희망이 물거품이 되려는 상황에서 분노와 좌절감은 극도에 달할 수밖에 없었다. 셋째 요인으로는 초기 진압군의 비정상적인 과잉 진압을 들 수 있다. 특히 공수부대는 당시까지와는 너무나 다른, 잔인하고 비인간적인 진압을 감행했고, 이에 광주 시민들은 분노하며 치를 떨었다. '광주' 현장에서는 "6·25 전란 때, 인민군들도 이렇게까지 하지는 않았다"는 탄식과 울분이 터져 나왔다. 이와 관련하여, 광주 시위 진압에 투입된 한 공수부대원은 "시위 진압이 해산 위주가 아닌 체포 위주였기 때문에 과격 진압이 생겨났다"고 진술한 바 있다.

대학생 중심이던 시위에 광주의 일반 시민들과 고등학생들까지 합류하기 시작한 19일 오후, 시위참가자는 최소 3천 명 이상으로 늘어나 있었다. 계엄군의 진압은 더욱 가혹하게 변했다. 옆에 서 있던 친구가 대검에 찔려 피를 흘리고 아녀자들이 곤봉에 맞아 숨이 끊어지는 장면 앞에서, 시민들은 무장투쟁의 길을 선택할 수밖에 없었다.[4] 외부로부터의 도움이 전혀 없는 가운데

---

4) 계엄군이 무차별 살육을 가한 몇 가지 사례. 첫 번째 장면. 군용트럭 11대가 줄을 지어 서 있었고, 그 마지막 차량에는 옷이 갈기갈기 찢긴 채 젖가슴이 다 내보일 정도의 젊은 여성이 타고 있었다. 그녀의 옷은 피투성이였다. 병원 의상을 걸친 사람이 하얀 간호사 가운을 들고 나왔다. 그는 옷을 여자에게 주려다 군인들에게 붙잡혀, 군홧발과 몽둥이세례를 받았다. 두 번째 장면. 조선대 의대 4학년 재학

자기 보호를 위해 무장해야 했던 광주 시민군은 마침내 도청을 '접수'한다.

22일 이후 광주는 지극히 정상상태를 유지하였다. 외신 기자들에 의하면, 계엄군이 물러가고 시민군이 치안과 방위를 담당하는 가운데, 시민들은 자치 질서를 찾아가고 있었다. 이들은 계속해서 계엄의 해제 및 민주 인사 석방을 요구하는 한편, 계엄군과 협상에 나섰다. 무기를 회수하고 도시의 치안도 담당했다. 부상자를 치료하기 위한 헌혈 행렬이 이어졌고, 상점가, 금융기관, 백화점에서 단 한 건의 약탈도 없었다. 당시 전라남도 부지사 정시채를 비롯한 공무원도 도청에 정상 출근했다. 공직자들은 양곡을 방출하고 부상자를 처리하는 등 행정 업무에 적극적인 역할을 했다. "김일성은 오판하지 말라"는 구호도 등장했다. 이 기간은 '광주 해방구' 또는 '해방 광주'라고 불리기도 한다. 그러나 그 아름다운 공동체는 계엄군의 무자비한 진압으로 철저히 부수어져야만 했다.

결론적으로 '광주'는 오직 권력만을 추구한 신군부의 야욕을 위해 수많은 광주 시민들이 무고하게 희생되었다는 것으로 정리

중이던 이민오 씨는 광주일고에서 개최된 동문체육대회에 참석했다. 그런데 주변에서 공수부대원들이 쫓아왔다. 이씨는 교장관사에까지 도망을 쳤는데, 거기까지 쫓아온 공수부대원들에게 구타를 당했다. 이씨의 췌장과 비장이 파열됐다. 세번째 장면. 청각장애인 김경철 씨는 친구들과 점심을 먹고 집으로 돌아오던 중, 공수부대의 눈에 띄어 구타를 당한다. 그 결과 뒤통수가 깨지고 눈이 터졌으며, 팔과 어깨가 부서졌고, 엉덩이와 허벅지가 으깨지는 부상을 당했다. 그는 광주 적십자병원으로 후송됐지만, 뇌출혈로 이튿날 새벽 결국 사망했다.

될 수 있다. 어떤 이유에서도 용인될 수 없는 어처구니없는 비극, 그럼에도 불구하고 이후 한국의 모든 민주화운동이 그로부터 에너지를 얻게 되는 역사의 분수령, 바로 그것이 '광주'였다.

"이 중위. 잘 다녀왔어? 부인 젖 많이 먹고?"

4월에 함께 진급한 최 중위가 징그런 미소를 지으며 나타났다.

"젖이야 애기가 먹지, 내가 먹냐? 그나저나 여기에서 생각했던 것보다 훨씬 심각했더라고?"

"뭐가?"

"신군부에서 정권을 잡으려고, 일부러 광주 사람들을 희생물로 삼았다고 하던데?"

"설마...?"

"아니야. '서울의 봄'이다 뭐다 해서 시끄러웠잖아? 가만히 보니까 자칫하다가 세 김씨 중에 하나가 대통령이 될 것 같고 그러니까, 일부러 데모를 촉발시키려고 그랬대. 혼란을 수습한다는 명분으로, 군인들이 개입하기 위해 계엄령을 확대했다는 거지. 그리고 지역 감정을 조장하기 위해 김대중 씨를 빨갱이로 몰고. 결국 때래 잡았잖아? 계엄령 내리기 전에 미리 잡아들였다는 말도 있고..."

"이 중위, 너 빨갱이 다 되어 버렸구나? 정신 차려. 임마!"

"아이구, 나도 뭐가 뭔지 모르겠다. 국방부 시계는 거꾸로 매달아놓아도 간다는데, 앞으로 1년만 더 버티는 거지 뭐."

결혼 이후에도 한동안 최전방 근무가 이어졌다. 그리고 마침 내 1980년 8월. 전역 10여 개월을 남겨둔 시점에서 영외거주 허락이 떨어졌다. 부엌 하나에 달랑 방 하나. 한겨울에는 윗목에 연탄난로를 들여놔야 할 만큼 추웠지만, 연천군 대광리에서의 신혼생활은 달콤하고 행복했다.

전역을 2개월 여 앞두고, 후방인 전곡으로 발령이 났다. 머지 않아 창설될 사단 수색대대로 편입되기 위해 고강도 훈련을 받아야 한다나. 이름 하여 특공무술. 대검으로 찌르거나 그것을 막는 동작, 남자의 제1급소를 걷어참으로써 일격에 상대방을 제압하는 동작 등 보기만 해도 부시무시했다. 그보다 태민을 경악하게 한 것은 허름한 건물에 수용되어 있는 사람들. 말짱하게 생긴 그들 중의 일부는 '영문도 모른 채 끌려왔는데, 입을 것과 먹을 것, 감기약조차 주지 않는다'며 고통을 호소했다. 군화발에 정강이가 채여 피가 철철 흐르는데도, 언감생심 치료는 꿈도 꾸지 못한다는 것. 이른바 삼청교육대(三淸敎育隊) 수용자들이었다.

1980년 5월 17일 비상계엄이 발령된 직후, 국가보위비상대책위원회가 사회 정화 정책의 일환으로 군부대 내에 설치한 기관. 명분은 '폭력범과 사회풍토 문란사범을 소탕하기 위함'이었지만, 실상은 무자비한 인권 탄압이 자행되었다. 이들에 대한 순화교육은 연병장 둘레에 헌병이 총을 들고 감시하는 가운데, 육체적 고통을 가하는 가혹한 방법으로 이루어졌다.[5]

국보위 사무실이 서울 삼청동에 있어서 '삼청교육대'라는 이름이 붙었다는데, 실제 끌려간 사람 중 30% 이상은 무고한 시민들이었다. 불시 검문하여 신분증을 지참하지 않았다는 이유로, 혹은 술 먹고 길거리에서 잠깐 동안 앉아 있었다, 밤 12시 통금 시간을 어겼다, 전두환에 대해 '문어 대가리, 대머리, 살인자'라 말하였다, 술에 취해 아버지에게 땅을 떼어 달라 떼썼다는 이유로, 심지어 구두를 닦던 열두 살 소년이 영문도 모른 채 끌려갔다. 여자의 경우 모두 319명이었는데, 대개는 윤락 여성, 포주(抱主-창녀를 두고 영업을 하는 사람), 계주들이었다. 하지만 간혹 평범한 가정주부도 끼여 있었다. 실적 올리기에 눈이 먼 경찰 때문이었다. 이들은 조사 과정에서 예사로 알몸 신체검사를 받았는데, 한 여성은 "이 씨발년, 너 하나 죽이기는 개 죽이기보다 쉽다"는 폭언과 함께 정강이를 걷어차이는 등의 폭력을 당했다고 한다.

이들은 하루 종일 뛰고 구르며 기합을 받았으며, 그러다가 뒤처지면 짐승처럼 얻어맞았다. 말을 잘 듣지 않는다는 이유로 손발을 개 줄로 묶은 뒤, 밥도 개처럼 먹게 했다. 배가 고파 흙이라도 캐 먹으면, 입을 삽으로 찍어 버리는 경우도 있었다. 삼청교육대에서 풀려 나온 사람들 가운데에는 자살하거나 신체적 불구로 고통 받는 경우가 많았다. 심지어 한탄강 부근에는 구타로 숨진 희생자들을 처리하기 위한 '시체처리 공장'이 있었다고 한다. 희생자들 죄목은 탈영이었다.

---

5) 후일 국회의 국정감사 발표에 의하면, 삼청교육대 현장 사망자가 52명, 후유증으로 인한 사망자 3백 97명, 정신장애 등 상해자가 2천 6백 78명인 것으로 집계되었다.

매국노와 애국자

좁은 조수석에 세 사람을 태운 트럭은 하루 종일을 달려 해질 무렵에야 서촌에 도착했다. 가게를 보던 김씨가 자리에서 벌떡 일어섰다.

"하이고! 고상했다. 시상에, 을마나 징허디야?"

"저보다도 어머니가 고생하셨지요."

"내가 고상은 문. 내 속이 다 시언허다. 아이고, 찌긋찌긋헌 놈오 군대.... 인자 아들 둘이는 끝났넌 디, 그래도 막뚜이 하나 더 남었는 갑이다."

고등학교를 졸업한 태국은 고향 무라리에서 2년간의 방위 복무를 마친 상태였다. 검게 그을린 김씨의 얼굴을 보고 마음이

편치 않았던지, 진선이 한 마디 던진다.

"어머니. 죄송해요. 저희들만 편하게 있다 와서요."

"그거이 문 소리냐? 홍은이 애비 밥해 줄라, 애기 키울라 너도 한 짐이었제. 허기사 여그도 쉴 틈은 읎었지야. 땅콩밭 외에도 모내기를 해야 허는 논이 백 마지기가 헐썩 넘는 생이다. 거그다가 올해 새로 개간헌 유황개미[1] 뻘땅까지 있어 논게, 꿩이 손이라도 빌려야 헐 판 아니냐?"

"땅콩밭도 육십 마지기가 넘는다면서요? 이제부터 저희들이 도와 드리께요."

"아이고, 말이라도 고맙다. 좌우간 어서 들어가자."

그로부터 한 달쯤 지났을까. 고교 동창생인 창모에게서 편지가 날아들었다. 올해 철학과 졸업반인 녀석에게 대학원 입학시험 출제 경향에 대해 물은 적이 있었는데, 그에 대한 상세한 답변이 적혀 있었다. 처음에는 서울로 진학할까 했었다. 하지만 가족이 딸린 데다 광주에서 중고등학교에 다니는 동생들도 있고 하여, 모교로 진학하기로 맘먹었다. 이씨는 마침 친구 하나가 철학과에 교수로 와 있다는 뉴스를 전했다.

"명재남 교수님이요? 저 다닐 때에는 그런 분 없었는데요."

"니가 졸업허고 나서사 새로 왔는 갑이여어. 나허고는 중학교

---

1) 유황개미(=유황금): 1592년 임진왜란 때 전주 이씨(全州 李氏), 인동 장씨(仁同 張氏), 진주 강씨(晋州 姜氏) 3성(姓)이 난을 피해 내려와 전남 영광군 백수면에 안주하였는데, 원래 첫 정착지가 송정 마을의 해안가 유황김(油黃金)이었다.

동창인 디, 여그 영광 불갑 출신이여야. 작년엔가 은젠가사 박사학위 받어 갖고, 교수로 왔는 갑이드라."

"아, 어쩌면 그분 후임으로 오는지도 모르겠네요. 저희 4학년 때, 교수직을 던지고 미국으로 떠난 교수님 계셔요. 그분 친동생이 율산 그룹 회장인데, 포항 제철보다 더 큰 제철 공장을 이쪽에 짓는다고 하더라고요. 그래서 본인이 미국 현지 사장으로 가야 한다고 했었는데, 아마 최근에 정치 바람을 맞아서 형편이 여의치 못한가 봐요."

이른바 율산 그룹. 1975년 신선호, 강동원 등 5명의 서울대학교 출신 20대 청년 사업가들이 오퍼상(무역대리업) 창업을 시작으로 사업을 전개하여, 중동 산유국을 상대로 막대한 양의 시멘트를 수출하여 엄청난 부를 축적하였고, 4년여 만에 대기업으로 성장한 기업. 언론에서는 이를 두고 '재계 신데렐라의 탄생', 또는 '무서운 아이들'이라고 대서특필하며 찬사를 보냈다.

그러나 정부는 1979년에 '8·8 부동산 종합대책'을 발표한다. 중동 건설 특수 등에 힘입어 천정부지로 치솟는 부동산 가격을 잡기 위해서였다. 이로 인하여 율산은 자금 압박을 받기 시작한다. 이때 신선호는 서울 신탁은행으로부터 500억 원을 융자 받은 뒤, 잠실 호수 부지 총 200만 평 가운데 30만 평을 낙찰 받았다. 그러나 이후 개발 계획이 수포로 돌아가고, 의류 사업이 부진을 면치 못하자, 티켓을 만들어 관련 기관과 거래처, 은행 등에 선물하였다. 그런데 이 일이 청와대 사정반에 의해 적발되었다. 티켓을 받은 3천여 명의 공무원들이 파면 또는 직위 해제되고, 율산 그룹의 임원들이 소환되어 조사를 받았다.

또 이 일과 맞물려 3억 5000만 달러 규모의 사우디아라비아 주택 공사가 최종 계약 단계에서 물거품이 되고 말았다. 이에 그룹에서는 뒤늦게 정부에 구제 금융을 요청하였는데, 이때 받은 70억 원의 구제 금융 자금마저 모두 단자회사(短資會社-단기 금융시장에서 자금을 대출해 주거나 차용, 또는 중개를 하는 회사)의 빚을 갚는 데 쓰였다. 더욱이 땅값마저 폭락하는 바람에 부동산 처분도 불가능하게 되었다. 엎친 데 덮친 격으로 신선호의 비리가 중견 간부들에 의해 낱낱이 밝혀지면서 그룹의 총수가 구속되고, 계열사들 역시 도산하거나 남에게 경영권을 넘기게 되고 만다.

율산의 부도는 금융 부채 및 방만한 기업 확장이 몰아온 실패 사례로 인식되었다. 그러나 어떤 사람은 정치권의 음모나 재계의 견제가 원인이라고 말하기도 한다. 동시에 젊은 창업주들이 추구했던 열정과 아이디어, 재계의 기득권 파괴, 돌파력으로 요약되는 '율산 정신'만큼은 시간이 갈수록 더 빛을 발할 것이라는 평가도 있다.

"그것이사 나는 잘 모르겠고, 시내 어디 고등학교에서 독일어를 가르치다가 김종후 박사라고 우리 은사분이 계시는 디, 그분이 서울 어디 대학에서 박사학위를 주어 갖고 이리 오게 되얐는 갑이드라."

며칠 후 태민은 충장로의 한 식당에서 명재남 교수를 만났다. 그 날의 모임에는 이씨와 명 교수 외에 두 사람의 중학교 동창생인 박철주 내과원장이 합석했다. 모임의 주빈격인 이씨가 건배를 제의했다.

"자 자! 오늘 오랜만에 존 자리를 맞이허고 본 게, 참 좋네. 오늘은 내가 한 턱 낼 틴 게, 맘껏 들세나."

술이 몇 순 배 돌고 나자 명 교수가 태민에게 술잔을 권한다.

"못 먹는다고? 느그 아부지 앞이라고 그러냐? 갠찮해. 남자가 술도 한 잔씩 해야제."

"어쨌디야? 한 잔 허그라."

이씨의 허락에 태민은 술잔을 받아 입에만 살짝 댔다.

"한 잔 쭉 허제, 뭣헐라 내래 놓나? 그나저나 아따 자네, 아들 하나는 잘 나 두었네야. 관상도 좋고, 여자들이 줄줄 따르게 생겼네."

"씨잘 데기 읎는 소리는.... 진작 장개 갔어."

"그래? 내가 중매 슬라고 했데이, 틀려 버렸네?"

"애기까지 있넌 디?"

"아따! 뭇이 급해서 고로코 빨리 갔디야? 자네 손지 빨리 보고 싶어서 꼴랑지에다가 불을 질렀구만? 우리 과에 이쁜 여학생들도 많은 디. 고것들 젖통 만지먼 만질 만허그든."

순간 어색한 기운이 흘렀다. 하지만 그는 아랑곳하지 않았다.

"독일에서는 여자들 거시기를 큰 담배락에다 기래 놓고, 지내댕김시로 다 쳐다본단 게. 여름 같은 때는 아파트 잔디밭에서

브래지어 홀라당 벗고 일광욕 허고, 어디서는 나체로 다 벗고 있는 디도 있어. 살갗을 태울라고 하늘 보고 누워 있다가 통닭구이 허드끼 뒤집어눕고... 옆에서 보는 것은 자윤디, 절대로 사진 찍는 것은 안 돼야. 잘못허면 카메라 뺏기고 필림도 찢기고 허그든. 베를린에 가면 남녀 혼탕이 있어 갖고, 실오라기 하나 안 걸치고 들어가는 디, 거그서 어정쩡허게 서 있으면 촌놈 취급 받는 거여. 간단허게 샤워만 허고 수영허고 그러는 디, 우리같이 껍딱(껍질) 뱃개지라고 때 뱃기고 그러든 않그든. 부부간에도 오고, 모녀간에도 오고. 입장료도 한 군데서 받고 헌 게, 운영비도 절약되고. 만약에 여그서 그런 목욕탕 하나 열어노면, 박 터질 거여."

"우리나라에서 허가가 나기나 허간디?"

"좌우간 우리나라는 뒤로 호박씨 까는 것이 문제여. 솔직히 여자 싫어허는 남자 어딨고, 남자 싫어허는 여자가 세상에 어디 있냐고?"

얼굴 하나 붉히지 않고 음담패설을 쏘아 대는 그에게 응원이라도 보내려는 듯, 박 원장이 끼어든다.

"요새는 남자보다 여자들이 더 꼬리를 치고 댕긴다고 안 허든가? 서울에서는 요새 유부녀들이 애인 하나씩은 다 갖고 있닥 허드만."

"이태민이라고 했지야?"

"……?"

갑자기 정색을 하고 달려드는 명 교수.

"공부를 헐라먼 세 가지를 금해야 하는 디, 술과 담배, 여자여. 머리 깎고 중이 된다는 각오가 아니먼, 처음부터 시작을 말어야 헌다 그 말이여어."

"예. 잘 알겠습니다."

"고로코만 허먼 영광에서 철학 3대가 나오는 것이여. 김종후 박사님, 나, 그리고 너... 원래 영광(靈光)이란 말이 '신령스러운 빛'이란 뜻인디, 그래서 종교나 철학, 문학 방면에서 인물이 많이 나왔다 그 말이그든. 영광 백수는 원불교 발상지이고, 법성(法聖)으로 마라난타가 들어와 백제에 불교를 전해 주었고, 또 불갑에 가면 불갑사(佛甲寺)뿐만 아니라 일본에 성리학을 전해 준 수은 강항(姜沆) 선생을 모신 내산서원이 있그든. 또 염산에 가면 기독교 순교지가 두 군디나 있지 않냐? 염산 교회 허고 야월 교회라고, 우리나라에서 단일 순교 사건으로는 젤 많은 사람들이 목숨을 잃은 곳... 문학에서는 시인 조운 선생이 있고, 정태연, 조남령, 조영직.. 그리고 수필가 조희관 씨도 있고. 좌우간 너도 그 사람들 맥을 이어가야 헌다 그 말이여."

입술을 깨물며, 반드시 그 금기사항을 지키겠노라고 결심했다. 그때 또 박 원장이 나섰다.

"닌장! 자네는 술도 잘 먹고, 여자도 좋아험시로 어쭈코 그 어러운 철학을 했든가?"

"그런 게 내가 개똥 철학이제. 허허허.."

"하이고 말도 마소. 어이, 이 조합장. 저 친구 나랑 같이 하숙을 했넌 디, 그때부텀 을마나 술을 많이 먹었든지. 그때가 아마 자네 고등학교에 있을 때였제? 월급날만 되면, 곤드레만드레 되야 갖고 들어오는 디, 은젠가 한 번은 대문을 열고 들어오다가 고목나무 자빠지드끼 쎄멘 바닥에 탁 넘어지데이, 면상을 싹 깎어 버렸지 않은가? 그때 깨인 자국이 지금도 있을 거여? 봐. 여그 있구만 요”

박 원장은 명 교수의 오른쪽 광대뼈 부근에 남아있는 큼지막한 흉터를 가리켰다.

“있어. 여그여 여그. 그때 정신을 아조 잃어 버렸제에... 은제 한 번은 전라대 총장 집에서 술에 취해 갖고, 총장이 택시를 잡어 주었닌 디, 기사가 우리집을 못 찾고 시내를 뺑뺑 돌다가 도로 총장 집에다가 퍼 놨겄다? 미터기가 만 원을 넘어간 게, 더 이상 올라가들 못허고, 새복에 일어나 본 게, 내가 안방에서 자고 있는 거여. 아따! 죽겄드만. 이불에다가 오바이티 다 해놓고, 내가 사모님을 내 마누라 줄 알고 같이 자자고 그 염병을 했든 생이데? 나 참, 내가 고로코 미친놈이란 게. 그래서 새복에 말도 못허고 나와 버렸제 이.”

좌석이 거의 파할 무렵, 이씨는 ‘본론’을 꺼냈다.

“어이 재남이. 태민이는 자네가 맡어 주어야겄네. 내가 정치다, 농사일이다 쫓아댕기다 보면 문 정신이 있겄는가? 자네 아들이다 생각허고, 자네가 알어서 해 버리소. 구워 먹든지, 쌂아 먹든지...”

“허허이. 자네 아들이 문 대깨(새의 일종) 알이라도 된가? 구워 먹고 쌂아 먹게...?”

"좌우간 자네가 이 아그 인생을 책임지란 말이여."

"웅. 그것이사 염려 말고. 오늘 요것도 인연이고, 내가 자네한 테 술까지 얻어먹었넌 디, 갚어야제 카마이 있으먼 쓰겠는가?"

"술이사 어디 오늘 한 번뿐이겠는가? 자네만 좋닥 험사 나락 값이라도 잡어 갖고, 날마닥 올라 올란 게, 그것이사 꺽정허지 말고."

"아따, 인자 술로 배불르게 생겼네에. 아무튼 젤 먼저 해야 헐 일은 대학원에 들어오는 일이여. 그러고 나서 지도 교수를 정허 는디, 사실 대학원은 지도 교수가 중요해. 지도 교수가 죽이고 살리고 허는, 말하자면 생사여탈권을 쥐고 있다 그 말이여어."

"인자 태민이 한테는 명 박사가 하나님이구만?"

"아따, 무식헌 의사 놈이 벨 것도 다 아네? 야이, 칼 든 도동놈아. 불쌍헌 서민들 돈 자그마이 빨아먹고, 양심껏 쪼까 살그라 이."

"야이 놈아, 의사가 양심껏 살먼 대한민국 병원 다 망허라고야?"

"의사도 을마나 공부를 많이 했넌 디? 먹고는 살아야제에..."

이씨는 취중에도 양쪽 모두에 비위를 맞추려 애를 썼다. 이에 박 원장이 순순히 '고백'을 하고 나선다.

"어이, 신만이. 말이 나왔은 게 말이제. 이 친구 말대로 의사들 도 도동놈은 도동놈이여. 생각해 보소. 3백 원짜리 주사 한 대 놔주고, 몇 만원씩 받고 헌 게. 그러고 솔직히 사람 병이 지가 낫제, 의사가 낫게 해 준단가? 우리 몸은 스스로 나슬라고 허는 매카니즘이 있어 갖고, 때가 되먼 다 낫게 되어 있그든. 그런디 사람들이 그 새를 못 참고 병원에를 쫓아 온 게, 나 같은 돌팔이도 먹고사는 법이그든. 헤헤헤..."

이에 질세라 명교수 역시 '진심'을 털어놓는다.

"따지고 보면, 교수들도 다 사기꾼들이제에. 철학이니, 문학이니 씨부렁대는 것들이 문 밥벌이를 허겄는가? 본인도 잘 모르는 말들을 쏟아 내니라고 고생깨나 허고 있제. 말을 허는 사람이 그 모양인 디, 듣는 학생들이 어쭈코 알 것인가? 모다 입만 살아갖고 나불나불. 그런다고 세상이 달라지간디?"

"그러고 보면, 촌에서 농사짓는 사람들같이 불쌍한 사람들이 읎는 갑이여 이."

이씨가 특유의 비감 어린 표정을 지으며 담배를 피워 물자, 박 원장이 맞장구를 친다.

"말이사 바른 말이제, 그것은 사실이여. 진짜 여름날 써빠지게 고상해 갖고 기껏 몇 가메이 수확해 봐야, 그것이 요새 물가로 허면 몇 푼이나 간단가? 한 마지기 지어봤자, 시방 이 술자리 한 번 돈 내 버리먼 끝이제 문."

분위기를 바꾸어 보려는 듯, 이씨가 명 교수 쪽을 바라본다.

"교수 되기가 고로코 심들담시로?"

"하늘의 별 따기라고 생각 허먼 되야."

간단명료하고도 잔인한 대답에 이씨의 표정이 어두워진다. 그 모양이 또 안 되었든지, 명 교수가 선심 쓰듯 툭 던진다.

"그래도 잘만 허먼, 마흔 살 안에 박사를 딸 수도 있어. 빠르면

서른다섯 살에도 가능허고."

"그래? 그러면 자네가 박사 학위까지 해 주어야제?"

"인자 그것은 두고 봐야제. 지 허기에도 달렸고. 어디 오늘만 날인가?"

그 날 이후 이씨는 하루라도 빨리 올라가 공부하라며, 태민을 다그치기 시작했다. 이것이 기회라 판단했는지, 김씨는 이씨의 눈치를 살피며 아파트를 하나 사 주랴 물었다. 집에 논을 팔고 남은 돈이 있다는 말을 듣긴 했었다. 하지만 태민은 끝내 사양했다. 본래 돈이나 재산에 대해 무심한 편이기도 했지만, 한시바삐 시험 준비에 돌입하는 일에만 관심이 가 있었던 것이다. 욕심이 없기는 진선 역시 마찬가지. 상하방이면 충분하다는 그녀의 대답에, '동생들도 많고 하니, 2층 독채를 하나 얻으라'는 이씨의 결론으로 논란은 종결되었다.

이사하는 날, 태민은 종일 도서관에 처박혀 있다가 진선이 그려 준 약도를 보며 집을 찾았다. 못 하나 제대로 박지 못하는 솜씨이다 보니, 옆에 있어봐야 짐만 될 뿐이라는 진선의 판단에 의한 조치였다. 이로써 홍은을 포함한 세 식구와 두 여동생, 남동생 등 여섯 명이서 동거하는 광주에서의 생활이 시작되었고, 이튿날부터 진선은 대여섯 개씩 도시락을 싸야 했다.

태민은 당분간 전라대 도서관으로 '출근'했다. 빈둥대는 꼴을 이웃에게 들키기도 싫었던 데다 입시 준비도 서둘러야 했기 때문. 하지만 군대에서 녹이 슬어 버린 머리에 글자가 들어올 리 없었다. 또한 의자에 앉아있는 일이 의욕처럼 쉽지 않았다. 채 30분이 못 되어 어깨가 결리고 허리가 뻐근해지며, 눈앞이 침침해졌다. 이때마다 최전방에서의 삶을 되돌아보곤 했다.

'목숨 걸고 지뢰밭도 뛰어다녔는데, 이까짓 게 대수인가?'

영어 시험에 대비하여 '토플'을 독파해 나가는 한편, 창모가 뽑아 준 전공 예상 문제에 대해서는 모범 답안을 작성하여 암기하기 시작했다. 자투리 시간을 이용하여서는 세계사와 국사를 통독했다. 역사 지식은 대학 교수로서의 기본 상식일 뿐더러 '철학사'하고도 무관하지 않다고 판단했기 때문이다. 그러나 아내의 얼굴에 드리워지는 그늘에 신경이 쓰이기 시작했다. 10월 초의 어느 날.

"많은 식구들에 엄청난 생활비가 들어가는데, 나올 데가 없잖아요?"

"지난번 아버지가 매달 20만 원씩 보내 주시기로 했잖아?"

"그게 요. 첨 한 달만 오다가, 끊겼어요."

며느리 입장에서 생활비 보내 주란 말을 꺼내기가 어려워, 여기저기서 돈을 빌렸단다.

"그보다.... 체력이 딸려요. 당신 뒷바라지에 홍은이 젖 물리랴, 밤중에 일어나 기저귀 갈랴, 그 기저귀들 빨랴. 거기에 중고등학교에 다니는 동생들이 세 명이나 되잖아요? 한창 땀을 많이 흘리는 나이들이라, 날마다 벗어 제치는 옷이 산더미처럼 쌓이는데요 뭘. 그런 데다 아침마다 준비해야 할 도시락이 무려 일곱 개여요."

"어떻게... 또 늘었네?"

"당신 거 하나에 동생들 한 명당 두 개씩, 여섯 개잖아요?"

하루 두 끼를 학교에서 해결하는 나라, 자정까지 야간 자율 학습을 시키고 새벽 2시까지 학원이나 과외 공부를 받게 하는 나라가 대한민국 말고 또 있을까? 중고등학생 학력 경시대회에서는 수많은 상을 타 오면서도 노벨상 수상자는 하나도 배출하지 못하는 나라, 코피 쏟아 가며 입학한 대학에서는 빈둥빈둥 놀아 버리는 나라가 우리의 조국이라니.

12월 초에 치러진 대학원 시험을 통과했고, 이듬해 3월 개강을 했다. 석사 과정 지도 교수는 당연히 명재남 교수였고, 그의 전공을 따라 헤겔철학으로 방향이 정해졌다. 태민 자신의 취향이나 기질과는 다소 동떨어졌으되, 명 교수와의 개인적인 인연과 1980년대 초반 한국 철학계에 불어 닥친 헤겔 붐이 함께 작용했다. 급우라고 해 봐야 갓 대학을 졸업한 후배들뿐, 친구들은 졸업 후 제각기의 길을 찾아 떠난 다음이었다. 개학하는 즉시 중앙도서관 지하실의 대학원생용 독서실을 찾았다. 그리고 제일 안쪽 후미진 곳에 고정 좌석을 만들어, 공부에만 매달렸다.

'청춘의 공백기, 잃어버린 3년을 보충하기 위해, 남보다 두 배는 더 노력해야 한다!'

두 과목 수강에 주당 여섯 시간. 원서로만 진행되는 수업에 늘 발표 순서가 들어 있어 그 준비에만도 많은 시간이 소요되었거니와, 외국어 공부에도 소홀할 수 없었다. 변한 것은 삶만이 아니었다.

"군에 있을 동안 가졌던 내 생각이 좀 잘못된 것 같더라고."

"어떻게요?"

"뭐랄까. 너무 한쪽으로만 치우쳐 세상을 본 것 아닐까 해서. '광주'만 해도, 주로 정부나 군인의 입장에서만 바라보았거든. 근데 막상 '진상'을 알고 나니까, 자꾸 화가 나고 피가 끓어. 요즘 우리 사회 돌아가는 꼴도 그렇고..."

"어음 사기 사건인가 뭔가 터졌다면서요?"

"그 여자가 사기 친 돈을 만 원짜리로 쌓으면, 백두산 높이가 넘는대."

"와! 진짜요?"

"만 원짜리 100장, 그러니까 100만 원을 1센티미터로 잡았을 경우, 1억이면 1미터 아니야? 2천 억이니까 2천 미터이고. 그러니까 백두산 높이 2천 7백 미터에 버금가는 거지. 어떤 사람은 7천억이라고도 하니까, 그렇게 되면 7천 미터가 넘는다는 소리고, 그러면 에베레스트 산 높이에 맞먹는 거지."

이른바 이철희 장영자 사건. 사채 시장의 '큰손'으로 군림해 온 장영자와 그의 남편 이철희가 저지른 거액의 어음 사기 사건이 터진 것이다. 1982년 5월 20일 검찰이 발표한 바에 따르면, 대통령 전두환의 처삼촌 이규광(당시 광업진흥공사 사장)의 처제인 장영자와 육사 2기 출신으로 중앙정보부(오늘날의 국가정보원)

차장과 유정회 의원(유신정우회. 유신헌법에 따라 대통령의 추천으로, 통일주체국민회의에서 선출된 전국구 국회의원)을 지낸 이철희 부부는 권력의 후원을 앞세워, 자기 자본율이 약한 몇몇 건설업체와 접촉하였다. 그리고 유리한 조건으로 자금을 제공해 주는 대신, 담보조로 대여 금액의 2배에서 9배에 이르는 액수의 어음을 받고 그것을 사채 시장에서 할인하여 자금을 조성하였다. 그밖에 주식 투자를 하는 등의 수법으로 81년 2월부터 82년 4월까지 6,404억 원에 달하는 거액의 어음 사기 행각을 벌인 것이다.

'건국 이후 최대 규모의 금융 사기 사건'으로 불린 이 사건으로 몇몇 기업이 도산하고 은행장들이 구속되었다. 국회에서는 여야 간에 일대공방이 벌어졌으며, 권정달 민정당 사무총장이 경질되고 내각 개편이 단행되었다. 또한 금융실명제[2] 실시 방침으로 경제계에 파문이 일었다. 권력 측근들이 여러 명 관련되어 권력형 부정 사건의 대명사가 되어 버린 이 사건으로 인하여, 집권 초기부터 정통성과 도덕성을 인정받지 못하던 전두환 정권은 씻을 수 없는 오점을 안게 되었다. 재판 결과 이철희, 장영자 부부에게는 법정 최고형인 징역 15년에 몰수 및 추징금이 선고되었고, 이규광[3]은 징역 1년 6월에 추징금 1억 원이 선고되었다. 그

---

2) 금융실명제(金融實名制): 가명 혹은 무기명에 의한 거래를 금지하고, 실명(實名)임을 확인한 후에만 금융거래가 이루어지도록 하는 제도. 실질적으로는 1993년, 대통령 김영삼이 '금융실명제 및 비밀보장을 위한 법률'을 발표함으로써 시행되었다.

리고 10여 년 복역 후, 가석방으로 풀려났다.

"서민들은 단돈 만 원이 없어 쩔쩔 매는데... 개자식들."

"만 원이 뭐여요? 지난번에 홍은이가 까까 사달라고 졸라, 당신이랑 방안을 뒤지다가.. 호호호."

며칠 전, 부부는 합동하여 방안을 샅샅이 뒤지기 시작했다. 그리고 기적처럼 자개농 아래에서 100원짜리 동전을 하나 발견했다. 그때의 감격이란.

"조금만 참으세요."

"이게 참는다고 해결될 문제가 아니니까 하는 소리지. 정치하는 놈들이 정신을 차려야 해. 선량한 시민들을 죽이고 무력으로 정권을 잡았으면, 정치라도 똑바로 해야 할 거 아니야? 부정부패에 우민(愚民)정책이나 쓰고. 국민들이 정치에 관심을 갖지 못하도록 느닷없이 프로야구나 만들고, 무슨 민속씨름대회나 열고..."

"프로야구가 어때서요? 해태가 잘하고 있잖아요?"

"잘하고야 있지. 그러나 그 내막을 알아야 한다니까. 소위 3S 정책이란 게 있어. 스크린, 섹스, 스포츠... 이 세 가지를 조장하여 국민들을 바보로 만들자는 수작이지. 다른 건 엄격히 규제하면서도, 스포츠에 열광하도록 하는 것 보라고. 국민들이 모두 미칠 지경이잖아? 억지로 프로야구 만들 때, 광주 쪽에서 선뜻 나서는

---

3) 이규광(李圭光, 1925~2012년): 형 이규동(육사 2기)을 통해 전두환의 처삼촌이 되고, 처 장성희를 통해 장영자의 형부가 되며, 그의 장인과 김대중의 본부인 차용애의 친정어머니가 남매간이므로 김대중의 처외삼촌이 된다.

구단이 없으니까, 한국인들이 젤 좋아하는 호랑이 마크를 제시하고, 유니폼도 젤 폼 나는 색깔로 해 주었다는 말이 있어. 또 섹스 산업에는 아무런 단속도 않은 채 무방비 상태로 놔두고, 외국 영화를 무분별하게 수입이나 하고. 이게 다 그 연장선상에 있는 거야. 일제 시대 때에 조선 사람들에게 인문학 교육은 철저히 금지하고, 실업 교육만 잔뜩 시킨 이유가 뭐겠어? 민주니 자유니 독립이니 하는 개념 자체를 머릿속에 심어 주지 않으려고 그런 거야. 그것도 모르고 우리 아버지들은 중학교만 졸업해도 장구 치고 꽹과리 칠 줄 알았는데, 요즘에는 대학을 졸업해도 할 줄 아는 게 없다고 핀잔을 주시잖아? 본인들은 목수도 하고 토수도 할 만큼 실기(實技)에 뛰어나다고 자랑하시지만, 그게 다 우민화 교육을 받았다는 고백에 다름 아니거든."

"스포츠가 다 나쁜 건 아니잖아요?"

"물론. 어려운 시절, 국민들에게 희망을 준 경우도 있었지"

60년대에서 70년대를 거쳐 오는 동안, 국민들을 열광시킨 스포츠 스타들이 있었다. 가장 먼저, 박치기 왕 김일. 대한민국 프로레슬링 1세대의 선두 주자인 그는 1967년 세계레슬링협회(WWA) 헤비급 챔피언이 된 뒤, 70년대 말까지 사각의 링 위에서 호쾌한 박치기로 우리 삶의 고단함을 한 방에 날려줬다. 1인당 국민총생산(GNP) 100달러의 국민들, 다른 나라를 한 번도 시원하게 이겨 보지 못한 약소국이 미국, 일본 등 쟁쟁한 선수들을 박치기 한 방으로 펑펑 쓰러뜨리는 모습은 온 국민에게 희망과 자신감을 심어 주었다.

"그가 처음부터 박치기를 잘 했던 것은 아니래. 스승 역도산이 '평범한 기술로는 살아남을 수 없으니, 평양 박치기를 배우라'고 명령했고, 그는 새끼줄을 감은 기둥에 수백 번씩 머리를 박고 또 박았대. 역도산이 매일 골프채로 이마를 때려 얼마나 단단해졌는지 시험하여, 정신을 잃은 적도 한두 번이 아니었고."

"세상에!..."

"독해야 살아남는 것이 세상 이치인가 봐. 나중에 고백하기를, 세상에서 제일 하기 싫은 것이 박치기였대. 그런데도 국민들이 '박치기~', '박치기~' 소리를 질러댈 때면, 자기 몸이 망가지는 것도 마다 않고 아낌없이 박치기를 날렸다는 거지. 그리고 밤새도록 혼자서 끙끙 앓고...."

"역도산이 우리나라 사람이었어요?"

"당연하지."

'일본 프로레슬링의 아버지'라고 불리는 역도산의 본명은 김신락. 함경남도에서 태어나 일본의 부농(富農)에게 양자(養子)로 들어가 스모 선수가 되면서, 역도산이라는 이름을 사용하기 시작했다. 1953년 일본프로레슬링협회를 창설하고, 미국 샤프 형제를 초청해 태그매치4)를 벌였다. 태평양 전쟁에서 일본인을 때려잡은 '미국인'을 향해 역도산은 가라테 춉5)을 날렸고, 상대는

---

4) 태그매치(tag match): 프로 레슬링에서, 팀을 짜서 싸우는 경기 형식. 링 안에서는 1대1로 싸우며, 같은 편 선수끼리 손을 맞부딪혀 대어 선수를 교대한다.

넉 다운되었다. 한 순간에 일본의 영웅이 된 그는 조국으로 금의
환향하여 수도 서울에 스포츠센터 건립을 약속했다. 그러나
1963년 12월의 어느 날 밤, 도쿄 중심가의 한 나이트클럽에서
폭력단원 하나와 말다툼을 벌이다가 배에 칼을 맞았다. 그리고
수술 후에 생긴 복막염이 원인이 되어 숨을 거두고 만다.

"근데 프로레슬링은 쇼라면서요?"

"꼭 그렇지만도 않대. 역도산 시절에 인기를 끈 것이 '아메리
칸 스타일'인데, 이건 좀 엔터테인먼트를 추구하는 경향이 있었
지. 치밀하게 각본을 짠 다음에 경기도 하고, 이벤트도 진행하는
거라서. 그런데도 간혹 돌발 상황이 벌어진다는 거야. 선수들이
맞다가 흥분하여 진짜 싸움을 벌인달지 해서."

"아시아의 물개도 있었잖아요?"

"조오련 선수라고, 해남 출신 있어."

1974년 제7회 아시안 게임 자유형에서 금메달을 따며, 그런
별명을 얻었다. 은퇴 후에는 대한해협을 건너 한국인의 기개를
세계에 떨치기도 했으며, 1982년에는 영국과 프랑스 사이의 도
버해협을 횡단했다. 일본이 독도를 탐내자 울릉도~독도 횡단 등
의 모험적인 이벤트를 끊이지 않고 연출했다.

"그 먼 길을 갈려면 배도 고프고, 또 상어 떼도 있을 거 아니어요?"

"음식은 음료통에 칼로리가 높은 이유식 비슷한 걸 넣어 얼른

---

5) 가라테 촙: 가라테(무기 대신 신체 각 부위를 이용해 상대방과 겨루는 무술. 한국에
   서는 가라테, 당수 등으로 불림)에서 손을 펴고 아래쪽을 향해 치는 타법.

들이마시고, 몸을 보호하는 그물망을 둘러치고 가는 거지."

"야! 지독하네요."

"독해야 무슨 일이든 한다니까. 고교 시절에 서울을 올라갔는데, 싸움 거는 아이들 앞에서, 미리 준비해 간 뱀을 꺼내 물어뜯어 보였다잖아?"

"아이구! 징그러."

"히히히... 홍수환은 또 어떻고? 4전 5기 신화가 그냥 만들어졌겠어?"

그를 시대의 아이콘으로 만든 것은 1977년, 신설된 WBA 주니어페더급 챔피언 결정전이었다. 파나마에서 열린 경기에서 '저승사자'로 불리는 카라스키야에게 2회 망치 같은 강편치를 얻어맞았다. 홍수환은 무려 네 번이나 연거푸 링에 쓰러졌다. 파나마 관중들은 경기가 다 끝난 듯, 총을 쏘아대며 열광했다. 하지만 바로 그때, 기적이 일어났다. 3회 종이 울리자마자 홍수환의 원투 스트레이트 펀치가 상대의 얼굴에 꽂혔다. 다시 강력한 왼손 펀치가 작렬했고, 경기는 그것으로 끝이 났다.

"이 초인과도 같은 4전 5기는 그야말로 전설이 됐지. 그러나 이는 끊임없는 노력의 결과였대. 흔히 그를 왼손잡이 복서로 기억하고 있지만, 본래는 오른손잡이였다는 거야. 오른손을 다쳐 왼손잡이로 전향할 때, 왼손으로 밥을 먹고, 글을 쓰고, 양치질하며 힘을 길렀다는 거지. 타고난 체력도 좋지 않아, 오직 훈련으로 약점을 극복해 냈고."

"그때 당신 ROTC 후보생 시절, 충장로 한 다방에서 함께 텔레비전을 보았잖아요?"

"자취집에 텔레비전이 없을 때였으니까. 광주 시내가 왼통 난리 났지. 그때는 프로권투 인기가 대단했잖아? 그때 유명해진 말이 '엄마! 나 챔피언 먹었어'였고. 그 무렵에 잊을 수 없는 또 하나의 장면은 후반전 종료 5분을 남겨놓고, 4골을 몰아넣은 차범근 선수..."

축구팬들이 한국 축구 역사상 가장 극적인 장면으로 떠올리는 순간. 1976년 박 대통령 컵 대회 당시 말레이시아와의 개막전에서 한국은 전반에만 3골을 내주며 끌려갔고, 후반에 한 골씩 주고받아 1:4로 패색이 짙어갔다. 관중들이 한창 야유를 퍼붓던 종료 7분전. 오른쪽 윙 차범근은 그때부터 상대 골문을 헤집고 순식간에 3골을 집어넣었고, 두 팀은 결국 4:4로 비겼다.

"그땐 정말 꿈같았어요."

"거짓말 같은 일이 현실에서 일어난 거지."

1978년 아시아인으로는 두 번째로 독일 분데스리가에 진출하여 10시즌 동안 98골을 터트려 '갈색폭격기', '차 붐'이라는 별명을 얻었던 차범근 선수.

"그런 스타들이 있었기 땜에, 삶에 지친 백성들이 다시 힘을 얻을 수 있었던 거야."

"그나저나 당신, 너무 치우친 것 아니어요?"

"뭐가? 아... 점점 비판적이 되어 간다고? 한국이 짧은 기간에 경제 성장과 민주화를 동시에 달성했다고 그러는데, 바로 그 때문에 우린 어느 한쪽만 봐서는 안 된다고 생각해. 양쪽 모두를 성찰할 수 있어야 한다고. 그동안 나도 한쪽에 치우친 경향이 있었는데, '광주'의 목소리를 생생하게 들어본 까닭도 있고, 또 반정부적인 명 교수님의 기질에도 영향을 받은 측면이 있을 것이고. 어떻든 나는... 그 누구야? 아홉 시만 되면, '땡'하고 나오는 그자 말이야."

"......?"

"그자가 아직까지 건재하다는 사실이 몸서리쳐지도록 싫어."

이씨와 정적(政敵) 관계인 민정당의 김기수 의원이 전두환의 오른팔이 되어 온갖 폼을 다 잡고 다닌다는 소문을 들었다. 선친 때부터 야당만 해 오다가 결국 부귀영화를 위해 '변절'을 했다는 평가도 귀에 들려왔다. 소선구제가 아닌 중선거구제에서 여당 몫으로 국회의원에 당선된 그는 작년 2월, 영광에 원자력 발전소[6]를 건립하는 데 앞장섰다 하니.

"그곳에서 바닷길로 멀지않은 우리 고향 무라리가 장차 어떻게 되려나, 심히 염려도 되고...."

"나는 첨에 백수라고 하여 백수건달로 생각했어요. 호호.."

"하하... 흔히 그렇게 생각하지. 근데 한자(漢字)가 달라. 일백

---

[6] 영광원자력발전소: 전남 영광군 홍농읍 계마리에 건설된 가압 경수로형 발전소. 1981년 착공하여 1986년 준공된 1호기부터 6호기까지 현재 상업운전에 들어가 있음.

백(百)에서 위의 글자 하나를 떼어 버리면, 흰 백(白)이 되잖아? 백수면 안에 봉우리가 99개 있다는 뜻이래.[7] 나머지 하나는 내가 채워야지. 그래서 내 호를 백산(白山)으로 할까 하는데. 호호... 어떤 사람은 영광(靈光)에 빛 광(光) 자가 있어서 원전이 들어서는 것이 운명이라 하는데, 빛도 빛 나름이지. 빛 앞에 신령 령(靈) 자가 들어있는 것은 정신적인 분야, 문학이나 철학, 종교에 빛나는 인물들이 많다는 뜻 아니겠어?"

이 가운데 유교의 성지 내산서원은 ≪간양록≫을 남긴 수은(睡隱) 강항(姜沆)을 배향하고 있다. 강희맹의 5대손으로서 정유재란 때에 의병을 모집하여 싸우던 강항은 전세가 불리해지자 통제사 이순신 휘하에 들어가고자 남행(南行)하던 도중에 왜적의 포로가 되고 말았다. 일본 오사카로 끌려간 그는 학식 높은 승려들과 교유하며 유학을 가르쳐 줌으로써 많은 명유(名儒)를 배출케 했다. 그 와중에도 강항은 일본의 지리와 군사 시설을 비롯한 적정(敵情)을 적어 조선으로 은밀히 보내기도 했다.

"언제 연속극도 있었잖아요?"

"1980년 MBC에서 선생의 일대기를 극화한 일일연속극 타이틀을 '간양록'이라고 붙였었지. 주제가는 조용필이 불렀고, 그 가사는 선생의 시를 인용하여 신봉승 씨가 만든 거고."

---

7) 본래 백수(白岫)라는 지명은 백(100)에서 일(1)을 떼어 버린 아흔아홉(99)의 묏부리를 뜻한다고 한다. 땅의 이름이 말해 주듯, 백수는 구수산의 많은 산봉우리가 어우러져 이루어진 해안 산간 지역인 것이다.

실존의 아픔

하루는 국민윤리과의 신영진 교수로부터 호출을 받았다. 모교의 초창기 졸업생으로서 이미 사범대학 학장 자리에 올라있었던 그는 학과 내의 선임자로서 강력한 카리스마를 구축하고 있었다. 그러나 태민은 학문보다 오락을 좋아하는 데다 어용 교수 명단에 오르내리는 그에 대해, 별로 좋지 않은 이미지를 갖고 있었다. 뚱뚱한 몸집의 그는 마침 바둑책을 들여다보고 있었다.

"응. 다름 아니라 우리 과에 TA 자리가 하나 비어서 그런다마는, 너는 군대도 댕개 왔고, 또 이번 철학과 대학원생 중에서는 나이도 젤 많은 것 같아서... 어째 한 번 해 볼래?"

"TA요? 그게 뭔데요?"

"밸라 허는 일은 읎고, 교수들 심부름 조까 해 줌시로, 그냥 니 공부허먼 되야. 월급이랄 것은 읎고, 한 달에 7만 원인가 을만가 나오는 갑이드라. 장학금 쪼까 받고...."

많건 적건 수당이 나온다는 것이야 반길 일이 아닐 수 없었다. 하지만 맘 잡고 공부를 시작하려는 이때, 왜 이런 제안이 들어오는 걸까? 잠깐 멀미를 하는 중에 명 교수의 말이 떠올랐다.

'머리를 깎는 심정으로 학문에 전념해야 한다!'

상대방의 기분이 상하지 않도록 정중히 사양을 했다. 정히 그러면 다른 사람이라도 하나 천거해 달라는 그의 청에 따라, 후배를 추천했다. 전화를 받은 승조는 깜짝 반가워했다. 그렇지 않아도 그런 자리를 알아보고 있었다는 것. 그는 즉시 TA로 채용되었고, 고맙다는 전화를 여러 차례 걸어왔다. 태민은 가슴이 뿌듯했다. 신 학장에게도 덜 미안했거니와, 형편이 어려운 후배에게 인심을 쓴 모양새가 되었으니. 그러나 나중에 들리는 소문으로, 조교로 있던 사람이 머지않아 전임 교수로 채용이 될 것 같고, 그래서 미리 조교 훈련을 시키기 위해 급히 TA를 채용하기로 했다니.

'그렇다면 승조는 곧 조교가 될 것 아닌가? 그리고 잘만 하면, 전임 교수로 승진할 거고. 아! 이럴 수가. 넝쿨째 굴러온 호박을 발로 찬 꼴이 되었으니.'

성인군자나 된 것 마냥 처신했던 교만이 한없이 부끄러웠고, 눈뜬장님 꼴이 되고 만 스스로가 무척이나 한심스러웠다. 하지만 이미 엎질러진 물이요, 쏘아진 화살이었다. 천운(天運)을 타고

난 그 후배의 '무용담'이 생각났다.

"형님, 군대에서 고생 많이 했지라우? 나는 운이 좋게 면제 당했어라우."

"면제? 방위도 아니고, 아예 군대를 면제 당했다고? 대학생이 그러기가 쉽지 않을 텐데?"

"그런게 내 말 조까 들어 보씨요 이. 내가 평소 체중이 50키로 이짝 저짝에서 놀았거든요. 근데 카마이 들어본 게, 40키로만 되면 빠지겠습디다."

"그런 규정도 있나? 한계 체중인가 보지?"

"아따! 형님은 장교 출신임시로 그것도 아직 몰랐소? 군대는 키가 너무 커도 안 되고 너무 작아도 안 되고, 체중이 너무 나가도 안 되고 너무 적게 나가도 안 되지 않아요?"

"그래서 체중을 줄였단 말이야?"

"아이고, 말도 마씨요. 그 나머지를 빼니라고, 나, 깐딱했으면 죽을 빤 봤소. 이틀을 굶었데이 한 2, 3키로 빠지는 것 같습디다. 그래서 신검(身檢)을 앞두고는, 아조 독심을 먹고 일주일을 버티지 않았소?"

"일주일씩이나?"

"그러지라우. 군대를 빠진다는 디, 시방 일주일이 문제겠소? 물을 한 모금도 안 먹고 버티었제라우. 나중에는 먹을 것만 눈에 왔다 갔다 허고, 정신이 해까닥 허는 것 같습디다. 그래도 어쩔 것이요? 일주일만 버티면 3년을 버는 디, 이를 깍 물고 참았지라우."

"야, 이사람. 나 같으면 그 정신 갖고, 차라리 군대 가고 말겠네."

"그것이사 형님 생각이고, 요새 대학생들 열 명한테 물어 보씨요. 나 보고 잘했닥 허는가 못했닥 허는가."

"....그래서 무사통과 되었단 말이야?"

"하이고, 인자 신체검사실에서 미리 저울에 딱 올라가 봤데이, 한계 체중에서 간달간달허드라고요. 그래서 얼릉 내래와 밴소에 가서, 오짐을 안 누었소? 그러고 계속 침을 뱉었지라우."

"왜?"

"왜는 왜라우? 좌우간 몸에 붙어있는 것은 하나라도 더 **빼야** 헌 게. 그러고 나서 힘을 쑥 **뺀** 다음, 카마이 올라섰데이 눈금에서 왔다갔다 헙디다. 숨도 크게 안 쉬고, 죽은 송장같이 카마이서 있었제라우."

"......?"

"몸을 쪼끔만 움직이면, 저울눈이 넘어가 버린 디 어쩔 것이요? 그랬데이 그 측정관인가 그 사람이 내래와 보라고 헙디다. 그러데이 너 좋게 말해라 이. 매칠이나 굶었냐 그래서, 내가 문 굶기는 굶어라우? 세 끼 밥 다 먹고 왔넌 디라고 그랬데이, 허허 웃어 버립디다."

"하하하... 이건 완전히 코미디로구만."

"아따, 형님도. 이것이 시방 웃을 일이요? 사람 죽을 **빤** 봤단 게라우."

눈을 부라리는 녀석의 '엄살' 앞에서 씁쓸해지고 말았었다.

'신성한 국방의 의무를 온갖 편법으로 우롱하는 작금의 행태라니. 진리와 정의를 위해 목숨까지 바칠 줄 알아야 하는 대학생들이 거리낌 없이 불법에 가담하고, 부당한 방법으로 징집을 면해 보자고 발버둥을 치다니... '

지금 이 시간에도 힘든 시간을 보내고 있을 전방의 병사들을 생각하니, 울화통이 터졌다.

'오직 애국심 하나로 지뢰밭에 들어갔다가 공중에서 산화(散華)되어 버린 박 상병, 철야 경계 근무 때문에 밤낮이 뒤바뀐 수많은 병사들....'

우울한 기분으로 귀가하는데, 오늘따라 진선의 얼굴마저 일그러져 있었다. 여동생 말로는, 오늘 큰방 아주머니와 대판 싸웠단다. 제한 급수를 하는 바람에 아래층 수돗가로 내려가 빨래를 하는데, 아기 기저귀에다 식구들이 벗어놓은 빨랫감이 만만치 않았단다. 평소에도 늘 조심하던 중인데, 아니나 다를까. 드디어 '암캐'가 짖어대기 시작한 것.

"홍은이 엄마. 웬만허면 말을 안 헐락 했소마는, 집네 식구들 땜에 수도세, 오물세가 허천나게 나오는 디, 그그다가 시끄로와서 우리 양반이 성가셔 죽을락 헙디다."

"....죄송해요."

"아니, 죄송허닥 허면 시방 다요? 엔간해야 말을 않제 걍."

"이건 싸운 게 아니라, 야단맞은 거구만. 아니, 지들이 집주인이면 집주인이지, 우리가 지들 종이야? 공짜로 사는 것도 아니고 줄 것 다 주는데, 셋방살이한다고 사람을 괄시해? 지들은 아이들 안 키워 봤나? 철없는 아이들 떠드는 걸 갖고 뭘 어쩌란 말이야? 지들은 셋방살이 안 해 봤냐고?"

말리는 진선의 손을 뿌리치고 단숨에 뛰어 내려갔다. 이런저런 일로 받은 스트레스를 한 방에 날려 보내듯 소리를 지르고 올라오는데, 진선은 칭찬은커녕 또 엉뚱한 소리를 해 댄다.

"그보다 문제는 생활비여요. 그 많은 식구들 반찬값도 문제고요. 또 요즘 웬만한 사람들 같으면 가스렌지도 있을 것이지만, 우리야 곤로하고 연탄불에 밥을 해야 허잖아요?"

"그게 어때서?"

"식구들은 많은데, 시간이 많이 걸리니까 하는 소리지요. 애기 기저귀 한 번 삶으려고 해도 한참이나 걸리고, 더구나 냉장고도 없으니까, 날씨가 더울 때는 반찬까지 금방 쉬어 버리고요."

"냉장고? 자취집에 냉장고는 무슨...."

"우리가 지금 자취집이어요? 식구가 몇인데. 그리고 요즘 웬만한 집에는 다 있어요."

"그래서 시방 뭐가 불만이야? 나도 요즘 기분이 별로야. 어떤 놈들은 운 좋게 군대도 빠지고, 그래서 곧 조교도 될 것 같고. 에이 씨팔!"

이듬해 봄, 박승조가 조교로 채용되었다는 소문이 들려왔다. 정말 기분 나쁜 뉴스, 재수 없는 소식이었다.

"박 선생, 축하해."

"아이고, 뭇을요. 형님이 좋은 자리 소개해 주셔서. 아무튼 감사합니다."

"아니야. 자네가 열심히 하고, 또 운이 있으니까 그런 거지."

"마침 전임 강사로 승진헌 신영호 교수님 덕분에 조교 자리가 비게 되었거든이라우. 요즘 서류 준비하느라 눈코 뜰 새 읎네요."

전화를 끊고 생각하니 또 속이 상했다. 이제 스물다섯 나이에 대단한 행운을 거머쥔 사나이. 며칠 후, 도서관에서 그와 마주쳤다. 또 재수 없는 만남. 이번에도 마음에 없는 소리를 씨부렁거려야 하나? 인생살이라는 게 참.

"어이, 이 사람. 축하하네."

"아, 형님. 그런 소리 마씨요. 나, 이번에 탈락해 버렸어라우. 다른 사항은 전혀 이상이 읎넌 디, 신체검사에서 떨어져 버렸어라우. 결핵을 앓고 있다고 판정이 나왔그든이라우. 다른 병은 어느 정도 융통성을 발휘허는 디, 요건 해필 법정 전염병이라 방법이 읎닥 허드라고요."

"아니, 어쩌다가 그랬어?"

"내 복이 아닌 게 그러제 어째라우. 차라리 형님이 그 자리에 있었드라면 좋을 빤 봤넌 디..."

"자네도 무슨 그런 말을. 아무나 먼저 자리를 잡으면 되는 거지."

"어쭈코 보면 앨라 더 잘 되았제 어째라우? 나중에 큰 병으로 번졌으면, 손도 못 쓸 빤 봤구만이라우."

"그럼. 천만다행이지. 뭐니 뭐니 해도 건강이 최고니까. 아무튼 몸조리 잘하라고."

날아갈 듯 가벼워진 몸으로 귀가하는 즉시 진선을 불렀다.

"나 오늘, 확실히 천도(天道)가 있다는 걸 배웠어. 그 후배 말이야. 승조라고. 이번에 조교로 채용될 뻔했는데, 신체검사에서 떨어져 버렸대."

"그래요? 어쩌까?"

"여편네가. 어쩌긴 뭐가 어째? 억지로 몸 빼갖고 군대 면제당하는, 그런 놈들이 잘되어야 직성이 풀리겠어?"

"왜 성질을 부리고 그래요?"

"내가 언제 성질을 부려? 당신은 말이야. 사람이 너무 착한 게 흠이야."

고3 시절, 진선의 그 순수함에 맘을 빼앗겼던 자신이 아니었던가? 하늘의 별과 달을 바라보며, 바람의 소리를 들으며 문학과 철학을 논하고 싶다 했었다. 세상 부귀와 영화 대신, 진실함과 선함, 아름다움을 노래하고 싶다 했었다. 그랬던 자신이 이제 영악하지 못하다고, 너무 순진하다고 아내를 타박하고 있다니.

'세상의 모든 사람을 사랑하며 살고 싶었다. 그런데 이 순간, 나는 후배의 불행에 대해 환호하고 있다. 동정하기에 앞서 나의 득실(得失)만 분주히 계산하고 있다. 만약 내가 그 자리에 있었더라면? 신체건강하다는 것은 군대에서 수차례 증명된 사실이고, 장교 출신인지라 신원 또한 확실할 것이고. 일단 조교 자리에 오르면 교수가 되는 것은 따 놓은 당상이라는데. 그렇다면 이 사태로부터 배워야 할 교훈은 무엇인가? 한 번 주어진 기회는 절대로 놓치지 말아야 한다는 것이다. 이 세상은 정글 법칙이 지배한다. 호랑이는 토끼 한 마리를 잡는 데도 전심전력을 다한다. 치열하지 못한 기질, 모든 일에 움츠러드는 약점이 다시금 드러나게 해서는 안 된다. 실패하고 난 다음 땅을 치고 통곡하는 일이 내 인생에 있어서 다시 일어나서는 안 된다. 절대로!'

우여곡절 끝에 석사과정의 마지막 학기에 TA 자리를 얻었다. 박승조가 통한의 눈물을 흘렸던 조교 자리는 철학과 1년 선배란 자가 꿰차고 들어앉았다. 매일 아침 일찍 출근하여 하루 종일 자리를 지키는 일, 성격이 제각각인 아홉 명의 교수들 잔심부름 하는 일 또한 용이하지 않았다. 그나마 TA가 여럿이다 보니, 함께 근무하는 후배들 에게도 여간 신경이 쓰이지 않았다.

"당신에게 장교 생활하던 습관이 붙어서 그래요. 부하들이 차려 준 밥상만 받아먹다가, 높은 사람들 모시려고 하니 체질이 안 맞는 거지요. 또 어려서부터 대우만 받은 편이었잖아요?"

"그런가? 하지만 뭔가 가치 있고 의미 있는 일이면 또 좋은데, 내가 무슨 공장의 소모품도 아니고. 이런 짓이나 하려고 대학원 진학한 것도 아니잖아? 전역할 때, 삼성이니 대우니 현대니 하는 데서 얼마나 원서가 많이 날아들었어? ROTC 장교들 우대한다며, 그 난리를 쳐도 꿈쩍 안 했는데. 그렇다고 그만 둘 수도 없는 노릇이고, 더욱이 신 학장은 전두환 같은 인간을 따르고 있으니..."

"운은 좋은가 봐요. 이번에도 버마에서 살아온 것을 보면…"

이른바 아웅 산 묘역 테러 사건. 1983년 10월 8일 대통령 전두환은 동남아 및 오세아니아 5개국의 공식 순방길에 나섰다. 버마(오늘날의 미얀마)는 첫 방문지였으며, 이 날은 미얀마의 독립운동가 아웅산의 묘소에서 참배 행사가 예정되어 있었다. 10월 9일, 부총리 서석준을 비롯한 수행 공무원들과 경호원들은 행사 준비 및 예행연습을 하고 있었고, 같은 시각인 오전 10시, 전두환은 행사에 참가하기 위해 출발한다.

예행연습을 끝내고 대통령을 맞이할 준비를 하고 있던 수행원들은 오전 10시 26분, "차량 정제로 인해 대통령이 야 30여 분 뒤에 지연 도착한다"는 연락을 받고, 한 번 더 애국가의 예행연습을 한다. 이때 미리 대기해 있던 신기철은 전두환 대통령이 오전 10시30분에 도착한다는 소식을 첩보를 통해 알고 있는 상태였다. 그는 예행연습 중에 흘러나온 음악을 듣고 전두환이 도착했다고 잘못 판단하여 오전 10시 28분, 설치해 두었던 폭탄을 터트린다. 이 폭발로 경제 부총리 서석준을 포함하여 이범석 외무부 장관, 김동휘 상공부 장관 등 각료와 수행원 17명, 미얀마인 4명 등 21명이 현장에서 사망하고, 수십 명이 부상을 당한다.[1] 전두환은 30분 뒤인 11시에 도착했다. 따라서 정상적으로 도착

---

[1] 사망자로는 본문에서 언급한 세 명의 각료 외에 서상철 동력자원부 장관, 함병춘 대통령 비서실장, 이계철 주 미얀마대사, 김재익 대통령 비서실 경제수석비서관, 심상우 국회의원(개그맨 심현섭의 아버지) 등이 있다.

을 했다면 목숨이 위험했을 상황. 이후 전두환은 모든 일정을 취소하고 특별기 편으로 급히 귀국한다. 파편화된 시신들은 수습되었으며, 현장에서 희생된 17명에 대해서는 합동 국민장이 거행되었다.

이 사건으로 미얀마를 포함한 서사모아 등의 국가들은 북한과의 수교를 단절했고, 비동맹국 회의에서 북한의 발언권이 약화되었다. 한편 한국의 대학들은 가을 축제를 모두 취소하거나 연기했고, KBS, MBC 등의 방송국은 쇼 및 오락 프로그램을 전격 중단하였다.

"그래도 당신 이미지가 중요하니까, 어디 가서든 말조심하고 열심히 하세요. 대학은 다 소문이 난다면서요?"

"남자들이 많은 대학 사회에서 무슨 말이 그렇게 많은지 원. 어떻든 한 학기는 버텨야 해. 굳이 교수들에게 잘 보이려 애쓸 필요는 없고, 내 석사 학위 논문 쓰는 데 집중해야지."

첫아이 홍은을 낳고 2년이 다 지나가는데, 아내로부터는 소식이 없었다. 병원에 가 봐야 하나 초조해하던 중에 증세가 나타났다. 진찰 결과는 임신. 그날부터 무거운 짐은 서둘러 대신했고, 아내가 잠이 들었을 때에는 숨소리도 죽였으며, 먹고 싶다는 음식은 말 떨어지기 무섭게 턱 앞에 대령하였다. 다만 너무 낡은 집에 대해서는 어찌해 볼 도리가 없었으니.

2층 독채의 거의 모든 문과 창들이 바람 불 때마다 덜렁거리고, 비가 오면 빗물이 새기 일쑤였다. 쥐들에게는 지상 천국이 따로 없었으니, 밤이면 밤마다 천장에서 그들만의 리그, 운동회가 열렸다. 스스로 '동고동락'한다고 자부하는지, 도통 사람 무서워할 줄을 몰랐다. 식사시간에 밥상 근처로 달려가는 녀석, 잠자리에 누웠을 때 콧잔등 위로 휙 날아가는 녀석 등 이건 숫제 한 식구나 매한가지였다. 하루는 부엌 옆 골방, 여동생들이 쓰는 방에서 코를 두를 수 없을 만큼 악취가 나기 시작했다. 도저히 참을 수 없어 방안을 샅샅이 뒤져나갔다. 마지막 수색지로 오랫동안 닫아두었던 책상 서랍을 열어젖히는 순간, 기절초풍을 하고 말았으니. 썩을 대로 썩어 버린 어미 쥐 한 마리가 그 속에 누워 있었던 것이다! 열어둔 서랍에 잘못 들어갔다가 엉겁결에 갇혀 버렸고, 그 안에서 탈출하지 못한 채 숨을 거둔 것이리라.

예정일을 2주일이나 넘긴 어느 날, 태민은 아내와 함께 도청 앞 전일 빌딩 근처의 산부인과로 향했다. 집맥을 마친 의사는 '내일 유도분만을 하자' 했다. 그런데 바로 그날 밤 자정이 조금 지난 시각에 진선은 몸을 뒤틀기 시작했다. 또 이러다 말겠거니 했는데, 시간이 지날수록 통증은 더 심해지는 듯 했다. 새벽 4시. 의사는 간호사더러 '산모를 잘 돌보라'고 지시한 다음, 제 방으로 쏙 들어가 버렸다. 기도하는 심정으로, 아내의 두 손을 꼭 잡았다.

"우리 홍은이 낳을 때, 당신 생각 많이 났었어요."

"....미안해."

"할 수 없었잖아요? 군대에 있는데. 그런 줄 알면서도, 괜히 눈물이 나더라고요. 당신이 곁에 있어만 주면, 참 좋겠다고 생각했었는데... 오늘은 행복해요."

아내의 손과 팔을 가볍게 주무르기 시작했다. 그러고 보니 진선에게 이처럼 살갑게 대해 본 적도 없었던 것 같다. 열아홉 살에 만나 스물다섯에 웨딩마치를 울렸지만, 제대로 된 여행이나 그럴 듯한 외식 한 번 해 본 적 없었다. 진통이 밀려오는 듯, 진선은 태민의 손을 으스러져라 꽉 쥐었다. 이러다가 손마디가 부러지는 것은 아닐까 두려울 만큼 강렬했다. 세상의 모든 어머니들에 대한 외경심, 아내의 고통에 동참할 수 없는 데 대한 안타까움으로 눈물이 나오려 했다. 소식을 들은 간호사가 달려와 치마를 쳐들었다. 순간 '픽' 하는 소리와 함께 물이 와르르 쏟아졌고, 들여다보고 있던 간호사는 비명을 질렀다. 양수(羊水)가 터졌다는 것. 의사는 집게 같은 것을 가져오라 했다.

'하나님, 지난날 저의 잘못이나 실수, 죄가 있다면 용서해 주십시오. 욕심일 것 같아, 아들까지는 바라지 않겠습니다. 건강하게만, 둘 모두 건강하게만 해 주세요.'

초조한 시간이 흘렀고, 한참 후 수술실을 나선 의사가 마스크를 벗어 제치며 활짝 웃었다.

"축하합니다. 고추예요!"

순간 몽롱한 상태로 그를 향해 고개를 조아렸다. 살을 꼬집어 보았다. 대학 합격 소식을 들었을 때처럼, 구름 위를 둥둥 떠다니는 느낌. 그 기분으로 진선에게 달려갔다. 헝클어진 머리칼과 이

마에 흘린 땀방울은 숭고함, 그 자체였다.

"오메이, 이것이 문 일이단가? 잘했다 잘했어. 시상에나, 산모가 을마나 고상 했으끄나이. 잘했다. 참말로 잘했다. 내 새끼들아."

1층 복도에 설치된 공중전화기 저편으로부터 김씨의 눈물어린 음성을 듣고 나니, 태민의 눈가에도 이슬이 맺혔다. 수화기를 내려놓는 즉시, 팔짝 뛰어보았다. 성취감이랄까, 어떤 승리감이 물밀 듯 밀려왔다. 해쓱해진 아내의 얼굴이 그렇게 아름다워 보일 수 없었다. 수술비는 12만원. 딸에 비해 아들은 2만원을 더 받는단다. 군말 없이 계산을 마쳤다. 160리 길을 한걸음에 달려온 김씨는 택시 안에서도 아기를 어르느라 정신이 없었다. 이층 계단을 올라가는데, 난간을 붙잡고 내려오던 홍은이가 물끄러미 쳐다본다.

"옜다! 네 동생이다."

아기를 불쑥 내밀자 흠칫 놀라 뒤로 물러선다.

"아빠, 이게 뭐야?"

"네 동생이라니까. 동생 몰라?"

"나 줄라고 사 왔어?"

"뭐? 하이고, 그래. 너 줄라고 사 왔다. 좋으냐?"

"아이, 좋아라. 어디서 샀어?"

"응? 아빠랑 엄마랑 시내에 나갔다가 백화점에서 사 왔다."

기어이 달라고 떼를 쓰는 바람에 하는 수 없이 건네 주었고, 낑낑대는 딸의 뒤를 조심조심 밟아 갔다.

"마침 어제 저녁이 느그 사채 당숙, 지사 아니었냐? 너, 이참에 도 깜박해 버렸지야?"

"어머니도. 왜 내가 그 양반 제사를 지내야 하는데요?"

"오메이! 야그 말허는 것 조까 봐라 이. 시상에서 젤 불쌍헌 양반 아니냐? 6·25 때 몸이 다쳐 갖고, 평생을 고상고상허다가 돌아가겠넌 디, 그 양반한테 아들이 있냐 뭇이 있냐? 살아생전에 는 그랬닥 해도, 죽어서라도 지사 지내 주는 사람이 있어야 헐 것 아니냐? 그래서 내가 은제 니 사주를 본 게, 그 양반 말이 나오드란 게는."

촌수로 따지자면 오촌당숙이니, 그리 멀지는 않았다. 그렇다 고 하여 가깝게 느껴본 적도 없었다. 봄볕을 쬐며 마당에 우두커 니 앉아있는 그는 보통 사람과 어딘지 달라 보였다. 얼굴은 백짓 장처럼 하얬고, 몸은 삐삐 말라 있었다. 사람 좋은 웃음기를 항상 머금고 있었음에도, 가까이 하기에는 어딘지 섬뜩한 구석이 있 었다. 상이용사로 제대한 그의 방에 몰래 들어가 원기소를 훔쳐 먹기도 했었다. 사방이 고요한 대낮, 사촌형 태준의 뒤를 따라 부엌문을 통해서.

"저도 듣긴 했는데요. 그때 당골래가 뭐라 했다면서요?"

"진작에 몇 번 말헌 게는, 폴세 다 따까마시해 버렸냐?(벌써 모두 잊어버렸냐?) 집안에 아조 불쌍한 사람이 있을 턴 디, 니 이 름으로 지사 지내 주면, 너한테 아조 좋다는 것이여. 그래서 오늘 아침밥을 나눠먹고, 느그 아부지가 점빵 앞에 동네분들허고 있다가 손지 얻었다는 말을 들으신 거여. 그 말 듣고 그러시드라. 엊저녁 사채 지사였넌 디, 그 동상이 굽어 살폈는 갑이라고…"

'딸 둘을 남겨둔 채, 마흔 초반에 세상을 떠난 사람에게 무슨 힘이 있다고…'

어떻든 6·25전쟁이 남긴 생채기는 태민네 집안도 비켜가지 않았다. KBS가 생방송으로 이산가족 찾기운동을 전개하자, 이씨는 "느그 시째 큰아부지를 찾어야 허는 디.."를 연발했다. 전쟁이 터지기 이전까지 만주땅을 오가며 옷 장사를 했던 그는 사변 통에 행방불명이 되었는데, 형제 가운데 가장 영리하고 날쌨다고 한다.

1983년 6월 30일부터 KBS 텔레비전에서 '누가 이 사람을 아시나요?'를 프로그램 타이틀로 잡아 시작한 생방송. 애초에는 3시간 정도만 방영할 예정이었는데, 예상을 뛰어넘는 성황을 이루자 모든 정규 방송을 취소한 채, 5일 동안 릴레이 생방송을 진행하였다. 이 기간 동안 여의도를 찾은 이산가족만 5만여 명에 달했고, 총 500여 명의 이산가족이 상봉하였다. 또 78%라는 최고의 시청률을 기록하는 한편, 전파를 타고 전 세계에 알려지기도 하였다. 이후 이산가족 찾기 방송은 단일 주제 최장 기간 생방송 기록을 남겼고, 총 10만 952건의 신청 건수가 접수되어 1만여 이산가족이 상봉하였다.

장손을 얻은 사실이 믿어지지 않는 듯, 김씨는 몇 번이나 아기의 얼굴을 들여다보곤 했다. 며칠 후 올라온 노순이는 당시의 상황을 이렇게 전했다.

"엄니가 큰오빠 전화 받고 식칼을 들고 정지로, 방으로, 마당으로 왔다갔다 험시로 아무 정신이 읎넌 디, 꼭 미친 여자 같드란 게는. 그러고 아무 옷도 안 갈아입고, 뼈쓰가 온 게 그대로 올라타 버렀어."

6남매 가운데 장남이자 1남 1녀를 거느린 가장. 석사 학위는 2년 만에 받을 것 같은데, 막상 졸업하고 갈 데가 없었다. 시간 강사라도 뛸 수 있으면 좋은데, 그러려면 최소한 박사 과정에 들어가야 한단다. 하지만 모교에서는 박사 과정 진학을 엄격히 제한하고 있었던 바, 여기에는 저간의 사정이 있었다. 서울의 Y대학에서 석사 과정을 마친 학부 1년 선배가 박사 과정 들어가게 해 달라고, 학과 교수들에게 와 통사정을 했단다. 그래서 '현직 대학 교수가 아니면 받지 않기로 한' 결의 사항을 어기고 받아 주었는데, 합격하자마자 등록도 하지 않은 채 독일 유학을 떠나고 만 것. 그것도 전화 한 통 없이. 노발대발한 교수들은 '마흔 살 이하는 절대로 받지 말자'는, 그야말로 불합리하고 비논리적인 결의를 해놓고 있었다.
"마흔 살이라면, 당신......"
"내년이라 해봐야 스물아홉인데, 십 년을 어떻게 기다려? 개처럼 충성을 다했던 민병채도 슬쩍 의향을 물어봤다가, 일언지하에 거절당했다는데...."
학부 및 석사 과정 1년 선배로서 학과 조교를 겸하고 있는 민병채, 터줏대감처럼 버티고 앉아있는 그가 박사 과정에 진학하지 못한 것이야 상관없지만, 분통 터지게 하는 것은 교수들의 속 좁은 처사.

"박사 학위를 갖지 못한 교수들이 수두룩하거든. 심지어 학사 학위 하나 달랑 갖고, 수십 년 동안 교수직에 있는 경우도 있고. 이번에 무슨 구제 박산가 뭔가 해 갖고, 정년이 다 되도록 가능성조차 없는 교수들을 상대로 간단한 논문 하나만 받고 학위를 준다는 말이 있더라고. 대학 교수가 빈민층도 아닌데, 어떻게 해서 '구제'라는 말이 나오는지. 명 교수님 한 분만 학위가 있다 보니, 모두 그분을 미워하잖아? 덩달아 나까지 왕따 당하는 기분이고."

"교수들이 그렇게 마음이 좁아서 될까요?"

"그래서 대학이 문제투성이라고 하는 거야. 진리 탐구나 후학 양성, 대학 발전보다는 기득권 지키기에만 급급하니."

"혹시 당신은 그러지 마세요."

"그거야 교수가 된 다음 일이고. 사실 홍은이 하고 홍인이가 무럭무럭 커가는 모습을 보면 한없이 기쁘다가도, 내 진로를 생각하면...."

아비 가슴을 졸이게 한 끝에 세상 속으로 고개를 내민 아들, 한평생 살아가는 동안 득남(得男) 소식을 들은 때처럼 좋은 날이 과연 몇이나 될까. 하지만 지금은 두 아이에 대한 책임감으로 마음이 짓눌러진 상태. 명재남 교수를 찾아 진로를 상의하는 중에 독일 유학 말이 나왔다. 그러나 딸린 식구가 있다 보니, 그

일 또한 여의치 않았다. 최종적으로 다른 대학, 대전의 충성대 박사 과정에 진학하는 것으로 결론이 났다. 학문에서의 '동종교배2)'를 피하기 위해 '학부와 석사, 박사 과정 중 적어도 하나는 달라야 한다'는 명 교수의 지론에 따른 것이긴 하나, 앞에서 말한 여러 요인들이 함께 작용했음은 말할 것도 없다.

"거기 가면 박주동 교수님이라고 계시는데, 독일 철학으로서는 한국에서 제1인자라고 할 수 있지."

"선생님께서 잘 아세요?"

"잘 알다마다. 나하고 그분하고 명호대학 조석중 교수하고... 이 세 명이서 아조 단짝이그든."

학과의 원로이자 인문대학 학장직을 맡고 있는 그는 명 교수를 알아보고 반색을 했다. 그리 크지 않은 키에 백발이 성성했으나 체격만큼은 다부져 보였다. 또한 안경 너머로 날카롭게 쏘아보는 눈빛이 동경대학에서 박사 학위를 받은 노 철학자다운 면모를 과시하고 있었다.

"대학원 특히 박사 과정은 본인이 알아서 공부허는 것이제, 을 마나 교수가 갈차주간 디? 에... 그리고 우리 명 박사께서 요로코 먼 길까장 직접 데꼬 온 제자라는데, 더 이상 뭘 보겠어? 허허허.."

석사 학위 논문도 통과되고 박사 과정에도 진학하게 되었으

---

2) 동종교배(同種交配): 비슷한 형질 또는 같은 종끼리의 수정 또는 수분을 한다는 유적학적 용어. 이것이 반복되면 유전자에 결함이 생겨, 결국에는 종이 죽거나 없어지는 등의 결과가 초래된다.

니, 시내의 전문대학이나 지방의 대학에서 시간 강사 자리라도 하나 얻어 볼까 부지런히 돌아다녔다. 하지만 학장들의 입에서는 고장 난 레코드판에서처럼, 판박이 말이 흘러 나왔다.

"강의 경력이 있어야 헌단 게요."

참으로 비논리적인 언사.

'이제 대학원을 갓 졸업한 사람에게 무슨 경력이 있을 것이며, 유 경력자만 써 주기로 한다면 신출내기들은 언제 경력을 쌓는단 말인가? 자기들은 처음부터 유경력자였단 말인가? 개구리 올챙이 적 생각 못한다더니, 회전의자에 앉아 헛소리만 지껄이고 있네. 씨벌넘들.'

이 와중에 속절없이 시간은 흘러 졸업식이 다가오고 말았다. 더욱이 학부를 졸업하는 즉시 직장으로 출근하게 된 사촌 동생과 나란히 참석하게 되었으니, 이런 변이 있나.

'누가 봐도 그는 승자요, 나는 패자다. 미혼인 그가 직장을 잡은 반면, 이미 식솔까지 거느린 나는 실업자 신세이거늘. 더구나 대학원까지 졸업하면서.'

친지들의 박수 속에 당당히 학사모를 쓴 그와 침통한 심정으로 석사모를 눌러쓴 태민은 결국 같은 식당에서 점심을 먹게 되었다. 그날 밤 태민은 취하도록 술을 마셨고, 한쪽 구석에 박혀 한없이 울었다.

'에이! 빌어먹을 인생, 좆 같은 세상........'

한식 기와집과 패배의 보고서

개학을 당하여 수업을 받는데, 대전까지의 차비 또한 만만치 않았다. 새 책도 사야 하고, 때때로 교수들 밥도 사야 했다. 그보다 더 힘든 것은 장남으로서, 가장으로서의 역할을 다하지 못하고 있다는 데 대한 자책감.

'아! 꿈 많던 내가, 돈에 구애받으리라 상상조차 해 본 적 없던 내가 생활비를 걱정해야 하다니...'

물어보나마나 가계는 만성적자일 터, 이제 와서 어디 취직할 수도 없는 노릇이고, 몸과 마음이 잔뜩 움츠러들었을 때, 명 교수로부터 연락이 왔다.

"아부지가 해년마닥 보내 주시는 쌀은 너머나 고맙다고 전해 주그라 이. 일 년 내내 땀 흘려 농사지은 쌀을 카마이 안거서 받어먹다 본 게, 어째 염치도 읎는 것 같고 그러드라."

"무슨 말씀을요. 오히려 너무 약소해서 저희가 죄송하지요."

"아니다. 을마나 질이 좋든지, 반찬이 읎어도 술술 잘 넘어 가드라.... 난 너를 항상 아들로 생각해 왔었다."

"저도 선생님을 아버님처럼 생각하고 있습니다."

"그것은 그렇고. 이참에 목양대학의 문정민 교수님을 한 번 찾어가 볼래? 시방은 내 밑에서 박사 과정을 밟고 계신다마는, 원래 그분이 내 은사님이셨어야. 나보당 연세가 서너 살 위신 디, 그때에는 선생허고 학생들 사이에 나이 차이가 뻴라 읎었거든. 근디 지금은 주객이 전도되야 갖고, 그 양반이 나한테 박사 과정 배우고 있단 마다. 허허허..."

"....."

"그래서 그분도 내가 너를 보낸 것으로 알면, 알칵 거절은 못 허실 것이다. 그러니 쌀을 한 가마니 보내 디래도 좋고, 글 안허면 과일이라도 사들고 한 번 댁으로 찾아가 봐도 좋고. 이참에 그 대학에서 조교를 뽑는다 어쩐다는 말이 디캐서 그런다."

그라면 태민도 익히 알고 있었다. 올 초였던가. 철학과 사무실에 들렀을 때, 마침 민병채는 후배들과 노닥거리고 있는 중이었다.

"아, 이 선생 왔어? 축하허네. 이 사람. 박사 과정 들어갔다며?"

"그러잖아도 인사차 들렀습니다. 근데 무슨 이야기를 그렇게 재미나게 하고 계셨습니까?"

"문정민 교수님이라고, 그 양반이 어느 날 사무실에 오셨넌디, 내복 우게다가 그냥 넥타이를 매지 않았겄냐고? 그래서 내가 선생님, 지금 와이셔츠를 어디다 벗어두고 오셨습니까 그랬더니, 그때사 깜짝 놀래시면서 오메이, 깜박 잊어 뻔지고 집에서부터 안 입고 온 것 같네 그러시는 거 있지? 하하하...."

"아니, 어떻게 그럴 수가 있어요?"

"기인(奇人)으로 유명허신 분 아닌가? 이 양반이 넥타이를 풀고 매기가 귀찮은 게, 평상시부터 벽에 그대로 벗어두었다가 아침에 그냥 목에 끼우고 오셨든 모양이제. 근디 그날은 워낙 급했든지, 와이사쓰 입은 것은 확인도 안 허시고 후딱 넥타이만 목에 걸고 오신 것이제에. 강의시간은 코앞에 닥쳐 있고 집이까장 다녀올 수도 없는 노릇이고, 그래서 급헌 김에 내 와이사쓰를 그냥 벗어디리고 나는 잠바 무릅쓰고 그냥 책상에 엎져 있었제에."

첫눈에도 그는 기인(奇人)으로 보였다. 상견례가 끝나기 바쁘게, 그는 자기 말부터 늘어놓기 시작했다.

"아이 참. 지금 소가 소를 잡어먹는단 게."

"......?"

"내가 무등산에서 한 60마리 정도 키우고 있넌 디, 전두환이가 정치를 잘못헌 게 사료 값은 올라가고 소 값은 똥값이 되야 가니, 소를 팔어서 사료를 살 수 배키 옳고, 그런게 결국 소가 소를 잡어먹는 꼴이 아니냐 이것이여. 시방."

"아, 예. 사실 저희 집도 비육우를 키우다가 손해만 잔뜩 보고 말았습니다.”

“아, 그래? 이 선생이 키왔어? 아니, 부모님이 촌에 계신 갑만?”

“부모님이 계시긴 한데, 동생이 키우다가 그랬습니다. 어떤 해에는 감자 재배 하라 하여, 정부 말 따랐다가 잔뜩 손해만 봤고요.”

“허어. 그래서 정부가 허라는 반대로만 허면, 돈을 번다고 그랬쌌드만. 자, 과일 들어요. 진작 이것이 나왔는가? 나는 몰랐네. 어이, 참 나. 손님 앞에다 두고, 내가 실례가 많네?”

“아니요. 괜찮습니다.”

“근데 무슨 일로 오셨나? 응? 이것이 논문이고, 저것은 또. 아, 이력서구만? 이따가 읽어 보기로 허고. 사람들이 기존 사고의 틀에서 벗어나지를 못해요. 우리나라 배가 중동 지역으로 기름을 실러 가는 디, 갈 때에는 모다 빈 배로 간다 이 말이지. 근데 배가 비어 있으면, 항해허는 데 위험허다고 해서, 물을 깍 채우고 간대요.”

“그런가요? 몰랐습니다.”

“그런 다여. 아무 씨잘 데기 읍는 바닷물을. 그럴 바에야 갈 때 우리나라에서 나는 맑은 물을 실어다가 그 지역에 팔면, 을마나 좋겄냐 이 말이제에. 우리나라 물이 을마나 맑고 시원허냐고? 근디 중동에서는 사막이 많기 땜에 먹을 물이 늘 부족허그든. 빈 배로 갈 바에야 물을 채와 갖고 가서 퍼 주고, 돈은 돈대로 받고, 또 기름은 기름대로 싣고 오고 말이여. 을마나 좋아?”

“정말 좋으신 생각이시네요.”

옳고 그르고를 떠나, 무조건 맞장구를 쳤다. 호의적인 반응에 고무된 듯, 그는 자신의 아이디어를 장황하게 늘어놓았다.

"내가 시방 화순에서 소를 키우고 있넌 디, 거그가 무등산 자락이그든. 너무나 물이 좋아요. 그래서 내가 이것을 개발해 갖고, 생수를 만들어 팔아야 쓰겄다 이 말이여. 지금 독일에서는 진작부터 생수를 팔고 있그든. 만약에 시방 광주 시내에서 집집마다 배달해 주는 디가 있닥 허면, 서로 주문허니라고 판날 것이여. 내가 요거 빨리 특허를 내야 헐 턴 디 말이여어. 어째 이 선생도 같이 한 번 해 보까? 부업으로 해도 좋을 턴 디?"

"그렇겠네요. 정말, 교수님 아이디어가 기발하시네요."

"그러제? 또 무등산 공기가 을마나 좋아? 그것을 비니루에 담어갖고, 시내 사람들한테 파는 것이여. 요새 매연이다 뭇이다 해서 숨쉬기가 을마나 심들어? 비니루에다 코 박고 한 모금씩 들이마시면 정신이 맑어질 것 아니여?"

"그렇겠네요."

도대체 이처럼 황당한 대화가 언제쯤 끝이 날까 싶어, 자신도 모르게 벽시계를 올려다보았다.

"응? 바뻐?"

"아니요. 아닙니다. 제 시계하고 맞나 보려고요."

"몰라. 시계나 아니나 고물이라. 아이고, 내 정신 조까 봐라 이. 참, 근디 어째서 왔드라?"

"저 말입니까? 저기....."

"아, 알았어. 명 교수가 보냈지. 이 선생이라고 했든가? 명 교수, 참 좋으신 분이지."

"......."

"이 군. 나보다 신규식 교수를 찾어가라고."

"예?"

처음에는 잘못 들었나 싶었다. 대면 후, 처음으로 진지한 언어가 등장했기 때문이다.

"나허고는 대학 동기 동창생이그든. 깨복쟁이 친구나 마찬가진 디, 대학에 나보다 쪼까 먼저 온 디다가 학장이랑 서로 잘 안다고 그런가 어쩐가, 되게 재고 댕기는 디. 실은 그 사람 밸 것 아니그든. 아니, 그 말이 아니라...어쨌든 그 사람한테 매달리는 것이 좋을 것이여. 나는 아무 심(힘)이 읎그든."

지금까지의 기세등등한 태도와 달리, 그는 갑자기 풀 죽은 얼굴이 되고 말았다.

"그러면 그분을 만나서, 제가 누구 소개를 받아왔다고 말씀 드려야 할까요?"

"응? 내 말을 허면 안 되고. 또 명 선생 제자라는 말도 해서는 안 될 것 같은 디? 명 선생 허고 그 친구가 서로 감정이 안 좋그든. 아따, 과일 먹으란 게는. 명 교수가 광전대학교에 가기 전에 먼저 우리 과에 왔었그든. 서울에서 박사 학위 받어 갖고 모교라고 거기를 먼저 찾아갔제마는, 철학과에서 안 받어주었는 갑이여."

"......?"

218

"왜냐면, 교수들 중에 박사가 암도 읎었그든. 그런게 우리나라 교수들이 다 썩었다는 말이여. 아니, 지들이 학위를 못 받었으면, 학위 있는 사람을 더 받어야 헐 것 아니여? 근디 벤뎅이 속알머리를 갖고, 시기나 허고 질투허니라고 안 받어준 것이여. 그때 내가 신 과장한테 말을 했데이, 혼연스럽게 받어 주드라고."

"그랬어요? 저는 몰랐었습니다."

"근디 우리 대학에 왔다는 소문을 듣고는, 그때사 광전대에서 모셔 갈란다고 소식이 온 거 있제 이. 참나, 요지경 속이여. 아니, 모실라면 첨부터 모시든지, 아니면 그냥 놔두든지 해야제, 그것이 문 놈오 조화냔 말이여? 박사 학위 있는 사람, 우리가 모셔가는 꼴은 못 보겠다 이거 아니여? 못 먹는 감 찔러나 버리자, 그런 심보였겄제에."

"좋지 않은 소문이 난 때문이 아닐까요?"

"그러기도 했겄제에. 모교에서는 안 받어주었넌 디, 목양대에서 모셔갔다는 소문이 난 게, 그 인간들이 그런 짓을 헌 거여. 그런디 명 교수가 모교로 떠난 것까지는 좋은 디, 나한테나 신 과장한테 일언반구 상의 한 마디도 읎이 훌쩍 가 버렸네. 그래 갖고 신 과장이 이런 싸가지 읎는 자식이 어디 있냐고, 노발대발 승질을 내고 난리가 났었제이. 지가 아쉬워서 사정헐 때는 은제고, 인자 와서 인사 한마디 읎이 떠나 버릴 수가 있냐고, 내가 인지깔래 본인한테 말은 안 했제마는, 그때는 명 교수가 실수했어."

"너무 미안해서 그러신 것 아닐까요?"

"그래도 그러제, 사람이 떠날 때는 이러저러해서 가게 되얐다고 말이라도 해야 쓸 것 아니여? 강의허다가 포르르 가 버린 게, 학생들은 뭣이 되고 과 입장은 또 뭣이 되냔 말이여?"

"학기 중에 가셨어요?"

"그랬단 게. 교수가 다른 것은 몰라도, 학생들에 대해서는 겸손해야 허그든. 늘 고마운 마음을 갖고 있어야 헌다 그 말이여. 아니, 즈그덜이 학생들 아니면, 어디 가서 밥벌어먹고 살 것이여? 누가 뭬 말을 해도, 학교에서는 학생들이 주인인 것이여. 그러고 내가... 카마이 있자. 어디까지 이야기했드라?"

"욕을 허셨다고....."

"응. 참. 그래서 명 교수 제자라고 허면, 썩 반갑지는 않을 거란 말이여. 내 말 알아 듣겄어?"

"그러면 교수님 소개로 왔다고 할까요?"

"아니. 내 말도 안 허는 것이 좋아. 그 친구가 나를 싫어허그든. 다른 선생들은 시키는 대로 다 따라 허는 디, 나는 지가 듣기 싫은 소리를 함부로 해싸서 그런가 어쩐가. 좌우간 그래."

"......."

"참. 이 군이 지금 충성대 박사 과정에 댕긴다고 했제이? 그러면 지도 교수가 누구까?"

"박주동 교수님이십니다."

"잘 되얐네. 그 사람이 S대를 나왔넌 디, 아마 신 과장보다 1, 2년 선배나 될 것이여. 그 사람 S대락 허먼 사죽을 못 쓰그든.

시방 우리 과에 조교 자리가 비어 있넌 디, 다른 대학허고는 틀려 갖고 을마 안 가서 전임 강사로 바로 올라가 버려. 전임 강사부터 는 교수 아니라고? 그런디 벌써부텅 누가 부탁허러 댕기는 것 같던 디?"

대문을 두드리자 '누구세요?' 하는 여자의 음성과 함께 슬리퍼 끄는 소리가 들렸다. 정원을 지나 거실에 올라서자 제법 큰 키에 안경을 쓴 중년 신사가 앉아 있었다. 그는 첫눈에 무척 예리하면 서도 냉정하게 보였다. 소파에 앉은 그는 태민을 바라보는 척 하면서, 마루에 놓인 양주와 갈비에 여러 차례 시선을 보냈다.

"약소합니다. 과장님. 말씀 많이 들었습니다. 앞으로 잘 부탁 드립니다. 성심성의껏 모시겠습니다. 젊은 사람 하나 거둔다 여 기시고, 받아 주십시오."

본래 숫기가 없는 성품이었다. 하지만 장교 생활이 보탬이 되 었는지 아니면 실존의 아픔이 몰아온 생존욕구였는지, 생각지 못한 언어들이 청산유수로 흘러나왔다.

"박 교수님은 우리 1년 선배쯤 될 거요. 학계에서도 존경받고 있지만, 나 역시 참 좋아하는 분인데....."

"제가 그분에게서 지도를 받고 있습니다."

"아. 그래....요?"

그리고 그뿐이었다. 다시 문 교수를 찾았다.

"내가 박 교수 말은 미리 해 놨었넌디, 양주허고 갈비를 사갔 다고? 아, 저런. 내가 그 말을 안 했구나. 그 사람은 교회 장로라

술은 안 먹그든. 내 실수야. 내 실수. 근데 뭐라 해?"

"조교 이야기는 못 꺼냈습니다. 아무 말씀도 안하시는데, 제 입으로 말하기가 뭐해서요."

"그래도 갔으면 본론을 말허고 와야제. 좌우간 박 교수를 한 번 내래오게 해도 좋은 디..."

며칠 후. 부푼 가슴을 안고 식당으로 향했다. 신 과장은 미리 와 있었고, 약속 시간이 다 되어서야 박 교수가 식당에 들어섰다.

"아이고, 신 교수. 이렇게 태민이 허고 연결되어 만나게 되니 참으로 반갑고, 또 우리 후배라니까 더욱 반갑구려."

"저도 선배님을 뵙고 보니 참 반갑습니다. 제가 한 번 찾아뵈었어야 하는 건데....."

"하이고, 무슨 말씀을. 서로 바쁘다 본 게 그런 것 아니요? 앞으로는 학회 같은 디도 자주 나오시고 그러시구려. 듣자 허니, 이참에 조교 자리가 비어 있다고....."

"예. 한 사람 뽑긴 뽑아야 헙니다만..."

"그래서 우리 후배고 헌 게, 내가 단도직입적으로 말허리이다. 여그 있는 이 군을 써 주시먼 어쩐가 해서 내가 여그까지 내래왔넌 디."

"........."

"에... 이 군 아버님도 내가 뵀었넌 디, 교육에 대한 열의가 대단허셔서 직접 대전에까지 찾어 오시고. 그러기가 쉽지 않거든요. 또 농사도 많이 짓고, 옛날에 군기관장도 허시고 해 갖고,

집안도 유복해서 공부허는데 지장도 읎을 것 같고 그러길래. 또 내가 몇 달 지켜본 결과로는 심성이 참 착헙디다."

"예. 저도 많이는 안 겪어 보았습니다만, 인상도 좋고 겸손헌 것 같드라고요. 그러나 아직 인사 문제는 결정된 것이 읎습니다."

"그래요? 물론 그러셔야지요."

박 교수는 분위기를 바꾸려는 듯 술잔을 높이 들었다. 건배를 한 다음.

"신 과장. 근데 학위는 어떻게 허셨어?"

"예. 어떻게 허다 본 게, 아직 못 들어가고 있습니다."

"그래요? 지금이라도 늦지 않았어요. 어쩨 내가 도와 드릴 테니 적이라도 두어 보실라요?"

"글쎄요. 말씀은 감사합니다만...."

"아뭇 소리 말고, 그저 적만 올려 노씨요. 여그 이 군한테 심부름 시캐 감시로 한 2, 3년만 지나면, 내가 알아서 다 해 줄 틴게 그렇게 허셔."

"허허허..."

상대는 어색한 듯 웃기만 했다. 어쩌면 그 기발한(?) 제의가 그의 마음을 움직였을지도 모른다는 기대감이 일었다. 부푼 가슴을 안고 신 교수의 집을 다시 찾았다. 그러나 그의 표정은 싸늘하게 식어 있었다.

"그 양반이 이 군 칭찬을 많이 허더구만. 하지만 사람이 좋다는 것 허고, 능력이 있다는 것은 별개의 문제니까."

머리를 한 대 얻어맞은 기분. 그때 또 옆에 있던 부인이 불쑥 한 마디 던진다.

"엊그제 왔든 그 오근식인가 허는 사람, 괜찮던데요. 아마 이 선생허고 비슷헌 나이나 될라나?"

"아마 그럴 걸. 올해 이 선생이 몇 살인고?"

"스물아홉입니다."

몇 년 후에 등장하는 국회청문회[1]가 이런 것일까? 검사 앞에 불려 온 피의자 신세 같다는 생각이 들었다.

"여그 제광고를 졸업허고... 명문 아니라고? 그리고 S대 철학과를 졸업헌 친군데. 생김새도 이 선생허고 비슷허게 이쁘장허게 생개갖고, 몇 번 만났는데. 뭐 내 후배라서가 아니라, 사람이 참 점잖고 능력이 있어요."

말투로 보아 '이미 결정되었다'는 뜻이나 진배없었다. 자리에 앉아있는 것조차 민망하여 조용히 일어섰다. 그러나 여기서 포기할 수는 없다 싶어, 다시 문 교수를 찾았다.

"오 선생 말을 허제? 암만 해도 눈치가 그리 쏠린 것 같드라고. 인자 나한테도 말을 잘 않드란 게. 이 선생허고 통헌 지를 알아 버렸는가 어쨌는가. 하도 백여시 같은 사람이라."

답답한 마음에 무라리로 내려갔다. 서촌과 백수남초등학교 사

---

1) 국회 청문회: 증인이나 참고인, 감정인을 채택하여 필요한 증언을 청취하는 제도. 우리나라 최초의 청문회는 1988년 11월에 개최된 5공 비리 조사 청문회이다.

이의 드넓은 땅콩밭 한 가운데, 만주 사람들이 남기고 간 집터 위에 새 집을 짓느라 분주했다.

"어머니, 고생 많으시죠?"

"하이고, 집짓는 일 밥 짓는 일이라데이, 아무 정신이 읎다. 실은 나보당 느그 제수가 고상허는 갑이다. 점빵 볼라, 밥 해 날릴라..."

"어째 둘이는 잘 살아요?"

"느그 동상네? 그때 니가 서둘러서 포도시 장개는 보내놨넌디, 막상 말로 문 배운 것이 있냐, 기술이 있기를 허냐? 그런게 동네 점빵이나 벌어 먹고 살으라고 주었지야."

어렸을 적 빨래 방망이로 병아리를 때려잡고, 뱀을 목에 칭칭 감고 다니던 두 살 아래의 동생 태국. 그는 대학 예비고사에 낙방함으로써 진학에 실패했고, 방위로 군 복무를 마친 다음 중장비 기술을 배우네, 특수작물을 재배합네, 비육우를 키우네 하다가 모두 실패하고 말았다. 축 늘어져 있는 그를 서둘러 장가라도 보내기 위해 태민 부부가 중매를 섰고, 둘은 결혼하자마자 20년 이상 김씨가 운영해 온 서촌의 가게를 물려받았다.

"동네사람들한테는 잘헌 게, 장사는 갠찮게 되는 디. 느그 아부지허고 뜻이 안 맞어 논 게, 그참 저참 집을 지서 갖고 나올락 허지야. 고것은 너 허고도 틀려서, 아망을 내면 우두룩 시럽그든(화를 내면 매우 거칠거든). 고집할라 영판 시고(고집도 무척 세고). 어쩔 때는 꼭 뿌사리(황소) 같어야."

"그래도 벌써 첫 아들 낳고, 괜찮잖아요?"

"그것은 그러지야. 다른 사람들은 우리 새끼들 보고, 모다 효자라고 그래."

"그래요? 저는 아닌 것 같은데? 하하하. 근데... 여기는 옛날 보미로가 살았던 땅콩집 아니어요?"

"우리가 만주 사람들한테 꾸어준 빚 허고 외상값 대신, 이 집 허고 밭뙈기를 잡어 놨었그든. 그런디 그 빚을 못 갚은 게 어쩔 것이냐? 이것들이라도 잡어야제. 또 우리 땅콩밭이 이 근방에 다 모타 있기도 허고..."

"그 사람들은 이사 가 버렸어요?"

"누가 있기나 허냐? 보미로는 죽어 버렸고, 쇠똥이는 감옥에, 그러고 느그 길선이 아제는 우리집으로 왔고... 나머지 사람들은 폴세 밤 보따리 싸 버렸어. 이 집터만 해서, 600평은 넘을 것이락 허드라. 집 근방에 땅콩밭도 60두락(1만 2천여 평)이 넘고 헌 게, 동네서 왔다갔다 허기도 멀고 그래서, 집을 짓기로 헌 거여."

길선이 아제가 땅콩 캐 먹다 걸린 아이들을 창고에 가두어 밤을 새우게 했던 곳, 보미로가 이웃방 여자와 그 짓을 하다가 우세를 산 곳, 쇠똥이가 보미로를 칼로 찔러 죽게 한 곳, 바로 그곳이 땅콩집이었다.

너무나 영악하고 날랬던 마당쇠 길선은 땅콩 캐 먹은 아이들을 바다까지 쫓아 잡아 왔고, 며칠씩 어두운 창고에 가두어놓았었다. 그런 그가 머슴으로 들어온 이후, 태민은 그를 '아제'라고 불렀다. '아제'는 태민을 살갑게 대했고, 태민 역시 다정다감하고 일 잘하는 아저씨로 둔갑한 그를 무척이나 따랐다. '털보'로 불린 보미로는 이웃방 유부녀(석영 엄마)와 대낮에 그 짓을 하다가 여자의 몸에 '거시기'가 틀어박히는 바람에, 리어카에 함께 실려 읍내 병원까지 행차하는 우세를 샀었다. 그리고 밭 한가운데 모래덩이 미녀와 나란히 누워 있곤 하던 쇠똥이는 '주군' 격인 보미로의 등에 식칼을 꽂은 다음, 지금 교도소에 갇혀 있는 중이었다. 들리는 소문으로는, 석영이 엄마가 젊고 힘이 좋은 쇠똥이를 끌어들이기 시작했고, 그 낌새를 눈치 챈 보미로가 따지고 들자 쇠똥이가 역습을 가했다는 것.

"왜 하필 이곳에 집 지을 생각을 하셨어요? 대낮에도 사람들이 오길 꺼려하는 곳이라면서....."

"그래서 느그 작은 이모는 깜짝이나 놀래셨어. 어째서 동네 놔두고, 해필 난장판에다가 집을 짓냐고. 점빵 허물고 거그다가 2층 올리먼 되지 않냐 그러시기도 허고. 그래도 느그 아부지가 뿌덕뿌덕 고집을 피워싼 디, 어찔 것이냐?"

"서촌 집터만 해도 200평이 넘잖아요? 북쪽 큰길과 접한 가게나 서쪽 사랑채는 그대로 놔두고, 남쪽으로 지어도 될 텐데요. 동쪽의 헛간이나 변소는 허물어 버리든지, 그대로 놔두어도 되고요."

"느그 아부지는 사람들한테 질렸다고, 역불러 동네에서 뚝 떨어진 디다 멋진 한식집을 지어 갖고, 식구들끼리만 살았으면 허는 갑이여. 너도 알다시피, 새복부텅 쫓아와 이런저런 부탁들을 많이 허지 않냐? 모다들 돈 들어갈 일뿐이고."

거리가 멀다는 데 대해서도 이씨의 생각은 달랐다.

"멀기는 뭇이 멀어야? 싸묵싸묵 걸어도 서촌에서 15분이면 당도허는 디. 그러고 여그 땅콩집 앞으로 질(길)도 날 것이고. 사람은 자고로 걸음을 많이 걸어야 허그든."

"아, 예..."

"쩌그 일꾼 중에 느그 친구들도 있는 게, 가서 인사나 해라."

태민이 다가가자 짓이긴 황토를 지붕으로 던져 올리던 홍식이 놀려 댄다.

"아따, 이 집주인 인자사 오는 갑이네. 우리가 태민이 니 집 짓고 있는 것이여. 시방."

"별소릴. 그나저나 고생이 많지?"

"고상허는 지 알면, 소랑 좀 잡고 그래야 헐 것 아니여?"

초등학교 때 담임선생님의 대낮 정사 장면 앞에서 넋을 잃었던 녀석, 스무 살이 채 안 되어 첫딸을 낳았던 친구였다. 600평의 대지에 건평만 40여 평에 달하는 5칸 접집의 한식 기와집. 그 설계도는 멀리 경주에서 가져왔다는데, 아니나 다를까. 이 부분에 대해서도 이씨는 핏대를 올렸다.

"어디 설계도뿐이디야? 지붕에 올라가는 암키와, 수키와도 모다 거그서 직접 구워서 가져온 것이여. 지붕 우게로 올라가는 황토만 해도 수십 트럭이 넘는다. 지등 허고 대들보는 태백산에서 운반해 왔고. 서까래들은 몇 년 전에 우리 솔밭에서 비어다가 쭉 보관해 오든 것들인 디, 보통 집의 지둥만 허지 않냐?"

"비용도 많이 들겠는데요?"

"애당초 계산헌 것보당 두 배는 더 들어가는 갑이다. 밥이니 쌀이니 싹 빼고, 황토나 서까래 같은 것도 싹 제허고, 3천만 원이 넘게 들란 갑이여어."

"그렇게나 많이 들어요? 도시에다가 집 한 채 사고도 남겠는데요?"

"한 채뿐이냐? 도시에 이런 집이 있으면, 노(노다지) 나지야. 땅도 담배락 안쪽만 해서 150평 아니냐? 앞으로 이 둘레에 삥 기와돌담을 치고, 그 안 정원에다가 정원수 심고, 연못 만들어 잉어도 키우고 헐 참인 디... 물론 마당은 금잔디로 깔 것이고."

"아, 예..."

"남쪽으로 솟을대문 크게 만들고, 그 앞쪽 큰 마당은 주차장으로 쓰는 디. 거그만 해도 400평이 넘은 게, 현재 백수면 안에서는 제일로 봐야지야."

"어머니는 차라리 동네에다 짓자고 하셨다면서요?"

"여자들이 다 그러제 어쩐디야? 특히나 느그 어메는 내 일에 반대만 허지 않냐? 느그 이모도 이런저런 소리를 허드라마는, 사람은 장래를 볼 줄 알아야 허그든. 앞으로 두고 봐라마는, 집 북쪽으로 소나무... 바람맥이 해송(海松)을 쭉 심고, 집 껄막 들어오는 디다가 키 큰 무궁화 같은 것들 심어노면 좋아야. 별장이제 별장. 여그다가 큰 식당 같은 것 해도 갠찮을 것이다. 그러고 느그덜이 은젠가 도시에 터를 잡게 되면, 이 집을 그대로 뜯어다가 옮개도 되고.."

"그럴 수 있나요?"

"아먼. 한식집이 좋은 이유가 그것 아니냐? 절대 못을 안 쓰고 구멍을 파서 나무허고 나무끼리 서로 연결허기 땜에, 옮길라고 맘 먹으면 얼마든지 그대로 빼서 옮겨 다시 세우먼 되그든."

가슴이 부풀었다.

'그래. 내가 반드시 성공하여 이 집을 광주의 양지바른 곳으로 옮겨가야지. 안 그러면 동네 한복판으로 옮겨도 좋고. 가능하면 큰집 옆, 마당이 넓은 그 집터로.'

태민은 대학자가 살았다고 하는 큰집 옆의 마당 넓은 집을 늘 동경해 오던 터였다.

"그나저나 니 일은 어찌냐? 그 신 과장이란 사람이 아직도 틀고 있냐?"

"튼다기보다도.. 이렇다 저렇다 말이 없네요."

"말이 읎다는 것은, 너허고 니 경쟁자 둘을 놓고 시방 저울질 허고 있다는 뜻이여. 상대방 말을 빨리 알아 들어야제. 돈을 조까 줄 틴 게, 다른 생각 말고 무조건 갖다 주어라."

"아버님도 참. 어떻게 그럴 수 있어요? 교수님이고 또 교회 장로님이시라는데...."

"이것이 요로코 속아지가 읎어. 아니, 교수는 사람 아니고, 장로는 밥 안 먹고 산 디야? 저도 새끼들이 싯인가, 닛인가 된담시로? 혼자 살라먼 몰라도 새끼덜 가르치고 살림 헐라먼, 돈이 솔찬히 드는 것이여. 누군들 양심 옳고 깨끗이 살고 싶지 안해서 그런 디야? 누구는 첨부터 돈 욕심내고 그랬겄냐고?"

"그래도..."

"그래도가 아니란 게. 나도 군기관장 헐 때에 인사를 많이 해 봤다마는, 맨입으로는 되는 일이 옳는 것이여. 나는 받어 먹은 일도 옳제마는, 세상 사람들은 그것이 아니란 게. 그러고 사람이 돈을 떠나서 아무 인사도 옳이 와서 무조건 해 주라고만 허먼, 기분 나쁜 것이여. 이놈이 사람을 어쭈고 보고 그런 다냐, 그런 생각이 들그든. 설사 상대방이 도로 물리칠망정 으런한테는 그것이 아닌 게, 내 말대로 해봐."

"과일이랑 고기랑 많이 사다 드렸는데요?"

"그것이 문 소용 있디야? 먹어 버리먼 끝나고 잊어 버리제에, 누가 그것을 인사라고 생각이나 허는 줄 아냐?"

맞는 말이다 싶으면서도, 마음이 내키지는 않았다. 그 뒤로 몇 차례 더 과일이며, 쇠고기를 사들고 찾아갔다. 하지만 태도가 점점 냉랭해지더니, 끝내 오근식이 조교로 채용되었다는 비보(悲報)가 날아들고야 말았다.

사회에 첫발을 내디딘 후 처음 맞는 패배의 경험이었고, 여러 달 동안 매달렸던 터인지라 그 충격은 작지 않았다. 무엇보다 분한 것은 신 과장의 저울질에 자신의 몸뚱이가 올려졌다는 사실.

"그런게 내가 무시락 허디야? 니가 돈 땜에 진 거여. 세상이 다 니 맘 같을지 알아도, 글 않는 것이여. 내가 지질이 글 않디야? 돈을 쓸 때는 과감해야 헌다고. 그 사람보고 나쁘다 헐 것도 읎어 야. 사람들 속은 다 마찬가지그든. 너도 생각해 봐라. 새끼덜 가르칠라 사회생활 헐라, 돈이 을마나 많이 들겄냐? 그런다고 교수가 문 떼돈 버는 것도 아니고. 그런게 자연히 인사 때마닥 돈에 맘이 쏠리는 것이여."

"그래도 교회 장론데, 설마 그럴 줄이야 몰랐지요."

"장로면 뭇허고, 목사면 뭇헌 디야? 고것들이 더 도동놈들이란 게는. 즈그 부인도 집에서 논담시로?"

그제야 그 여자로부터 변변히 차 한 잔 대접받지 못했다는 데 생각이 미쳤다. 김씨 역시 사태를 보는 시각은 동일했다.

"열 계집 싫어허는 사내 읎고, 주어서 나쁘단 놈 읎다고. 임금님도 돈 갖다 주면 좋아헌단 디, 앞에서는 까치 발바닥 같은 소리 해도, 받으면 다 좋닥 해야."

"그러고 받어먹으면, 꼭 그만헌 일은 해 주는 법이고, 돈을 받으면 일이 된 것이고, 안 받으면 안 된 것이여. 원리는 아조 간단해. 받어먹고 안 해 줄 수는 읎은 게. 그런게 되나 안 되나, 한 번 찔러 봤어야 헌다 그 말이여어."

"저는 설마 그렇게 까지야..."

"니가 모른 게 그러제, 이 세상이 을마나 드럽고 추접스런지 아냐? 다 입으로는 존 말 허고, 고상헌 척 해도 내 것 주어서 싫어허는 사람은 웂는 것이여."

태민이 기억하는 한, 지금까지 살아오는 동안 이씨 부부의 의견이 이처럼 완벽하게 일치된 적은 없었다. 두 번째 찾아갔을 때, 신 과장은 이렇게 말했었다.

"이 군보다 내가 돈을 벌어도 더 벌 턴 디. 지난번에 사 온 과일도 아직 남어 있넌 디, 자꾸 사 오기만 허면 어떻게 해? 자주 찾어온다고 일이 되는 것도 아니고. 이것도 남을 턴 디, 조까 가지고 가지 그래?"

당시에는 그저 미안하고 감사해서 그런 줄 알았었다. 그러나 이제 와서 생각해 보니, '가져오려면 돈이나 가져오지, 쓸데없는 과일만 사오느냐?'는 핀잔이 아닌가 말이다. 며칠 후, 대전에서 전화가 걸려왔다.

"아, 박사님이세요?"

"응. 난 디. 그 신 과장이 말이여. 알고 본 게, 석사 학위도 웂닥 허네."

"예?"

"세상에, 나는 그런 줄도 모르고 말이여..."

아뿔싸! 그렇다면 천하의 묘수라 믿었던 박사 과정 입학 운운 역시 패착에 가까웠단 뜻이니.

'모든 게 뒤죽박죽, 과연 무엇이 문제인가? 나의 어쭙잖은 양심인가? 그렇다고 막 살 수는 없지 않은가? 아! 나와 이 세상은 서로 맞지 않다. 나와 세상 사이에는 높다란 벽, 도저히 뛰어넘을 수 없는 장벽이 놓여 있다. 다시는 기회가 오지 않을 것이다. 하나 남은 전임교수 자리는 오근식이 차지할 테고, 그가 비운 조교 자리는 다른 사람이 채울 것이다. 동갑내기인 오근식이 나를 그 자리에 밀어줄 리 만무하기에. 그렇다면 대학 교수를 향한 나의 꿈, 나의 소망은 사라졌단 말인가? 내가 꿈꿨던 찬란한 미래는 석구미와 광백사 사이에 걸려있던 무지개처럼, 뭉게구름 사이로 사라졌단 말인가? 이제 다시 원점으로 돌아왔구나. 중학교, 고등학교 입시에 실패한 후, 다가왔던 그 절망의 상태로. 나의 인생은 실패하도록 예정되어 있기 때문에, 살면 살수록 저주받은 운명에 농락당할 뿐이다.'

목포 부두에서 신안 도초행 여객선에 몸을 실었다. 돌담장으로 이어진 고즈넉한 골목길을 지나 자그마한 중학교를 찾았다.
"아, 심 선생님이요? 그 양반은 소흑산도로 전근 가겠넌디. 소흑산도... 알지라우? 가거도라고도 허는 디, 흑산도에서도 몇 시간 가야 헐 것이요. 오늘은 너무 늦어 갔고, 배도 끊어졌을 것이요마는."
일직 교사의 설명을 뒤로 한 채, 발길을 돌렸다. 초등학교 5학년 겨울방학 때부터 한 번도 빠짐없이 크리스마스카드를 보냈고, 간혹 편지도 썼다. 물론 답장을 받아본 적은 없었지만.
'고향집의 사모님께 물어 이곳에 부임해 있다는 소식을 들은 지가 불과 얼마 전인데, 그 사이에 더 멀리 전근을 가신 모양이네.

결혼식 이후 만나 뵙지 못한 셈인데, 이상스럽게 전화할 생각일랑은 하지 못했었고. 어떻든 난 그를 만나야 한다. 그리고 물어야 한다!'

그 외에도 초등학교 선생님들은 많았다. 중학교, 고등학교, 대학과 대학원을 거치는 동안 수없이 많은 교사, 교수들을 만났다. 그런데 왜 인생의 고비마다 그만 찾아지는 걸까? 동창생들은 그에게서 배운 것이 없다고 말한다. 물론 태민도 그 말에 동의하는 편이다. 그의 이름과 함께 떠오르는 것은 고함과 기합, 무서운 표정뿐이다.

'그런데 왜? 그보다 더 많은 지식을 가르쳐준 6학년 담임선생님은 왜 뒷전일까? 그는 두음법칙과 모음조화를 가르치는 대신, 꿈과 야망을 심어 주었다. 곱셈과 나눗셈 대신, 불굴의 의지와 인내심을 가르쳐주었다. 공부가 인생의 전부가 아니라는 것, 세상에는 제자를 끝까지 믿어주는 스승이 있음도 알려주었다. 선생님, 이 세상이 만만치 않다는 사실을 아셨기에, 저더러 끈기와 인내심, 승부욕을 배우라 하셨나요? 도서벽지 점수를 따기 위해 오랫동안 섬에 묻혀 사시는 것 또한 불꽃처럼 치열하게 살라는 가르침인가요?'

대충 저녁을 때운 다음, 섬 전체에서 하나뿐이라는 다방을 찾았다.

"소흑산도요? 엄청 멀어요. 오늘 태풍주의보까장 내려져 갖고, 내일은 배가 뜨지도 못헐 턴 디요."

태민의 행색을 훑어보며, 레지는 껌을 짝짝 씹어 댔다. 속절없이 텔레비전 화면만 들여다보다가 자리를 박차고 일어섰다. 역시 섬에서 하나뿐이라는 여인숙을 찾아들었다. 하룻밤 자는데 2천원. 유리 대신 붙여놓은 비닐의 가장자리는 뜯겨져 나풀거리고, 여기저기 찢어진 벽지 위로 빗물이 흘러내렸으며, 문틀은 귀신의 곡소리에 장단이라도 맞추는 양 주기적으로 덜그럭거렸다. 세찬 바람에 방안은 한데나 다름없었고, 어둡고 침침한 푸른색 조명은 더욱 공포스런 분위기를 연출하고 있었다. 어렸을 적 유난히 귀신을 무서워했던 체질로는 감당하기 힘들었다. 하지만.

'죽으려고 작정한 놈에게 두려울 게 뭐 있어? 땅속 깊은 곳에 비하면, 이만한 것도 감지덕지. 그보다도 선생님을 만나지 못한다면? 그래. 편지라도 쓰자.'

사랑하고 존경하는 선생님!

그동안이나마 건강하셨는지요? 선생님을 찾아 이곳 도초에까지 왔건만, 선생님은 계시지 않았습니다. 지금 제가 편지를 쓰고 있는 이곳은 어느 허름한 여인숙입니다. 바다를 향해 입을 크게 벌리고 있는 창문 틈새로 세찬 바람이 몰아칩니다. 선생님과 제가 처음 만났던 제 고향 무라리 역시 칠산바다에서 불어오는 바람이 무척이나 셌던 곳 아닙니까? 제가 힘들고 어려울 때마다 정신적 버팀목이 되어주셨던 선생님을 뵙기 위해 수 백리 바닷길을 달려왔습니다만, 선생님은 벌써 이곳을 떠나 계시더군요.

선생님!

저는 또다시 패배자가 되고 말았습니다. 이 세상을 바르고 진실하게, 정도(正道)를 걸으며 살아가려는 제가 잘못일까요? 아니면 부패하고 타락한 이 세상이 잘못된 걸까요? 선생님께서는 저희들더러 늘 올바르게 살아야 한다고 가르치시지 않았습니까? 그러나 이 세상은 과정이야 어찌됐든, 결과만 놓고 따집니다. 모든 영광은 승자에게 돌아가고, 패자에게는 비웃음과 비난만이 퍼부어집니다. 이제 저는 이 비정한 메커니즘을 몸소 겪으며, 또다시 좌절하고 있습니다.

제가 살만한 가치가 있는 건가요? 제 삶에 어떤 의미가 있을까요? 언젠가 선생님께서는 이렇게 말씀하셨다지요? 백수남 국민학교에서 내가 한 일은 이태민 하나를 남긴 것뿐이다라고요. 제 후배들에게 하셨다는 그 말씀을 지금도 기억하고 계시나요? 이 못난 저를 왜 그렇게 믿어주셨습니까? 선생님이 믿어주실 만큼 과연 제가 정말 가능성이 있는 녀석이었던가요? 중학교 입시, 고등학교 입시에서 낙방만 거듭했던 제가 또다시 참담한 패배를 당한 지금에마저, 선생님의 그 말씀은 유효한가요?

저는 지금까지 힘들고 외로울 때, 늘 선생님을 기억했습니다. 그토록 철저하게 저를 믿어주신 분이 이 세상에 계시는데, 차마 그분을 실망시켜 드릴 수는 없다고 생각했습니다. 생의 마지막 순간에 항상 선생님을 떠올리며, 이 날까지 버티며 제 삶을 끌어왔습니다.

그러나 오늘밤 몸서리쳐지게 외롭고 고독한 이 초라한 방에서, 그보다 더욱 초라한 한 인간이 절규하고 있습니다. 저는 왜 항상 선생님에게 패배의 보고서만 올려야 하나요? 선생님 앞에 자랑스러운 제자로 서기를 간절히 원했던 제가 왜 오늘, 선생님께 이런 글을 써야만 합니까? 이것이 저의 운명일까요? 저는 언제까지 패배자로 남아있어야 합니까? 그렇다면 그런 저에게 왜 선생님은 그토록 기대를 거셨나요?

지금까지 그러셨던 것처럼, 이번에도 선생님께서는 침묵하시겠습니까? 어쩌면 제가 이곳에 왔다는 사실조차 한참 후에야 아실 것이고, 오늘의 이 참담한 감정이 전달되는 데에는 그만큼의 간극이 생기겠지요. 그리고 그 무렵에 저는 어떻게 되어 있을지, 그건 저 자신도 모릅니다. 이렇게 글이라도 쓰지 않으면 도저히 견딜 수 없을 것 같아 펜을 들었습니다. 그럼 내내 건강하시고 안녕히 계십시오.

1984년 6월 8일 도초에서 못난 제자 올림

편지지에 눈물이 번져 글씨가 어른거렸다. 뜬눈으로 함께 밤을 지새운 베개는 홍건히 젖어있었다.

"오늘은 심들 것 같고라우. 내일이나 뜰란가..."

선창에서 만난 사나이는 심드렁하게 중얼거렸다. 편지를 우체통에 집어넣고, 목포행 여객선에 몸을 실었다. 잔뜩 먹구름이 낀 하늘에서는 쉴 새 없이 물줄기를 토해 내고 있었다. 물론 답장은 애초부터 기대하지 않았다. 전기 고등학교 입학시험에 낙방하고

서 그를 찾아간 적이 있었다. 무라리에서 친구들과 어울려 술마시고 노래하고, 여자아이들 뒤꽁무니 쫓아다니고, 패싸움도 벌이다가 문득 그를 만나야겠다는 생각이 들었다.

영광읍을 거쳐 비포장도로를 달리던 완행버스로부터 장성읍 못 미쳐 어느 언덕배기에서 뒷발질 당했을 때 다가오는 낭패감이라니. 막연히 만나야 한다는 일념으로 함박눈을 맞으며 길을 걸었고, 대문채 사랑방에서 그와 마주했었다. 그리고 보란 듯이, 담배를 꺼내 물었다. 분노에 찬 그의 손이 뺨을 갈길지도 모른다는 기대 반 우려 반의 심정으로. 하지만 불손한 제자 앞에서 그는 끝내 침묵을 지켰다.

그 후로 그 사건에 대해서는 서로 입을 닫았다. 결혼식 주례 부탁을 하러 갔을 때에도 그 일만은 입에 올리지 않았다. 한밤중 어느 몽유병자가 저지른 해프닝인 것 마냥, 그 일은 태민 자신의 삶에서 지워졌다. 아니, 부끄럽고 창피하고 불유쾌한 그 사건이 자신의 인생과는 무관한 어떤 것으로 남기를 간절히 바라고 있었다. 하지만 오늘 쓴 편지는 어딘지 그것과 닮아 있었고, 그래서 엄연한 아픔으로 다가왔다.

'아! 난 왜 초라한 성적표만 내밀어야 하는가? 왜 그에게 늘 비명을 질러야 하는가? 다시는 패배자로 서지 않기 위해서 난 오늘, 결단해야 한다!'

영화 속 비극의 주인공 표정을 흉내 내어 입술을 깨물며, 뱃전을 향해 나아갔다. 그러나 아래를 내려다보는 순간, 억 하는 소리

가 저절로 튀어나왔다. 바닷물은 결코 푸르지 않았다. 맑고 투명
하여 뛰어들고 싶은, 그런 바다가 아니었다. 거무튀튀한 소용돌
이 속에서 혀를 날름거리는 마귀의 형상이 나타났다.

'저건 지옥의 모습이 아닌가? 과연 내 몸이 저 속으로 빨려
들어가야 하는가? 이 세상이 아무리 고통스럽다 한들, 저 속 만
큼이나 할까. 저 안에는 시체를 뜯어먹는 물고기들이 득실거릴
텐데...'

예상치 못한 공포감은 스물아홉 살 사내의 분노와 좌절을 한
입에 삼켜버렸다. 한편, 또 다른 목소리가 들려왔다.

'여기까지 와서 물러서면 어떻게 해? 이 정도의 각오조차 하지
않았단 말이냐? 또 한 번 실패자로 남을래? 어서, 어서 뛰어들어!
약해지지 마. 여기서 포기하면 넌 또다시 비겁자가 되는 거야.
또 다시 실패한 인생, 그래서 너 스스로에게 조롱거리가 되고
만다고. 네 인생, 네 한 목숨마저 네 맘대로 선택하지 못한 데서
야 말이 되니? 이태민, 망설이지 말아라. 오늘 돌아서면 두고두
고 후회한다. 어차피 다시 맞닥뜨리게 된다고. 그 패배와 고통,
그 열등감을 또 겪을래? 더도 말고 덜도 말고, 이번 한 번만 용기
를 내. 그러면 만사 오케이야. 곧 편안해진다고. 세상을 향해 네
가 승리할 수 있는, 유일한 길이란 말이야!'

오른쪽 다리를 배 난간에 걸치고 왼발을 들어 올리려는데, 뒤
에서 비명소리가 들렸다.

"여보, 여보! 이리 좀 와보세요. 이 사람이 물속에 빠지려나

봐요.”

“어이, 아저씨. 왜 그러세요? 무슨 일인지 몰라도, 이러시면 안
되지요.”

으스러질 듯 허리를 감싸 쥔 사내의 몸뚱이를 힘껏 뿌리쳤다.
하지만 둘이 합세하여 달려드는 바에야. 선실로 들어온 세 몸뚱
이는 영락없이 물에 빠진 생쥐였다.

“왜 남의 일에 간섭을 하고 그럽니까?”

“간섭이 아니라, 사람이 죽으려 하는데 일단 살리고 봐야지요.”

“당신네가 나를 언제 봤다고...”

“금방 저기서 봤지요. 하하... 그러지 마시고 일단 참으십시오.
따지고 보면, 다 죽고 싶지요. 하루에도 열두 번씩 죽고 싶은 것
이 사람 마음 아닙니까?”

“그래요. 이 이도 사업에 실패하여 별의별 생각을 다 했는데,
은사님을 뵙고 나서 힘을 얻어 오는 길이거든요.”

“은사님...이요?”

“저희들을 가르쳤던 분이 가거도에 계셔요. 심영진 선생님이
라고...”

“예? 심 선생님이요?”

“심 선생님을 아세요? 저희들은 남녀공학 고등학교를 다녔는
데, 담임선생님이셨거든요. 그런데...?”

“아니요. 그냥...”

“저는 또 혹시나 했네요. 저도 교편을 잡고 있는데요. 엊그제

현충일이 겹치고 하여 겸사겸사 휴가를 얻어 찾아뵈었다가, 도
초에 있는 친척집에 들렀다 오는 길이어요. 근데 갑자기 초등학
교 때 제자 말씀을 하시더라구요. 저희들도 학교 다닐 때 너무나
자주 들었었는데요. 결혼식 주례도 서주셨다 하더라고요. 그런
데 무슨 어려운 일이 있는지, 요즘 꿈속에 자주 나타난다고요.”

“그 선생님이 제 집사람 3학년 때, 그 제자 신부감으로 점찍어
놓고 그랬어요. 히히...”

“당신도. 왜 그런 쓸 데 없는 소리를 하고 그래요?”

“다 지난 일인데 뭐 어때?”

태민은 충격으로 할 말을 잃고 말았다. 키가 큰 여자는 한눈에
보기에도 미인이었다. 적당한 살집에 하얀 피부, 호수처럼 맑은
눈이 보는 사람의 마음을 집어삼킬 것만 같았다.

‘주례부탁을 하러 갔을 때, 골라놓았다던 신부감을 이런 데서
만날 줄이야. 만약 이 여자가 내 정체를 안다면? 그토록 침이
마르도록 칭찬했던 제자가 자살이나 시도하는 못난이임을 알아
차린다면? 일단 올라가 보자. 또 한 번, 그 지긋지긋한 삶과 부딪
쳐 보는 거다!’

집에 들어서자 진선이 반색을 한다. 불길한 예감 가운데 무사
히(?) 생환한 낭군이 반가워서였을까.

“여보, 몸은 어때요? 점심은요? 선생님 뵈었어요?”

“ ..... ”

"많이 위로가 되었지요? 홍은이가 이상하게 당신만 찾고, 홍인이도 말은 안 하지만, 엄청 기다리는 눈치였어요."

"애들이 나를?"

"그리고 어머님에게서 전화가 왔었는데, 땅콩집 다 짓고 상량식인가 낙성식인가 한다고 내려오래요. 이번 주말에..."

'나의 기쁨이자 자랑인 내 아이들, 잔치에 참석해 주기만을 원하는 부모님... 나를 찾는 누군가가 있고, 나를 필요로 하는 어딘가가 있다는 건 축복이 아닌가? 살자. 눈 찔끔 감고 살아 주자. 조교? 그 하찮은 일에 목숨을 걸다니... 아! 때로는 아이의 앙증맞은 고사리 손이 어른의 크고 투박한 손을 감싸고도 남는구나. 이제 난 새로운 편지를 써야 한다. 죽음의 편지가 아닌 삶의 편지를. 절망의 편지가 아닌 희망의 편지를 써야 한다. 우체통을 통하여 부쳐지지 않는 편지, 오직 마음으로 전달되는 그 편지를 써야 한다. 말이나 글이 아닌, 실천과 행동으로 인생의 긴 편지를 써내려가야 한다. 선생님, 언젠가 당신 앞에 다시 서겠습니다. 오늘처럼 초라한 패배자가 아니라, 환하게 웃는 승리자의 모습으로 기필코 다시 서겠습니다.'

비극의 전조(前兆)

장남의 멀미와는 상관없이 땅콩집은 화려하게 지어졌고, 낙성을 기념하는 동네잔치가 요란하게 베풀어졌다. 그 이튿날에는 에메랄드 빛 소파가 배열된, 천정 높은 마루 거실에서 가족 노래자랑 대회가 열렸다. 6남매가 건강하게 성장하여 그 가운데 2남 1녀가 가정을 꾸렸고, 슬하에 남매를 둔 장남을 비롯하여 2남을 둔 차남, 1남을 얻은 장녀에 이르기까지 욱일승천하는 가세(家勢)가 피부로 느껴졌다. 사회적 명망으로 보나 경제적인 수준으로 나 보나, 자녀들의 장래성을 보나 무라리에서 둘째가라면 서러워할 집안임이 분명했다. '기와집 기둥들을 삥 돌아가며 마루가 놓여있고, 그 위에 서서 아름다운 피아노 소리를 들었다'는 김씨의 상서로운 꿈 이야기처럼, 독수리가 창공을 향해 날아오르는 모양새로 가운(家運)은 무섭게 뻗어 나가는 중이었다.

고래고래 악을 쓰다가 턱이 빠지는 수모를 겪은 진선의 경우는 '옥의 티'라기보다 오히려 판소리에 추임새를 넣는 모양새가 되었다. 사건인즉 '노래 못 부르면 우리집 며느리가 아니다'라는 이씨의 엄포에서 시작되었다. 어린 홍은이까지 모두 자기 차례를 지킨 상황에서, 큰며느리만 손사래를 치자 농담반 진담반 던진 말에 진선은 죽을힘을 다했고, 클라이맥스 지점에서 그만 입이 떡 벌어지고 만 것. 태국이 양손으로 아래턱과 윗턱을 닫히게 함으로써 위기는 극복되었고, 이후 진선은 남은 소절을 끝까지 부르는 오기를 발휘하였다.

가화만사성(家和萬事成)이라 했던가? 그로부터 이틀 만에 희소식이 날아들었다. 2학기부터 시간 강사를 맡아달라는 신 과장의 전화가 걸려 온 것이다. 겹친 경사로 흥분을 이기지 못한 이씨는 지금의 독채 전세금에 조금 더 보태어 아파트로 옮겨 가라고 하는, 파격적인 인심을 썼다. 광주로 올라오는 버스 안에서 진선은 자못 싱글벙글했다.

"아파트로 가라니까 그렇게 좋아?"

"좋지요. 마침 화정동에 주공아파트 나온 게 있다니까, 바로 계약하려고요."

"당신, 동생들 떨어져 나간다고 하니까 기분이 좋은 거지?"

"말을 해도 꼭. 내가 그런 사람으로 보여요? 동생들도 우리 눈치가 보이니까 그쪽을 원하고, 당신 공부하는 데도 그동안 신경이 많이 쓰였잖아요? 주인 눈치 보는 것도 신물 나고요. 그리고 당신이 목양대학에 강의 나가고, 박사 과정에 다니려면 지리적으로도 그 쪽이 더 낫잖아요?"

"우리만 따로 나가려고 하니, 염치가 없어서 그냥 해 본 소리야. 아무리 그런다고, 노래하다가 턱이 다 빠지냐?"

"호호호... 도련님이 맞춰 주어서 망정이지 큰일 날 뻔 했어요. 그래도 국민학교 때 음악 점수는 60점이나 받았다고요."

"60점이 점수야? 당신은 천상 음치야."

방 두 개와 부엌 하나, 손바닥만 한 거실을 갖춘 14평짜리 서민아파트. 말이 거실이지 지나다니는 통로에 불과했고, 아래쪽으로 푹 꺼져 있는 부엌은 일일이 신발을 신고 내려가야 했으며, 무늬뿐인 보일러는 연탄으로 기름을 대신했다. 한 가지 위안이라면, 아이들이 뛰어놀기 좋은 1층이라는 정도.

더위가 채 가시지 않은 9월 초, 목양대학 정문에서 택시를 내린 태민은 가파른 언덕길을 오르기 시작했다. 등줄기를 타고 땀이 흘러내렸지만, 생애의 첫 강의라 생각하니 그까짓 것은 문제가 되지도 않았다. 심장이 뛰고 가슴이 부풀었다. 4층 강의실에 들어서는 순간, 학생들은 멀뚱멀뚱 쳐다보기만 했다.

"여러분의 논리학 강의를 맡은 이태민입니다."

예상치 못한 폭소가 터졌다. 나중에 들은 바로는, 예비역 학생이거나 잡상인으로 알았다는 것. 초장부터 시나리오와 한참 동떨어진 사태와 맞닥뜨리고 보니, 마음이 부산해졌다. 천천히 출석을 불렀다. 이 일은 소통에도 도움이 되고, 무엇보다 강사 스스로 마음의 안정을 찾는 데 긴요했다. 그럼에도 막상 강의가 시작되자 머릿속이 텅 비어오는 느낌. 쉼 없이 입을 놀리긴 했으되, 무슨 말을 하고 있는지 스스로도도 알 수 없었다. 하필 제일 자신 없는 과목을 맡은 것도 불운이라면 불운이었다. 찬밥 더운밥 가릴 계제가 아니어 허겁지겁 받아들인 대학에서의 첫 강의는 땀으로 '목욕'하는 것으로 마무리되었다. 하지만 아내의 호기심어린 눈앞에서는 양심을 속이지 않을 수 없었다.

"어렵긴. 누워서 떡 먹기지 뭐. 근데 학생들이 나를 학생으로 알았대."

"당신이 너무 젊어서 그런가요? 요즘 학생들은 교수에 대해서도 좋아하고 그런다면서요?"

"좋아하면 뭘할 건데?"

"거기 여학생들 많지요?"

"좀 있긴 하지. 아니, 근데 시방 무슨 소릴 하고 있는 거야? 여자가 생각하는 것이라곤..."

'혹시 아직도 그 일 때문에?'

대학 4년이 마무리되는 겨울. 우연히 충장로에서 마주친 여자는 지난날 하숙집 여학생의 친구. 더 거슬러 올라가자면 고1때, 동급생인 옆방 여학생 방에 건너갔다가, 이목구비가 뚜렷한 글래머 스타일의 한 여고생 흑백 사진을 발견했었다. 같은 반이라

하여 소개시켜달라고 했을 때, 그쪽에서 요구한 것은 태민의 전신(全身) 사진. 가장 잘 나온 것을 골라 들려 보냈더니, 저녁에 들어와 이 화상 하는 말.

"우리반 애들 전체가 돌려보고 그냥 갖고 왔어. 지혜가 안 받아서."

"그럼...?"

"그 애도 보긴 했지. 내 어깨 너머로..."

이런 젠장! 며칠 후 눈앞에 나타난 지혜는 사진보다 훨씬 더 아름다웠다. 하지만 그것으로 끝이었다. 더 이상 범접할 엄두조차 내지 못하고, 깨끗이 잊고 있었다. 그로부터 6, 7년이 지난 그날 저녁, 충장로에서 마주친 그녀는 신기하리만치 곰살맞게 굴었다.

"나는 남자들의 제복이 좋더라. ROTC면 장교로 가는 거잖아요?"

"호호호.... 그렇지. 우리 한 번 사귀어 볼까?"

농담반 진담반으로 던진 그 말에 감전되었는지, 둘은 열심히 만났다. 그런데 얼마가 지나고 보니, 진지하고 심각한 진선 쪽보다 가볍고 유쾌한 그녀의 언행에 마음이 쏠리기 시작했다. 칙칙한 색깔의 끈적끈적한 유화(油畵)와 빨강 노란색으로 울긋불긋 채색된 수채화라고나 할까. 심각한 대화 대신 웃고 떠들고 먹고 마시는 일이 둘의 시간들을 채웠다. 그리고 아무런 죄책감도 없이, 잠자리를 함께 했다. 그 와중에 진선의 임신 사실을 알게 되었고, 지혜와의 관계를 끊으려 맘먹었던 것.

"지혜 씨 말인데요. 어떻게...."

"그 문제는 나한테 맡겨. 사실 내가 지혜를 만난 것은 진선에 대한 죄책감 때문이었어. 지혜한테는 별로 욕할 일도, 때릴 일도 없더라고. 아! 이 여자라면 평생 내가 화를 내지 않을 수도 있겠구나... 아마 오늘쯤 여기 올 거야."

얼마 후 노크 소리가 들리고, 문을 열고 들어오던 눈이 휘둥그레졌다.

"아! 몰랐던가? 여긴 진선이라고. 내 약혼자야."

"....어떻게 이럴 수가..?"

둘은 택시를 잡아타고 시내로 향했다. 생맥주 집 '그랑 나랑'에 들어서자마자 그녀는 연거푸 잔을 비웠다.

"지금 왜 이래? 내 앞에서 시위하는 거야 뭐야?"

"태민씨... 어떻게 이럴 수 있어요?"

"지혜에게 미안하긴 한데, 그렇다고 내가 거짓말한 것은 아니야. 지혜가 물어보지 않아서 말 안한 것뿐이니까."

"그런 말이 어딨어요? 물어보지 않았어도, 진작에 말을 해 주었어야 하잖아요? 태민 씨. 제가 어떻게 하면 되겠어요? 하라는 대로 다 하께요. 저와 결혼해 주세요. 부탁이예요."

"아직 나는 결혼할 단계도 아니고... 또 그 진선이 배 안 봤어? 내 애기야. 그런데 어떻게 지혜와 결혼을 해?"

일어서려는 순간, 그녀가 덥석 손을 붙들었다.

"태민 씨. 오늘밤만 저와 함께 있어 주세요."

"진선이 집에서 기다리는 것 안 봤어?"

"내일 해가 뜨면, 보내드릴 께요. 부탁이예요. 아니, 소원이예요. 죽은 사람 소원도 들어준다는데, 산 사람 소원 하나 못 들어 줘요?"

마지막 말이 귀에 꽂혀, 거짓말처럼 마음이 흔들리기 시작했다. 둘은 말없이 전남여고 앞의 한 여관으로 향했다. 방에 들어서자마자, 그녀는 옷을 벗기 시작했다. 그리고 마침내 실오라기 하나 걸치지 않은 몸으로, 남자 앞에 우뚝 섰다. 풍만한 육체가 눈을 부시게 만들었다. 사흘이 멀다고 몸을 섞어 오긴 했으나 이렇게 적극적으로, 저돌적으로 달려든 적은 한 번도 없었다.

"왜 이래? 징그럽게..."

"내일이면 저를 떠나실 거 아니여요? 저의 모든 것 다 바친다는 의미여요."

깜빡 졸다가 몸을 일으켜 그녀의 얼굴을 들여다보았다. 놀랍게도 눈물이 흐르고 있었다. 그 후, 대광리에서 영외 거주할 무렵, 편지 한 장이 날아들었다. 여러 군데를 거쳐 한 달 여 만에 도달한 그 편지에는 '언제까지나 기다리겠노라'라고 하는 결연한 의지가 담겨 있었다. '결혼하여 홍은이라는 딸까지 있다'는 무자비한(?) 답장을 보낸 후로 소식이 끊겼는데, 아내는 아직도 그 여자를 의식하고 있단 말인가?

박사 과정 대학원생에서 대학 강사로 신분이 바뀐 태민을 문 교수는 더욱 살갑게 대했다.

"이 선생. 신 과장이 시간이라도 주었은 게, 이 끈을 놓지 말고 잘 모셔야 혀. 근디 그 사람이 교회 댕기는 사람을 좋아허는 디. 이 선생은 교회 댕기는가?"

"아니요. 저한테도 몇 번 교회에 나오라고 하시길래, 생각해 보겠다고 그랬습니다."

교회라면 어렸을 적 성탄전야, 무라리 서촌 교회에 나가 떡을 얻어먹은 기억밖에 없었다. 진선과 잠깐 헤어져 있던 대학 1학년 때, 자취집 앞의 교회에 나갔다가 성가대 한 가운데 서 있던 진선을 만난 적이 있고. 그 후로 석사 과정을 밟을 때, 딱 한 번 풍향동 집 근처의 교회에 나간 일이 있었다. 야트막한 함석지붕 아래로 중간중간 기둥이 서 있는 조립식 건물, 그 입구에서 한참을 망설이다가 배불뚝이가 된 아내를 부축하여 들어갔었다. 사람들은 제법 많아 보였지만, 목사는 한 시간 내내 헌금이야기만 물고 늘어졌다. 고래고래 악을 써대는 그 앞에 야단을 맞는 초등학생의 심정으로 앉아있는데, 헌금 바구니가 돌기 시작했다.

'단돈 천 원도 아쉬운 판에 헌금이라니, 내 이럴 줄 알았어. 교회는 다 마찬가지라니까.'

축도가 끝나기 무섭게 진선을 재촉하여 허둥지둥 빠져나왔다. 입구에서 마주친 목사가 악수를 청했지만, 건성으로 손만 내밀었다. 집으로 돌아오는 동안에도 화를 참을 수 없었다.

"에이, 내 문제도 있고 뱃속의 아이도 있어, 모처럼 맘 잡고 교회 한 번 다녀볼까 했더니...."

"다음 주에 한 번만 더 가 볼까요?"

"내가 미쳤어? 싹수가 노랗던데 뭘. 영혼 구원에는 관심 없이, 헌금에만 정신이 팔려 있잖아? 책이라도 한 자 더 볼걸, 괜히 시간만 낭비했네."

결국 이 날의 '잘못된 만남'으로 인하여, 이후 3년 동안 교회에로의 발길을 끊고 말았던 것이니. 태민은 집에 돌아오는 즉시 진선을 졸랐다. 그리고 일요일 아침. 아이들까지 닦달하여 주월동의 호산 교회를 찾았다. 아니나 다를까. 신 과장은 펄쩍 뛰며 반가워했다. 그는 등록서에 네 명의 이름을 죽 적은 다음, 전도자 난에 자기 이름을 써 넣었다. 이로써 태민은 생애 최초로 등록 교인이 되었다. 그러나 교회 문화에 익숙지 않다 보니, 모든 것이 서툴고 어색하기만 했다. 설교 중에 쏟아지는 단어들이 무척이나 생소했다.

'오병이어란 병이 다섯 개이고, 물고기가 두 마리란 뜻인가? 근데 물고기를 한 마리씩 집어넣으면 병 세 개가 남잖아? 사순절은 4월, 오순절은 5월, 유월절은 6월일 테고. 여자가 혈루증을 앓았다고 하니, 아마 월경과 비슷한 어떤 병인 것 같고..'

나중에 알고 보니, 그 가운데 정답에 가까운 것은 마지막 혈루증뿐이었다. '은혜'를 받지 못한 상태에서 억지춘향 식으로 교회에 나가다 보니, 맘속에서 원망과 불평이 들끓기 시작했다.

'야! 세상에 찬송가처럼 재미없는 노래가 또 있을까? 아니, 노

래를 부르려면 송창식의 〈고래사냥〉이나 이종용의 〈너〉처럼 화
끈하게 부르던지 할 일이지, 무슨 장송곡도 아니고. 또 무슨 예배
순서는 그리도 많아? 기도하고 찬송하고, 찬송하고 기도하고. 대
표기도 맡은 장로님은 웬 말이 그리도 많고, 목사님 설교는 왜
그렇게 지루하고 재미가 없는지. 아!....'

축도가 끝나자마자 자리에서 벌떡 일어섰다. 정원 앞에 한 줄
로 늘어서 있는 목사님, 장로님들과 악수를 하는 시간. 신 장로님
으로부터 눈도장을 찍는 일이야말로 교회 온 목적인 바에야. 그
로부터 출석 확인을 받고나서는 도망치듯, 교회를 빠져나왔다.

"야! 이제 좀 살 것 같네. 설교만 시작되면 온몸이 쑤셔오는데,
팔다리 어깨, 허리, 배, 가슴 아프지 않은 데가 없어. 체한 것 마
냥 머리는 지끈거리고, 20여분에 불과한 설교시간이 영원처럼
느껴지니. 그런데 희한하게도 예배가 끝나기만 하면, 몸이 가뿐
해지고 영혼이 새로워지는 느낌이야."

"호호호... 이제 와서 안 다닐 수도 없잖아요?"

"그러니까 돌 지경이라는 거지. 헌금시간이 젤 고역이고. 남이
볼까봐 얼른 천 원짜리 한 장을 집어넣긴 했지만, 어쩐지 찝찝하
고 말이야."

"다른 사람들 보니까, 헌금 봉투가 따로 있더라고요."

"그런 것도 있어? 얼마나 많이 하려고 그런 걸 다 만들어? 그
리고 당신이 아이들 데리고 들락거리는 것도 여간 신경이 쓰이
지 않고..."

"아이구, 남은 애들 땜에 제대로 듣지도 못했구만은…"

"당신은 당신대로 고생하고, 애들은 애들대로 지겨울 테고. 여러 모로 우리하곤 안 맞는 것 같아. 근데 교회 댕기는 사람들은 왜 그리 뻔뻔하냐?"

"뭐가요?"

"처음 본 사람에게 생글생글 웃으면서, 마치 간이라도 빼 줄 것처럼 굴잖아?"

"그야 실제로 반갑고, 또 마음으로 사랑하고 그러니까 그러겠지요."

"지들이 언제 봤다고 나를 사랑해? 어디 보니까 '서로 사랑하라'는 계명 때문에 '예배당은 연애당'이라고 하는 웃지 못할 오해가 빚어지기도 하고, 성찬식에서 포도주를 나눠 마시는 의식 때문에 '피를 마시는' 종교로 왜곡되기도 했대. 성도 모두를 서로 형제자매라 부르는 데서, 족보도 없는 무식한 종교라 욕을 먹기도 하고. 재미있지 않아?"

"다 교회 욕하려고 만들어 낸 말이어요. 어떻든 당신이 교수가 되고 나면, 교회 나가는 일이 더 떳떳하겠어요. 꼭 사람 비위맞추러 나가는 것처럼 기분이 이상해요."

"작은 이모님 말씀도 있고 해서, 평생 교회 나갈 생각은 없어. 이번에도 2천 달러나 보내오셨더라고."

무라리 '촌구석'에 막내 여동생을 시집보내고 난 후로 평생 근심걱정으로 늙으신 분, 면장까지 지내긴 했으되 전처(前妻)와 사별(死別)한 남자를 낭군으로 맞아 원불교에 입교하셨던 분, 태민을 친아들처럼 사랑하신 분, 바로 그분의 소원이 태민의 원불교 출석이었다.

"작은 이모부님이 창시자인 소태산 박중빈과 한 마을, 백수면 길룡리에서 자라셨고, 그의 직제자이자 비서실장이 되셨대. 결국 이모님을 만나 파계한 꼴이 되셨지만, 그렇지 않았으면 지금쯤 대종사나 원광대총장 정도는 하실 분이고."

"근데 어떻게 하시다가, 미국까지 가시게 된 거예요?"

"작은 딸, 그러니까 작은 누나가 한국에 와있던 평화봉사단원과 국제 결혼하여 미국으로 갔는데, 미국이 워낙 살기 좋다고 하니까, 큰누나까지 매형이랑 이민을 갔지. 당신, 선영이 누나라고 알지? 우리 결혼식 때 와서 웃기고 그랬던 누나 말이야. 초등학교 5학년 때 큰집 사촌누나랑 길룡리 고아원에 갔었는데, 그때 선영이 누나가 아이들을 가르치고 있더라고. 나를 끔찍이도 예뻐했었지."

"당신 덕분에 나도 엄청 사랑 받았지요."

"아무튼 두 딸이 모두 가 버리니, 한국에 누가 있어? 딸들 곁으로 가신다고, 부랴부랴 부동산들을 처분하여 도미(渡美)하셨던 건데. 이번에도 못 먹고 못 입고 하시는 중에 절약하여 나에게 돈을 부치신 거야. 무라리에 있는 논 두 필지 중에서 한 필지를 내 명의로 하라고 어머니에게 그러셨는데, 진작 처분해 쓰셔 버렸대. 부동산 경기만 좋았더라면, 나에게 아파트도 한 채 물려주시려 했대. 근데 이모님이 막차를 타셨거든. 70년대 말에 사셨다가, 80년대 들어서면서 아파트 값이 떨어져 버렸잖아?"

"영리한 사람들이 치고 빠졌겠지요. 서울에만 세 채 갖고 있으셨다면서요?"

"말이 세 채지, 실은 더 되었을 거야."

"그럼 이번에 우리도 컬러텔레비전1) 하나 사요. 네?"

"텔레비전 있는데 왜 또 사?"

"컬러텔레비전 나온 지가 언젠데 그래요? 애기들도 흑백으로 보는 것하고, 칼라로 보는 것 하고는 교육상 전혀 다르대요. 색깔 감각이 발달한다고 그러잖아요?"

"아이구, 또 아이들 핑계 대기는."

교회 나간 지 반년쯤 되었을까. 겨울방학을 맞이하여 내려온 태민의 얼굴을 빤히 들여다보며, 김씨가 물었다.

"너, 혹시 교회 나가냐?"

"아니요. 누가 그러든가요?"

"누가 그런 것이 아니라, 이참에 꿈자리가 하도 사납고 해서, 뽕뽕다리 밑에 유방구한테 가 봤지 않냐? 그 전에는 니 이름만

---

1) 컬러텔레비전(color television): 영국, 독일, 미국, 일본에 이어 우리나라 역시 1977년부터 이미 컬러텔레비전을 제조하여 수출하고 있었으며, 방송국들 또한 1974년부터 방송할 수 있는 역력을 갖추고 있었다. 그러나 박정희 대통령이 상위층의 사치와 소비를 조장하고, 계층 간에 위화감을 조성한다는 이유로 반대했다고 한다. 제5공화국 들어서면서 방송이 시작된다.

넣어도 점괘가 쏟아지데이, 이참에는 점괘가 안 나온 닥 안허냐? 그래서 대관절 어째서 그러요 그랬데이, 이 사람은 나보다 더 큰 신을 믿은 게, 그리 가보시오 안 허냐? 점쟁이보당 더 큰 신이면, 하나님배키 더 있겄냐?"

'야! 유방구란 사람이 어떻게 생겼는지 구경조차 못했는데, 그가 어떻게 나의 교회 출석을 알아차렸단 말인가? 군대에서 박살떠 작업을 할 때에도 내 신상의 위험을 예언했다는데, 정말 귀신이 있단 말인가?'

초등학교 6학년 때의 어느 날 밤. 담임선생님과 함께 송정 동네2)에서 서촌으로 건너오는데, 앞이 캄캄해지고 옆길이 환히 뚫려져 보인 적이 있었다. 나중에 보니, 그 길은 밭고랑이었다.

'과연 그것이 귀신의 농간이었단 말인가? 무당들이 종이마저 베어 버리는 날카로운 작두 위에서, 심지어 통돼지를 짊어지고 춤을 춘다지 않는가? 과학이나 이성으로 풀어내지 못할 영적(靈的)인 세계가 따로 있단 말인가? 죽은 자를 살리고, 바다 위를 걷고, 십자가에 못 박혀 죽었다가 사흘 만에 다시 살아났다고 하는 예수의 기적들이 모두 사실이란 말인가?'

"참, 그 양반. 뜨겁게 맞추기는 하네요. 하지만 어머니, 제가

---

2) 송정(松亭)마을: 임진왜란 때 경상도 진주 강씨가 왜놈에게 쫓기다가 하사(下沙) 모래밭에 숨어들어 현재의 마을을 형성하였다. 마을 뒷산에 소나무가 무성하게 많았고, 바다에 다니는 사람들이 이곳을 지날 때마다 쉬어 가는 곳이라 하여 송정(松亭)이라고 하였다.

교회에 나가는 것은 목적이 따로 있잖아요?"

"그것이사 나도 이해헌다. 교수가 될라먼 문 짓을 못허겄냐마는, 그래도 마음에 중심을 갖고 살아야 헌다 그 말이여. 지사(제사) 때에도 부지런히 절허고, 조상님들한테 잘해야 복을 받는다 그 말이지야. 너도 생각해 봐라. 조상님들 아니먼 니가 어디서 생개났을 것이며, 느그 부모 아니먼 니가 세상에 나오기나 했겄냐? 그런게 절대 교회에 짚이 빠지지 말고, 정신을 채래야 헌단 말이여."

"제가 누군데요? 걱정 마세요."

가을 무렵. 부부가 함께 세례를 받은 며칠 후, 신 과장이 신신당부를 했다.

"두 사람, 오늘밤에 꼭 교회에 나와야 해."

거절할 처지가 아니었지만, 돌아서는 순간 짜증이 났다.

'일주일에 한 번 예배 나가면 되었지, 밤에까지 나오라고? 너무 하는 거 아니야?'

이른바 '선데이 크리스천'. 주일 낮 11시 대예배 한 번 보는 것으로 끝이었다. 주일 밤이나 수요일 밤은 물론이고, 아무리 큰 행사가 있어도 코빼기 한 번 내비치지 않았다. 전교인 체육대회나 야유회, 특별 새벽 기도회나 전도 주간에 참여한 적도 없었다. 교회가 어떻게 돌아가건, 어떤 사람이 들어오고 나가건 하등에 신경을 쓰지 않았다. 권찰이니 서리 집사니 안수 집사니 권사니 장로니 하는 직분자들이 무슨 일을 하는지, 어떤 사람이 그 직분을 받는지 알려고 하지도 않았다. 제직회나 당회, 공동 의회에 어떤 사람들이 참석하여 무슨 일을 하는지에도 관심이 없었다. 당연히 성도들의 애경사에도 무관심이었다. 교회에 나가는 것은 오직 한 가지, 신 과장 앞에 눈도장을 찍기 위함이었다.

"뭐 하러 오라 하지? 떡이라도 나눠 줄라고 그러나?"

"크리스마스도 아닌데, 무슨 떡을 주겠어요? 오늘 낮에 여자들이 하는 소릴 잠깐 들었는데, 무슨 투표를 한다 하더라고요."

"투표? 목사를 뽑나? 장로를 뽑나? 그런 것도 투표를 해서 뽑는가?"

"아마 여자 중에서 권사라든가? 뭐 그런 게 있대요."

"에이, 사람도. 알아보려면 좀 똑똑히 알아보지. 궁금증 나게 시리..."

결국 그날 밤 권사 선출을 위한 투표가 있었고, 둘은 그 부인을 뽑는 데 '신성한' 한 표씩을 행사했다.

"그래서 빨리 세례를 받으라 재촉했구나."

"세례 교인 이상이어야 투표에 참가할 자격이 있대요. 세례 받아놓으면 좋지요 뭘."

"그럼 우리가 오늘 한 몫 한 거네? 그나저나 권사가 뭐하는 거래?"

"저도 잘 몰라요."

"그래? 참 이상한 사람들이야. 교회에서 봉급을 주는 것도 아닐 텐데. 그까짓 것 좀 하려고 목을 매는 것 보면. 그러니까 사람들이 교인들보고 이상하다고 하지. 안 그래?"

"서로 이상하다 하지요. 세상 사람들은 교인들 보고, 교인은 세상 사람들 보고."

방학을 맞이할 때마다 온 식구는 무라리로 향했다. 그러나 태민은 땅콩집에 들러 이씨에게 인사를 하는 둥 마는 둥, 서촌 동네로 달려가기 일쑤였다. 이씨는 자식들이 아침에 늦잠 자는 것도, 낮에 빈둥빈둥 노는 꼴도 두고 보지 못했다. 둘째 여동생 경희나 막내 향순이에 대해서도 마찬가지.

"느그덜은 어디 가서 꿍꿍 일을 허든지 허다 못해 느그 작은 오빠 점빵이라도 봐 주어야제, 고로코 헐 일 읎이 용녕 놀기나 허고 잠이나 퍼 잘래?"

"우리를 누가 시켜주기나 허간디요? 그리고 작은 언니가 냅두루 복잡허다고 오지 마락 했어라우."

"그러먼 쩌어그 가서 모래땅이나 파그라."

"아따, 아부지도.."

시달리다 못해 그네들 또한 동네로 줄달음쳐갔다. 그러나 가게에 잠깐 앉아 있다가 다시 땅콩집으로 돌아오고, 눈치만 보다가 다시 동네로 향하는 일이 반복되었다. 급기야 향순이는 어느 날, 온다간다 말도 없이 바람처럼 사라지고 말았다. 고교 과정을 마치자마자 가출을 감행한 것이다. 김씨의 근심걱정.

"말만헌 가시네가 어디를 고로코 싸돌아 댕기끄나?"

"요즘 애들이 다 그렇지요. 대학을 못 가고 해서, 어디 바람이나 쐬러 갔나 보네요."

"대학은 누가 안 보내 주어서 안 갔간 디? 지년이 공부를 안해서 못갔제."

그러던 어느 날. 유령처럼 아파트에 들어선 여동생은 대학에보내 달라고 조르는 것이었으니.

"대학 들어가려면 시험부터 봐야 하는데, 지금은 입학시험 때도 지났지 않냐?"

"큰오빠도 참. 개방대학3)이 생개 갖고, 납부금만 내면 다 들어간단 게."

"시험도 안 보고? 정히 그러면 부모님께 말씀드려 보마."

하지만 김씨의 반응은 냉소적이었다.

"오메이, 그 썩을 년이 여태껏 디지도 않고 있었디야?"

"어머니도. 속으로 좋으시면서 왜 그러세요? 대학을 보내 주라고 그러는데 어쩌지요?"

"하이고, 염병허든 갑이다. 지 까짓 년한테 줄 돈 있으면, 느그덜 보약이라도 한 채 해 주겠다."

"어머니..."

---

3) 개방대학(開放大學, open university): 성별, 연령, 직업 등의 제한 없이 문호를 개방한 대학. 1980년 7·30교육개혁조치(국가보위 비상대책위원회에 의해 이루어진 조치. 대부분 과외금지에 초점이 맞춰졌음)에 따라 직업기술 인력 양성, 졸업정원제에 따른 중도탈락자 구제, 산업체 근무자들에 대한 대학진학 기회 제공 등을 목적으로 설립되었다.

"미친 망아지새끼같이 싸돌아 댕길 때는 은제고, 인자 기어와 시답잖은 소리를 허고 있디야? 나 참. 기가 맥해서. 그러고 납부금만 내고 들어가는 대학을, 누가 알아주기나 헌디야? 납부금도 오살나게 비쌀 턴 디."

"다른 사립대학이랑 비슷하고요. 대학 나왔다는 간판만 따도 어디여요? 어차피 시집보내 버리면 되니까 투자라 생각하세요. 안 그러면 또 나가 버릴지도 모르잖아요?"

"아이고, 나가든지 말든지. 그 년 땜시 잠 못잔 일 생각허면... 알았다. 느그 아부지한테 말씀 디래 볼란 게, 그년 어디 못 도망 가게 깍 잡고 있어라."

막내 여동생의 얼굴이 모처럼 밝아졌다. 태민 역시 가슴이 뿌듯했다. 가출 소녀에서 여대생으로의 신분 상승이라, 사람 팔자 시간문제라더니. 다른 가족들 모두 다행이라 여기는 눈치였고, 특히 체면을 중히 여기는 이씨의 경우는 '여대생 딸'을 두었다고 은근히 자랑까지 한다는 소문이었다. 그러나 한 학기를 마치고 여름방학에 들어가기가 무섭게 또다시 가출했다는 소식이 들려왔다. 김씨는 또다시 '악담'을 퍼붓기 시작했다.

"그 썩을 년. 놈(남)의 집에서 밥을 빌어먹든지 동냥을 해먹든지, 영금(혼) 한 번 보라고 카마이 놔두어 버러라. 하이고, 새끼들 할라 많고 아들이 셋썩이나 된 디, 내가 뭇이 아숩다고 지까짓 년 꼴랑지를 따라댕길 것이냐? 대준 납부금이나 내놓고 어디 가서 콱 디져나 버렸으면, 속이라도 시언허겠다."

그로부터 달포4) 가량 지난 어느 날 아침. 요란하게 벨이 울렸다.

"시상에나 만상에나. 이거이 문 일이끄나? 향순이 가시네가 죽었닥 안 허냐?"

"예? 그게... 무슨 소리여요? 어머니, 향순이가 죽다니요?"

"금방사 지서에서 연락이 왔넌 디, 언저녁에 어뜬 년들이 오토바이를 타고 가다가 죽었넌 디, 개비(호주머니)를 뒤져 본 게, 향순이 년 학생증이 나오드락 안 허냐?... 괗전대병원 영안실인가 어딘가 있다고 헌 게, 우선 너라도 가 보그라.'"

'6남매가 지금껏 손가락 하나 다치지 않고 잘 살아왔는데, 이 무슨 날벼락이란 말인가?'

따라나서겠다는 아내를 주저앉히고, 병원으로 향했다. 내리막 길의 끝자락, 영안실 입구에는 키가 작고 눈빛이 예리한, 한 사내가 서 있었다. 그의 뒤를 따라가는 동안 만감이 교차했다.

'혹시 경찰들이 사람을 잘못 본 것은 아닐까? 신분증이 잘못된 것은 아닐까? 그러나 만일 정말로 향순이라면, 내 여동생이라면 이 일을 어쩔 것인가? 교통사고라면 시신도 엉망일 텐데, 그 끔찍한 모습을 내 눈으로 직접 확인해야 하다니.'

"어쩔 것이요? 들어갈 거요, 말 거요? 우리 바쁜 게, 싸게 싸게 말을 허씨요 이."

문 앞에 선 사내는 숫제 위협조였다. 문을 열자 음습한 냉기가

---

4) 달포: 한 달이 조금 넘는 기간.

온몸을 향해 확 밀려왔다. 턱이 흔들거릴 정도로 몸이 진동하기 시작했다. 방의 한 가운데, 네 개의 간이침대 위에는 침대 수만큼의 시체가 누워 있었다. 한 곳으로 다가간 사내는 인정사정없이, 얼굴에 덮인 하얀 천을 열어젖혔다.

'아! 향순아....'

죽음의 그림자가 드리워지긴 했으되, 그건 분명 여동생이었다. 어렸을 적 동생들이 너무 많아 속으로 불평한 적이 있었다. 막내 여동생이 친구 집에서 자고 왔을 때, 호되게 야단쳤던 일도 생각났다. 사내는 천을 덮으며 무미건조한 음성을 내질렀다.

"인자 냉동실에 넣어도 괜찮겠지라우? 날씨가 더와서 빨리 변해 버린단 말이요."

밖으로 나오는데, 김씨가 와락 달려들었다.

"차말로 향순이디야?"

"......."

"차말로 내 딸이디야? 말 조까 해 봐라. 아이고!"

땅바닥에 털썩 주저앉은 채, 통곡을 뿜어내기 시작했다. '새끼들할라 많고 아들이 싯 씩이나 된 디, 내가 뭇이 아숩다고 지까짓 년.' 운운하던 어미의 입에서 짐승 울음소리가 터져 나오고 있었다. 읍내에서 소식을 들은 이씨는 그 자리에서 혼절했단다. 광산 경찰서 담당 형사가 자리를 권한다.

"일단 앉으시죠. 에... 그런게 우리도 참 알쏭달쏭허단 말이요. 어젯밤, 그런게 오늘 새벽이겠지라우. 하남 공단 근처에서 오토바이를 타고 가던 남녀 두 쌍이 앞에 정지해 있던 대운통운 트럭 뒤쪽 밤바를 받고, 그 자리서 즉사해 버렸넌 디..."

"즉사를 해요?"

"이것은 분명히 트럭한테 책임이 있거든이라우. 만일 앞에서 가다가 급브레이크를 밟았다 허먼 백퍼센트 잘못이 있는 것이고, 그 자리에 정지해 놓았다 허먼, 또 도로교통법 위반이 될 것이고요. 트럭 운전사 말로는 그냥 갓길에 세와 놓았넌디 뒤에서 와 받아 버렸다고 그러는 디, 그것이사 믿을 수 읎는 소리고..."

형사는 서둘러 현장으로 안내했다. 하지만 그곳에는 아무 것도 남아 있지 않았다. 트럭과 오토바이는 벌써 치워진 상태였고, 사고 당시의 흔적이나 파편조차 남아있지 않았다. 대신 도로에 사고 지점을 나타내는 표시만 하얀색으로 그려져 있었다. 동행한 교통계장의 사고 분석.

"이 자리가 사고 지점인 디, 트럭에는 별 책임이 읎는 것 같네요. 주차헐 자리는 아니제마는, 뒤에서 받아 버린 사람한테 책임이 더 있다고 봐야지요."

"앞서 가다가 급브레이크를 밟았을 수도 있잖아요?"

"아닙니다. 여기 보시면, 길 중앙이 아니라 길가 쪽이잖아요? 그런 디다 브레이끼를 밟았으면, 스키드 마크가 찍혀야 허는 디, 그것도 읎고요. 자칫 피해자들이 벌금을 물어야 할지도 모릅니다."

"벌금을 물어요? 이 양반들이 시방 그걸 말이라고 해? 당신들, 이 사건 똑바로 처리하지 않으면 가만 안 있을 거요."

충장로 1가의 동백장 호텔. 이씨를 비롯한 친척들이 방 한 칸을 잡아 '사고대책본부'를 설치해 두고 있었다. 민주공화당 영광장성함평 지구당 수석부위원장으로 활동하던 때, 군 농업협동조합장에 재직하던 때, 이씨는 목욕탕이 딸린 이곳에 머물렀다. 기어이 함께 자자며 장남을 불러들였던 이곳이 여동생 사인(死因)을 규명하는 장소가 될 줄이야. 사나흘이 지나자 사람들이 찾아왔다. 대운통운 사건 담당자들은 위로금으로 장례비 정도만 지급하겠다고 제안했다가 호통만 듣고 돌아갔다. 초동 수사에 참여했던 형사는 '증거가 없어 피해자들에게 불리하기 땜에, 차라리 오토바이 운전자 유가족에게 손해배상을 청구하라'고 말했다가 무색만 당했다. 급한 성미의 이씨가 팔을 걸어 부치며 일갈(一喝)했다.

"내가 검찰에다 연락해 갖고 경찰, 요놈들 혼짝을 낼란다. 내가 광주 검찰청 선도 위원 아니냐?"

"모든 사건이 경찰 통해서 올라갈 텐데요?"

"그러먼... 느그 은종이 성 밑에서 컸든 애기 중에 변호사가 있닥헌 게, 한 번 불러 보끄나?"

박은종은 작은 이모의 아들, 아니 정확히 말하면 작은 이모부의 본처 소생이었다. 이씨와 중학교 동창생이기도 한 그는 6·25 전쟁이 낳은 고아들을 데리고 내려와 길룡리에 터를 잡았고, 이후 미국의 원조를 받아 500명이 넘는 아이들을 관리하며 많은 부를 축적하기도 했다. 그러나 변호사의 말은 허탈감을 자아내기에 충분했다.

"물론 법적으로는 검찰이 경찰의 상위개념이긴 하지요. 하지만 검찰 역시 초동 수사에 참여했던 경찰들의 조서를 무시할 수는 없거든요. 흔히 생각하는 것보다, 경찰들의 힘이 막강한 거죠. 그리고 이번 사건의 경우, 제 생각에는 경찰이 하는 말이 옳은 것 같습니다. 오토바이 운전자에게 책임을 물어야지요. 법적으로는 그게 맞습니다."

"그보다 트럭 운전사란 자가 코빼기도 비치지 않으니, 어떻게 이럴 수가 있어요?"

"원래 사고 당사자는 이런 데에 나타나지 않는 법입니다. 피해자를 만나서 무슨 할 말이 있겠어요? 자칫 몰매나 안 맞으면 다행이지. 그래서 회사 측이 대신 나서는 것 아닙니까?"

"그럼 회사를 걸어야지요."

"물론 그럴 수는 있습니다. 하지만 우리나라에서 가장 크다고 알려진 대운통운을 상대로 해서 이긴 경우는 거의 없거든요. 엊그제 다녀갔다고 들었습니다만, 그 사람들은 그쪽으로 빠삭히 끼고 있거든요. 생각해 보세요. 밥 먹고 하는 일이 그건데, 오죽하겠습니까? 우리 변호사들이나 판사들보다 그 분야에 대해서는 더 잘 안다니까요. 사건이 없을 때에도 평소 경찰서나 검찰에 손을 다 써놓아요. 명절 때 떡값은 기본이고요, 친목 도모한다며 함께 밥 먹고, 술 마시러 가고, 심지어 이런 말은 좀 그렇습니다만... 오입질도 같이 하고요. 법적으로 문제되지 않도록, 서로 이

해(利害) 관계가 없을 때 다져놓는 거지요. 그래서 정부에서도 검찰이나 경찰은 자주 바꾸잖아요? 로비하는 입장에서는 사람이 바뀐다는 게 문젠데, 그것도 다 해결책이 있습니다. 가령 이쪽으로 처음 발령 받아오는 판사나 검사, 경찰서장이 있으면, 누가 그 사람과 연결되는가를 샅샅이 조사합니다. 혈연, 지연, 학연을 다 동원하는 거지요. 좁은 바닥에서 어느 하나라도 걸리지 않겠습니까? 그걸 연결 고리로 해서 치고 들어가는 겁니다. 처음에는 추상(秋霜)같이 법을 집행하리라 맘먹고 온 사람도 이런 전술에는 꼼짝 못하는 거지요. 향판(鄕判)이란 말도 있지 않습니까? 그러니 회사를 이길 수 없는 거지요."

"향판 제도를 없애면 되잖아요?"

"물론 없애려고 했지요. 그래서 전국을 놓고 뺑뺑 돌렸는데, 판검사들 입장에서는 돌아다니기 피곤하니까 되도록 자기 고향 쪽을 찾아가려 할 거 아닙니까? 그래야 나중에 변호사 개업했을 때도 유리하니까요. 그리고 토착 비리 같은 깊은 내막은 그쪽 연고가 있는 사람이 잘 알 거고요. 그러니까 윗선에서도 수사에 도움이 된다는 명분으로 계속 발령을 내는 거지요. 물론 그 자체가 비리의 온상이 되곤 하지만... 재판정에서는 검사와 변호사, 검사와 판사가 서로 싸우는 거 같지만, 실은 다 한 통속이거든요. 출신 고등학교, 대학교, 사법고시 기수에 따라 모조리 선후배로 다 연결되고요, 생판 모른 사람들도 몇 년 법조계에 있다 보면, 이래저래 연결 고리가 생길 거 아닙니까?"

"밀어주고 당겨주고, 누이 좋고 매부 좋고 식이네요? 그럼 저희들더러 어떻게 하란 말입니까?"

"적당하게 타협하는 수밖에 없다는 말이지요."

그러나 그럴 수는 없다 생각했다. '정의'와 '진실'을 위해 태민은 끝까지 싸우리라 맘먹었다. 향순이가 근무했다는 비아의 한 다방을 찾아 사장을 윽박질렀고, 직업소개소 소장에게는 '미성년자 취업알선'을 구실로 협박을 가해 보았다. 그러나 얻어지는 것은 없었다.

"천상 이것이 집안 우세 살라고 생긴 일 아니냐? 새끼가 죽었넌디, 어디다 대고 문 말을 헐 것이며, 누구 탓을 헐 것이냐? 카마이 있어 봐라. 느그 엄마 바까 주게."

"책임자 찾아내서 처벌헌다고 해서 한 번 가 버린 애기가 살아오는 것도 아닌 디, 인자 와서 애잔헌 사람들 못 살게 해 봤자 뭣헐 것이냐? 도라꾸 회사에서 첨에 다먼 을마라도 받으락 헐 때, 받을 턴 디. 순경들도 첨에는 우리 집이 괜찮은 줄 알고 조심허데이, 밸 볼 일 읎다고 생각헌 생 아니냐? 집안에 판검사라도 하나 있었으면, 이럴 때 오죽이나 좋겠냐?"

그렇게 여동생 사건은 종결되었다. 가해자 측으로부터 진정성 있는 사과나 보상금 한 푼도 받지 못한 채, 정확한 사인(死因)도 규명되지 않은 채 유야무야 되고 말았던 것이다.

49제를 지낸다는 연락이 왔다. 장소는 백수 원불교 교당. 분향을 올리고 절을 하고 돌아서니, 하염없이 눈물을 흘리는 이씨

부부가 시야에 들어왔다. 천덕꾸러기 취급을 받은 끝에 어찌어찌하여 대학 문턱을 밟아 본 막내딸, 수시로 가출하여 식구들의 애를 태웠던 아이, 하지만 그 아이 또한 엄연한 가족이었던 것이니. 이 순간, 김씨가 무심결에 퍼부었던 저주를 떠올리고 있을지도 모른다는 생각이 들었다.

"아이고, 고냔시 그 년이 생개나 갖고, 다른 식구들까정 고상시킨다. 차라리 어디 가서 디져 버리기라도 했으면 좋겠다."

그 말이 두고두고 걸렸든지, 땅콩집에 들어서면서 그녀는 혼잣말처럼 중얼거렸다.

"인자 빈 말으로라도 죽으란 말은 절대로 안 헐란다. 시상에, 말이씨 된다드니, 내가 말 한 마디 잘못했다고 이런 꼴을 당허끄나?"

30여 년 전, 첫딸이 생후 아홉 달 만에 죽었을 때 느꼈을 그 참담함이 다시 한 번 어미의 가슴속을 후벼 파고 있으리라. 딸의 두 번째 장례 절차가 마무리되었다. 하지만 막내 여동생이 남긴 죽음의 그림자는 결코 짧지 않았다. 한 달이 가고, 두 달이 지나도 어둡고 음산한 집안 분위기는 좀체 해소되지 않았다. 가족들끼리 서로 얼굴 마주치기가 민망할 정도로 서먹서먹했다.

땅콩집의 애가(哀歌)

● ● ●

 섣달 그믐날 오후, 서촌 동네에 나갔다가 들어오는 길. 땅콩집 담장 주변을 따라 덩그러니 베어 넘어진 아름드리나무들이 눈에 띄었다.

"여름이먼 바람도 안 통헌 게 깝깝허고, 또 느그 어메 말이 그늘져 논 게, 농사도 잘 안 된다고 안 그러냐? 그래서 일꾼들 시캐 갖고, 싹 비어 버렸다. 어째서 그러냐?"

"아니요. 어쩐지 잔인하다 싶어서요."

"벨 소리를 다 헌다. 저것들이 뭇이나 알간 디, 그런 소리를 허냐?"

불륜과 간통, 살인 사건이 일어났던 곳, 지어진 지 1년 반 만에 막내 여동생이 교통사고로 세상을 떠났던 곳 땅콩집. 설이 지나고 이틀째가 되었을 때, 태민은 책도 봐야 하고 논문도 써야 한다고 둘러대며 올라가겠노라 했다.

"아이고! 느그들도 깝깝허다 이. 오늘 가고 싶으면, 어제께부터라도 말을 허지 그랬냐?"

"어머니도 참. 저희들이 가는데, 무슨 준비가 필요하다고 그러세요?"

"쌀 갖고 갈라면 방아도 찧어야 허고, 짐치랑, 젖깔이랑도 쪼까씩 갖고 가야제에. 느그 아부지는 하로만 더 쉬었다 가락 안허냐?"

"우리 집은 아버님이 문제여요."

"향순이 년, 죽은 뒤로 무장 더 빈했써야. 땅콩집으로 이사 온 뒤로 사람들을 더 잡어 둘라고만 난리다. 그런게 동네 사람들도 앨라 더 안 올락 허제."

저녁을 먹는 둥 마는 둥, 섬돌 위의 신발을 향해 허리를 구부리는데, 등 뒤에서 인기척이 느껴졌다.

"아빠, 어디 가?"

"아! 우리 홍은이. 동네에 갈라고 그런다. 왜?"

"나도 따라갈래."

"날씨가 너무 추우니까, 너는 여기 있어."

"알았어. 근데 아빠. 우리 언제 광주에 가?"

"내일 갈 거야. 그러니까 오늘밤만 지나면 돼. 알았지?"

이제 설을 지나 갓 여덟 살이 되는 딸아이. 유치원을 졸업하고 올 봄 초등학교에 입학할 아이, 동그란 얼굴에 눈이 큰 아이, 하지만 올려다보는 그 눈빛 속에 검은 그림자 같은 것이 스치는 것을 언뜻 감지했다. 태민은 가게까지 몰고 온 오토바이를 변소 옆 헛간에 괴어놓았고, 마침 가게를 보고 있던 경희에게 키를 맡겼다. 고교를 졸업하고 빈둥빈둥 놀고만 있는 둘째 여동생.

"나 마실에 갔다 올 테니, 이 키 갖고 있어라. 덤벙대다가 잃어버리지 말고..."

"홍은이 땅콩집에 있어? 왜 안 데리고 왔어? 보고 싶은 디...."

"날도 추운데, 뭐 하러 오토바이 바람 쐬고 데리고 와? 그러다가 감기 들면 어쩌려고?"

천천히 걸어 '꿩바탕'에 있는 이신형의 집엘 들렀다. 초등학교 6학년으로 재수할 때, 함께 다녔던 후배이자 친구. 신형은 영광군청과 백수읍사무소에 근무한다는 친구들 서너 명과 어울려 잔을 기울이고 있었다. 간단히 수인사가 건네지고 곧이어 술내기 고스톱 판이 벌어졌다. 10시 반쯤 되었을까. 지루하게 느껴져, 태민 쪽에서 먼저 판을 깼다. 수중의 돈을 모아 신형의 동생에게 건넸고, 그는 맥주를 한 아름 껴안은 채 들어왔다.

"가게에 누구 있던가?"

"경희가 있든 디라우."

술이 두어 순배쯤 돌았을 때, 시계를 보니 벌써 자정이 가까워 있었다. 막 방문을 나서려는데, 기출이 딴지를 걸었다.

"어이, 태민이. 우리 집사람이 친정에 갔넌 디, 쪼끔만 더 있다가 우리 집이서 같이 자세."

"내가 안 가면 애기 엄마가 잠을 못 자는데?"

"아따, 텀턱스럽기는. 부모님들 계시겠다, 아그들 다 있겠다. 어째서 잠을 못 주무신단가? 그러지 말고, 옛날이야기랑 험시로 같이 자세."

붙임성이 좋은 데다 태민을 잘 따랐던 후배와 그동안 밀린 정담(情談)을 나누는 것도 나쁘지 않다 여겼다. 더구나 그의 집은 바로 코앞에 있지 않은가?

"가게에 가봐서 오토바이가 있으면 올라갈 것이고, 안 그러면 다시 올 께."

가게 앞문은 이미 내려져 있었다. 왼쪽으로 가게를 끼고 대문을 통과하여 마당을 가로질러 헛간 쪽으로 다가갔다. 가게 방에 잠들어 있을 태국 부부가 깨지 않도록 하기 위해 최대한 발소리를 죽였다. 오토바이는 그 자리에 우뚝 서 있었다. 하지만 키가 꽂혀 있지 않았다.

'경희가 키를 가지고 가 버렸나? 아니면 태국에게 맡겼을까?'

여동생들 가운데 가장 영리하고 센스가 빠른 아이, 키를 꼭 갖고 있으라는 큰오빠의 지시를 망각하지는 않았을 터. 그럼? 어쨌거나 너무 늦은 것이 탈이라면 탈이었다. 그러나 태국을 깨울 수는 없는 노릇. 가게에 딸린 방으로부터 창호지를 통해 어슴푸레한 불빛이 새어나오고 있었다. 숨을 죽이며 고양이걸음으로 살금살금 다가가 보았다.

'이미 잠이 들었다면 그냥 돌아설 것이고, 아직도 깨어 있다면 키를 달라고 해야지.'

문 앞까지 다가가 귀를 기울여 보았다. 그러나 방안에서는 아무런 기척이 없었다. 눈을 돌려 마당 서쪽에 웅크리고 있는 사랑채를 바라보니, 칠흑처럼 어두웠다. 태민의 중학생 시절, 이씨는 식구 수에 비해 방이 적다며 그곳에 길다란 건물을 지었다. 남쪽에서부터 나락창고 두 칸, 부엌 겸 외양간 한 칸, 큰방과 그 북쪽으로 딸린 또 하나의 방 등, 적어도 서촌에서는 가장 큰 건물이었다. 태민은 서쪽으로 난 큰방의 창문을 통해 빙글빙글 돌아가는 서너 쌍의 남녀를 구경하곤 했었다. 독수리표 전축에서 흘러나오는 음악에 맞추어 이씨 일행과 한복 차림의 여자들은 신나게 양춤을 추었고, 김씨는 부리나케 밥과 커피를 갖다 바쳤었다.

'경희는 아마 저쪽 어디에선가 잠이 들었을 테고. 어쩐다? 찬바람 맞으며 혼자 터벅터벅 걸어가기도 그렇고....'

몸을 돌려 마당을 빠져나왔다. 가게 건물을 오른쪽에 끼고 삥 돌아 나왔을 때, 가게 안에서 무슨 불빛 같은 것이 새어 나왔다.

'형광등을 끄지 않고 잠이 들었나? 이 시간에 동생 부부를 깨울 수도 없는 노릇이고.'

마침 기출은 이부자리를 펴는 중이었다. 나란히 누웠을 때.

"그나저나 자네도 공부 허니라고 고상 많제?"

"나야 고생이랄 것은 없는데, 오히려 자네들이 농사짓느라 더 고생하지."

"우리사 몸으로 꿍꿍 허는 일이고, 또 일 끝나면 한잔씩 험시로 이런 이야기, 저런 이야기 험시로 시간을 보낸 게, 세월 가는 것도 잘 모를 때가 많단 게. 생전 머리 쓸 일도 읎은 게, 신간이사 팬허제. 허제마는 자네사 다 큰 대학생들 가르칠라먼, 을마나 심이 들겄는가?"

바로 그때, 요란한 스피커 소리가 곤히 잠들어있는 서촌 동네를 깨웠다.

"이게 무슨 소리야?"

"응. 이장네 집에 스피카가 있넌 디, 동네 문 일이 있을 때에는 방송도 허고 그래. 그런디 이 시간에... 스피카가 잘못 틀어져 버렸는가 몰르겄네. 기계가 고물이라, 그런 일도 차코 있그든."

그러나 다급한 목소리는 단순한 고장이 아님을 알려주고 있었다.

"주민 여러분! 불이 났습니다. 모두들 빨리 나와 주십시오. 불이 났습니다. 불이 났습니다."

"불이 났다네?"

기출은 주섬주섬 옷을 입기 시작했고, 태민 역시 자리를 박차고 일어났다. 어렸을 적, 불이 났다며 온 동네 사람들이 몰려가 요란법석을 떨던 모습이 떠올라 자못 호기심까지 동했다.

"주민 여러분! 지금 즉시 가게 앞으로 나와 주십시오 우리 동네의 가게에서 불이 났습니다. 주민 여러분, 지금 나와 주십시오!"

"가게는 금방 내가 다녀왔는데? 그쪽 근방에 다른 집에서 불이 났다는 말인가?"

허둥지둥 뛰어가는 중에 다시 다급한 목소리가 확성기를 통해 흘러나왔다.

"가게가 불타고 있습니다. 속히 나와 주십시오."

옷을 몸에 다 꿰지도 못한 채, 내달렸다. 땅콩집 담을 따라 무참하게 베어 넘어진 나무들의 모습과 죽은 향순의 얼굴이 스쳐 지나갔다. 숨을 몰아쉬며 가게 앞에 다다랐을 때, 사위(四圍)는 고요했다. 맹렬한 화염이라든지, 사람들의 부산한 움직임 같은 것도 없었다. 다만 가게 안쪽에서부터 새어나오는 가느다란 연기만이 이곳이 화재의 현장이었음을 말해 주고 있었다. 그 연기는 어느 순간, 혀를 날름거리는 지옥의 뱀들로 둔갑했다.

"저.... 저기 안에 사람이 있는데. 사람이 있다니까요. 저 안에......"

그제야 '태국 부부'가 생각난 것이다. 그러나 주위로부터는 아무 반응이 없었다.

"아니, 쩌기 안쪽에... 가게 방에 식구들이 있다고요!"

"....."

광야에 홀로 서 있는 느낌, 벽을 향하여 소리치는 기분이 이런 것일까? 가게 안으로 뛰어들었다. 누군가가 뒤에서 팔을 잡아당겼지만, 힘껏 뿌리쳤다. 전선(電線) 타는 냄새가 코를 찔렀다. 방문을 열어젖혔다. '가족' 중 누군가의 오른쪽 다리가 직각으로 세워진 채, 미동도 하지 않았다. 반듯하게 누운 상태의 몸뚱이는 이미 시커멓게 그을어 있었다. 그 안쪽은 자욱한 연기로 시야가 차단되었다. 뒤따라 온 홍식이 팔을 낚아챘다.

"어이 태민이! 나가세 나가....."

"놔! 이 손, 놓으라니까!"

"이 사람, 이리 나와!"

엄청난 힘에 이끌려가면서도, 머릿속은 의문으로 가득 찼다.

'그 다리의 주인은 누구이며, 왜 저토록 태연하게 누워있단 말인가? 하체의 크기나 길이로 보아 조카들은 아닌 것 같은데, 그렇다면 동생 부부 가운데 하나란 말인가?'

"태국이, 우리 태국이 어디 갔어? 태국아! 태국이 어디 갔냐? 태국이 식구들, 다 어디 갔대요?"

역시 묵묵부답. 둘러선 사람들은 병풍인 양, 말이 없었다. 그때 사촌 동생 태무가 힘없이 내뱉었다.

".....태국이 형은 저쪽 마당에 있어라우."

"그래? 그러면 방안에는 누구란 말이냐?"

"......"

무서운 침묵이 이어지던 중, 대문 쪽 마당에서 슬그머니 다가오는 그림자 하나가 있었다.

"태국아!"

덥석 그의 손을 잡았다. 그러나 녀석은 고개를 푹 숙인 채, 역시 말이 없었다.

"네 식구들 다 어디 있냐? 제수씨는? 우리 홍종이랑은?"

"....."

"야이 놈아! 우리 홍종이랑 홍구랑 어디 있냐고?"

"……"

불현듯 두려움이 엄습해 왔다. 그의 두 팔을 붙잡고 흔들어 댔다.

"태국아! 네 아이들은 다 어디 있냔 말이야?"

"쩌그………다 있어라우."

"그래? 정말로? 그러면 되었고… 그러면 가게방 안에는 누구… 야?"

또 다시 태무를 다그쳤다.

"안에 누구냐고?"

"….경희 누나요."

"경희? 왜 경희가 거기서 자? 그럼 경희가 죽은 거야?"

"………예."

오! 맙소사. 태민은 얼굴을 감싸 안았다. 그때 사람들의 웅성거림 속에서 귓전을 때리는 말이 있었다.

"안에 애기도 있닥 안 허요?"

"애기가? 시상에! 이거이 시방 문 일이단가?"

애기? 애기라니? 이 또 무슨 뚱딴지같은 소리인가?

"애기? 누구네 애기? 홍종이? 홍구? 누구냐고?"

"……"

태무의 멱살을 잡아 흔들었다. 녀석이 풀 죽은 목소리로 말했다.

"내가 가 보께라우…"

얼마 후 돌아온 그는 고개를 숙인 채, 여전히 말이 없었다.

"누구더냐? 웅?"

태민의 목소리는 떨고 있었다. 저승사자 앞에 선 느낌이 이런
것일까? 그의 입술을 바라보는 동안, 애간장이 다 녹았다.

"왜 말이 없어? 누구냐..고?"

"....홍은이.....요."

모기소리만 했다. 그러나 태민의 귀에는 청천벽력이나 다름없
었다.

".............홍은이? 우리 홍은이가.... 왜?"

이 시간, 땅콩집에 고이 잠들어 있어야 할 홍은이가 왜 가게방
에 있단 말인가? 팔을 꼬집어 보았다. 정녕 꿈은 아니었다.

"너, 정말로 우리 홍은이더냐?"

".......예."

"그러면.... 죽었더냐?"

"............."

침묵. 가슴이 덜컹 내려앉았다.

"죽었...지?"

".........예."

그 자리에 털썩 주저앉았다. 눈물도 나지 않고, 소리칠 기력마
저 없어졌다. 하늘을 올려다보았다. 찬바람이 스쳐 지나가는 서
쪽 하늘에는 구름이 잔뜩 끼여 있었다. 음력 정월 초사흘 날의
새벽하늘은 잿빛 얼굴로 넋 나간 한 아비를 묵묵히 내려다보고

있었다.

'저기 저 하늘은 어제와 다름없이 그 모양 그대로인데, 내 딸이 죽다니... 내 딸이 왜? 무엇 때문에? 아니야! 틀림없이 내가 잘못 알고 있는 거야.'

땅을 박차고 일어섰다. 술에 취한 사람 마냥 비틀거리며, 비극의 현장을 향해 걸었다. 태민이 일곱 살 때 서촌 동네 한복판에 지어진 가게, 동네 사람들의 도움으로 터를 닦고 기둥을 세웠던 곳, 지금껏 가족 모두를 먹여 살리다시피 한 그곳이 오늘밤 여덟 살짜리 딸과 여동생을 삼켜 버린 지옥의 현장이 되다니.

"홍은이가 죽어? 세상에, 이런 법이 어디 있어? 천사같이 천진 무구한 아이가 불에 타 죽다니..."

미친 사람마냥, 소리를 질렀다. 버성겨지기 일쑤인 이 세상을 향해, 수없이 실패한 입학시험과 패배로 끝이 난 조교 채용 등 늘 등 뒤에 비수를 꽂는 운명을 향해 울부짖었다. 홍식이 달려들어 비틀거리는 몸을 꽉 붙들었다.

"어이, 태민이. 정신 조까 채리소. 이러다가 자네까지 큰일나 겠네."

담임교사의 일탈된 모습을 훔쳐 보았다는 죄로 죽지 않을 만큼 얻어터지고 그 길로 헛소리까지 했던 녀석, 그 친구가 오늘은 태민더러 정신을 차리란다. 땅콩집 지붕 위에 황토를 올리며 '자네 집을 짓는다'며 덕담을 건넸던 친구가 오늘은 위로하려 달려드는 중이다.

"이거 놓아. 하나님? 하나님은 없어. 하나님이 있다면, 이럴 수는 없는 거야."

"어이 태민이. 이 사람아, 참소, 참어."

"하나님, 이 세상에 죄 없는 사람이 어디 있습니까? 그래도 저는 주일날 교회 나가고, 착하게 살려고 노력했었다고요. 그리고 제가 죄를 지었으면 저에게 벌을 내리실 것이지, 왜 아무런 죄도 없는 내 딸이 그 죄과를 받아야 합니까?"

'차라리 이 머리통이 두 쪽으로 나누어지면 좋겠다. 심장이 쪼개져 파편처럼 흩어지면 좋겠다. 사고(思考)의 용량이 초과하여 감당할 수가 없고, 가슴팍이 차올라 숨을 쉴 수가 없구나.'

쏜살같이 달려가 블록 담에 힘껏 머리를 치받았다.

"아이고! 오메이...."

하지만 비명은 엉뚱한 곳에서 터져 나왔다. 머리통과 블록 담 사이에 기출의 손이 끼워진 것. 엉겁결에 손을 뻗었고, 그 대가로 오른쪽 손목을 부여잡은 채, 녀석은 팔짝팔짝 뛰고 있는 중이었다.

"나는 죽어야 해. 내 딸을 먼저 보낼 수는 없어. 그 아이는 저승 길을 모른단 말이야!"

발버둥을 쳤지만, 더 이상 옴짝달싹 할 수가 없었다. 땅바닥에 털썩 주저앉았다. 그때 주변에서 쑤군대는 소리가 들려왔다.

"전기 누전인 갑이데?"

"아니, 그것이 아니고, 테레비가 폭발했는 갑이여. 즈그 작은 오빠가 건넌방에서 잠을 자다가, 느닷읎이 꽝 허는 소리를 들었다여."

"어째 즈그 작은 오빠가 거그서 안 잤드란가? 본래 그 부부가 자든 방 아닌가?"

"경희가 애기 허고, 가게방에서 같이 잘란다고 하도 졸라싼 게, 그러라고 방을 비워 주었는 갑이여. 자다가 소리를 듣고 뛰쳐 나왔넌 디, 벌써 불이 훨훨 타고 있드라네."

"오메이! 시상에나. 그래 갖고? 그러먼 불을 끄든지, 우선 아그 덜을 불러 내야제에."

"아따! 자네도. 내 말 더 들어보란 게. 즈그 작은 아부이가 방 앞에까장 탐박질해 갖고 와 본 게, 경희한테서는 아무 소리도 옰 고, 애기만 안에서 혼자 옴시로 살려 주라고 막 소리를 치드라네."

"시상에나! 이것이 문 일이단가? 그 애린 것이 뭇을 안다고 소리까정 쳤으까 이."

"배까테서 암만 문을 열라고 해도... 요노모 문고리를 잡을 수 가 있어야제. 불로 달아져 갖고. 그래서 문짝을 발로 뿌시고 들어 갈락 했는 갑인데. 그런디 홍종이 에미가 뒤에서 꽉 잡고, 죽어도 안 놓아 주드라네."

"어째서? 들어가지 마라고?"

"그 판에 들어가 봤자, 한 뻔에 다 죽제 밸 수 있겄는가? 그런 게 태국이가 지 마누래 뺨을 때래 버렸넌 디, 그래도 두 손깍지 꽉 끼고 허리를 잡고 안 놓아 주드라네. 홍종이 에미 덕대가 오직 이나 큰가? 소 잡어먹게 생겼제에. 그런 게, 들어가도 못허고 발만 동동 굴르다가, 일이 고로코 되야 버렸제에."

"시상에나! 이거이 문 일이께? 그때까정 아그덜은 살아 있었
으까?"

"경희는 몰라도 애기는 살아 있었든 갑이여. 불은 났제, 즈그
고무(고모)는 아무 말도 옰제 그런 게, 야가 겁이 나갖고 막 살려
주라고 즈그 작은 아부지를 부르드라여. 기가 맥힐 일 아닌가?"

"시상에! 태국이 그 착헌 것이 을마나 애가 탔으까 이."

"즈그 마누래도 문 죈가? 고냔시 서방한테 뺨 맞고, 욕먹고.
헐 수 옰이 홍종이 애비가 점빵을 뺑 돌아와 갖고, 점빵 덧문을
막 뜯어냈든 갑이여. 그러고 안으로 들어가 본 게, 폴세 다 끝난
이야기드라는 것이제에."

"그나저나 한전(韓電)에 책임이 있는 것은 아니까?"

"문 한전에 책임이 있을라든가?"

"누전일 수도 있은 게, 허는 소리제에. 자네도 맡었을란가 모
르겄네마는, 전깃줄 타는 냄새가 점빵 배까테까정 코를 찔르드
란 게."

"그러긴 했어도 애기가 촛불 키어놓고 자다가 그랬다는디, 한
전에서 책임 질락 허겄는가?"

"그러면 촛불 땜에 테레비가 터졌단 말이여? 허기사 그 전부
텀 점빵이나 그 방에, 전깃줄이 사람 배창시같이 다 보이고 그러
기는 했어."

"그런 디가 있으먼 미리 손을 봐 놓았어야제. 고냔시 쌩목숨

뺏어가 버렸는가 안. 그나저나 문 일이여? 설 시러 왔다가 그런
꼴을 당했으니.........."

"그런디 어째서 멀쩡한 테레비가 다 폭발을 헌단가?"

"아따! 자네도. 애기가 촛불을 테레비 우게다가 키어놓았단 게
는. 그래놓고는 잠이 들어버린 게, 촛불이 타다가 테레비까정 덩거
버렸는 갑이제. 그 짚은(깊은) 속사정이사 어쭈고 알겄는가마는.."

"그런디 다 큰 큰애기가 고로코도 몰르고 잠만 잤으까?"

"테레비가 터져버린 게, 순간적으로 정신을 잃어 버렸겠제에.
한참 떨어진 건넌방까지 소리가 들렸다고 헌 게."

"그나저나 그 집이 문 일이까 이. 향순이 그래 버리고, 아직
1년도 안 되았을 턴 디."

"1년은 문 1년이여? 반년이나 배키 안 되얐는 갑이구만. 이것
이 보통 일은 아니여. 우리 동네 생기고 이런 일은 또 첨이제?"

"시상 천지에 이런 일도 드물 것이여. 애기들알라 벨라 더 이
뻐허는 집이서 이런 꼴을 당했으니, 즈그 한아씨는 또 어쭈코
살란고 이."

"경희는 시집 갈라고, 낼모레 날까장 잡어 놓았담시로?"

"그랬는 갑이데야."

"그러고 태민이 부부는 인자 애기도 못 낳게 해 버렸담시로?"

"홍인이 낳고 나서 또 애기가 들어슨 게, 지울 겸해서 아조 수
술을 해 버렸는 갑이여. 즈그 한아씨랑은 절대 그러지 마라고
했는 갑이데. 그런디 젊은 것들이 고집을 피움시로 그래 버렸는

갑이여."

"허기사 요새 젊은 사람들은 둘만 낳으면, 그만 낳라고들 서로 난리들인 게."

"누구는 새끼들 많이 낳고 싶어서 낳간 디? 혹시나 이런 일 당허까 봐서 그러는 것이제에."

"그래서 으런들이 태를 못 끊게 허는 법이제에."

"그나저나 심덕 좋은 양반들이 이 문 날배락이까 이. 그래서 시상은 악허게 살아야 헌단 게. 아닌 말로 독허고 악헌 놈들 보소. 잘 먹고 잘만 안 살든가 거."

태민은 두 귀를 막았다. 그리고 자신도 알 수 없는 말을 지껄이며 울부짖다가 정신을 잃었다. 얼마나 지났을까. 사람들의 웅성거리는 소리에 눈을 떴다. 몇몇 얼굴이 눈앞에 어른거렸다. 백수진료소란다. 비틀거리며 간이침대에서 내려선 태민의 몸뚱이는 택시 속으로 다시 던져졌다. 소봉메 언덕을 향한 엔진이 신음소리를 내기 시작했을 때, 그제야 아들 생각이 났다.

"참, 홍인이. 우리 홍인이는 어디 있지?"

"땅콩집에 잘 있다네. 안심허소. 태열이가 가서 눈으로 직접 보고 왔은 게, 마음 놓아도 돼야."

초등학교 나오자마자 새끼머슴으로 들어와, 죽어라 일만 했던 육촌형. 태민은 그 앞에서 교복 입은 모습을 보이지 않으려 애를 썼었다. 솟을대문 앞 공터에 택시가 도착하자 진선이 태민의 품으로 달려들었다.

"여보! 우리 홍은이가...... 정말이어요? 우리 홍은이가.."

"미안해. 내가... 나 때문에... 우리 홍은이가..."

무너져 내리는 아내가 불쌍하여 꼭 끌어안았다.

"홍인이는? 우리 홍인이 어디 갔어?"

"저기.. 자요. 깨우지 마셔요. 그러잖아도 초저녁에 누나 따라 간다고 보채길래, 겨우 떼어놓았는데......."

녀석은 세상모른 채 잠들어 있었다. 그 존재만으로 고마웠다. 있어주는 것만으로 눈물이 날만큼 감사했다. 그런데 어느 순간, 숨소리가 들리지 않았다. 코에 가만히 귀를 대 보았다. 훈김이 뿜어져 나왔다. 기쁨, 그것은 생생한 삶이 제공하는 희열이었다. 감정을 억누를 길이 없어, 와락 껴안고 말았다.

"홍인아, 이놈아!"

번쩍 눈을 뜬 녀석이 한동안 어리둥절한 표정을 짓다가, 진선 쪽을 바라보았다. 설을 쇠어 다섯 살이 된 녀석은 갑자기 누나를 찾기 시작했다.

"응? 누나? 동네 가서 잔단다."

"나, 동네 갈 거야. 누나한테 갈 거야."

"너는 안 돼. 여기서 자야지."

"누나....."

칭얼대던 녀석은 기어코 울음을 터뜨리고 말았다.

'동기일신(同氣一身:형제자매는 한 몸이나 다름없음)이라는 말이 허언(虛言)은 아닌가 보구나. 혈육의 죽음을 본능적으로 알아채

었을까? 그렇다면 나중에 원망을 듣지 않기 위해서라도 오늘 밤, 알려주어야 할 텐데….'

"홍인아. 저 누나는….. 누나는 말이야."

"……."

까만 눈을 들여다보는 순간, 차마 입이 떼어지지 않았다. 이 맑고 깨끗한 눈동자 속에, 왜 죽음이라는 단어를 집어넣어야 하는가?

"홍인아. 누나는 쩌어기 하늘나라로…….."

더 이상 말을 잇지 못한 채, 작은 몸뚱이를 와락 끌어안고 말았다. 한참동안 떼를 쓰던 육신은 울다 지쳐 잠이 들었다. 그 얼굴을 바라보며, 전조(前兆)를 더듬어 보기 시작했다.

'싹둑싹둑 모가지가 잘리어나간 고목들…, 말 못하는 존재들의 반란? 마루 위에서 아빠를 향해 보내던 홍은의 그 마지막 시선. 세상을 초월한 것 같은 신비스런 눈동자. 그 아이는 아빠에게 무언(無言)의 메시지를 건네고 있었던 것이다!'

과연 그 메시지가 뭘까?

'아빠, 이게 마지막 순간이어요. 저도 싫지만 어쩔 수가 없네요. 이제 저는 아빠의 곁을 떠나 먼 길을 가야 해요. 아빠 저를 용서하세요. 맞다! 근데 왜 나는 그 메시지를 읽지 못했을까? 왜 나는 피 끓는 딸의 외침을 듣지 못했을까? 못난 놈, 이 못난 놈아!'

사건의 원인이나 총체적 진실에 대해서는 추측만 무성할 뿐,

실체가 잡히지 않았다. 다만 여러 사람의 말을 종합해 본 결과, 사건의 전말은 이랬다. 태민이 동네로 가 버린 후, 홍은은 김씨를 계속 졸라 댔단다. 아무리 타일러도 막무가내였던 까닭은 홍은이 유독 작은 고모를 따랐기 때문. 그런데 최근 들어 경희는 진선에게 '죽어 버리고 싶다'는 말을 자주 했다고 한다. 약혼하기로 한 남자한테서는 아무 연락도 없고, 아버지 이씨는 결혼 말을 꺼내지도 못하게 한다며. 우울한 심사로 가게에 가 있는 동안, 김씨에게서 전화가 걸려왔단다. 홍은이가 자꾸 가게에 가려고만 한다는 것.

"큰오빠는 동네 나갔은 게요. 여기서 태문이 보낼 테니, 그 편에 보내세요. 홍은이랑 같이 있으면, 안 지루하고 나도 좋지요. 봐서 여그서 같이 자께요."

틈만 나면 씻겨 주고, 머리를 빗겨 주고, 업어 주고 하던 조카였다. 결국 막둥이 삼촌이 오토바이로 그 조카를 가게에 데려왔고, 키를 돌려받은 경희는 자정이 다 되도록 나타나지 않는 큰오빠를 기다리다가 작은 오빠 부부더러 건넌방으로 가서 자도록 권유하였다.

'키를 전하기 위해 나를 기다렸을 것이다. 기다리다가 잠이 들었을 수도 있고. 그런데 갑자기 텔레비전이 폭발하는 바람에 정신을 잃었다. 물론 깨어있었건 잠이 들었건, 결과는 대동소이하였을 테고. 그렇다면 내가 방문 앞까지 다가가 보았던, 그 불그스레한 불빛은? 텔레비전이 폭발하기 전이었으니, 분명 촛불이었을 것이다. 그렇다면 왜 촛불이? 아마 홍은이 켜 달라 졸랐을 것이다. 생일파티 같은 때에 케이크 위에 켜진 촛불을 보며, 유난히 좋아했던 아이. 귀여운 조카의 청을 뿌리칠 수 없어, 고모는 촛불을 켰을 것이고. 그렇다면 초는 어디에서? 명절 전날 밤에는 무라리 일대에 전기 공급이 끊어지곤 했었지. 그 때문에 쓰다 남은 초가 집안 어딘가에 있었을 테고. 근데 막상 초를 꽂아놓을 만한 마땅한 장소가 없어, 무심코 텔레비전 위에 올려놓았을 테고. 이때 십중팔구는 촛농으로 그 위에 붙여놓았을 것이다. 그리고 내가 키를 가지러 오면 그때 키를 건네준 다음, 불을 끄고 자려니 생각했을 것이다. 그러다가 깜박 잠이 들었고. 그랬다. 분명 그리했을 것이다.'

생각이 이에 미치자 가슴이 터질 것만 같았다.

'그런데... 그런데 이 미련한 놈이, 방문 앞까지 갔다가 돌아서고 말았으니. 그때라도 여동생 이름을 부르든지, 하다못해 기침 소리라도 냈더라면 천추의 한을 남기지는 않았을 터인데. 왜 말 없이 돌아섰던고? 왜 태국 부부가 자고 있을 거라 지레짐작하였을꼬?'

한편으로 어쩔 수 없는 운명의 장난이라 여겨지기도 했다.

'그 상황에서 어떻게 내가 방 안의 일을 상상이나 할 수 있었으랴? 그 방 안에 내 사랑하는 딸과 둘째 여동생이 함께 잠들어있다는 사실을 짐작이나 할 수 있었으랴? 다만 젊은 제수 때문에라도, 동생 부부를 깨워서는 안 된다고만 생각했으니. 그보다 왜 멀쩡한 텔레비전이 폭발하냐고? 또 어떻게 경희가 정신을 잃을 정도로 파괴력이 클 수 있단 말인가? 그 정도로 충격이 컸다면, 왜 우리 홍은이는 살려 달라 소리칠 만큼 말짱했을까?'

끝없이 진행되던 추리는 어느 단계에선가 막히고, 막혔다가 또 뚫리기를 거듭했다.

'아! 그 수많은 과정 가운데 어느 것 하나라도 생략이 되었더라면. 어쩌면 그토록 완벽하게 잘 쓰인 각본처럼, 함께 어우러지고 짜 맞춰질 수 있단 말인가? 하나님께서 억지로 꿰 맞춰가면서 고통을 주실 만큼, 나의 죄가 붉단 말인가? 5백 년의 서촌 역사상 전무후무할 비극을 당할 만큼, 우리 집안의 죄과가 크단 말인가?'

이번에는 자책(自責)과 회한(悔恨).

'그 날 오후 늦게라도 광주에 올라가 버렸더라면, 그날 밤 기출의 강권(?)에 응하지만 않았더라면, 경희를 깨우기만 했더라면, 가게 안쪽에서 흘러나오는 불빛을 그냥 지나치지만 않았더라면..'

힘이 없어 멍하니 누워있는데, 김씨가 안방으로 건너오라 한다. 숙부랑 친척들이 모였다고. 만나고 싶은 사람도, 하고 싶은 말도 없었다. 천근만근 몸을 이끌고 들어간 안방에는 당내(堂內) 식구들이 빙 둘러 앉아 있었다. 아랫목에 자리한 이씨는 숫제 혼이 나가 버린 사람 같았다. 여기저기서 훌쩍이는 소리가 들려오는 순간, 느닷없이 이씨가 부르짖기 시작했다.

"홍은아, 홍은아! 니가 이 문 일이냐? 니가 내 앞에서 죽데이. 이것이 문 일이여? 내가 죽을란다. 차라리 내가 죽어. 할애비 앞에서 손지 딸이 죽는 법이 시상 천지에... 어디 있단 말이냐?"

여태껏 자식들 앞에서 약한 모습을 보인 적이 없는 그였다. 중고등학교 입시에서 태민이 낙방했을 때에도, 김씨가 돈 타령을 할 때에도 그는 눈 하나 깜짝하지 않았다. 무라리 일대의 경지 정리 사업이나 관정 파는 일, 전기 전화를 끌어오는 일에 반대하는 여론이 높을 때에는 소신으로 대응했고, 정적(政敵)들이 중상모략 할 때에는 조합장직을 집어던지는 결단으로 대응했다. 심지어 막둥이 딸이 비명에 갔을 때에도, 속으로만 눈물을 삼켰다. 그런 그가 이제는 체면이고 뭐고 가리지 않았다. 헝클어진 머리칼에 덥수룩한 수염, 내복 위에 허둥지둥 걸쳐 입은 잠옷 차림으로 눈물과 콧물이 뒤범벅이 된 채, 그는 마냥 몸부림치고 있었다.

사실 그는 애정 표현에 매우 인색한 편이었다. 속으로 아끼고 사랑하면서도, 겉으로 그것을 나타내지는 않았다. 태민 또한 그로부터 살가운 말 한 마디를 들어본 적이 없었다. 장남을 최전방에 보낼 때에도, 그의 입에서 나온 말은 '최악의 경우를 생각하라!'는 한 마디뿐이었다. 대신 식구들 나무랄 때에는 동네가 떠나가도록 악을 썼다. 그처럼 까칠한 이씨가 거침없이 사랑을 쏟았던 대상이 있다면, 홍은이 유일했다. 자의반 타의반으로 군 농협장 자리를 내놓고 시름에 잠겨 있을 때 그 앞에 천사처럼 나타난 아이, 그가 바로 홍은이었다. 그는 모든 아픔과 상처를 손녀에 대한 사랑으로 극복하려 했다. 여섯 명의 자식들을 키우면서도 경험하지 못했던 진하고 진한 부성애(父性愛)를 갖고, 그 아이에 대해서만큼은 가없는 사랑을 쏟아 부었다. 오죽이나 그 모양이 유별났으면, 김씨 입에서 이런 말이 나왔을까.

"시상에! 손지가 뭇이끄나 이. 저 양반이 생전 어디 가서 뭇을 싸들고 오는 승질이 아니그든. 여자들이 그런 것 싸오는 것은 이해해도, 남자들이 그러면 욕을 서리 허고 그러셨넌디, 이참에는 홍은이 갖다 준다고 항카치에다가 떡이랑, 사과랑 싸왔드란 게는. 시상에, 문 젖맥이가 시방부터 그것을 먹기나 허겄냐?"

"아버지가 그러셨어요? 하하하.."

"그러고 은젠가 느그 처갓집 누구 회갑잔치 헌다고 가겠넌 디, 저것이 그 통에 똥을 쌌든 갑이드라. 그런디 시상에, 그 많은 사람들 앞에서 지저구를 갈아주드란다. 나 살다가, 느그 아부지 그런 꼴은 또 첨 들었다 이."

이에 질세라, 진선 역시 유쾌하게 맞장구를 쳤었다.

"아무리 화가 나도요. 홍은이가 재롱을 피우면, '허허' 하고 웃어넘기세요. 홍은이를 하늘이 당신에게 내린 선물로 여기는 눈치시드라고요."

통일주체국민회의 대의원들로부터 터무니없는 모함을 받고, 농협장직 사표를 내고 물러난 지 벌써 7년여. 그동안 10·26과 12·12, 5·18을 거쳐 전두환이 정권을 잡으면서 민정당 세상이 되었다. 여기저기서 유혹의 목소리들도 있었지만, 이씨는 두문불출하다시피 하며 칩거를 이어가고 있는 중. 농촌에 살면서도 꿍꿍 일을 하는 체질이 아닌 데다 정치적으로 몰락하다 보니 알아주는 사람도 없는 터에, 홍은이 눈앞에 등장했었다. 그런데 눈에 넣어도 아프지 않을 손녀딸이 이토록 처참한 모습으로 숨을 거두다니. 억장이 무너지고 삶에 대한 모든 희망이 꺾이는 순간, 마침내 이씨의 입에서 독설이 뿜어져 나오기 시작했다.

"다 잡어 가그라. 다 잡어 가! 나도 잡어가고, 내 애팬네도 잡어가고, 다... 잡어 가그라!"

본래 성미가 급하긴 해도, 말만큼은 가려서 하는 그였다. 그런 그가 막말을 하고 나선 것이다. 마치 실성한 사람처럼 그는 대상이 불분명한 그 무엇인가에 대해, 온몸으로 항거하고 있었다. 그 통에도 차마 '다른 자식들까지'라는 말을 덧붙이지 못한 까닭은 '먼저 세상을 떠나는 자식'에 대한 지긋지긋한 통증 때문이었을까.

"나 땜에 홍은이가 죽었어요. 내가 조금만 일찍 갔더라면, 내가 싸이카 키를 달라고 깨우기만 했어도 이런 사고가 없었을 텐데, 내가 죄인이라고요!"

장남의 자책에 김씨는 황급히 손을 내저었다.

"하니나, 그런 소리 허들 말어라. 너라고 해서 그것들이 사고 당헐 줄 알기를 했겄냐, 어쨌겄냐? 고로코 말을 허자면 한이 읎어야. 나도 느그덜이 광주 올라간다고 했을 때, 못 올라가게 헌 것이 맘에 걸린단 마다. 그때 느그 아부지허고 쌈이라도 해서, 올라가게 헐 턴디 허는 맘이 맥히고...."

"......"

"도독 맞을라면 개도 안 짖는다고 허데이, 영락 읎이 우리가

294

그 꼴 아니냐? 뒤에서 오는 범은 막아도 앞에서 오는 사람팔자는 못 막는다고 했다. 죽고 사는 것은 운명인 게, 절대 사람 힘으로는 안 되는 법이여어. 아먼, 안되고말고."

모든 일을 팔자 탓으로 돌리는, 김씨 특유의 편리한 사고가 작동하기 시작했을까? 그때 예기치 않은 인물, 육촌형 태열이 무대에 등장하여 연기를 이어 나갔다.

"그러고 본 게, 그저께 밤에라우 이. 그 방, 사고가 난 점빵 방에서 보신탕을 먹었넌 디, 그때 태민이 너도 같이 안 먹었냐?"

"······!"

"그러고 바로 그 날 밤에 내가 꿈을 꾸었넌 디, 오메이! 인자사 생각이 나구만이라우. 꿈에 점빵집 나락 창고를 열어본 게 시커먼 생애가 두 개 있넌 디, 오메이! 그 꿈이 딱 맞혀 버렸네요 이."

그는 스스로의 말에 감전이라도 된 듯, 부들부들 떨기 시작했다. 태민 역시 망치로 뒤통수를 얻어맞은 듯, 어지럼증을 느꼈다. 아! 그 생각이 왜 이제야 났을까? 그날 저녁 접시에 쌓아놓은 개뼈다귀와 영안실에서 언뜻 보았던 향순의 시신이 겹쳐 떠올랐다.

'몽둥이로 두들겨 맞고 칼로 낭자당하여 밥상에 놓인 개고기, 그 처참한 죽음들을 내 입으로 쳐 넣다니. 땅콩집 담 주변에 잔인하게 베어 넘어진 고목들, 쇠똥이의 칼에 등이 찔려 즉사한 보미로, 향순의 시신, 그리고 시커멓게 타버린 채 직각으로 세워진 경희의 오른쪽 다리, 불 속에서 살려 달라 비명을 질러야 했던 나의 사랑하는 딸... 이들 사이에 대체 무슨 연관이라도 있단 말

인가? 그리고 육촌형의 꿈속에 왜 하필 서쪽 사랑채의 나락창고에 들어있는 상여가 등장했을까?'

태열의 눈가가 불그레해지더니, 큰 눈망울에서는 금방 눈물이 뚝뚝 떨어졌다.

"진짜 겁나네요 이. 내 꿈이 영락없이 맞춘 것 아니요? 생애가 두 개 나간다는 것은 둘이 죽어나간다는 것인 게 이"

그의 말에 필(?)을 받았는지, 김씨 입에서 드디어 꿈 이야기가 나오기 시작했다.

"그러고 보면, 내 꿈은 어째 고로코 영헌고. 매칠 전에 죽은 향순이 가시네가 눈에 비치드란 마다. 껌정 치마를 입고 저만치 서서는, 지 뒤에서 누가 나올라고 허는디 차코 막드란 말이다. 그래서 내가 요로코 내다봤데이, 시상에! 경희 가시네가 그 뒤에 안 있냐?"

"......?"

순간 온몸에 소름이 돋았다.

"오메이! 요로코 될 지 알았으면, 미리서 조심허라고 말이라도 헐 턴디. 그런게 여러 소리 헐 것이 옰어야. 경희는 향순이 년이 잡어간 것이여."

김씨의 말대로라면, 왜 향순이가 제 언니를 잡어갔을까? 혼자 죽은 일이 억울해서? 외로워서? 아니면 그 세상이 이곳보다 살기 좋아서? 머리끝이 쭈뼛거리는데, 이번에는 울먹이던 진선의 입이 열렸다.

"어머님. 저도 그젯밤에 꿈이 아주 안 좋았거든요. 홍은의 입 속으로 커다란 벌레가 들어 가길래, 제가 빨리 뱉으라고 소리를 쳤어요. 그런데 그 징그러운 벌레가 결국 홍은의 목안으로 들어 가 버리더라고요. 속이 상해 갖고, 얼마나 울었든지…"

"봐라 거. 그런게 죽으라는 운이야. 누가 무시락해도 죽으라는 운이여. 즈그 에미 꿈에 벌써 비쳐 준 것이여. 생각해봐라. 그러 지 않고서야 일이 요로코까정 꼬이겄냐? 놈(남)도 아니고 즈그 압씨가 문앞에까정 갔다가 돌아나올 때는, 죽으라는 팔자가 아 니겠냐? 살라고 허면 느그덜이 광주를 가 버렸든지, 홍은이가 점빵에 간다고 졸랐을 때 내가 말겄어야(말렸어야) 헐 일 아니냐? 우리 홍인이 봐라. 지가 살라고, 즈그 누나 안 따라간 것 봐라. 다 지 운이고, 팔자여야."

"그래요. 저한테는 너무 과분한 딸이었어요. 제 팔자에 그렇게 이쁘고, 영리하고, 착한 애가 있다는 것부터 이상하잖아요?"

이건 또 웬 뚱딴지같은 소리? 워낙에 충격적인 사건이라서 그 럴까? 아내의 입에서 팔자라는 소리가 다 나오고. 이번에는 이씨 의 자책이 가슴속을 파고들었다.

"인자 앞뒤 개리고 말 것도 읊다. 되는대로 사는 것이여. 모두 가 내 탓이다. 내 죄가 많애야. 그 죄를 새끼들이 다 받고 있는 갑이다."

모든 일을 남의 탓, 자기 덕으로만 돌리던 이씨였다. 잘못된 일은 아내의 탓으로, 잘된 일은 본인의 공으로 치부하던 그였다.

그런 그가 오늘은 모든 죄를 자기 탓으로 돌리며, 닭똥 같은 눈물을 떨어뜨리고 있었다. 집안의 가장 큰 어른이자 영광군 전주 이씨 종친회장이기도 한 그가 스스로를 내동댕이치는 순간, 방 안의 울음소리는 높아져만 갔다. 그때 비교적 냉정을 유지하고 있던 이신행 숙부가 한마디 거들었다.

"옛날부터 말이 있어. 새 집 짓고 3년 냉기기 심들다고. 이 집 지은 지가 시방 2년이 안 되았제 아마."

"올 4월이 되야야 2년 째지야."

"그러고 이 집터가 쎄다고 안 그럽디요? 벌써 한 십년 되았는가? 그때 여그 어디서 살인사건도 안 났었지 않소?"

"시방 우리가 앉거 있는 이 지점이여."

석영이 엄마와 눈이 맞은 쇠똥이가 눈치를 채고 달려드는 보미로의 등에 칼을 꽂은 곳.

'아! 정녕 이곳이 저주의 땅이란 말인가? 이 땅 어느 구석에선가 사람의 피를 부르고 있단 말인가? 오래 된 집터를 쓸어버린 그 위에 번듯한 집을 지었으되, 그 바탕에 흐르는 피의 역사는 끊어지지 않았단 말이지? 희대의 불륜 사건이 일어나고, 땅콩 캐먹은 아이들이 창고 안에 갇혀 공포에 떨었던 곳... 음란과 잔인, 폭력과 살인으로 점철된 현장이....'

"따지고 보면, 어디든지 사람 안 죽은 집 있디요? 살다보면 다 죽게 되야 있제에..."

숙부의 선창(先唱)으로 반전(反轉)이 일어나기 시작했다.

"그러제. 은젠가는 다 죽어. 너도 죽고, 나도 죽고. 천년만년 사는 사람이 어디 있디야?"

장남의 눈치를 살피던 김씨가 또다시 채근대기 시작한다.

"인자 사는 사람이나 열심히 살아야제, 어쩔 것이냐? 그런게 느그덜도 어서 밥 먹고 기운 채래라."

"……"

"지발 내 말 들어야. 어째 느그덜까지 이 부모 속을 뒤집어놓냐? 어째서 통을 파냐고?"

사건 이후 식음을 전폐한 건 진선도 마찬가지. 다른 이유는 없었다. 식욕도 없으려니와 죽은 딸을 제쳐두고 입에 무언가를 집어넣는다는 일 자체가 죄스러웠다. 똑같은 심사라 여겨 진선에게 권하지도 않았다. 시간이 지나는 동안, 수치스럽고 창피하다는 생각이 들었다. 살아오는 동안 한 번도 특별하고 싶은 적이 없었던 것 같다. 초등학교 시절, 심영진 선생님이 유난히 챙겨줄 때, 무척이나 불편했었다. 동네에서 '제일 잘 나가던' 집, 대보름날이면 가장 많은 희사금을 내는 집, 이곳에 몰아닥친 불행에 대해 사람들은 뭐라 말할까? 무엇보다 바로 그 점을 참을 수 없었다.

원불교 백수교당에서 교무1)와 정녀2)가 나왔다는 전갈을 받

---

1) 교무(敎務): 원불교 성직자로서 교화, 교육, 자선 등 교단의 각종 사업에 종사하는 사람. 지방에 있어서 종법사(교단의 최고지도자)의 대리. 불교의 승려, 천주교의 신부, 기독교의 목사에 준함.

고, 김씨와 함께 건넌방으로 들어갔다. 이씨는 백수교당의 신도 회장 자리를 수년 째 지켜오던 참이었다.

"사모님, 내 자식 안 될라고 그런 것이니까, 다 잊어 버리셔요."

"나야 다 늙었넌 디 뭇이 꺽정이겄소마는, 젊은 이것들 살아갈 일이 꺽정되야 그러요. 한 집이서 종교가 서로 틀리먼 안 좋다고 허데이, 하마 우리가 원불교 댕개서 그런 갑소."

대학 교수 되는 데 도움이 될 거라 하여 교회 출석을 참아 주었지만, 속으로는 못마땅하게 여겨왔다는 의미일 터.

"에... 불교 교리에 보면, 전생에 원수들이 자식의 탈을 쓰고 이 세상에 나온답니다. 그래서 사고를 친다거나 부모 앞에 먼저 죽거나 함으로써, 결국 복수를 하는 것이지요."

이건 또 웬 개 풀 뜯어먹는 소리? 그동안 작은 이모님의 지극 정성과 물질적 후원에 대해 부담감을 갖고 있었다. 하지만 바로 오늘, 부담감을 털어 낼 좋은 핑계거리가 생겼으니. 마음이 조금 편안해지려는 찰나, 김씨가 찬물을 끼얹었다.

"글씨 말이요. 원수가 아니고서야, 어쭈코 즈그 부모 가슴에 대못을 박겄소?"

물론 상대에 대해 말 대접해 주는 차원이었고, 교무가 내뱉은 그 낱말과 김씨가 사용한 용어 사이에는 커다란 간극도 있을 것이었다. 그렇다 하더라도, 아비의 입장에서는 한 마디도 허투루

---

2) 정녀(貞女): 원불교에 출가하여 결혼하지 않고 독신으로 오직 공익사업을 위해 일생을 바치는 여자 성직자. 연령 30세 이상, 교직연수 3년 이상인 자.

내뱉고 싶지 않았다. 아비의 가슴에 '대못'을 박고 떠난 건 틀림 없는 사실이지만, 원망하고 싶은 마음은 추호도 없었다.

'하나님! 그 아이가 무슨 죄를 지었나요? 맛있는 음식 달라 통 파고, 예쁜 옷 입고 싶어 칭얼대는 것도 죄가 되나요? 장난감을 놓고 남동생과 티격태격한 것이 죽을죄인가요?'

언젠가 하드를 먹고 싶다며, 고사리 손을 내밀 때가 있었다.

"아빠, 백 원짜리 하나만…"

"안 돼. 홍은아, 하드 너무 많이 먹으면 배 아프고, 못 써."

"안 해이. 하나만…"

"너를 사 주면, 홍인이도 달라고 조를 거 아니야? 그러니까…"

"안 해이.."

"이 녀석이 그래도. 너, 아빠한테 혼날래?"

다람쥐 쳇바퀴 돌듯 하는 공상 가운데 이씨의 굵직한 음성이 들렸다.

"태민아, 김 의원님 오셨다."

마루로 나서는데, 아! 이건 또 무슨 시추에이션인가? 김기수 의원이 나타난 것이다. 까만 찝차에서 내리며 활짝 미소 짓는 그로 말할 것 같으면, 이씨와 항상 정치적 라이벌 관계에 있던 사람이었다. 이씨가 민주공화당 영광장성함평 지구당 수석부위 원장으로서 박인규 의원의 핵심참모였을 때, 그는 야당의 국회 의원 후보에 지나지 않았다. 이씨가 영광군 농업협동조합장으로 위세를 떨칠 때까지 그는 야인(野人) 신세를 벗지 못한 채였다.

신군부의 총칼로 세상이 바뀌어 박인규 의원이 낙선의 고배를 마실 때, 비로소 그는 집권당의 국회의원이 되었다. 영광중학교 선배님이시고 고향의 어른이시라는 사족을 달며, 그는 '지구당에 들어와 함께 일하자'는 제안을 해 왔었다. 이씨는 일언지하에 거절하였고, 이후 수년 동안 초야에 묻혀있는 중. 무라리 출신의 이씨들을 사무국장으로, 조직국장으로 임명한 것도 실상 이씨의 영향력을 차단하기 위해서라는 소문이 돌았다. 그런 그가 이곳에 나타나다니.

　'한 사람은 현직 국회의원이자 대통령의 오른팔이고, 다른 쪽은 졸지에 자식들을 잃어버린 보잘것없는 시골 노인... 윤기가 잘잘 흐르는 찝차를 몰고 와 당당한 자세로 위로하는 입장과 초라한 몰골로 그 앞에서 눈물을 뚝뚝 떨어뜨리는 처지라니. 아! 이보다 더 드라마틱한, 비극적인 장면은 없을 거다. 이건 가문의 수치이다.'

　그는 아랫목 한 중앙에 다리를 꼬고 앉아, 한참동안 수다를 떨었다. 그리고 올 때와 마찬가지로, 그렇게 당당히 떠나갔다. 그 뒤 얼마 되지 않아, 박인규 전 의원이 들이닥쳤다. 이 지역 국회의원을 여러 차례 지내고 중앙 정치에서도 상당한 영향력을 발휘했던 그는 말없이 이씨의 손을 붙잡으며, 어깨를 다독거렸다. 김 의원 앞에서 애써 의연한 척 하던 이씨가 가녀린 한 마리 새가 되어 흐느끼기 시작했다.

　"에.. 역사상 욥처럼 처절한 고통을 당헌 사람이 욶을 터인데,

하루아침에 자식들이 모두 죽어 나자빠지고 전 재산을 잃어버렸
그든. 거그다가 자기 몸마저 병이 들어... 오죽해서 지 마누래까
지 차라리 당신이 믿는 하나님을 저주해 버리고 디지라고 했을
것인가?"

　"……"

　"그럼에도 그가 하나님을 원망허지 않는 모습을 보시고, 하나
님께서는 그에게 이전보다 훨씬 더 많은 복으로, 갑절의 축복으
로 그 고통을 보상해 주시지 않았는가?"

　한 번쯤 들어본 스토리 같기도 했다. 용기가 생겨났다. 희망이
솟아나는 것 같았다. 해 질 녘 시신을 '처리'한 태준 일행이 들이
닥쳤다. 광주 화장터에서 유골을 수습하여 칠산 앞 바다에 뿌리
고 오는 중이라고 했다. 엊그제까지만 해도 헤헤거리며 장난치
다가 삐치고 앙탈을 부리던 생명들이 어느덧 한 줌의 재로 변하
여, 그 생명들을 잉태했던 칠산바다에 뿌려지다니. 워낙 경황이
없는 데다 말을 꺼내기조차 무서워 '장례'에 관해서는 일언반구
묻지도 않았었다. 하지만 막상 모든 절차가 끝났다고 하니, 허전
한 마음 누를 길이 없었다.

　'이렇게 끝날 줄 알았더라면, 먼발치에서라도 지켜봐 줄 걸.
유해(遺骸)라도 내 손으로 처리할 걸. 화장터가 어딘지, 분골(粉骨)
이 칠산바다의 어느 지점에 뿌려졌는지 두 눈으로 똑똑히 보아
두기나 할 걸. 혹시 마지막 가는 길에 아빠와 큰오빠가 보이지
않는다고 서운해 하지는 않았을까?'

생떼 같은 목숨, 비명에 보낸 것도 원통하고 분하거늘 어찌하여 조촐한 장례식마저 치러주지 못했을까? 왜 '안녕'이란 말조차 건네지 못했을까? 왜 죄인의 죽음마냥 허겁지겁 시신을 처리하도록 내버려두었을까? 화마(火魔)에 빼앗긴 생명들을, 왜 또다시 불구덩이에 집어넣도록 방치했을까? 그러지 말라고, 차라리 차디찬 땅 속에 묻어달라고 부탁하지 못했을까? 달구어진 몸뚱이를 조금이라도 식히게 해 달라고 애원하지 못했을까?

'어디엔가 무덤이 있어야 언젠가, 세월이 흐른 먼 훗날에라도 찾아볼 것 아닌가? 참을 수 없는 그리움에 북받칠 때, 목 놓아 실컷 울고 싶을 때 찾아갈 곳이라도 있어야 하지 않겠는가? 사랑하는 내 딸의 이름을 부르며 통곡할 곳이라도 있어야 하지 않겠는가?'

'부모 앞에 간 자식들 무덤 만들어주어 뭐하나?'며, '흔적 있어 봐야 더 생각난다'며, 태민 부부도 모르는 사이에 화장을 시키기로 했단다.

아내는 서촌에서 출발한 장의차를 향해, 수확이 거두어진 땅콩밭 한가운데를 가로질러 맨발로 뛰어갔단다. 신작로 앞을 가로막아 차를 세운 다음, 작은 관을 어루만지며 사랑하는 딸의 얼굴을 찾았단다.

"내 딸아, 홍은아! 네 얼굴이 어디쯤이니? 어디쯤 네 예쁜 얼굴이 있느냐?"

짐승처럼 울부짖었단다. 말리는 사람도 없어 맘껏 통곡을 했단다.

'당신이 부럽네. 그렇게라도 할 수 있었으니...'

사고 발생 나흘 만에 '한이 서린' 무라리와 작별했다. 날씨는 춥고, 짐도 많은 데다 상황이 상황인 만큼 특별히 택시를 불렀다. 인사를 하고 차에 오르려는 순간, 김씨가 대성통곡을 하기 시작했다.

"아이고, 아이고. 내래올 때는 네 식구드니, 올라갈 때는 싯뿐이니, 이것이 문 일이다냐? 아이고, 내 새끼야!"

화정동 주공아파트에 들어섰을 때, 가장 먼저 눈에 들어온 것은 유치원 졸업식 때에 찍은 홍은의 학사모 사진. 생생한 표정을 바라보는 동안, 내 딸이 살아 돌아왔는가 싶어 반가운 마음이 앞섰다. 하지만 의젓하게 나온 사진을 장차 시집갈 때에 챙겨 줄려고 맘먹었던 일이 생각나, 새삼 설움이 북받쳤다. 부모의 심정을 아는지 모르는지, 사진 속의 커다란 눈망울은 이렇게 속삭이고 있었다.

'아빠, 엄마. 어디 갔다 이제 오세요? 제가 빈집에서 얼마나 쓸쓸했는데요?'

진선이 달려가 벽에서 사진을 끌어내린 다음, 꼭 부둥켜안은 채, 울부짖기 시작한다.

"홍은아, 홍은아, 내 딸아. 어디 있니? 어디 있어? 여기서 혼자 기다린 거니? 맘껏 먹이지도 못하고, 입히지도 못하고 이렇게 떠나보내야 한단 말이냐? 용서해라. 용서해. 이 어미를 용서해라."

평소 집에서 떠들지 말라며 아이들을 단속하던 그녀였다. 무라리에서도 혼자 숨죽여 울던 어미였다. 하지만 지금은 집이 떠나갈 듯 울어 대는데, 체면이고 뭐고 없었다. 말릴 기력도 없고, 굳이 말리고 싶지도 않아 멍하니 서 있었다. 도저히 안 되겠다 싶어, 아내의 가슴팍에서 사진을 끌어내려 했다. 그러나 소용이 없었다.

"싫어요. 싫다고요!"

"여보, 이제 그만해."

"놔둬요. 당신은 몰라요. 내 마음은 아무도 몰라요!"

집안 곳곳이 온통 홍은의 흔적뿐이었다. 작은방 문을 열어보면 남동생과 사이좋게 놀다가도 곧잘 뾰루퉁하게 변했던 그 예쁜 얼굴이, 화장실 문을 열어보면 혼자 세수할 수 있다며 문을 꼭 잠그고 들어가던 딸의 뒷모습이 나타났다. 누구나 당할 수 있는, 우연한 사고라고 치부해 버리면 그만이었다. 하지만.

'중학교 입시, 고등학교 입시에서 수없이 낙방하고 조교경합에서 밀린 일, 한 뱃속에서 나온 동기(막둥이 여동생)의 죽음.... 이러한 일들을 겪고도 부족했단 말인가?'

울다가 혼절하다시피 한 진선을 끌어안아 아랫목에 앉혔다.

"여보, 우리 찬송가나 부르면서 정신을 차립시다."

그러나 찬송가를 많이 알지 못하는 데다, 눈물이 앞을 가려 선곡(選曲)조차 할 수 없었다. 한참 동안 뒤적이는데, 마침 눈에

띄는 가사가 나타났다. 진선의 눈치를 살피다가 먼저 부르기 시
작했다.

"나 같은 죄인 살리신 주 은혜 놀라워
잃었던 생명 찾았고 광명을 얻었네."

"큰 죄악에서 건지신 주 은혜 고마워
나 처음 믿은 그 시간 귀하고 귀하다"

"이제껏 내가 산 것도 주님의 은혜라
또 나를 장차 본향에 인도해 주시리

거기서 우리 영원히 주님의 은혜로
해처럼 밝게 살면서 주 찬양하리라"

우연히 선택한 것뿐이었는데, '나 같은 죄인'이란 제목부터 폐
부를 찔렀다. 회개하는 심정으로 가슴을 치는데, 한 줄기 빛처럼
다가오는 구절이 있었다. '본향으로 인도해 주신다'는 것과 '해처
럼 밝게 산다'는 내용. 처음에는 험상궂은 모습일지라도 살아만
있어주기를 바랬었다. 하지만 어차피 천국에서 아름다운 모습으
로 살아갈 테고, 언젠가 다시 만날 테니까, 차라리 그 편이 나았
을지도 모른다는 생각이 들었다. 많이 부르면 부를수록 그 아이

에게 좋은 일이라도 생길 것처럼 태민은 쉼 없이 불러댔다. 그동
안 다시 꼬꾸라진 진선은 꼼짝도 않은 채, 누워 있기만 했다. 함
께 부르도록 재촉하지도, 일으켜 세우지도 않았다. 문득 홍은이
던졌던 물음이 떠올랐다.

"아빠, 하나님은 몇 개야?"

"하나님은 한 분이시란다."

"그럼 어디에 있어?"

"아무 데나 다 계신단다."

"피! 어떻게 하나라면서, 아무 데나 다 있어?"

논리적으로 하자가 없는, 날카로운 반문(反問) 앞에 말문이 막
혔다. 이 말을 꼭 기억했다가 철이 들면, 일러주리라 맘먹었었다.
홍인을 얻었을 때, 2층 올라가는 계단에서 마주친 홍은이 물었다.

"아빠, 애기 사 왔어?"

"그래. 백화점에서 사 왔다."

"야! 신난다. 내가 안을께."

가슴이 답답하여 밖으로 나왔다. 그러나 역시 홍은의 흔적뿐
이었다. 계단을 내려올 때에는 그 곳에 넘어져 울고 있는 모습이,
출입구를 지날 때에는 오른쪽 벽 뒤에 숨어 있다가 '아빠!' 하고
달려오는 딸의 얼굴이 나타났다. 상가 쪽을 바라보다가 하드를
사들고 팔짝팔짝 계단을 뛰어내려오는 홍은을 만났고, 놀이터에
서는 흙 놀이에 열중하고 있는 홍인의 옆에 그 누나가 함께 있는
것을 발견했다. 밟을 땅이 없어 다시 방으로 돌아왔다. 진선은

천장을 바라보며 죽은 사람처럼, 누워 있었다. 옆에 나란히 드러누웠다. 몸을 위해서는 푹 잠이라도 자야 할 것 같은데, 정신은 말똥말똥해지기만 했다.

'방바닥에 누워 천장을 바라볼 때가 있었는데... 맞아. 고교 입시에 실패하고 맥주 세 병을 마신 때, 치사량으로 충분하다 여겨 거침없이 들이켰지만 결국 실패하고 우두커니 천장을 바라보며 누워 있었지. 아! 그때 차라리 깨어나지 않았더라면, 이대로 영원히 잠이 들 수 있었으면...'

이튿날도, 그 이튿날도 잠이 들었다가 놀라 깨어나고, 다시 졸다가 벌떡 일어나 앉기를 수없이 반복하다가 밤을 새우기 일쑤였다. 어떨 때는 밤인지 낮인지 구별조차 가지 않았다. 밥을 먹었는지 굶었는지 분간도 되지 않았다. 과연 내 딸이 죽었는가 싶어, 밤중에도 벌떡 일어나 우두커니 앉아 있곤 했다.

혼란의 상태가 진선의 경우에는 더욱 심한 듯 했다. 넋 나간 사람처럼 멍하니 앉아 있다가 엉엉 소리 내어 우는가 하면, 얼굴을 감싼 채 흐느끼기도 하고, 지쳐 잠이 들었다가 벌떡 일어나기도 했다. 그나마 찬송가를 부르는 시간이 조금 나은 것 같아 목놓아 부르고, 밤에는 소리를 죽여 입으로만 불렀다. 기도를 많이 하면 홍은에게 좋을까 하는 생각이 들어 난생 처음 무릎을 꿇고 기도를 올렸다. 형식이나 절차도 없이 입에서 무슨 말이 나가는지조차 모른 채, 그저 중얼거리기만 했다.

'시간이 흘러야 한다. 어떻든 세월이 가야 한다!'

오직 그 생각뿐이었다. 며칠 후. 목욕탕에 간다고 나섰던 진선의 얼굴이 파리해져 들어왔다.

"여보........ 나, 말할 기운도 없어요. 욕탕에서 쓰러졌어요."

"뭐? 아니 왜?"

"몰라요. 그냥 핑그르르 어지럽다 생각이 드는 순간, 정신을 잃은 채 바닥에 쓰러졌나 봐요. 그 후로는 아무 기억이 없어요. 주인 말로는 내가 한참 후에야 깨어났대요."

"왜 그랬어? ....어디 다친 데는 없고? 욕탕 안이 너무 더웠던 거 아니야? 아니면 사람들이 너무 많았든지..."

"그게 아니고요. 늘 함께 가던 홍은이 얼굴이 떠오르면서....."

'역시 그랬구나. 일부러 말을 꺼내지 않았었는데. 쇠약해진 몸과 딸에 대한 아련한 추억을 감당할 수 없었던 거로구나. 때 타월로는 피부가 상할까 봐 애써 손으로 밀어 주던 작은 등, 그 앙증맞은 등이 눈앞에 어른거려, 그 허전함을 달랠 길 없었던 게로구나. 늘 긍정적이었던 아내, 항상 용기를 북돋워 주던 아내도 이번만큼은 예외로구나. 하늘나라에 간 아이야 그렇다 치고, 살아있는 어미 가슴에 박힌 대못, 그것은 언제쯤이나 빠질까? 열아홉 살 청춘에 처음 만나 사랑을 했고, 함께 아름다운 인생을 꿈꾸었던 저 여인, 저 가녀린 가슴 속에 슬픔 대신 기쁨을, 절망 아닌 소망을 안겨줄 날이 언제쯤일까?'

"태민아, 느그 작은 이모가 병원에 가 보라고, 돈을 부쳤드라."

보름 정도 지났을 때, 걸려온 김씨의 전화. 멀쩡한 자식 죽여 놓고 또 다른 자식을 낳아본들, 위안이 될까? 하지만 뼈가 시리도록 아낀 돈과 무라리의 독촉을 배반할 수 없어 서울로 향했다. 그 후 다시 만난 의사의 입에서는 비관적인 전망만 쏟아졌다.

"에... 나팔관을 틀어막았을 경우에는, 풀어 버리면 그만이거든요. 하지만 사모님 같은 경우에는 아예 전깃불로 지져 버렸기 때문에..."

두세 차례 더 시도된 임신 복원수술은 결국 실패로 돌아갔다. 애초부터 욕심이 있었던 것은 아니었다. 하지만 막상 판정이 그렇게 나오고 보니, 재차 속이 상했다. '새로운 아이가 생기면, 불행했던 기억들을 많이 잊을 수 있다'는 주변의 말에 한 가닥 희망을 걸었던 것도 사실이었다. 새로 태어난 아이를 바라보며 '만약 홍은을 잃지 않았더라면, 이 세상에 나오지 않았을 너를 안아본다'고 여겼을 때 조금은 위로가 될 것도 같았다.

'셋째를 배었을 때, 그땐 그게 최선이라 믿었는데. 딱 한 번, 부모님 말씀 거역한 죄에 대한 업보가 이토록 가혹할 줄이야..'

분위기 전환이 필요하다 느끼던 차에 진선이 이사를 가자 졸랐다. 눈에 밟혀 못 살겠다는 것. 사고 후 몇 달 동안 살아오던 아파트에 계속 머물렀던 까닭은 사랑하는 딸에 대한 미련 때문이었다.

'이런 멍청이... 네 딸이 집이라도 나갔단 말이냐? 어디 멀리 여행이라도 떠났단 말이냐?'

염주동에 주공아파트를 새로 분양한다는 소식이 들려왔다. 18평이었음에도 거실까지 합하면 방이 세 개여서 세 식구 사는 데에는 지장이 없었을 뿐더러 더욱이 전세나 월세가 아닌, 분양이었다. 현재의 전세금 4백만 원에 조금만 더 보태면 내 집을 마련할 수 있다 하니, 여러모로 안성맞춤이었다.

엘리베이터 없는 5층 건물 가운데 3층으로서, 바로 아래 녹색 잔디밭이 내려다보이는 남향. 새로 입주하는 곳이라 기분도 새로웠다. 이사가 마무리되자 진선은 갑자기 집을 치장하는 데 열심을 내기 시작했다. 베란다에 연못을 만들고 화초를 키우며, 점토로 여러 모양을 빚어 집안 여기저기에 비치해 두고, 레이스 같은 것을 천정에서 바닥까지 치렁치렁 매달았다. 태민이 말려도, 이씨 부부가 입맛을 따셔도 소용이 없었다. 마치 브레이크가 고장 난 기관차처럼, 코를 팍 숙이고 앞만 보고 전진해 나갔다.

아홉 명의 주인과 한 명의 노예

바야흐로 역사는 세계 곳곳에서 대형 인명 피해를 일으키고 있었다. 올 초. 무라리 서촌에서의 비극이 일어나기 이틀 전, 7명의 승무원을 태운 미국의 우주왕복선 챌린저호가 플로리다 주의 케이프커내버럴 기지에서 발사된 후 75초 만에 공중에서 폭발하는 사고가 있었다. 한 달여 전에는 우크라이나의 체르노빌에서 발생한 원전 사고로 막대한 인적, 물적, 환경적 피해가 발생했다.

물론 좋은 일도 있었다. 30억 아시아인의 스포츠 잔치인 제10회 아시아 경기 대회가 천고마비 계절의 서울에서 열린다 하여, 온 나라가 그 준비에 한창 들떠 있었던 것. 분단국의 어려운 여건을 극복하고 성공적으로 치러낸다면, 2년 후의 서울 올림픽에도 좋은 영향을 줄 수 있을 것이라고 매스컴은 선전에 열을 올리고 있었다.

하지만 태민 자신의 코가 석자인 주제에 그런 일에 마음 쓸 계제가 아니었다. 무라리에서 올라오는 생활비가 끊긴 지는 오래 되었고, 목양대학에 출강하여 들어오는 강사료보다 왔다 갔다 하는 차비와 밥값, 교수들에 대한 접대비가 더 많이 들었다. 일주일에 한두 번씩 박사 과정 수업 받는데 대전까지의 교통비며 책값 또한 만만치 않았고, 일 년에 두 번 씩 돌아오는 명절 때마다 신 과장을 비롯한 아홉 명의 학과 교수들에게 돌려야 하는 선물 값은 허리를 휘게 만들고도 남음이 있었다. 더욱이 알량한 강사료는 방학이랍시고 땡전 한 푼 나오지 않았다. 두 아이에게 들어가는 양육비며, 의료보험 혜택도 받지 못하는 상태에서의 병원비 또한 솔찬했다. 이 기본 생활비를 마련하기 위해 진선은 이리 뛰고 저리 뛰며 현금을 빌어 왔는데, 나중에 들은 바로는 게 중에 (날수를 계산하여 이자를 무는) 속칭 '달라돈'도 있었단다.

'교수가 되기만 하면, 이 모든 것들은 일거에 해소될 수 있어.'

드디어 5월의 어느 날. 목양대학의 조교로 발령을 받는 일이 생겼다. 사고 소식을 들은 신 과장이 동정심을 발휘한 덕분이라고나 할까. 불과 1년 6개월여 전에 점령하지 못했다 하여 죽네 사네 했던, 바로 그 자리가 깜짝쇼처럼 주어진 것이다. 오근식이 전임 강사로 승진해 간 덕분이긴 하나, 그것도 취직이랍시고 기분은 좋았다.

사무실과 책상이 주어지고, 정기적으로 들어오는 수입이 있었던 데다 무엇보다 의료보험 혜택을 받을 수 있다는 점이 기뻤다. 따로국밥 취급을 받는 '보따리 장사'에서 거대한 공동체 안으로 편입되었다는 느낌이 즐거웠다. 염주동에서 대인동 터미널까지 택시로, 무안읍까지 직행버스로, 다시 무안 터미널에서 대학 정문까지 택시로. 오전 9시 이전 사무실에 당도하기 위해 6시 무렵 집을 나섰고, 학과의 교수들이 모두 퇴근한 오후 6시 이후 사무실을 나왔다. 그리고 출근할 때의 역순으로 귀가. 물론 1시간 10분 만에 교정까지 실어다 주는 출퇴근용 버스가 있긴 했으되, 그건 어디까지나 교수용이었다.

'부하'가 없다 보니, 아홉 명 교수들의 뒤치다꺼리를 혼자 감당해야 했다. 우편물 배달, 업무연락, 학생들에게 휴강 통보, 교보재 조달, MT 참석 등. 비공식적인 잡무는 더욱 고달팠다. 무료해하는 교수 말 상대 해 주기, 등산 좋아하는 교수 동행해 주기, 알코올에 찌든 교수 술 상무 노릇, 다른 교수 흉보는 교수 앞에서 고개 끄덕여 주는 일 등이 모두 업무 영역에 속했다. 학교 근처에 방을 잡아 둔 김철중 교수와는 일주일에 네댓 번씩 술자리를 함께 했고, 대부분 비용은 '조교'가 감당했다.

설과 추석 때에 가족을 데리고 교수들 집을 방문한 데에는 그들의 동정심을 유발코자 하는 노림수도 있긴 했다. 하지만 승용차도 없는 처지에 광주와 목포, 서울에 흩어져 있는 주소들을 일일이 확인하여 찾아다니는 일은 결코 쉽지 않았다. 팔자에 없던 이 전국 유람은 선물 고르는 일부터 방문 일정 사전 조정, 교통편 알아보기 등 신경 써야 할 일이 한둘이 아니었고, 막상 대면하고서도 마땅히 할 말이 없어 진땀을 빼기 일쑤였다. 그러나 가장 큰 어려움은 두 파로 갈라진 학과 안의 교수들, 바로 그곳에 있었다.

S대 출신으로 채워진 철학분야 교수들과 K대 동문 일색인 정치학 분야 교수들이 피터지게 싸우는 현장, 그 한복판에 이태민 조교가 서 있었던 것이다. 물론 50대 후반으로 S대 출신인 신 과장과 문 교수는 애초부터 인연을 맺고 들어간 사람들이어서 당연히 우군(友軍)으로 분류해 놓았지만, 그 대척점에 서 있는 50대 중반의 유인환과 방극원에 대해서도 소홀히 할 수는 없는 노릇.

그럼에도 교수 채용 문제는 양 진영의 대립으로 인해 유야무야되기를 반복했다. 두 번, 세 번. 그때마다 최후의 보루라 간주되는 학과장, 살아 있는 그 '권력'에 최선을 다했다. 하지만 일은 점점 꼬여만 갔다. 교수 회의는 대개 신 과장의 연구실에서 열렸다. 어느 날. 고성(高聲)이 문 밖에까지 흘러나와 안절부절 못하는 중에 문 교수가 전해 준 내용은 이랬다.

"오 선생 허고 최경식이가 반대를 허는 통에, 신 과장이 화를 내고 그랬어."

"무슨 일이 있었어요?"

"이참에 철학 분야를 뽑아야 쓰겠다고 신 과장이 그런 게, 그 젊은 친구들이 유보허자고 그러대. 그런게 아직 교수도 안 된 것들이 버르장머리 읎이 지랄헌다고, 쪼인트를 까 버리드라고."

"예?"

"나중에는 뺨도 맞었단 게. 하이튼 신 과장도 승질머리 하나는...."

"두 분은 벌써 전임 강사잖아요?"

"신 과장은 조교수부터 정식 교수라고 생각허는 갑이제?"

신 과장에 대해서는 눈물겹도록 고마운 생각이 들었지만, 교수 모두의 성격과 역학 관계를 잘 파악해야겠다고 맘먹은 것은 바로 이 사건 때문이었다. 가장 먼저 문정민 교수. 그의 장점은 순수하고 솔직 담백한 것, 단점으로는 학교 일에 전혀 욕심이 없는 데다 믿고 따르는 교수가 없다는 것이었다. 다음으로 김철중 교수. 복도에서 처음 본 그의 인상은 영락없는 농부. 서민적인 풍모가 상대방을 편안하게 만들어 주는 사람, 무골호인이라고나 할까.

"이 선생, 내 말 조까 들어보써요 이. 내가 이 대학에 오기 전에 전라대 총장한테 안 갔습디요? 발령을 내기 전에 사람을 직접 만나본다고 허길래 가서 큰절을 올리고 웃목에 카마이 안거 있넌 디, 암 말도 안 헙디다."

"왜 그랬을까요?"

"나도 속으로 이 사람이 어쩨 그런다냐 허고 있었데이, 전화로 느닷 읎이 교무처장을 불릅디다. 그러데이 허는 말이, 야이 자식아, 고로코 사람이 읎어서 이런 인물을 나한테 보냈냐? 내일 당장에 서울 가서 사람 하나 데꼬 와!.. 요로코 소리를 치드란 말이요."

"예? 하하하...."

"허허허... 나 참. 기가 맥해서. 사람을 면전에 두고 그런 말을 해야 쓰겄소?"

"그래서 어떻게 되셨어요?"

"어쭈코 되기는. 그 날로 퇴짜 당해 버렸제."

"하하하... 그분이 유명하시잖아요? 아침에 전체 교수들 점호를 취하는데, 구보를 하다가 발이 맞지 않으면, 그 자리에서 쪼인트를 깐다면서요?"

"어뜬 교수는 하도 지시봉으로 배를 찔러싼 게, 나중에는 그 지시봉을 잡어다가 뿐질러 버렸다여."

"난리가 났겠는데요?"

"말이라고? 첨에는 지시봉을 꽉 잡고만 있었는 디, 총장이 야 이 놈아, 빨리 요것 못 놓냐고 소리를 지른 게, 에라이, 이 자식아. 내가 굶어 죽어도 너 같은 놈 밑에는 못 있겄다 허고는, 지시봉을 아조 뿐질러 버렸겄다? 그러고는 사표를 쓰고 나와 버렸다여. 지금 그 사람이 우리 학교에 있단 게는..."

"그 대학 세울 때, 전라남도민 7만여 명이 참여했다고 하더라고요. 아버님도 사각모에 망토 걸치시고, 담양이나 장성 자연부락까지 돌아다니며 모금운동하셨다고...."

"우리나라 최초의 민립(民立)대학이락 안 헙디요? 그런디 총장이랑 그 식구들이 옴막 학교를 먹어 버릴락 헌 게, 시끄럽고 그랬지라우."

"1980년대 신군부에서 총장 부부를 보안대로 불러다가, 대학 운영권을 박탈해 버렸다면서요?"

"워낙에 독단적으로 운영을 헌 게, 그랬겄지라우. 소문으로는 70대 노인인 대학 병원장의 쪼인트를 구두발로 까갖고는, 의대 교수진들이 집단으로 사표를 내 버렸다여. 그것이 발단이 되었다고 그러그든. 난창에 이사장으로 복귀허긴 했넌 디."

"참, 이번에 부산의 국제그룹인가가 해체되었다던 데요?"

"깡패 같은 전두환이가 지 맘에 안 든다고, 뿌숴 버린 것이제. 말허자먼 공중분해, 가루로 만들어 버렸다 그 말이여."

양정모 회장(탤런트 왕지원의 외조부)이 결정적으로 미움을 받게 된 사건은 1984년 12월 22일에 발생한다. 다음해 2·12총선을 앞두고 기업들의 협조를 얻어내기 위해 소집한 청와대 회의에 지각하고 만 것이다. 폭설로 비행기가 연착된 때문이었는데, 이때 전두환은 "어디 외국이라도 갔다 왔나?"며 불쾌감을 감추지 않았다고 한다. 그럼에도 '눈치코치 없는' 양 회장은 "부산 지역에 임해(臨海) 공단을 건설해 달라"고 건의를 한다. 부산에서의 선거 결과는 민정당의 참패. 이때부터 국제그룹은 무자비하게 해체되기 시작한다. 선거 후 1주일 만에 그룹 해체 사실이 발표되었는데, 양 회장은 이를 30분 전에야 통보받았다고 한다.

당시로서는 롯데보다도 더 큰 기업(재계 순위 7위)이 해체되고, 그 알짜 회사들은 전두환에게 막대한 헌금을 바쳤던 기업들에게 넘어갔다. 이들 기업은 전두환 정권아래에서 대출 원금의 상환

유예나 이자 감면 등의 엄청난 특혜를 받았고, 이는 다시 청와대에 대한 거액 헌금 납부로 이어졌다.

"근데 전두환은 왜 그렇게 돈을 끌어 모으려 발버둥쳤을까요?"

"통치 자금으로 쓰고, 나머지는 지 새끼들이랑 잘 먹고 잘살라고 그랬겠지라우. 지 입장에서는 목숨 걸고 쿠데타했넌디, 그 정도는 먹어도 싸다고 생각했겠제에,"

전두환은 아웅산 사건 유가족들의 위로금과 장학 사업을 명목으로 일해재단을 비롯하여 동생 전경환이 이끌던 새마을운동본부와 새마음 심장재단 등 온갖 단체를 설립했다. 전두환이 일해재단[1]을 설립한 원래의 목적은 퇴임 이후에도 정치적 영향력을 행사하기 위함이었다. 하지만 1984년 말, 양 김씨의 민추협이 바람을 일으키고 있었기 때문에 2·12총선을 승리로 이끌기 위해서는 막대한 정치자금이 필요했다. 그런데도 불황 때문에 10대 재벌만으로는 수금이 이루어지지 않았다. 그러자 재벌 순위가 뒤로 쳐진 기업들에까지 손을 뻗었던 것. 전두환의 입장에서는 힘에 넘치도록 정치 헌금을 납부한 기업에게 나누어 줄 먹이가 필요했고, 여기에서 희생양으로 등장한 곳이 바로 국제그룹이었던 것이다.

"우리가 〈동물의 왕국〉인가에 보면, 큰 먹잇감이 하나 넘어질

---

1) 일해재단(日海財團): 1983년 12월1일 발족. 일해(日海)는 전두환 전 대통령의 아호. 경기도 성남시 시흥동 230에 부지 6만여 평, 연건평 3500여 평으로 건립하였으나, 5공 특위의 조사대상이 됐다. 1988년 세종연구소로 명칭이 변경되었다.

때 우르르 달라들어 모다 뜯어 먹니라고 정신이 읎지 않든게라우? 그런 식이었겠지라우."[2]

"그보다 선생님도 그 일을 겪고 이리 오시게 된 거여요?"

"나? 나는 그 일로 낙심헌 담에 고등학교에 있었넌디, 하로는 신 과장이 나를 찾어왔드란 게라우. 대학교 후배라고. 그러데이 밑도 끝도 읎이, 오늘 사표 내고 내일부터 당장 출근허라는 것이여. 시방 우리 대학 시간이 늘어남시로 교수는 필요헌 디, 사람이 읎어서 그런다고."

"야, 운이 좋으셨네요?"

"난창에 생각해 본 게, 그 때가 바로 명재남 교수님이 모교로 가 버린 때였는 갑이여라우. 참! 이 선생 지도 교수였담시로라우?"

그러던 어느 날. 김 교수가 행방불명되었다는 소문이 나돌았다. 그리고 며칠 후 그가 바람처럼 나타났다. 얼굴이 잔뜩 부은 상태로.

"엊그제 이 선생이랑 여그 무안에서 술 먹고, 목포 시내를 안 나갔습디요?"

"..그런 데요?"

새로 구입한 패밀리 자동차를 운전하고 가는데, 매우 기분이

---

2) 1993년, 양정모 회장은 헌법재판소로부터 "공권력에 의한 국제그룹의 해체는 위헌"
이라는 판결을 받았다. 하지만 이미 그가 맨손으로 이룬 국제그룹은 사라지고
없는 상태였다. 결국 2009년 그는 한 많은 생을 마감하였는데, 그의 부인 역시
눈이 먼 상태에서 비극적으로 생을 마쳤다고 한다.

좋더란다. 그런데 목포 시내 입구인 검문소 근처에서 우당탕 소리만 듣고 정신을 잃어버렸는데, 나중에 깨어나 보니 시내 여관이더라는 것.

"여그가 어디다냐 싶어서 카마이 누워있넌디, 경찰들이 와 갖고는 아이! 선생님. 인자 정신이 좀 드십니까 그러는 거여. 그래서 이거이 시방 문 일이냐 그랬데이, 내가 검문소 앞에 있는 바리게이트를 그냥 쳐 박어 버렸다는 것이여라우."

"예?"

"차가 사정읎이 달려오드니, 그 쇠로 되야 있는 것을 콰악 받어버린 게, 그것이 넘어짐시로 뽀짝 옆에 있든 뻐쓰를 받어 버리고, 그 뻐쓰가 넘어짐시로 옆에 지내가든 노인네가 깔려 죽어버렸다는 것이여라우."

"예? 정말요?"

황당 그 자체. 이 양반이 시방 무슨 소설을 쓰고 있는가?

"그래논 게는 인자 검문소 경찰들이 와 갖고 음주 측정을 허자고 했넌 디, 내가 풍선을 을마나 시게 불어 버렸든지, 그 풍선이 터져 버렸다여. 허허허.... 음주 측정 시작헌 이래로 이런 일은 첨이라는 것이여라우. 그러고 나서 조사를 허자고 헌 게, 니 까짓 놈덜이 뭇이냐 험시로 뺨을 때려 버렸다여. 나 참. 정신머리가 고로코 읎어 갖고는... 헤헤헤."

"아이고, 교수님도. 음주운전, 과실치사에 공무집행 방해까지 허셨구만요."

"그런 셈이제라우 이. 그나저나 나, 큰일났어라우. 인자 술을 한 잔만 먹으면, 통 정신이 읎으니.."

"건강이 약해지셔서 그러겠지요. 책을 너무 보지 마시고, 광주 가셔서 사모님이 해 주시는 진지를 드셔야 한다니까요."

"학교 앞에 방을 얻어 산 게, 왔다 갔다 허기는 존 디, 술 한 잔 허고 들어가면 혼자 밥 해 먹기 싫은 게 탈탈 굶어 버리고, 이튿날 그냥 출근허고 헌 게, 몸이 무장 틀리드란 게라우."

"물론이지요. 그 담에는 어떻게 되셨어요?"

"도저히 말이 안 통헌 게, 나를 여관에다 옮겨 놓았든 갑입디다. 그런디 내가 들어가자마자 술을 시캐 갖고 을마나 먹어 버렸는고, 사흘인가를 깨어나들 못허드라여. 나도 미친 놈이제라우. 정신이 들어 본 게, 소주병이 여관벽을 타고 완전히 돌아가 버렸드란게는."

"참, 선생님도. 그나마 몸이 무사하셔서 다행이네요."

"천만다행이제라우. 근디 내가 살라고, 운이 좋았든 생이여라우. 내가 경찰서로 끌려왔넌 디, 서장이 카마이 본 게 어디서 많이 봤드라여. 그래서 신원 조회를 해 본 게, 틀림읎이 고등학교 동창이라. 음주 측정했든 것도 읎애 버리고, 사건을 조용히 처리해 준 것이여라우. 나는 그 친구를 몰랐그든이라우. 나 참, 살다 본 게, 오랜만에 친구 덕 조까 봤소 이."

"죽은 사람 집에서는 아무 말도 안 해요?"

"그것이사 노인이 무단 횡단허다가 죽은 것으로 서류를 만들아 버렸제라우. 그래 논게, 그 집이서는 혹시나 벌금이라도 나오까 봐서 와 보지도 않드라여. 경찰이 간 게, 매누리란 여자가 그러드락 헙디다. 아이고! 고놈오 영감태이, 잘 디져 버렸다고…"

"예?"

"할망구도 읎이 혼자 살고 있은 게, 그 뒤치닥꺼리 허니라고 공알이 다 빠질락 했다고 허드라드냐 어찌드냐? 하이튼 요새 젊은 애팬네들은 고로코 싸가지가 읎어라우 이. 그 시간에 돌아댕긴 것으로 보면, 하마 노망이나 안 들었든가 싶습디다. 그나저나 이 선생, 하나나 누구한테 이런 말 허지 마씨요 이."

"선생님도. 제가 누구에게 이런 말을 하겠습니까?"

"혹시 방 교수가 알면, 어떤 모사를 꾸밀지 모른 게 허는 소리요"

K대 출신인 방극원 교수와 그는 견원지간(犬猿之間)이었다. 나이는 엇비슷한데 출신 학교도 다르고 성향도 다르다 보니, 서로 라이벌 의식을 갖고 있는 듯 보였다. 아나나 다를까. 그대로 묻힐 뻔 했던 그 사건은 얼마 가지 않아 일간지에 대문짝만하게 실리고 말았다. 학교에서는 김 교수가 사표를 내야 할지도 모른다는 소문이 돌았다. 그러나 그는 결국 '무사'했다. 며칠 후, 해쓱해진 얼굴로 나타난 그는 넋두리부터 늘어놓았다.

"아따! 어떤 놈이 찔렀는가 몰라도, 구래이 알 같은 내 돈이 천만 원이나 들었소 이."

"천만 원씩이나요?"

"신문사 기자 놈들 입 막을라, 서에 쫓아댕길라. 하이고! 내

불알 떨어지는 줄 알았네 걍. 이 선생. 혹시 누구한테 내 말 안 했지라우?"

"그럼요."

"아니, 나는 이 선생을 믿넌 디. 좌우간 틀림 읎이 방 교수, 그 자식 짓이여어. 글 안허먼 헐 놈이 읎그든이라우."

"설마요?"

"아니. 이 선생이 몰라서 그래라우. 그놈이 을마나 악랄헌 지 몰라서 그런단 게는."

방학만 되면 노모가 기다리는 보성의 고향 마을로 줄행랑을 칠만큼, 김 교수는 효자였다. 어느 여름날. 예당을 지나 조성리 동네를 찾아들었을 때, 그는 반색을 했었다. 아내와 자녀들까지 방학 선포하는 날 내려왔다가 개학하기 전날 올라간다는 그는 서너 마지기 벼농사를 지으며 여름을 보낸단다. 모기가 윙윙거리는 마루에서 잠을 청하는 동안, 하늘을 바라보았다.

'고3 때, 진선과 함께 별을 바라보며 미래를 꿈꾸었는데, 과연 나는 그 꿈을 향해 달려가고 있는가?'

대학 교수라는 직업. 해마다 자격 고시가 있어 합격과 불합격이 판가름 나는 것도 아니고, 시험 봐서 점수대로 임용되는 것도 아니었다. 실력은 기본이요, 여기에 경력과 주변의 평판이 곁들여져야 하고, 행운의 여신도 미소를 지어 주어야 한다. 하늘에 박혀있는 그 '별'을 따기 위해서는 학과 교수들의 동의라고 하는 첫 번째 관문을 통과해야 한다. 그걸 위해 태민은 신 과장과 문 교수, 김철중 교수는 아군으로, 최경식과 오근식, 유인환은 적군으로, 그리고 방극원과 박혜정, 주용대는 중간 지대에 서 있는 것으로 분류했다.

확실한 아군과 적군은 밀쳐놓고, 중간 지대에 놓인 교수들을 공략하기로 했다. 젤 먼저 방극원 교수. K대 출신으로서 김철중 교수와 으르렁거리는 그를 중간 지대에 배치한 까닭은 신 과장의 은혜로 교수 자리를 꿰찬 인물이었기 때문이다. 더욱이 태민이 조교 발령을 받자마자 명의를 빌어가 200만 원을 대출해 간 인물이기도 했으니. 그런 그가 목포에서 염주동 아파트로 이사 오는 사건이 발생했다. 태민은 호기(好機)라 여겨 맥주와 오징어를 사 들고, 일주일이 멀다 찾아다녔다. 그의 부인 입에서 무심결에 튀어나온 '밤마다 오징어를 안주 삼아 맥주를 마신다'는 말을 허투루 듣지 않았던 것이다. 그런데 불행히도 그의 아파트는 최상층인 5층. 맥주병 서너 개와 오징어를 들고 올라가노라면, 숨이 턱까지 찼다. 문 앞에서 둘은 한참동안 숨을 고른 다음에야 초인종을 눌렀다.

절대 술을 못한다던 사람, 주일이면 옆구리에 성경책을 끼고 온 식구와 더불어 교회에 출석하는 일을 자랑스럽게 말하던 그가 술은 잘도 퍼 마셨다. 익숙하게 잔을 기울이는 모습이 처음에는 매우 낯설어 보였지만, 서로 가까워지는 데에는 오히려 잘된 일이라 판단하고 있었다. 하지만 취기가 오르는 순간, 그는 신 과장의 흉부터 보기 시작했다. 그의 말을 종합해 보건대, 유 교수는 물론이고 신 과장과도 일정한 거리를 유지하며, 소장파들을 포섭하여 독자적인 노선을 걸을지도 모른다는 생각이 들었다. 여기에서 소장파란 오근식과 최경식, 그리고 새로 부임해 온 주용대를 지칭한다.

홍일점인 데다 유일한 I여대 출신인 박혜정 교수는 출신 학교로 보아, 신 과장의 묵인하에 최근 임용을 받은 주용대(K대 출신)는 보은(報恩)의 차원에서, 그 권위에 도전하지 못하리라 판단되었다. 결국 가장 신경이 쓰이는 쪽은 최경식과 오근식이었다. 학과에서 가장 젊은 축에 든 데다 특히 오근식은 태민과 동갑이었고, 조교 채용 때에는 라이벌의 관계이기도 했다. 동갑내기라서 더욱 철저한 복종을 요구하고 있는지도 모른다는 생각이 들었다. 하지만 차마 그렇게까지 할 수 없다는 오기(傲氣)가 행동거지를 제약했다. 어려서부터 늘 걸림돌이 되곤 했던 자존심이었다.

'치열하지 못한 것이 흠이야. 굽히지 못하는 것이 약점이라고. 이제 내 안에 웅크리고 있는 그 산을 넘어야 한다!'

사약(賜藥)을 들이키는 심정으로 오 교수의 연구실로 쳐들어갔다. 느닷없이 밀걸레를 들고 나타난 '적수'를 보고, 그의 눈은 휘둥그레졌다. 황당해 하는 그를 옆에 세워둔 채, 바닥을 문지르기 시작했다. 쓰레기통까지 비워 주고 사무실로 돌아왔다.

'오늘은 내가 이긴 거야. 내 성벽(性癖)을 뛰어 넘음으로써, 나는 나의 운명을 바꾸고 있는 중이라고.'

다음은 최경식. 불행을 겪었을 때, 평소의 그답지 않게 위로의 말을 건넸었다. 하여 지푸라기라도 잡는 심정으로 무더운 여름철, 서울에 있는 그를 방문하였다. 집보다 찾기 쉽다는 약국에는 그 혼자 앉아있었다.

"식사도 못했다면서요?"

"방학이나 주말에는 교대로 약국을 지켜주는데, 미리 연락을 하지 않은 탓에 시간을 못 내겠다며..."

하지만 불원천리하고 찾아준 데 대해 고마워하는 눈치가 역력했기에, 독심(毒心)을 누그러뜨린 것만도 큰 성과라 여겼다. 정치학 분야의 마지막 상전은 주용대. 태민이 조교 직책을 맡은 후 1년 만에 교수 발령을 받았으니, 입사(入社)로 따지자면 태민보다 후배였다. 그러나 대학에서 교수와 조교는 하늘과 땅. 결국 '상전'이 하나 더 늘어난 셈인데, 이래저래 그와는 친구처럼 격의 없이 지내고 싶었다. 그런데 사소한 일로 말싸움이 일어나 서먹서먹한 사이가 되고 말았다.

학과 교수들 못지않게 신경 써야 할 대목은 학생들. 불가근불가원(不可近不可遠). 너무 가까이 해서도 안 되지만, 도외시해서도 안 된다는 원칙을 지켜나갔다.

"학생 놈들도 니가 강의를 허니까 학점 땜에 꼼짝을 못허지, 글 안허먼 조교 정도는 우습게 본다 이."

초등학교 동창생으로서 같은 대학 일반직에 근무하는 박철환의 말마따나, 조교의 신분으로서 강의를 겸할 수 있다는 것이 하나의 위안거리였다. 2학기부터 신 과장이 자기의 전공과목 하나를 떼어 주었던 것인데, 물론 행정상으로는 금지되어 있는 일. 다만 학과장의 재량에 따라 한두 과목을 맡을 수는 있었다.

"학생들까지? 아이고! 날이 갈수록 각박해지는구만."

"너보당 5년이나 늦긴 했제마는, 내가 이 학교를 댕개 봐서 잘 알지야. 뭐라 허는지 아냐? 교수들 지들이 잘났으면 서울이나 광주에서 터를 잡지, 여그 촌구석까지 내려왔겠냐고 비웃어."

"참. 학생도 교수를 그렇게 우습게 아니...."

"옛날 사제지간으로 생각허먼 큰 오산이다 이. 솔직히 요새 교수들도 학생을 건성으로 대허지 않냐?"

하지만 학생들을 끔찍이 생각하는 교수도 있긴 했다. 그 대표 격이 문정민 교수.

"아이고, 요놈오 나라가 어쭈코 될란고. 우리 학생들이 불쌍해. 그 건국댄가 어디서 학생들이 많이 죽고 다치고 그랬드만. 따지고 보면, 다 우리 자식들 아니라고? 참, 이 정부가 정신을 채래야 헐턴 디."

이른바 건국대 사태. 1986년 10월 28일부터 4일간 전국 26개 대학생 2천여 명이 건국대학교에서 전국 반외세반독재 애국학생투쟁연합 결성식을 갖고 발대식을 벌이던 중, 교내로 진입한 3천여 명의 경찰과 대치하던 끝에 수많은 학생들이 연행되고, 구속 송치된 사건이었다.

"아무리 그렇다고, 헬리콥터까지 띄우고, 학생 수보다도 헐썩 많은 경찰들을 캠퍼스 안에 들여보내야 쓰겠어?"

"신문에 보니까, 단일 사건으로는 건국 이래 최대 규모라면서요?"

"1200 몇 명인가 구속되었다고 그러대. 멀쩡헌 대학생들 다 전과자로 만들어 뭣헐라고 그러냔 말이여? 다들 미쳤어. 솔직히 학생들 말도 틀린 것은 아니제에. 반공 이데올로기가 분단 이데올로기이자, 식민지 이데올로기라는 말이 뭣이 나빠? 이 선생은 어떻게 생각해?"

"예? 저야 뭐..."

평소 순진무구하고 천진난만하게만 보이던 문 교수가 신랄하게 정부를 비판하는 모습은 항상 낯설어보였다.

"이 선생이야 생각이 있어도 말 못허겄제 이. 그러고 금강산댐인가 평화의 댐인가 만든다고 허는 디, 그 말을 어쭈코 믿을 것이여?"

"그래도 설마 그런 것까지 거짓말을 할까요?"

"이 선생이 순진해서 그래. 요새 국민들이 대통령 직선제 요구를 허니까, 관심을 엉뚱헌 데로 돌릴라고 허는 짓거리란 게. 누가 속을 줄 알고? 한강이 넘쳐서 서울 시내가 물에 잠기고, 63빌딩 꼭대기까장 물이 찬다고? 허허이. 소가 웃을 일이제에. 지금이 노아의 홍수 시댄가?"

"신문 방송에서 보도할 때는 미리 확인을 하지 않을까요?"

"확인은 무슨. 우겟놈들이 언론사를 꽉 잡고 있넌디, 함부로 말을 허겄어? 알아도 못허제. 국민들 입에 자갈 물리고, 성금 걷어서 정치자금으로 쓰고.. 을마나 좋겄어? 꿩 먹고 알 먹고, 누이 좋고 매부 좋고... 지난번에 독립기념관에서 일어났던 불 말이여.

그것이 실은 누가 누구를 죽일라고, 일부러 질렀다는 말이 있드
란 게."

"그래요?"

"못 들었어? 벌써 소문이 났던 디? 허기사, 하도 유언비어가
많은 게 이."

"유언비어도 지내놓고 보면, 사실로 드러나는 경우가 많잖아요?"

지난 8월 초. 준공을 불과 11일 앞둔 날 오전 10시. 독립기념관
본관 건물인 기념당 천장에서 불이 나 천장 부분을 다 태우고,
다음날 새벽에야 불길이 잡혔다. 이 불로 독립기념관은 광복절
개관이 무기한 연기되고 말았으니.

"생각해 봐. 불이 났으면 조용히 날 일이제, 왜 다섯 번 씩이나
폭발을 허냐고?"

"그랬대요? 거기에도 국민들 성금이 들어갔잖아요?"

"요놈오 정부는 끄떡허면 성금이제. 가진 놈들은 내도 안 해.
가난헌 국민들만 죽어나는 판이제."

"불길이 기념당 중앙의 북서쪽 지붕에서 솟았다고 그러던데요?"

"그 시간에 마침 노태우가 시찰허러 오도록 되야 있었든 생이
여. 그렁게 전두환이가 노태우 죽일라고 일을 꾸민 것이제에. 글
안허먼 벌건 대낮에, 그것도 해필이먼 한 중앙이냔 말이여?"

"직접적인 화인(火因)은 전기 배선 공사의 부실로 인한 과전류
(過電流-전압이나 전류의 급격하고 순간적인 증대)라고 하더라고요."

"물론 준공을 1년이나 앞당기는 등의 졸속이 빚어낸 인재(人

災)라고 허는 디, 그것도 마찬가지여. 원래 계획대로 허먼 될 일을 뭇헐라고 서두냔 말이여? 그 짓거리도 국민들 관심을 돌려볼라고 허는 짓이그든. 2년 전엔가 개통헌 88고속도로도 졸속으로 해 갖고, 밤나 패이고 망가지고 그러잖이여?"

전라남도 담양에서 대구광역시 달성에 이르는 길이 181.9㎞의 88올림픽 고속도로는 1981년에 착공하여 1984년에 개통하였다.

"그래도 우리나라에서는 최초로 완전한 시멘트 콘크리트 포장도로라고 선전하던 대요?"

"크흐! 이 선생. 고속도로는 아스팔트가 낫제, 콘크리트가 낫겄어? 광주 사람들을 많이 죽인 전두환이가 영남과 호남의 지역감정을 극복헌다고 개나발 붐시로 국가예산 엄청 쏟아부었제마는, 그 일로 누구 배가 부른 줄 알어?"

"글쎄요."

"지 동생 있잖이여? 조용허게 새마을운동 본부장이나 허고 자빠져 있으면, 누가 무시락 허겄어? 물론 그 이름도 그런 인간한테 더럽혀지는 것이 아깝기는 허제마는. 근디 돈을 좋아허는 그놈이 어디 시멘트 협회 회장을 겸헌담시로? 그래서 고속도로 깔 때, 돈을 차두에 쓸어 담었다는 말이 있어. 말로는 영남과 호남 간에 사람이나 물자가 원활하게 소통된다고 허제마는, 누가 지속을 모를 줄 알고? 왜 영남 쪽은 아스팔트로 깜시로, 이쪽만 콘크리트로 도배허냔 말이여?"

"하기야 다녀온 사람들 말로는, 햇빛이 반사되어 눈이 부신 데다 노면도 울퉁불퉁하다고 하더라고요."

"노면이 그러면 타이아도 많이 닳고, 기름도 많이 먹고, 사고 위험도 그만치 커지고 그러그든. 그러고 교통이 좋아지면 발달한 지역으로 쏠리게 되야 있어. 말허자면 호남 쪽에서 이익을 볼 것이 읎단 말이여."

"그보다 전두환이는 왜 노태우 씨를 죽일라고 했을까요? 둘은 굉장히 친한 사이 아닙니까?"

"글 안헌 것이여. 정치의 세계란 무서운 것이그든. 첨에는 둘이 손잡고 쿠테타를 했제마는, 권력을 물려줄라고 본 게 친구보당지 밑에 있는 부하가 더 낫겄그든."

"부하라면...?"

"장 누군가 있잖이여? 친구는 배반해도, 심복은 배반을 안헐 것이라 생각헌 것이제에. 사실 그럴 수도 있고."

충성심에서나, 두뇌에서나 전두환 최고의 충복으로 평가받는 장세동. 12·12 군사 반란 당시 육군 수도경비사령부 제30경비단장으로 전두환에게 협력하였던 그는 이때 장태완 등과의 일전(一戰)도 불사(不辭)하였다고 한다. 그는 육군 수도경비사령관 장태완 장군이 경복궁을 공격하려 했을 때, 탱크 한 대 당 72발씩 포탄을 싣게 하고, 이미 한 발은 장전한 상태였다. 일촉즉발의 불바다마저 각오한 것이다. 그 후, 1980년 정호용 특전사령관의 특전사령부 작전참모로 부임해서는 그해 5월의 5·17 비상계엄에도 관여하였고, '광주'가 진압된 후에는 육군 준장으로 진급하

여 제3공수특전여단장 보직을 수행하였으며, 1981년 7월에는 제
5대 대통령 전두환의 경호실장에 임명되었다.

"대통령 경호실장을 거쳐 작년까지 국가안전기획부장(오늘날
의 국정원장)에 재직하였었지요?"

"그래서 제5공화국의 실세라고 안 허드라고? 노태우, 노신영
과 함께 전두환의 후계자로 지목되었다는 소문도 있고."

"참. 미얀마도 갔었잖아요?"

"그랬지. 3년 전에 동남아시아 5개국 순방길에 나섰다가 된통
당했제에."

사절단 80여 명과 함께 대통령 수행원의 한 사람으로 미얀마
(버마)를 방문했던 그는 전두환과 함께 뒤늦게 출발하여 아웅산
묘소 폭탄 테러 사건에서는 기적적으로 살아남을 수 있었다. 귀
국 후, 아웅산 참사를 막지 못한 책임을 지고 경호실장 사표를
제출했으나 전두환이 반려하였다.

"안기부장으로 재직하면서 여러 사건에 연루되었다는 소문도
있던데요?"

"조금 전에 말한 금강산댐과 평화의 댐 공작에도 관여했다잖
이여? 여러 공을 세우다 본게, 인자 대통령 자리까지 넘보고 노
태우랑 싸우는 거지."

"아무리 그래 봤자, 노태우 씨는 현재 여당 대표 최고 위원이
지 않습니까? 정무장관도 거쳤고, 서울 올림픽 대회 및 아시안
게임 조직위원장, 대한체육회장과 한국 올림픽위원장도 역임하

고요. 또 비록 전국구이긴 하지만, 국회의원에 당선되어 대표 위
원에 뽑히기도 했고요."

"대표면 뭐하고, 최고 위원이면 뭐해? 그까짓 대통령이 달아
주는 경력이 무슨 소용 있냐고? 다 오야 맘이여. 오늘이라도 전
두환이 맘 변허먼 끝이란 말이여."

마지막 공략 대상은 홍일점 박혜정 교수. 좋은 가문에 명문대
를 졸업한 수재이지만, 마흔이 넘은 나이에 여태껏 독신으로 지
내고 있는 중. 서재 겸 거실은 책들로 꽉 들어차 있었고, 탁자
위와 바닥에까지 온갖 잡지와 신문이 나뒹굴었다. 진선이 동행한
자신의 몫을 챙기려는 듯, 입에 발린 소리를 늘어놓기 시작한다.

"애기 아빠가 늘 교수님 말씀을 많이 해요. 저도 어떻게 생기
신 분인가 궁금했는데, 오늘 뵈니까 무척 미인이시네요."

"애기 엄마도 참. 나 기분 좋으라고 그러시는 거지요? 다 알아요."

"아니어요. 눈도 크시고, 콧대도 오똑하시고... 서양식 미인이
시잖아요?"

눈이 크고 콧대가 오똑한 건 사실이었다. 하지만 결코 '미인'은
아니었다. 툭 튀어나온 광대뼈 하며, 거무잡잡하고 거친 피부,
뚱뚱한 몸매 등이 여성적인 아름다움과는 다소 거리가 있었다.
그러고 보면, 진선의 말솜씨가 부쩍 늘어 있었다. 언젠가 아내도
자신의 '변신'에 대해 대견해 한 적이 있었다.

"나를 낮추면서 상대방을 최대한 높여주는 일이 중요하고요,
가급적 유쾌한 이야기를 화제로 올려야 하고요. 그리고 엉뚱한

칭찬은 오히려 역효과를 내거든요. 칭찬도 무턱대고 하면 안 된다는 거여요. 얼토당토않은 말을 하면, 상대방도 그것을 눈치 채거든요."

그 기준에서 보았을 때, 오늘의 '아부'는 백 점짜리였다. 분위기가 조금씩 활기를 띠면서, 박 교수는 켜켜이 쌓인 설움을 토로해 내기 시작했다. 결혼한 지 1주일 만에 잠자던 남편이 갑자기 죽어 버렸고, 그 때문에 시댁으로부터 온갖 비난을 다 뒤집어썼다는 스토리. 자정이 다 되어서야 태민은 자리에서 일어섰다. 택시 안.

"그나저나 당신, 어쩌면 그렇게 입에 침도 안 바르고 거짓말을 해?"

"내가 뭘요? 아, 박 교수님요? 예쁘시던 데요 뭘. 나도 당신 교수 만들라고, 장똘뱅이 다 됐어요. 요새 보면, 당신도 승질 많이 죽었던데요?"

"괜히 승질 부리면 뭐해? 나만 손해지. 일단 교수가 되고 봐야 할 거 아냐? 조교는 교수들의 불평불만, 잔소리, 하소연, 분노, 혈기, 서러움, 한(恨)까지 다 참아 내야 해. 그러지 못하면 무능하다느니, 사람이 정이 없다느니 하면서 괜한 트집을 잡거든."

김철중 교수가 일으킨 음주 치사 사건은 '치매 걸린 노인이 도로를 무단 횡단하다가 교통사고를 당해 사망한 것'으로 결론지어졌다.

'그래. 이 땅에 억울한 죽음이 어디 한둘이던가? 지금은 죽음의 시대이다. 부산 마산의 학생들이 탱크(?)에 깔려 죽었고, 박정희가 심복의 손에 피를 흘리며 죽어 갔으며, 12·12 군사 반란 때에는 군 장성들이 부하들이 쏜 총에 비명을 지르며 죽어 갔다. 광주에서는 수많은 학생과 시민들이 특전사와 계엄군의 총칼 앞에 꽃잎처럼 스러져 갔다. 미국 대통령 레이건을 겨냥한 총구가 있었고, KAL기 격추 사건, 아웅산 폭발 사건도 있었다. 죽음의 냄새가 짙게 풍기는 시대를 지나는 동안, 사랑하는 딸과 여동생들도 속절없이 죽어 갔다!'

"아이고! 요놈오 세상이 어쭈코 돌아가는지. 호헌이 뭇이여 호헌이. 대통령이 헌법을 지키는 것이사 당연헌 소린 디, 문제는 그 시커먼 속에 있단 게."

언제나 그렇듯, 오늘도 문 교수는 노크도 없이 사무실로 들어선다. 이른바 4·13 호헌(護憲) 조치. 1987년 4월 13일 전두환이 대통령 직선제 개헌을 비롯한 국민들의 민주화 요구를 거부하고, 계속해서 군사독재정권을 유지하기 위해 모든 개헌 논의를 중단시킨 조치를 일컫는다.

"국민들을 생각하는 것처럼 말하지만, 실은 민정당 정권을 유지하려 그러는 것 아닙니까?"

"아따! 이 선생이 그런 것까장 알아 버렸네? 광주 사태 일으킨 놈들끼리 미리 짰다고 허잖이여? 네 놈이서 각자 7년씩 해 먹기로. 그러면 28년 동안 국민들은 고놈들 손에 놀아나는 것이제."

"그래도 전두환이는 지금까지 잘 버텨온 것 같아요."

"지가 잘해서가 아니라, 이상스럽게 운이 좋았잖이여? 막무가 내로 찍어 누른 게, 물가가 오르지 않은 측면도 있고. 대신 을마나 부정부패가 심해졌냐 말이여? 장영자 사건만 해도 그렇고. 지금도 물가가 매년 5% 이상 오르는 디, 그동안 워낙에 많이 올랐었기 땜에 그만이라도 감지덕지허는 것이고."

"대통령 본인이 경제에 대해 잘 몰랐기 땜에 전문가들을 영입하여 전권(全權)을 준 것이 효과를 냈다고, 말하기도 하더라고요."

"그러기도 허제. 사실 대통령이 모든 것에 전문가일 수는 읎그든. 그럴 필요도 읎고. 그래서 사람을 잘 쓰는 것이 중요헌 것이고. 신 과장도 혼자서만 다 헐락 헌 게, 교수들이 반발허고 그러잖이여?"

이 양반이 잘 나가다가 또. 그는 당혹스러워하는 태민의 얼굴을 보고, 다시 제자리로 돌아왔다.

"좌우간 국민들 환심 살라고 야간통행 금지 읎애고, 학생들 교복 자율화 허고, 프로야구 만들고... 3S란 말 들어 봤제 이? 모든 독재자들이 써먹는 수법을 갖고, 국민들 혼을 빼 버리는 것이여. 그런 줄도 모르고, 이쪽 사람들은 해태락 허먼 미쳐 버리잖이여? 아니, 해태가 이긴다고 해서 밥이 나오기를 해, 빵이 나오기를 해?"

"그러니까요."

"야구장에서 왜 김대중이 이름이 나오냔 말이여? 로마시대 때 네로란 폭군도 시민들 환심을 살라고, 그 뭇인가 콜로세움에서 검투사끼리 피비린내 나는 시합을 시키고 그랬잖이여? 정통성이 부족헌 정권일수록 그런 디다 신경을 더 쓰그든. 다 국민들 세금 갖다가 엉뚱헌 디다 쓰는 폭이제. 하기야 고놈들 관심은 국민이나 나라가 아니라, 정권유지, 즉 자기 목숨 부지허는 데 있은 게. 왜냐허면, 민주 정권이 들어스면 젤 먼저 잽혀 죽을 것이 뻔허그든."

"요즘 영화나 드라마 보면, 너무 야한 장면이 많이 나와요. 왜 정부에서 규제를 안 하는지 모르겠어요."

"그런 디라도 숨통을 터 줄라고 그런단 게는. 그렇게 해 봐야 자기들한테는 손해가 읎그든. 방송이나 영화 종사자들에게 방영 허가해 주고 뒷돈 받아 챙개서 좋고, 민주화니 개헌이니 허는 소리 대신, 침 잴잴 흘리면서 섹스 장면이나 쳐다보고 있으면 청와대 앉어 있는 사람 입장에서 을마나 좋겄어?"

"국민들이 눈치 채 버렸다고 판단했을까요?"

"그런게 헌법을 지킬란다고 했겄제. 말이사 참기름 발라놓은 것같이, 꼭 지 이마빡같이 반지르르허제 이? 근디 속을 디래다 보면, 그것이 아니란 말이여. 후임 대통령 역시 거수기에 지나지 않는 선거인단에 의해, 체육관에서 간접선거로 뽑을란단 뜻이그든."

"헌법을 지킬려면 처음부터 잘 지켰어야지요. 헌법에도 없는 짓들을 많이 했잖아요? 최규하 대통령 협박해서 정승화 체포하고, 계엄령 선포하고, 광주 사람들 짐승 잡듯이 때려잡고.... 손바닥으로 하늘을 가린다고 가려지겠습니까?"

아니나 다를까. 독재 정권의 기대와는 반대로, 4·13호헌조치는 오히려 국민들의 민주화 요구에 불을 댕기는 역효과를 낳고 말았다. 전국 각지에서 장기 집권의 음모를 비난하고, 개헌을 요구하는 시위가 잇따랐던 것. 호헌조치의 배경에는 올 초, 1987년 1월 14일 나라를 떠들썩하게 만든 사건이 자리하고 있었으니, 서울대생 박종철이 치안 본부 남영동 대공분실에서 조사를 받다 고문과 폭행으로 사망한 것이다.[3]

"탁 치니 억하고 죽었다면서요?"

"그것이 시방 말이 되는 소리여? 국민들이 바보간디? 그 사건에 대한 비판이 빗발치니까 호헌조치를 발표헌 것인 디, 장기 집권으로 갈라고 허는 짓거리제. 그 와중에 박 군 사인(死因)이 애초에 발표한 내용과는 다르게 고문치사로 밝혀졌으니..."

"작년엔가 그 무슨 성 고문 사건도 있었잖아요?"

"그런게 요놈오 정권은 도덕성이란 게 없어. 그때에도 애잔헌 여학생이 당했제 이."

이른바 부천서 성(性) 고문 사건. 주민등록증을 변조하여 위장

---

3) 박종철 고문치사 사건: 서울대학교 언어학과 3학년에 재학 중이던 박종철은 1월 13일 자정 무렵, 하숙집에서 치안본부 대공분실 수사관 6명에게 연행되었다. 취조실로 연행해간 공안당국은 박종철에게 박종운('대학문화연구회' 선배이자 '민주화추진위원회' 지도위원으로 수배 중)의 소재를 물었다. 그러나 박종철은 순순히 대답하지 않았다. 이에 경찰은 잔혹한 폭행과 전기고문, 물고문 등을 가하였고, 박종철은 끝내 1월 14일 치안본부 대공수사단 남영동 분실 509호 조사실에서 사망했다. 11시 45분경 중앙대 용산병원으로 옮겨졌는데, 의사가 검진했을 당시 이미 숨져 있었다. 그러나 당시 정부는 고문으로 사망했다는 사실을 은폐하기 위해, '책상을 탁 치니, 억 하고 쓰러졌다'라고 사망원인을 발표하였다.

취업한 혐의로 경기도 부천경찰서에서 조사를 받던 권인숙(당시 23살, 서울대 의류학과 4년 제적)이 이 경찰서 문귀동 경장으로부터 성적(性的) 모욕과 폭행을 당한 사건을 일컫는다. 당초 검찰과 공안당국은 권양의 성 모욕 주장은 '혁명을 위해 성까지 도구화하는' 급진 세력의 상습적 전술이라며, 권 양을 매도했다. 그러나 진상 규명 및 공정 수사를 촉구하는 여론이 빗발치자, 비로소 수사에 나서 진실을 거의 파헤치는 단계에 이르러 있었다.

"성(性)을 상품화한다는 말을 들어보긴 했지만, 성을 혁명의 도구로 삼는다는 말은 또 첨 듣네요?"

"그런 게. 세상에서 가장 신성해야 할 성이 왜 이 지경까지 되었는지..."

"교도소에 다녀온 사람에게서 들은 건데요. 여학생들이 교도소에 가면, 독방에 가두어 놓고 뱀을 집어넣는다네요?"

"......?"

"그런데 이 뱀이란 놈은 꼭 여자의 그곳을 찾아가는 습성이 있다면서요? 그러니까 여학생들이 기겁을 하는 거지요. 그 지경을 당하면, 친구고 누구고 정신없이 불어 댄다는 것이어요."

"자식들. 지 딸이라 생각허먼, 그런 짓을 허겄어? 하늘이 무섭지도 않으까?"

이후 국민들의 시위는 더욱 격렬해져 1987년 6월 10일에는 전국 18개 도시에서 민주헌법쟁취국민운동본부가 주최하는 대규모 가두집회가 열렸다.

"야당이 민정당 제2중대라는 말이 있던데요, 그게 무슨 뜻이어요?"

"군대 가면 1중대, 2중대, 3중대 안 있든가? 같은 패거리란 뜻이제 뭇이겄어? 그 앞잽이 노릇을 허는 것들이 이 누구누구 등이고..."

"옛날에도 사꾸라4) 논쟁이 있었다면서요?"

"어느 시대나 그런 놈들은 있기 마련인 게. 유모 당수 사건 몰라?"

"글쎄요."

"70년대 초에 낮에는 야당, 밤에는 여당 짓거리 헌다고 해서 '왕사꾸라'라고 불린 사람 있어. 사실 여당 입장에서도 야당다운 야당이 필요허그든. 그래야 가령 야당허고 합의했닥 허면, 국민들이 고개를 끄덕일 것 아니여? 그런디 여당이나 야당이나 한통속이라 소문이 나면, 정부에서 백 마디 해 봐야 아무 소용이 읎그든. 국민들이 믿어 주어야 정부가 서는 것 아니여?"

"그래서 김대중 씨가 나섰던 거예요?"

"그랬제. 강원도까지 가서 천신만고 끝에 국회의원에 당선되았넌 디, 국회에 들어갈라고 올라오다가 1961년 박정희의 쿠데타 소식을 들었다는 거 아니여? 그래서 선서조차 못해 본 처지라, 첨부터 박정희에게 악감정을 품었다고 봐야제이?"

"그런데 어쩌다가 40대에 대통령 후보까지 된 거여요?"5)

---

4) 사꾸라: 원래는 벚꽃을 일컫는 일본말. 그러나 우리 사회에서는 '회색분자' 또는 '변절자'로 통용되며, 야당의원으로 행세하며 실제로는 군사정권에 협력하는 사람을 가리킨다.

"그것도 운이라고 봐야제. 어쨌거나 국민들한테 인기가 있었
넌 디,6) 선거에서는 떨어져 버렸어."

"그 후로 무슨 트럭 사건7)도 있었다면서요?"

"큰 트럭이 정면으로 달라들어 받어 버렸당 허잖이어? 그 외
에도 이것저것 많이 있었제에. 그래 갖고 일본으로 가버린 것이
여. 그런디 또 거그서 또 납치되었잖이여?"8)

---

5) 1970년 9월, 김대중은 신민당 전당대회에서 대통령 후보로 공식 지명되었다. '40대
기수론'을 주창한 김영삼·김대중·이철승 의원이 함께 출마하여 3파전으로 진행된
이 전당대회에서, 소수파인 그는 1차 투표에서 김영삼에 밀려 2위에 그쳤다. 그러나
2차 투표에서 유진산 총재의 김영삼 지지에 반발한 이철승이 지지표를 몰아줌으로
써 대통령 후보로 선출될 수 있었다.

6) 1971년 제7대 대통령선거에서 김대중은 향토예비군 폐지, 한반도 평화를 위한
4대국 안전보장안 등을 선거공약으로 내걸고, 박정희 대통령의 안보논리와 경제성
장론을 정면에서 공격했다. 김대중은 유권자들의 선풍적인 지지를 이끌어 냈으나,
95만 표 차이로 패배했다. 당시 공공연하게 벌어진 선거부정을 빗대어 "김대중은
선거에서 이기고 투표에서 졌다"는 말이 회자되었다.

7) 대통령선거가 끝나고 총선 유세가 한창이던 1971년 5월, 지원유세에 나선 김대중이
탄 차량과 14톤 대형트럭이 충돌하는 사고가 발생한다. 1971년 5월 24일, 국회의원
선거를 하루 앞둔 날, 그날 서울 영등포 세 곳에서 지원유세를 하기로 되어 있었던
김대중은 목포에서 서울로 가는 항공편을 알아보았다. 그런데 큰 비가 오지도
않았는데, 비 때문에 비행기가 뜰 수 없다는 것. 관제시설이 잘된 광주비행장으로
이동하기 위해 왕복 2차선을 달리는데, 맞은편의 트럭이 거의 직각에 가깝도록
방향을 틀어 승용차를 덮쳤다. 이 사고로 김대중은 골반 관절 부위에 부상을 당했다.
그러나 병원에서 응급조치만 받은 다음, 기차로 상경하여 지원유세를 마쳤다.
목과 팔에 붕대를 칭칭 감고서. 이때부터 지팡이를 짚기 시작한 김대중은 서거하기
전까지도 이 사고를 당시 정권의 음모로 지목했다. 트럭의 주인은 당시 여당의
전국구 8번을 받아 당선이 확실시되던 변호사였다. 그러나 운전기사를 살인혐의로
기소한 검사는 갑자기 좌천되었고, 새로 바뀐 검사는 단순한 교통사고로 처리해
버렸다. 그보다 앞선 1971년 1월엔 동교동 자택 마당에 은박지로 싼 장난감 권총용
화약에 배터리가 연결된 사제 폭발물이 폭발하는 사건이 발생했다. 일련의 사고로
위협을 느낀 김대중은 사고후유증과 지병의 치료차 일본을 왕래하기 시작한다.

"자루 속에 집어넣어 태평양에 빠트리려 할 때, 미국 헬기가 공중에 떠서 경고 방송을 했다면서요?"

"그 사람 당장에 풀어 주지 않으면 폭탄을 떨어칠란다고 엄포를 놓았다는 말도 있고, 일본 자위대 함정이 쫓아왔다는 말도 있고. 좌우간 김대중이는 다른 나라 덕분에 목숨을 여러 번 건졌어."

10·26에 의해 유신체제가 붕괴되자 12월 가택 연금에서 해제된 데 이어, 1980년 2월 사면·복권된 김대중은 1980년 초의 '서울의 봄' 시기에 김영삼·김종필 등과 함께 정치 활동의 전면에 나섰다. 그러나 신군부 세력의 도발에 대한 우려는 5월 17일 자정의 비상계엄 전국 확대 조치를 통해 현실화되었다. 이때 김대중은 26명의 정치인들과 함께 체포, 수감되었다. 5·18 광주민주화운동 시기를 감옥에서 보낸 그는 9월, 계엄사령부 군법 회의에서 이른바 '김대중 내란음모사건'을 주동한 혐의로 사형 선고를 받고, 1981년 1월 대법원에서 사형 확정 판결을 받았다. 이에 대해 미국·일본·독일·프랑스를 중심으로 현지 교포들과 각국의 양심적 지식인·문화인·정치인들이 대거 그의 구명운동을 펼쳤다.

---

8) 일본에 머물던 김대중은 1972년 10월 유신이 선포되자 귀국을 포기하고, 해외에서 반(反)유신운동을 펼쳤다. 그러던 그가 1973년 8월 8일, 일본 도쿄 팔레스 호텔에서 중앙정보부 요원들에게 납치되어, 129시간 만에 서울로 압송되는 사건이 일어났다. '김대중 납치사건'은 국내외에 큰 파문을 불러일으켰다. 한국 정부는 관련 사실을 전면 부인하다, 국내 야당 지지자들의 강한 반발과 주권 침해라는 일본의 비난에 직면하여 미국의 주선으로 일본 정부와 막후접촉을 벌였다. 여기에서 주일(駐日) 한국대사관 1등 서기관 김동운의 해임, 김대중의 해외체류 중 언행에 대한 면책, 김종필 총리의 진사 방일(陳謝訪日) 등에 합의했다.

사태가 이에 이르자 군사 정권은 그의 형량을 무기징역으로 감형한 데 이어, 1982년 12월에는 미국 망명을 허용했다. 미국에서 그는 한국인권문제연구소를 열어 활동하다 1985년 제12대 총선을 앞두고 전격적으로 귀국했다.

김대중의 귀국은 국민들에게 일대 사건으로 받아들여졌다. 그 결과는 그가 김영삼과 함께 급히 만든 신한민주당이 제12대 총선에서 어용야당이던 민주한국당을 제치고 제1야당으로 떠오른 데서 잘 나타난다. 이에 힘입어 그는 대통령 직선제 개헌 투쟁을 본격적으로 전개했던 것이니.

과연 역사는 반복되는가? 유신정권이 무너진 그 터 위에 새로운 군사독재정권이 들어섰고, '사꾸라' 논쟁을 불러일으켰던 야당지도자의 유전자가 고스란히 대물림하고 있었으니. 5공 군사정권의 억압 속에 대통령 직선제 개헌을 주장하는 분위기가 높아졌지만, 신한민주당의 이민우 총재, 이철승 등은 당시 정부의 내각제 개헌에 대해 지지 의사를 밝혔다. 이에 반발한 김영삼, 김대중은 70여 명의 의원들과 함께 신한민주당을 탈당하여 또다시 새로운 통일민주당을 만들기에 이르렀다.

물론 이를 가만히 지켜보고 있을 전두환이 아니었다. 1987년 4월 20일부터 4월 24일까지 통일민주당의 20여개 지구당에 폭력배들을 난입시켜, 기물을 부수고 당원들을 폭행하는 등 난동을 부리게 한 것이다. 이른바 '용팔이 사건'. 당시 사건의 주동자 김용남의 별명 '용팔이'를 따서 이런 이름으로 불리거니와, 이 사건은 전두환 정권의 지시로 안기부가 개입한 대표적인 정치 공작의 하나로 간주되고 있다. 이로 인해서 민주당의 창당 대회는 인근 식당이나 길거리에서 약식으로 치러졌다.

그러나 이러한 사태에 고분고분할 대한민국의 국민들도 아니었다. 이후 시위는 더욱 격렬해져 1987년 6월 10일에는 전국 18개 도시에서 대규모 가두집회가 열렸다.

"넥타이 부대라고 안 허든가?"

"넥타이 부대요?"

"지금까장 데모허고는 질이 다르다고 봐야겄제. 쉽게 말허면, 구경만 허던 시민들이 자발적으로 데모에 참여한 것이여. 데모꾼이 따로 옰었던 셈이제에."

직장의 점심시간이나 퇴근 시간 무렵이면, 깔끔하게 차려입은 사무직 노동자들이 곳곳에서 시위대에 합류한, 이른바 6·10민주항쟁.

"결국 보통 사람들이 항쟁에 참여했다는 의미 아닙니까? 그렇다면 그 결과 얻어진 것이 있었나요?"

"사회 전반적으로 그 이전의 시대와는 확 달라졌다고 봐야제에."

노동자들은 노동조합을 결성하였으며, 교사들은 전국 교직원 노동조합(전교조)을 출범시켰다.

"사람은 어차피 동물이기 때문에 먹고사는 문제가 크지 않습니까?"

"아먼. 뺄 소리를 해도 배가 고프먼 끝나는 것이여. 사자나 호랑이 배고플 때, 보았는가? 눈에 뵈는 것이 없는 법이여. 아무나 잡아먹고 보는 것이제에."

"이리 죽으나 저리 죽으나 매한가지인데, 가릴 것이 뭐 있겠어요?"

"솔직히 자네나 나나 먹을라고 이 짓거리 허제, 뭣헐라고 헌단 가? 굶어 죽을라고 허겠어?"

"전두환 본인이 살라고, 또 호헌조치를 철회(6·29선언에 포함) 한 거네요?"

"그랬제에. 그 인간도 결국 지 먹고 살라고 헌 짓들인 디.. 그나 저나 대통령 험시로 많이 빼돌렸을 것이여. 언칸 못 전디겄은 게, 6·29인가 속이군가를 내보낸 것이고."

"속이구요? 하하하.."

"국민들을 또 한 번 속여 먹을라고 수를 쓴 것이제에. 다 짜고 치는 고스톱이여. 노태우 지가 문 심이 있다고 혼자 결단했겄어? 소가 웃을 일이제에. 전두환이 허고 미리 다 짜놓고 혼자 했다고 나불대고... 국민들 민주화와 직선제 개헌 요구를 받아들일 수배 키 없어서 그런 것 아니냔 말이여? 구국의 결단? 하이고! 지하에 서 안중근 의사나 김구 선생이 벌떡 일어나시겄다."

민정당 대선 후보였던 노태우는 전두환에게 직선제 개헌안을 수용할 것을 건의하여 승낙을 받아냈다. 이후 노태우는 김대중 사면 복권 및 구속자 석방, 사면, 감형 등을 비롯하여 야당과 재 야 세력이 주장해 온 개헌 등의 요구를 대폭 수용하고 직선제 형태의 대통령 선거를 골자로 하는 내용의 8개항의 시국수습방

안(6·29 선언)을 발표한다. 그 해 7월. 전두환은 노태우의 6·29 선언을 전격 수용하여 새 헌법에 따른 대통령 선거가 예고되었고, 노태우는 민정당의 제 13대 대통령 후보로 선출된다. 이로써 제5공화국의 정치적 위기는 극복된다.

"김대중 씨 하고 김영삼 씨가 합쳐야 하는데 말이지요."

"입 달린 사람은 다 고로코 말허제에. 그런디 심들 것이여. 둘이 다 욕심이 많은 사람들인 디, 양보헐락 허겠어? 서로가 모처럼 찾아온 기회라고 생각헐 턴디..."

정권 교체에 대한 국민들의 여망을 저버린 채, 김대중 통일민주당 고문과 김영삼 통일민주당 총재가 후보 자리를 놓고 갈등하다가 1987년 10월, 분열을 일으키면서 독자 출마를 강행하게 된다.

"노태우가 미리 알아차린 것 같아요."

"뭇을? 아! 그러제에. 야권 단일화가 안 될 줄 훤히 내다본 것이제에. 여그저그서 올라오는 정보를 종합해 보면 답이 나오그든. 그래서 6·29를 속이구락 허는 것이여어. 직선제로 해서 안 될 것 같으면, 개헌을 했겠냐고?"

"그러고 보면, 야당 지도자들도 문제는 문제여요."

"말로는 민주니 국민이니 개지랄해도, 속으로는 지들 잇속 챙길라고 정치 허는 것이여. 일종의 직업, 밥벌이란 말이제. 그런디 속 모르는 국민들은 마치 영웅이나 혁명투사로 생각허니, 그것이 문제란 말이제에."

"본래 민중들은 정치인들에게 늘 속아왔잖아요?"

"말이라고? 몸을 빼빠지게 안 놀려도 팬안하게 먹고 사는 디 다가, 국민들로부터 존경까지 받으니 을마나 좋아? 심심헐 때 한 번 씩 감옥에도 댕개오고, 또 잊혀질만 허면 단식(斷食)도 한 번씩 허고."

"교도소에 들어가서도 편하게 산다면서요? 어떤 분은 단식한다 하면서 라면 끓여먹고, 뼛국물 갖다먹었다는 소문도 있던데요?"

"둘 다 밥은 아니란 소리겄제에. 기가 맥힐 논리 아닌가? 이참 에도 그래. 즈그덜이 차말로 국민들 생각허고, 역사 앞에서 떳떳 해질라면 누구 한사람이 양보를 해야 헐 것 아니냔 말이여? 그런 디 서로 자기가 된다고 큰소리치고 댕기니..."

"여당에서는 그것을 노리고요."

추악한 지식인

하지만 정치는 어디까지나 정치. 태민으로서는 교수직에 진출하는 것이 발등에 떨어진 일이었던 바, 드디어 낭보가 날아들었다.

"여보, 여보. 좋은 소식이야. 오늘 신 과장님이 부르시더니, 이번에는 틀림없으니까 막 심을 쓰라고 하시네."

"그래요? 그럼..."

"야! 지금까지 무려 몇 번이야? 다섯 번? 여섯 번? 소문만 무성하다가 좌절된 적이 말이야. 그러나 이번에는 거의 백 프로야."

시간 강사로서 목양대학과 인연을 맺은 때부터 학기마다 인사문제가 튀어나왔고, 그때마다 한껏 부푼 기대감으로 혼신의 노력을 경주했었다. 그럼에도 여태껏 한 번도 '교수 공채 공고'를 내 본 적이 없었으니. 일주일이 지난 날, 문 교수가 사무실을 들렀다.

"내가 볼 때에는 김대중 씨가 실수허는 것 같어. 이쪽에서는 모다들 김영삼이 보고 양보해야 헌다고 허제마는, 내가 볼 때는 아니여. 내 친구 하나가 가락종친회 시제1)를 지내넌 디, 그때 김대중 씨가 왔드라여."

"그래요?"

"근디 김대중이가 초헌관2)으로서 산소에다 절을 허는 디, 관이 탁 떨어져 버렸겄다? 그래서 자기 속으로 아하! 당신 대통령 되기는 틀렸소 그랬다는 것이여."

"그래..요?"

"두고 봐야 헐 일이제마는, 무슨 일에나 전조(前兆-미리 나타나 보이는 조짐)가 있는 법이그든.... 이참에 폭파된 비행기도 북한에서 헌 짓인지, 정부에서 조작헌 일인지 알 수 있간디? 전두환이가 하도 그짓말을 잘헌 게."

이른바 KAL기 폭파사건. 1987년 11월 29일 바그다드에서 서울로 가던 대한항공 858편 보잉 707기가 미얀마 근해에서 북한 공작원에 의하여 공중 폭파된 사건. 사고기는 이라크의 바그다드를 출발하여 아랍에미리트의 아부다비에 기착(寄着-가는 길에

---

1) 시제(時祭): 한식 또는 10월에 5대조 이상의 묘소에서 지내는 제사.
2) 초헌관(初獻官):제사를 지낼 때 첫 번째 술잔을 올리는 제관(祭官).

잠깐 들름)한 후, 다시 방콕에 기착하기 위하여 비행하던 중이었으며, 기내에는 중동에서 귀국하던 해외 근로자가 대부분인 한국 승객 93명과 외국 승객 2명, 그리고 승무원 20명 등 115명이 탑승하고 있었다. 이 여객기는 29일 오후 2시경 미얀마의 벵골만 상공에서의 무선 보고를 끝으로 소식이 끊겼다.[3]

"그래도 설마 그런 일까지 꾸밀까요?"

"움마? 정권을 잡고 있는 디, 문 짓을 못허겄어? 지난번 아웅산 사건도 그렇고, 이번 사건도 그렇고 이상허게 미얀마 쪽에서 다 일어나지 않어? 아웅산 때는 쓸만헌 장관들 싹 잡어먹고 오데이, 이참에는 죄 없는 백성들 싹 죽애 버리고... 설사 전두환이가 일부러 헌 짓은 아닐지라도, 하늘의 법도가 있는 것이라 애먼 사람들이 고로코 많이 죽는 것이여."

애꿎은 생명들을 뒤로 한 채, 역사는 바야흐로 제13대 대통령

---

3) 수사 결과 KAL기는 일본인으로 위장한 북한 대남공작원 김승일과 김현희가 김정일의 친필 지령을 받고 기내에 두고 내린 시한폭탄과 술로 위장한 액체폭발물(PLX)에 의하여 폭파되었음이 밝혀졌다. 그런데 김현희는 1987년 12월 16일, 13대 대통령 선거 전날 서울에 옴으로써 13대 대통령선거에 최대 변수로 작용했다. 그 뒤 김현희는 한국정부의 보호하에 있다가 1990년 재판을 받고 사형이 선고되었다. 그러나 한국에로 전향했다는 이유로, 대통령 특사로 풀려나 자유의 몸이 되었다.
이 사건의 수사결과에 대한 많은 의혹들이 제기되었다. 그 근거로 블랙박스가 발견되지 않았고(안기부에서 일부를 폐기함), 사망자의 시체와 유품이 발견되지 않았으며, 국가정보원이 서둘러 수사를 종결 처리했다는 점을 들고 있다. 김현희를 귀국시킨 시점도 절묘하여, 그때까지 여론조사에서 김영삼 후보에 열세였던 노태우 후보가 KAL기 사건의 보도에 힘입어 우세로 돌아섰다. 김현희를 석방시킨 데 대해, "그토록 흉악한 테러범을 살려두는 이유가 뭐냐?"고 의문을 제기하는 사람도 있었다.

선거[4]를 향해 진격해 가고 있었다.

"그나저나 이 선생 일은 어찌까 이."

"예? 무슨 말씀 있으셨어요?"

"회의를 죽어라 해 봐도 결론이 안 나네. 오늘도 방 교수가 차코 반대를 해싼 게, 신 과장이 꼬라지를 내고 난리 났었어."

퇴근하려는데, 신 과장에게서 전화가 걸려 왔다. 저녁을 함께 하자는 것. 벌써 들은 말이 있어 희소식은 아닐 거란 예감이 들었다. 장소는 학교 앞 '아프리카'. 가벼운 식사와 함께 차, 술도 겸하여 파는 곳이니, 카페라고 이름 붙여야 할까?

"어이 마담! 우리 양주 한 병 주세요."

"예, 알았어요."

평소 건네는 의례적인 조크성 인사도 없었다. 식사 중에 가볍게 맥주 한 잔 하는 것 외에 그가 독한 술 마시는 것을 본 적이 없었다.

"자! 한 잔 허소. 오늘은 맘껏 한 번 취해 보세나."

"아닙니다. 과장님 먼저..."

"아니야. 내가 병을 들었으니, 자네가 먼저 받고..."

세상에! 한 교회의 장로가 같은 교회의 집사에게 막무가내로

---

4) 제 13대 대통령 선거: 1987년 12월 16일 국민의 직접선거로 치러진 대통령선거. 노태우 민정당 후보가 제13대 대통령으로 당선됨으로써 군부통치 청산과 문민통치의 실현이라는 국민적 여망이 좌절되었다.

술을 권하다니. 마냥 거절하는 것도 도리가 아닌 것 같아 억지로 한잔 받아 마셨다. 주거니 받거니 하는 동안 대략 30분쯤 지났을까. 드디어 탄환이 발사되기 시작했다.

"듣자 허니, 요새 이 선생이 방 교수허고 친허게 지낸다면서?"

"아 예. 친하다기보다도 집이 가깝다 보니, 그전 보다는 자주 들리는 편입니다."

"그래? 내 욕도 많이 허겠네?"

"욕은..요."

"나도 다 알고 있어. 이 선생이 나한테까장 그짓말을 허면 안돼. 뭐라고 그래? 과의 일을 독선적으로 헌다고.... 그런 식으로 말해?"

".....그러시면 과장님. 오늘 제가 드린 말씀은 혼자서만 알고 계셔야 합니다. 저와 약속하실 수 있어요?"

"그럼. 여부가 있나? 오늘 이 자리에서 잊어버려야지."

이튿날 아침 일찍, 요란한 벨소리. 건너편에는 방 교수의 날선 음성이 자리하고 있었다.

"어제 신 과장이랑 같이 있었소?"

"예... 교수님. 그런데요?"

"아니, 내 말을 어쭈코 했길래, 신 과장이 한 밤중에 전화를 걸어갖고, 고로코 욕을 퍼부어?"

"저는 별 말... 안 했는데요."

"신 과장이 당신 입으로 내 말을 했다는데, 그러면 신 과장 그

놈이 미친 놈 아니야 거. 아닌 밤중에 홍두깨도 유분수지 말이야. 자는 사람 깨워 갖고, 죽일 놈 살릴 놈 허고 있으니 말이야. 이거 어디 무서워서 교수 해 먹겠어?"

"죄송합니다. 잘못했습니다."

수화기를 놓은 다음, 생각하니 기가 막혔다.

'야! 내 실수야. 누구도 믿지 말았어야 하는데. 재수 없는 포수는 곰을 잡아도 응담이 없고 재수 없는 놈은 뒤로 자빠져도 코가 깨진다더니, 재수에 옴이 붙은 거야.'

맘 같아서는 두 사람 면전에 욕이라도 퍼붓고 싶었다. 하지만 그것은 화난 김에 돌부리 차는 일이요, 화약을 지고 불 속에 뛰어드는 일과 진배없는 일일 터. 방 교수의 호통보다 더 고까운 것은 신 과장의 처신.

'일류 대학을 나와 대학 교수가 된 사람, 도덕적인 기도를 장황하게 늘어놓던 장로님, 사회의 부조리와 부정부패를 신랄하게 비판하던 지식인... 그런 그가 술까지 먹이고....'

하지만 달리 뾰족한 방도가 없어, 벙어리 냉가슴 앓듯 며칠을 기다렸다. 그리고 마침내 그의 호출이 떨어졌다.

"마지막 기회일지도 몰라. 자네가 방 교수의 마음을 돌려놓아야 해. 내가 말해 봐야, 역효과만 날 거고."

"그 뒤로 저희 부부가 찾아가 사과를 드렸습니다만..."

"그건 잘했는데.... 이 선생, 상대방이 좋아하는 것을 갖다 주는 것이 처세야. 백날 과일이나 고기를 사들고 간들, 무슨 소용이 있겠어? 방 교수는 돈을 상당히 좋아허는 사람이야."

200만 원 대출 사건에서 보았듯이, 경제 사정이 그다지 좋아 보이지는 않았다. 물론 이용당한 사실을 안 것도 순전히 박철환 덕분이었다.

"아따! 그런 상놈오 새끼가 순진헌 너를 꼬셔갖고, 그 짓거리를 해야? 개 상놈오 새끼..."

"왜 그래?"

"왜는. 너도 너지야. 서른 살이 넘도록, 나이를 거꾸로 쳐 먹었냐? 그 돈은 대한민국 모든 공무원들이 무이자로 쓸 수 있는 '공돈'이나 다름 읎어. 이 새끼야. 정신 나간 놈...."

"조교 발령 받은 이튿날인가? 은행으로 나오라 해서 나갔고, 나는 별 필요도 없고 해서 도장 찍어 주었는데..."

"자식! 지랄허고 자빠졌네. 너 필요 읎으면, 나한테라도 주제 그랬냐? 이백만 원이면 하늘이 알고 땅이 아는 돈이여. 임마. 목돈 갖다 쓰고, 푼돈으로 야금야금 갚으면 되는 돈인디, 왜 안 쓰냐고? 이 세상에 이자 안 붙는 돈이 그것 말고, 어디 있는 줄 아냐?"

부랴부랴 돈을 마련한 다음, 심부름꾼으로 아내를 지목했다. 일각이 여삼추(一刻이 如三秋). 한참 후. 대문을 들어서는 진선을 향해, 다급한 목소리가 튀어나갔다.

"어떻게 되었어?"

"그게...요. 그냥 놓고 나왔어요."

결과를 궁금해 하던 차에, 자정이 다 되어 요란하게 초인종이 울려댔다. 문이 열리는 순간, 큰 키를 늘어뜨린 방 교수의 부인이 떡 버티고 서 있었다. 태민은 황급히 안방으로 들어가 문을 걸어 잠갔다. 이윽고 안방으로 들어온 진선이 힘없이 돈 뭉치를 내려 놓았다.

"당신, 왜 그걸 받았어?"

"안 받고 배길 수 있나요? 아주 작심하고 온 것 같은데...."

"우리가 그 자식 마음을 잘못 읽었다는 거야? 아니면 액수가 너무 적었단 말이야? 그도 아니라면, 일부러 금전 이야기를 흘려 올무를 놓았단 말이야?"

밤새워 불었던 태풍은 고요한 아침을 몰아왔다. 번민과 갈등의 밤을 새운 다음날부터 태민은 잔뜩 몸을 움츠린 채, 그의 눈치를 살피기 시작했다. 벙어리 냉가슴 앓듯, 누구에게 하소연할 데도 없었다. 아니나 다를까. 마치 격렬한 전투에서 승리한 장군처럼, 그는 거들먹거리기 시작했다. 며칠 후. 신 과장이 불렀다.

"학과장인 내 입으로 자네를 추천헐 수는 없으니까, 누군가 추천헐 사람이 필요해. 그래도 방 교수가 요새 자네한테 잘하는 것 같던데?"

"과장님. 실은 지난번에 방 교수님 댁으로 집사람을 보냈었습니다."

"그래? 어떻게 되었어?"

"실패했습니다."

"왜? 싫대?"

"사모님 통해서 그냥 돌려보내 왔더라고요."

"그랬어? 허어이, 이 선생이 너무 성급했구만."

또 그 소리. 이씨 또한 항상 아내 탓을 했었다. 자식들이 말을 안 듣는 것도, 농사일에 실패한 것도. 심지어 본인의 정치가 잘 풀리지 않는 것마저 김씨의 간섭과 잔소리 탓으로 돌렸다.

'성급하지 않으면? 교수 공채를 위한 회의는 낼모레 열린다고 하지, 이번에 공고가 나가지 않으면 더 어려워질 것이라고 하지, 방 교수더러 추천하도록 만들든지 적어도 반대는 하지 않도록 해야 한다고 해놓고... 난들 어쩌란 말인가? 맥주와 오징어 갖고는 안 된다고, 그 자식은 돈을 좋아한다고 했지 않은가?'

어깨가 축 늘어져 들어오는 태민을 향해.

"너무 고민하지 말아요. 어떻게 되겠지요."

"개자식들, 뼈 빠지게 절약하고, 지들 비위 맞추느라 이리저리 쫓아다닌 우리에게 이럴 수 있어? 지 놈들이 뭐길래, 고비 고비마다 쓴맛을 보게 하냔 말이야? 힘없는 조교에게 잘못이 있으면 얼마나 있을 것이며, 실수라 한들 뭐 대단한 거겠냐고? 지들은 뭐 하늘에서 떨어진 사람이고, 나는 땅이나 파먹고 살라는 팔자래?"

"그만하세요. 누가 당신 속 몰라요?"

"솔직히 신 과장도 그래. 다른 건 그만두고라도, 요 4년 동안 명절이다, 지 애팬네 생일이다, 성탄절이다 하여 사 들고 간 선물 값이 그 얼마야? 그리고 그 자식한테 쏟은 나와 당신의 정성이 돈으로 계산할 수나 있는 거냐고? 그런데 이제 와서 모든 것이 내 탓이고, 자기는 아무 잘못도 없다? 땅콩밭 매느라 허리가 휜 내 어머니에게는 옷 한 벌 제대로 못해 드리고, 그토록 좋아하시는 과일 한 번 사드리지 못하면서, 기름기 번지르르한 그 자들한테는 철따라 옷가지 선물하고, 명절 때마다 갈비짝 선물하고, 횟집이다 고기집이다 좋은 데 다 찾아 대접하지 않았느냐 말이야."

"그야..."

"뭐가? 그런 건 기본이란 말이지? 당신 앞이라서가 아니라, 마누라 속옷 한 벌 내 손으로 사주지 못했으면서, 그 애팬네에게는 애코른가 앙코른가... 최고급 속옷 란제리를 선물한 것이 어디 한두 번이냐고? 내 죽은 딸이 백 원짜리 하나만 달라고 손을 내밀 때에도, 눈을 부라렸던 내가... 수백만 원을 아까운 줄 모르고, 그 자에게 바치지 않았냐고? 그런데 이제 와서 나 몰라 해? 학과장이 모르면 누가 아는데?"

"......"

"자식 같고, 동생 같은 사람에게 이렇게 피눈물 나게 해도 괜찮은 거냐고? 더욱이 하나님 믿는다며 뻔질나게 교회 드나드는 장로, 집사인 주제에 식언(食言)을 밥 먹듯 하고, 돈 갖고 저울질이나 하고, 지 놈들 유리한 대로 수없이 말 바꾸고, 심지어 술을 이용하여 사람까지 농락하려 드니... 나는 하나님도 잘 모르고 신앙이 뭔지도 잘 모르지만, 적어도 그러지는 않았어."

"여보, 그만..."

"당신도 너무 순한 게 탈이야. 이럴 때 왜 욕이라도 못해? 당신은 배알도 없어? 억울하지도 않냐고? 개 같은 놈들, 같잖은 학벌 하나 갖고, 거들먹거리는 꼴이라니. 연구는 나 몰라라 하면서 좁아터진 학과 안에서 파워게임이나 벌이고, 애잔한 사람들 등이나 쳐 먹으려 드니... 이 나라가 절단 안 나겠냐고? 하나님이 계신다면, 이럴 수 없는 거 아니야?"

"왜 또 하나님 말을 꺼내고 그래요?"

"지 놈들이 끄떡허면 하나님 찾고, 신앙 찾고 허니까 허는 소리지. 가만 자빠져있기라도 하면 밉기라도 덜하지. 공평하신 하나님께서 왜 그런 놈들을 가만 놔두고 보시느냐고? 그러니 세상 사람들이 하나님 믿기가 쉽지 않은 거야. 그런 인간들 땜에 교인들이 싸잡아 욕을 먹는 거라고."

"돌아보면 다 죄인이지요."

"얼씨구! 이 판국에 당신, 진짜 성인군자 같은 소리 하고 있을 거야?"

"……"

"당신도 아다 시피, 인사가 보류될 때마다 꾹꾹 참았어. 지금까지 나를 챙겨 주신 분들에게 감사하자, 부족한 나를 시간강사로, 조교로 써 준 과장님에 대해 고마운 마음을 갖자... 그런데 이게 뭐야? 닭 쫓던 개 지붕 쳐다보는 격 아니냐고?"

1주일 정도 지난 날. 김철중 교수가 한숨을 푹푹 쉬면서 사무실로 들어왔다.

"아이고, 자식들... 그나저나 우리 이 선생 땜에 어찌까?"

"왜요? 무슨 일 있으셨어요?"

"아니, 나는 서양철학으로 했으먼 쓰겄드만, 기언치 동양철학으로 고집을 피운 게는..."

"......그럼 동양철학 티오로 결정된 거여요?"

"그랬는 갑이여. 그래도 사람 일은 어쭈코 될지 모른 게, 너머 상심허지 마씨요."

아랫도리에 힘이 쭉 빠졌다. 지금까지는 '유보'가 되었다기에 한 가닥 희망의 끈을 놓지 않고 있었는데, 아예 채용 분야를 바꾸기로 했다니. 짐 싸들고 나가라는 최후통첩이나 마찬가지가 아닌가? 그날 밤 김 교수와 더불어 오랫동안 술잔을 기울였다. 아파트에 들어서는 순간, 진선이 와락 달려들었다.

"과장님에게서 전화가 왔었어요. 당신이 늦는다고 했더니, 걱정을 하시는 눈치드라고요. 이왕 이렇게 된 걸 어쩌겠어요? 하나님 뜻이 없으셨던가 보지요."

"방극원 그 자식이 총대를 메고, 오근식이 하고 최경식이가 맞장구 치고, 과장님은 화를 내는 척 했겠지. 히히히! 세상 참 재밌어."

"과장님은 최선을 다하셨을 거여요."

"최선? 그런 척 할 수 있지. 근데 내가 지 아들이었어도, 시간 질질 끌며 저울질하고 그랬을까?"

"과 교수들을 어떻게 못하시니까 그랬겠지요."

"막말로 통사정을 하면, 방 교수가 말을 안 듣겠어? 오근식이

나 최경식이가 거절을 하겠어? 다 쇼야. 다 연극이라고!"

"여보. 오늘은 많이 취했으니 그만 자고, 내일 이야기해요."

"이야기하고 말 것도 없어. 이젠 다 끝난 거라고!"

일이 어렵게 되었다는 소식을 들은 이씨는 팔짝팔짝 뛰었다.

"방 교순가 뭣인가 그 좆같은 새끼가 젊은 느그덜을 데리고, 지금 장난치고 있는 것 아니냐 거? 그 자식, 전화번호가 몇 번이냐?"

"아버지. 왜 그러세요? 대학이란 요. 한 군데서 말이 나면, 다른 대학에도 가기가 힘들어요."

"니가 시방 대학 교수 아니면, 굶어 죽냐? 우리 땅콩밭도 많고 논도 많은 게, 무라리 내래와 농사를 짓든지, 장사를 허든지 느그 식구 밥 못 먹고 살겄냐고? 그래도 정히 교수가 되고 싶으면, 내일이라도 유학을 가든지. 살림을 다 팔아서라도 내가 기어코 가르칠 틴 게. 넉넉잡고 5년이면 박사 딴담시로? 그러고 그것만 따 오면, 어디든지 갈 수 있담시로야?"

"그렇긴 해도 제 나이가 벌써 서른이 넘었는데, 이제 가서 언제 따오게요?"

"그런게 진작 내가 댕개오라고 안 허디야?"

딴은 그랬었다. 석사 과정에 입학할 무렵, 명재남 교수는 차라리 독일 유학을 다녀오는 것이 빠를 수도 있다는 말을 했고, 이씨 또한 뒷받침해 주겠노라 약속했었다. 하지만 그때에도 이미 식솔이 딸려 있었고, 박사 학위를 취득하는 일이나 국내에 들어와 자리 잡는 일이 녹록치 않아 보여 포기했었다.

"좌우간 서울로 가자. 내 그 자식을..."

"서울이요?"

"서울 가서 이 사람, 저 사람 만나야지야. 우리나라에서 정치 갖고 안 되는 일 있디야? 내가 대학은 그 형편을 모른 게, 내 방식대로 해야 헐 것 아니냐?"

청진동의 한 호텔에 자리를 잡은 다음, 유력한 정치인들을 찾아다니기 시작했다. 몇 군데를 거쳐 마지막으로 찾아간 곳은 국회 문공위원장실. 영광함평지구당 위원장이자 국회의원인 강영진 의원은 함평을 동향(同鄕)으로 둔 현재의 목양대학 학장과 막역한 사이로서, 교육 문제를 총괄하는 국회 안의 분과위원장을 맡고 있었다. 눈코 뜰 새 없는 와중에도, 그는 직접 전화를 넣어주겠다는 약속을 했다. 둘은 개선장군처럼 비행기를 탔다. 구름 아래 보이는 세상이 다 자신의 발아래 엎드려있는 것처럼 보였다. 천하를 얻은 느낌. 아니나 다를까. 며칠 후. 신 과장이 태민을 불렀다.

"그리 앉아. 에.... 다름이 아니라, 자네 뭐 강 위원장한테 찾아가고 그랬나?"

"예? 아, 예..."

"뭐할라 그런 짓을 했어? 학장이 기분 나빠하던데. 대학에서 정치인들 끌어들일락 허먼, 안 돼. 자네 크게 잘못 생각한 거라고. 이런 말은 좀 그렇지만, 옛날에야 학장이 강 위원장에게 굽히고 들어갔겠지. 강 위원장 덕분에 학장 자리를 땄다는 소문도 있었으니까. 하지만 지금 어디 그러겠어? 막상 말로 자기도 휘하에 이삼백 명 교직원을 거느린 기관장인데, 직접 찾아와 부탁을 하면 또 모를까, 위에서 전화 한 통화 때린다고 고분고분 말을 듣겠냐고? 나 같아도 기분 나쁘지."

"아! 예..."

야! 이건 또 무슨 시추에이션이냐? 그동안 학장을 도외시한 것도 아니었다. 명절 때마다 사택을 방문하여 선물을 전달했었다. 다만 그가 돈을 좋아한다는 소문이 학교 안에 파다했음에도, 그 '마지막 카드'를 꺼내들지는 않았었다. 학과에서 티오를 올리고 나서 해도 늦지 않으리라 여겼기 때문이다. 그러던 어느 날 신 과장은 "학과에서 티오를 올리려는데 학장이 반대한다"는 폭탄 발언을 뿜어냈다. 그러나 며칠 후 만난 학장은 "무슨 소리냐? 학과에서 아직 올라오지도 않았다"고 발뺌(?)을 했다. 그 내막이 어떠하든 일단 학장을 찍어 누른 다음 학과의 반응을 살펴보자는 것이었는데, 오늘 신 과장은 '더 이상 변화는 없다'고 말하는 중이었다.

"이젠 다 글렀어. 나를 바라보는 눈초리들이 차갑게 변해 버렸어."

"그럼 어떡해요?"

"다 끝난 거지. 세상 참. 이젠 자기 식구가 안 될 사람이라 여겨서 그러는지, 심지어 일반직들까지 나를 따돌리는 거 있지? 당신이 볼 때에.... 혹시 내가 실수하거나 게을렀던 적이 있었어?"

"당신은 최선을 다했어요. 그 상황에서 그보다 더 잘할 수는 없잖아요?"

'그렇다면 하나님, 왜 저에게 기회조차 주지 않으십니까? 한 대학에서 시간 강사 2년, 조교 1년 6개월을 근무했으면, 한 번쯤 도전할 기회는 주셔야 하는 거 아닙니까? 무조건 교수로 채용해 달라는 것도 아니고 공정하게 경쟁해서 들어가겠다는데, 그게 욕심입니까? 잘못된 거냐고요?'

저녁을 먹고 아파트 근처를 산책하던 중, 땅에 떨어져 뒹구는 이파리 하나가 눈에 띄었다.

'낙엽이 지려면, 아직 한 달 이상이 남아 있는데. 그래. 우리 홍은이도 일찍 가고, 나도 이쯤에서 인생 탈락인 모양이다.'

그날 이후 깨끗이 마음을 정리했다.

"자식을 죽이고도 살아온 인생인데, 이까짓 게 뭐 별 거야? 정 안되면, 시골에 내려가 농사라도 짓는 거지 뭐."

남들이 가지 않은 길, 철학을 전공으로 선택할 때부터 각오한 일이었다. 이 세상에 태어나 자신이 하고 싶은 일 하다가 가는 것, 그것이 삶의 목표였는지도 모른다. 대학 교수가 되려는 것 역시 그 목표로 가는 지름길이라 믿었기 때문이고. 그러나.

"당신, 자꾸 농사 말을 하는데, 농사짓는 일도 쉽지 않아요. 그리고 난 시골에서 농사 같은 건 못 지어요. 당신 제대하던 해에 봤잖아요?"

6년쯤 전이었을까. 전역하고 잠깐 무라리에 내려가 있던 때.

농번기를 맞이한 무라리는 말 그대로 전쟁 통이나 진배없었다. 그날 저녁, 태민은 양수를 돕느라 저녁밥도 송정 동네 아래 유황개미 논배미에서 때웠다. 반찬 그릇을 치우고 있던 참에 후드득 빗방울이 떨어졌다. 경운기 몸통 아래에 쪼그려 앉아 있다가, 육촌형 태곤과 함께 철수하였다. 가랑비가 소나기로 변한 자정 무렵. 후줄근한 모습으로 방에 들어서자, 진선이 채근대기 시작했다.

"여보, 나랑 이야기 좀 해요."

"아직 안 잤어?"

"지금 잠이 오게 생겼어요? 도대체 이게 뭐예요? 이럴려고 시골에 내려왔어요?"

작정하며 따지려드는 걸 무시하고 돌아누운 채, 잠이 들었다. 이튿날 아침. 진선이 보이지 않는다며 김씨가 걱정을 태산같이 했다.

"고무신이 그대로 놓여 있길래, 저도 몸이 고단해서 여태까장 자는 갑이다 생각허고는, 이제나 저제나 지달랐단 마다. 그러다가 암만 해도 이상허길래, 요로코 들어와 보는 길이다."

처음에는 동네 마실을 갔을까 했었다. 하지만 딱히 들를 곳도 없었거니와, 식구들에게 한 마디 말도 없이 그럴 여자는 아니라는데 생각이 미쳤다. 30여 분쯤 지났을까. 숨넘어가는 소리를 지르며, 김씨가 다시 뛰어 들어왔다. 앞집 삼채 아제가 대전리 갔다오는 길에 진선 비슷한 여자를 보았다는 것. 서둘러 광주로 향했고, 군대 생활 2년 동안 부어놓았던 적금을 모두 헐었다. 60여만

원이 넘는, 당시로서는 제법 거금이었다. 수북하게 자란 머리칼부터 자르고, 콤비 양복 한 벌을 사 입었다. 그리고는 순천 처제집으로 전화를 걸어갔다. 다행히 진선은 그곳에 있었다.

이튿날 함께 백양사로 향했다. 맑은 공기를 쐬며, 나뭇잎 사이로 햇살이 찾아드는 그늘 속을 나란히 걸었다. 그러고 보니, 둘이 호젓한 시간을 가져 보는 것도 실로 오랜만이었다. '처음으로' 아내를 눈여겨 바라보았다. 허름한 옷차림과 헝클어진 머리칼, 퀭한 눈망울과 움푹 파인 볼, 툭 튀어나온 광대뼈와 검게 그을린 피부 등. 영락없이 가난하고 무식한 여느 촌부(村婦)의 모습 그대로였다. 한 달 남짓한 기간이 아내에게는 너무 가혹한 세월이었음이 분명했다.

"홍은이는 잘 있으니까 염려 말고. 그보다 당신 내장산에서의 일... 기억 나?"

"그럼요. 당신 대학 1학년 때였던가요? 단풍구경 갔다가 첫눈 만나고, 당신이 춤추며 노래하고, 장발에 청바지 입은 모습이 지금도 눈에 선해요."

'야! 우리에게도 그런 시절이 있었는데. 그리 멀지 않은 과거일 뿐인데, 벌써 나이를 먹어 가는가? 눈에 시린 청춘이 이대로 끝나간단 말인가?'

짙은 녹음과 맑은 공기, 새소리와 물소리가 육체를 소생시키기라도 한 듯, 그녀는 어느새 생기발랄해 있었다. 다리를 건너 어느 산장에 들었다. 늦은 점심으로 산채 백반을 시켰다. 아내는 사나흘 굶은 사람처럼, 게걸스럽게 밥을 해치웠다. 작은 것에 행복해 할 줄 아는 아내, 사소한 일에 감격할 줄 아는 여자에게 이런 시간조차 마련해 주지 못한 데 대해 자책감이 일었다.

"근데 당신.. 왜 나올 때 신발을 그대로 놔두었어?"

"호호호... 그래야 식구들이 안에 있는 줄 알고, 안 쫓아올 거 아니어요?"

"그럼 뭘 신고 왔는데?"

"결혼할 때 사놓은 여름 구두가 있었어요."

"야! 승악허긴. 당신에게도 그런 머리가 있었어?"

"호호호... 한 번 맘을 이상하게 먹으니까, 나 스스로도 이상해지더라고요. 모든 사람이 무섭게 느껴지고, 생각지도 못했던 잔꾀가 떠오르는 거예요. 대전리까지 십 리를 쉬지 않고 걸었잖아요? 근데 피곤하기는커녕, 곧 뒤에서 누가 쫓아올 것만 같아 거의 뛰다시피 했어요."

"소봉메 근처에서 삼채 아제를 만났다며?"

"누군지는 모르겠는데, 뒤에서 막 부르더라고요. 그래서 앞만 보고 죽어라 뛰었지요. 대전리 다 와서 버스가 한 대 지나가더라고요. 그런데 무라리에서 출발한 차 같길래, 양산으로 가리고 한 쪽에 서 있었어요. 다 나를 잡으러 오는 것 같아서요."

"다른 데서 올라오는 차도 있어. 대신리라고..."

"좌우간 그것까진 난 모르고요. 결국 택시를 잡아탔지요. 택시 안에서도 가슴이 막 뛰는데.. 어휴! 혼났어요."

"그렇게 혼날 짓을 왜 하냐고? 아! 알았어. 그보다 택시비는 있었어?"

"그런 정도야 비상금으로 갖고 있었지요."

농사를 짓건, 장사를 하건 그건 알 바 아니었다. 여러 차례 목숨을 끊으려고도 했고 목숨보다 소중한 딸까지 잃었는데, 먹고사는 일 갖고 고민할 '군번'이 아니었다. 이렇게 정리하고 나니, '배짱'이 생겼다. 느지막이 출근하여 정시(定時)에 퇴근하였다. 토요일 같은 때는 아예 출근조차 하지 않은 채, 진선과 함께 하루 종일 찬송가를 부르거나 기도하며 시간을 보냈다. 그러던 어느 날. 사표를 제출해야겠다는 생각이 들었다. 쥐꼬리만 한 봉급 받으며 조교 직책 감당하려 이 학교에 온 것도 아닌데, 괜한 일에 힘 뺄 필요가 없다는 계산이 나왔던 것. 어떤 방식으로 사표를 제출할 것인가 고민하다가, 영어과 진승일 교수 집에 들렀다. 저녁을 먹고, 바람도 쐴 겸 해서였다. 대학 선배인 그는 한때 이웃에 살았던 인연으로, 끈끈한 관계를 유지해 오고 있는 중.

"형님. 모든 가능성이 사라진 마당에, 사표를 낼까 합니다."

"사표? 집사람 통해서 대충 들었네마는, 내 생각에는 조금만 더 기다려 보는 것이 낫겠는데?"

"여기서 더 기다린들, 무슨 소용이 있겠어요? 사람만 추해지고, 더 비참해질 것 같아서요."

"그래도 사람 일이란 그것이 아닌 것이여. 내일 일도 모르는 것이 우리 인생 아닌가? 시간이 가면, 항상 상황은 변한다는 사실... 몰라?"

"하나 남은 교수 티오에 다른 전공자를 채우기로 결정된 마당에 무슨 변화가 있겠어요? 과장님도 다 끝났다는 식으로 말씀하시더라고요."

"그 양반 입장에서야 더 있으라 마라, 말씀을 못하시겠지. 책임질 수 없는 것이 임용 문제니까. 좌우간 사표는 아직 내지 말어. 정 내고 싶으면, 내년 2월 말에 내든지. 그때 조교 임기가 끝난담시로? 유종의 미(有終之美)란 말처럼, 사람이 마무리를 잘해야 다음 기회도 볼 수 있는 법이그든. 소문도 좋게 나고, 막상 말로 경력도 흐리지 않고..."

그 앞에서는 더 이상 대꾸를 하지 못했다. 대신 돌아오는 길에 진선에게 불평을 퍼부었다.

"에이! 괜히 거길 가자고 조르더니, 본전도 못 찾았잖아? 내일 사표 낼 거야. 내가 무슨 거지야? 조교 월급 받으면서, 교수들 잔심부름이나 하고 있게."

그러나 막상 신 과장 면전에 불쑥 사표를 내밀기가 쉽지 않았다. 망설임과 번민, 방황 속에서 10월이 지나가고, 어느새 11월도 거의 지날 무렵. 시간이 흘러가도 외부 상황은 전혀 달라지지 않았다. 다만 마음이 변하기 시작했다. 이상하게시리 맘이 편안해졌다. 내년 2월까지 근무하되, 자질구레한 일에 신경을 쓰지 않기로 했다. 교수들 또한 잔심부름을 시키지 않았고, 사무실에 찾아오는 경우도 드물었다. 새 학기 시간표를 짤 때에는 교수들 각자가 알아서 서로 시간을 조정해 나갔다. 제대 말년 고참병의 느긋함이라고나 할까. 그런데 11월 말의 어느 날. 신 과장이 불렀다.

절벽에서 피어난 꽃 한 송이

"이 선생, 내 친구가 광림대학의 교무과장으로 있는데 말이야. 이번에 철학 분야를 하나 뽑을 모양이야."

"그래요?"

"철학이 지금까지는 선택 과목이었는데, 작년부터 교양 필수로 바뀌면서 사람이 하나 필요하게 되었는가 봐. 참, 자네 명 박사가 지도 교수였잖아? 그분이 지금까지 시간 강사로 나오고 있는 모양이던데?"

온몸이 감전된 듯 짜릿해 왔다. 먼저 명 교수님을 찾아보는 것이 순서일 것 같았다.

"선생님, 이번에 광림대학에서 교수를 뽑기로 한 모양이던데요? 그동안 선생님께서 출강을 허셨다고.....”

“벌써 몇 년 되얐지야. 내가 말 안 허디야? 철학이 작년엔가 필수 과목으로 됨시로, 시간이 늘어 났넌 디, 요즘에는 주당 열 시간도 넘을 거이다.”

“이번에 제가 한 번 어플라이 해 보면 어쩔까 하고요.”

“당연히 해야지야. 니가 된담서야 나도 좋고. 내가 몇몇 교수들을 아는 디, 소개해 주런?”

“아닙니다. 그보다도 교수가 충원되면, 선생님 시간이 없어져 버릴 텐데요?”

“물론 그러기는 허제마는, 다른 사람도 아니고 니가 그 자리를 차지허먼 그 까짓 것이 대수냐? 정 맘에 걸리면, 니가 나한테 강사료를 주든지...”

“예? 하하하... 참 선생님도.”

“허허허... 우선 자리 잡는 일이 시급해. 니 아부지도 을마나 좋아허시겠냐? 내가 잘 아는 분 중에 구인환 교수라고 계시는 디, 그리 한 번 가 보그라.”

호남형의 얼굴에 풍채 역시 우람한 구 교수는 첫눈에도 무척 선해 보였다.

“멍 박사 제자라먼, 보나마나 얌전허겠구만. 허허허... 보아 허니 신수도 훤허시고.”

“교수님들은 박기민이를 염두에 두고 계신다는 말을 들었습니다만.. 기민이는 제 친구이기도 하거든요.”

"그야 아직까장 누가 없은 게, 그랬던 것이고, 누가 내 자리라고 말뚝 박어 놨간디? 허허허.. "

팔딱거리는 심장을 꼭꼭 누르며, 기다리고 또 기다렸다. 그리고 12월 하순 어느 날 오후. 무안 터미널에서 전라일보 한 부를 샀다. 하단의 광고란을 더듬던 눈길이 딱 한 군데에 머물렀다. 광림대학의 교수 초빙 공고. 깨알 같은 활자가 태민의 눈에는 대문짝만큼 커 보였다. 혹시 헛것을 본 게 아닐까 하여 공고란을 다시 한 번 확인하였다. 전형을 한 달여 앞둔 그 날부터 거의 밤을 새우다시피 했다.

'실패하고 나서 후회하지 말고, 사전에 준비를 철저히 해야 한다. 결정적 순간을 정면으로 응시해야 한다. 전투기가 추락할 때의 조종사처럼, 함선이 침몰할 때의 선장처럼 나는 끝까지 두 눈을 부릅뜨고 있어야 한다. 결승선을 통과할 때까지 마지막 땀 방울마저 쏟아 내야 한다. 마지막으로 웃는 사람, 그것이 내 삶의 지향점이어야 한다!'

주민등록 등초본, 학사, 석사 학위증과 성적표, 박사 과정 수료 증명서와 성적표, 시간 강사 경력, 조교 경력, 학위 논문 및 연구 논문 등 전형에 필요한 서류를 준비하는 데에도 신중에 신중을 기하였다. 물론 최대한 은밀하게.

드디어 전형일. 잠자리에서 일어나는 즉시 무릎을 꿇고, 기도를 올렸다. 태민의 기억에, 절실히 기도해 본 일은 두 번 있었다. 대학생 시절, 어머니 김씨가 연탄 중독 사고로 영광읍 병원에 입원해 있다는 소식을 들었을 때. 시외버스를 타고 내려가면서, 무작정 매달렸다. 그리하여 김씨가 말짱한 얼굴로 아들을 맞이했을 때, 차라리 허탈감이 몰려왔었다. 또 한 번은 '박살띠' 작업을 위해 비무장지대 안으로 들어갈 때, 하늘을 향해 간절한 기도를 드렸다. 아니, 드렸다기보다 저절로 기도가 나왔다.

본관 2층의 고사장. 영어에 대해서만큼은 원래 자신이 있던 터였고, 전공 시험 역시 많이 준비해 온 분야에서 출제되었다. 최종 코스인 면접. 면접 장소인 학장실에는 학장 외에 교무처장과 학생처장, 그리고 학과장이 앉아 있었다. 먼저 학생처장.

"에.. 이력서를 보니까, 이 선생은 철학 쪽으로만 쭈욱 전공해 왔는데, 무슨 특별한 이유라도 있습니까?"

"예. 저는 어려서부터 이 세상의 이치랄까, 사람이 어디에서 왔다가 어디로 가는지 알고 싶었습니다. 그래서 고등학교 때부터 철학을 공부하기로 결심하여, 대학도 철학과가 있는 곳을 지망했습니다. 대학 졸업 후 지금껏 석사 과정, 박사 과정을 공부해 오면서 오직 철학 외에는 생각해 본 적이 없었습니다."

이튿날 오후, 서류를 준비하라는 연락이 왔다. 일종의 합격 통지서. 진선의 눈에는 어느새 눈물이 고여 있었다. 태민은 조용히 그녀의 어깨를 감쌌고, 둘은 부둥켜안은 채 한참동안 울었다. 그리고 이 기쁨을 함께 해야 할 사람들이 있는 곳, 무라리로 전화를 걸어 갔다.

"어머니, 저 됐어요."

"오메이, 그랬냐? 아이고, 내 새끼야. 잘했다. 시상에나, 잘했다 잘했어."

장남을 신앙처럼 여겨온 어미였다. 아들 쪽에서도 언젠가 성공하면 날마다 업어드리겠다고 수백 번 다짐했던 어머니였다. 지난날 패배와 좌절의 순간들, 치욕과 모멸의 역사가 주마등처럼 스쳐 지나갔다. 세 번씩이나 낙방한 중학교 입학시험, 전기고등학교 입시 실패, 조교 경합에서의 탈락, 여동생 둘과 딸의 어이없는 죽음, 4년 동안 몸과 마음을 바쳐 일했던 대학에서 온갖 중상모략과 비방을 받아야 했고, 이제 두어 달 후면 쫓겨나야 할 형편 등등. 돌아보면 실패의 흔적이요, 패배의 기록들뿐이었다.

'하지만 이젠 아니다. 저주받았다고 여겨지던 인생이 축복의 삶으로 부활하고 있지 않느냐? 실패했다고 손가락질 받던 나의 삶이 성공의 역사로 다시 쓰이고 있지 않은가? 이 세상에는 정의가 살아있어. 선이 악을 이기게 되어 있다고.'

합격 통지서를 받았다고 해서, 즉각 교수 임용이 되는 것은 아니었다. 신원 조회와 신체검사를 통과해야 하고, 학교 인사위원회의 심사를 거쳐 학장의 인가를 받아야 한다. 이 과정들을 통과한 임용 후보자 두 명을 학장이 추천하면, 어느 한 사람에 대해 교육부장관의 승인이 떨어져야 한다. 그리고 이 과정에서 최고 득점자에게 결격 사유가 발생할 시, 얼마든지 차점자를 임명할 수 있도록 되어 있었다. 물론 최고 득점자를 지명하지 않을 때에는 그에 따른 합리적인 이유가 있어야 하지만.

"신원 조회야 장교 임용 때에 한 번 거쳤던 거니까 별 문제가 없을 것 같고. 재수 없이 옛날에 후배 박승조처럼, 자기도 모르는 병이 발견되면 끝장이야. 또 어떤 이유가 되었건, 학장님이나 교육부에서 노 해 버리면, 그대로 끝나는 거고."

"그래..요?"

"그것뿐인 줄 알아? 전과(前科)기록이 있거나 사회에 물의를 일으킨 전력(前歷)이 있거나, 대학생 때 운동권에 속하였거나 하면 또 안 되는 거고. 여자 문제나 돈 문제에 걸려도 곤란하고. 말하자면 어떤 한 가지 조건이 맞아서 되는 것이 아니고, 어떤 한 가지라도 미흡하면 떨어지는 거야. 그러니까 어렵다는 거지. 발령장을 받기 전까지는 결코 안심할 수 없어."

"하기야 국립대학 교순데, 오죽하겠어요?"

미리 알았더라면, 꿈꾸는 일조차 어려운 길, 그 길을 무사히 통과한 것이다. 마침내 학장의 오케이 사인이 떨어졌고, 신체검사와 신원 조회 역시 아무 이상이 없었다. 학교에서 연락이 왔다. 임명장 수여식이 있으니, 내일 아침 09시까지 학장실로 오라는 것.

"성명 이태민. 광림대학 전임 강사에 임함. 1988년 2월 22일 광림대학 학장 신00."

보직 교수 여남은 명이 지켜보는 조촐한 자리였고, 손에 받아든 임명장 역시 평범한 한 장의 종이에 불과했다. 하지만 그 속에는 수많은 사연, 언어들이 담겨 있었다. 실패와 좌절로 점철된 한 인간이 대한민국 국립대학 교수로 활짝 피어나는 순간이라니. 사랑하는 아내 진선과 어머니 김씨, 그리고 사랑하는 딸 홍은의 얼굴, 작은 이모의 모습이 눈앞에 어른거렸다.

"이것 좀 봐. 이게 교수 발령장이야."

"세상에, 이것 한 장 받으려고, 당신 청춘을 다 바쳤네요."

"어디 내 청춘만이야? 당신 것도지."

"저야 뭐. 요즘은 하루하루가 반갑고, 고마운 소식들뿐이네요."

몸부림치다가 꿈을 펴 보지도 못한 채 시드는 것이 아닐까 두려웠다. 무라리에서 쳐다보았던 그 찬란하고 아름다운 무지개가 색이 바랜 채, 하늘 저 편으로 사라지는 것은 아닐까 노심초사했었다. 이러다가 평생 실업자가 되는 거 아닐까, 홍은이가 애타게 졸라댔던 그 100원짜리 하드 하나를 아들에게조차 사 주지 못하는 것은 아닐까 불안했었다. 금방 손에 잡힐 것 같은데, 다가가면 그만큼 더 멀리 달아나는 파랑새처럼 영영 나에게서 멀어지는 것은 아닐까 무척이나 겁이 났다. 다른 친구들은 100미터 달리기 속도로 뛰어가는데, 자신만 제자리걸음, 아니 뒷걸음질치는 것 같아 애가 탔었다.

'하지만 돌아보니 그게 아니로구나. 그리 늦은 것도 아니로구나. 공채 정보를 입수한지 딱 두 달여 만에 발령장까지 받았으니, 번갯불에 콩 튀겨 먹는 식이로구나. 이것이 하나님의 방식일까? 울퉁불퉁한 매듭 하나 없이, 매끄럽게 일을 처리하시는 것이 하나님의 방법일까?'

기실 목양대학에서는 하는 일마다 꼬였었다. 무라리 모래땅을 걸어가는 것처럼, 칠산바다 개펄 밭 위를 달리는 것처럼 팍팍했었다. 하지만 이번 일에는 어느 곳 하나 막힘없이, 확 뚫려있는 고속도로를 달리는 기분이었다. 말없이 도와주는 손길이 느껴졌었다.

'들리나니 축하의 언어요, 만나나니 반가운 얼굴들뿐이라. 내 인생에 언제 실패가 있었으며, 내 삶에 언제 좌절이 있었던가? 그것들은 모두 이 한편의 드라마를 위한 소재에 지나지 않았나니...'

'한 송이의 국화꽃을 피우기 위해
봄부터 소쩍새는
그렇게 울었나보다.

한 송이의 국화꽃을 피우기 위해
천둥은 먹구름 속에서
또 그렇게 울었나 보다.

그립고 아쉬움에 가슴 조이던
머언 먼 젊음의 뒤안길에서
인제는 돌아와 거울 앞에 선
내 누님 같이 생긴 꽃이여.

노오란 네 꽃잎이 피려고

간밤엔 무서리가 저리 내리고

내게는 잠도 오지 않았나 보다.'

어두운 시대를 온몸으로 살아냈던 시인이라서 그랬을까? 어쩌면 이렇게 인간사를 통렬히 꿰뚫어보고, 또 그것을 아름답게 표현할 수 있었을까? 진선에게서 사랑을 확인받은 날, 그리고 대학합격의 소식을 접했을 때 떠올랐던 시구가 귓가를 맴돌고 있었다. 뒤를 돌아보니, 그 수많은 과정 모두가 어느 하나도 빠져서는 안 될 필수 코스였다. 비무장지대 지뢰밭에서 '박살띠' 작업을 할 때, 적군에 노출된 채로 수색 작업을 하고 밤새워 매복을 설 때, 운명을 저주했었다.

'왜 나만 이런 곳에 와서 생고생을 해야 하는가? 왜 나만 목숨을 걸어야 할 만큼 위험천만한 곳에 배치되었는가? 이런 일이 내 인생에 무슨 유익이 될까?'

하지만 그 고통 속에서 길러진 인내심이 세파를 헤쳐 나가는 데 원동력이 되었다. 그 위험을 겪으며 배양된 용기가 모질고도 모진 세상을 향해 도전할 수 있게 만들었다. 소대장으로서의 경험은 모든 일을 치열하고 치밀하게, 또 주도면밀하고도 잔인(?)하게 처리할 수 있는 능력을 선물했다. 더 나아가 인생의 공백기라 치부했던 군대생활 2년 4개월은 고스란히 경력 점수에 포함되었다.

'도서관 지하실에서 도시락으로 점심을 때워가며 연구에 매진 했던 석사 과정이 있었기에, 쥐꼬리만도 못한 수당을 받으며 견 뎌냈던 TA 시절이 있었기에, 시간 강사와 박사 과정을 병행하는 노력이 있었기에, 그리고 몇 번씩이나 사표를 썼다가 찢어야 했 던 조교 시절의 번민이 있었기에.... 그 모든 과정 과정들이 에누 리 없이 경력 점수에 가산되었고, 무엇보다 현직 조교라는 조건 이 후한 점수를 받았다는 후문(後聞)이라니.'

"끝이 좋으면 다 좋다고 그러잖아요? 우리 홍은이도 하늘나라 에서 아빠의 소식 듣고 있을 거예요. 아름다운 진주는 상처받은 조개 속에서 만들어진다고 그러잖아요? 당신이 오늘은 진주가 되었네요. 방 교수님의 적극적인 반대가 아니었다면, 당신이 다 른 데로 눈이나 돌렸겠어요?"

"어떻게든 그 대학에 남아보려고 발버둥쳤겠지. 또 오근식과 최경식의 노골적인 적대감이 아니었더라면, 또 신 과장의 무책 임한 처신이 아니었더라면 이런 일이 없었을 테고."

"또 민 학장님의 이중적인 처사가 아니었더라면, 당신이 이 대 학에 눈이나 돌릴 수 있었겠어요?"

"사람들은 이걸 두고 '기적'이라 부르지. 무라리 촌놈이, 삼류 중학교와 이류 고등학교밖에 나오지 못한 내가, 지방대 출신에 지지리도 못난 내가 승리했어. 이렇게 좋은 날, 고통스럽고 슬픈 일들이 먼저 생각나지만... 돌아보면 내 인생에도 좋은 시절이 있었어. 왜 하필 나만 당하는 고난이냐고 불평한 적도 있었지만,

유명한 사람들이나 재벌가에도 가슴 아픈 일들이 많이 있었더라고. 케네디가의 저주라는 것도 있고, 현대나 삼성가(家)에도 비극적인 일들이 많았고."

"앞으로 우리에게는 더 좋은 일들이 많을 거예요."

"물론. 그런데 지금껏 나를 비방하고 모함했던 사람들은 어떻게 하지? 용서해야 하나?"

"우리가 복 받으려면, 남을 용서하는 법부터 배워야 해요."

"따지고 보면, 그들도 나에게는 조력자들이었으니까. 물론 당신 힘이야 말할 것도 없지만...."

"아이구? 엎드려 절 받기네요."

"하하하... 미안해. 인사가 늦어서. 부부는 일심동체(一心同體), 이체동심(異體同心)이라잖아? 한 마음 같은 몸, 몸은 달라도 마음은 하나."

"어째 교수가 되고 나더니, 말부터 늘었네요? 호호호... 목양대학 교수들의 핍박이 인내와 겸손을 배우게 하고, 오늘의 축복에 대해 진정으로 감사하게 만들었는지도 몰라요. 언젠가 어머님이 그러시더라고요. 만약 당신이 중고등학교 입시에서 떨어지지 않았다면, 엄청 교만했을 거라고요. 작은 이모님이 살아계셨더라면, 너무나 좋아하실 텐데...."

"한 달만 더 사셨더라도...."

명절을 앞두고 무라리에 내려올 때면 목욕시켜준다며 등을 찰싹찰싹 때리던 분, 밥상 옆에 지켜 앉아 남산처럼 부풀어 오른

밥그릇을 기어이 다 비우라며 독촉하시던 분, '나는 너를 아들로 생각한다.'며 태민에게 논과 아파트까지 물려주려 했던 분, 그 작은 이모님의 사인(死因)은 분명치 않았다. 미국에 건너간 지 얼마 되지 않아, 목욕탕에 들어갔다가 갑자기 쓰러졌단다. 급히 병원으로 옮겼으나 이미 숨을 거두었다는 판정을 받았고, 2월 초의 어느 날, 부음(訃音)을 듣고 김포 공항에 나갔을 때는 자정 무렵이었다. 화물칸에 실려 온 시신을 앞세우고 천리 길을 달려 길룡리에 닿았고, 겨울 햇빛을 받으며 장례식을 치렀었다.

'인생이란 늘 이렇게, 엇갈리며 살아가는 것...'

공휴일인 3월 1일 아침, 목양대학의 학과 교수들에게 일일이 전화를 걸었다. 먼저 우군이었던 문정민 교수와 김철중 교수.

"이 선생이 아침부터 문 일이요?"

"이번에... 광림대학으로 가게 되었습니다. 오늘 자로 전임 강사 발령을 받았습니다."

"응? 차말로? 아따! 잘했소. 참말로 잘했소. 그동안 애 많이 썼소. 옆에서 도와주도 못허고...."

그러나 똑같은 소식을 들은 오근식과 최경식의 목소리에서는 힘이 쭉 빠져 나갔다. 가장 짜릿한 순간은 방 교수와의 통화에서 찾아왔다. 비보(悲報?)를 접한 그는 한동안 말을 잇지 못했다.

"............그랬소?"

그리고는 끝이었다.

"뭐래요?"

"예상했던 대로지. 잘했다는 말이나 축하한다는 의례성 인사도 없고, 그저 침묵. 속에서 열불 나겠지. 왜 미리 전화하지 않았느냐고 닦달하려다가 포기한 느낌이야."

　나중에 들은 바에 의하면, 그는 전화를 끊고 나서 이리저리 확인하느라 법석을 떨었다고 한다. 오후 들어 목양대학 사무실에 있던 책과 사물(私物)들을 새로운 책장과 캐비닛 등에 가지런히 정돈했다. 아담하고 정갈한 캠퍼스에는 오랜 역사와 전통을 자랑이라도 하는 듯 아름드리 수목들이 하늘을 향해 뻗어 있었고, 군데군데 조성된 화단에는 금방 꽃망울을 터뜨릴 것만 같은 화초들이 촘촘히 들어차 있었다. 도시 복판에 자리해 있으면서도 소음이 거의 없고, 공기 또한 깊은 산골인 양 맑기만 했다. 3층에 자리한 연구실은 동쪽 창문으로 무등산이 손에 잡힐 듯 다가오는, 훌륭한 전망까지 갖추고 있었다. 계단을 올라오다가 마주친 학생들은 낯선 얼굴에게도 공손히 인사를 했다. 이튿날 아침.

　"당신의 첫 출근을 축하해요. 강의 잘하세요."

　영화나 텔레비전의 연속극을 볼 때마다, 아내의 배웅을 받으며 출근하는 남자들이 무척이나 부러웠었다. 양복과 와이셔츠를 골라주고 넥타이를 매 주는 아내의 모습을 상상해 보곤 했었다. 사흘이 지난 후, 더 이상 듣지 못할 것으로 알았던 방 교수의 목소리가 수화기 속에서 흘러나왔다.

　"좌우간 축하허요."

"감사합니다. 교수님, 제가 끝까지 모시지 못해 죄송합니다."

"아니 뭐, 그동안 잘했지요."

"그동안 감사했고요. 건강하십시오."

"그래요. 언제 한 번 만납시다."

전화는 싱겁게 끝났다. 그러나 그 여운은 길었다. 진선은 그 의미를 눈으로 물어 왔다.

"그동안 마음의 정리를 한 모양이야. 본인도 힘들었겠지. 어떤 면에서 눈엣가시가 사라졌으니, 좋기도 할 것이고. 시내의 대학으로 영전(?)해 가는 나와 평생 먼 거리를 출퇴근해야 하는 자신의 처지를 비교하며, 배앓이를 했을 수도 있고."

"뉘우치는 기미도 없고요?"

"아이고! 그럴 사람 같으면, 애당초 나를 괴롭히지도 않았겠지. 그의 눈에는 내가 '두엄자리에 앉아 있다 꿩 문' 사람으로 보일 수도 있고. 어떻든 감사한 것은 이제부터 내 일에 몰두할 수 있다는 사실이고."

"그래요, 하나님께서 좋은 자리 주셨으니, 감사하게 받아야지요."

"이 땅에는 아직도 교수가 되기 위해 밤낮없이 애쓰는 수많은 인재들이 있어. 그 사람들과 나 사이에 무슨 차이가 있겠어? 오십 보 백 보이고, 도토리 키 재기지."

"아무튼 당신은 운이 좋은 편이여요."

"막상 되고 보니까 그렇네. 그동안 너무 늦어지지 않은가 불안했었는데, 서른세 살에 교수 되는 경우가 그리 흔하진 않은 모양이야. 따지고 보면, 나에게도 실수나 잘못이 있었어. 내가 잘했으면 왜 적이 생겼겠어?"

"그래요. 서로 사랑하기에도 시간이 모자랄 텐데, 남을 탓하고 미워할 틈이 어디 있어요?"

입학식이 끝나자 비닐도 뜯지 않은 새 책상과 의자, 소파들이 들어왔다. 직원들이 와 전화를 개통한다, 수도를 점검한다, 형광들을 교체해 준다며 야단법석을 떨었다.

'교수라는 신분이 가져오는 무형의 혜택들, 시간 강사나 조교 입장에서는 그저 바라보기만 했던 그 일들이 지금 내 앞에서 일어나고 있다. 우리네 인생은 아주 사소하고 작은 것들 때문에 행복해질 수 있는 것을...'

"요즘에는 아, 이런 맛으로 교수를 하는구나 싶더라고. 힘들던 때, 단 하루라도 교수를 해 보고 싶었어. 만약 발령장을 받으면, 그 이튿날 사표를 던지겠다고 맘먹은 적도 있었는데, 이제 그만두고 싶은 생각이 싹 사라졌어. 하하하.."

"세상 사람들이 다 그렇게 살아요. 숨을 헐떡이면서 저기까지만, 저곳까지만 가고 말아야겠다 하면서 하루하루 사는 거 아니겠어요? 그러다보면 성공도 하고요. 어쨌든 말이라도 그만두겠다는 소린 하지 말아요. 요즘에는 홍인이도 괜히 좋은가 봐요."

"인제 일곱 살짜리가 뭘 아나?"

"느낌으로 아나 봐요. 아버님 덕분에 당신이 복을 받고, 이제 당신 덕분에 홍인이가 복을 받을 거고요. 학생들도 이쁘지요?"

"교수의 특권 가운데 가장 귀한 것은, 젊고 건강한 학생들 앞에서 강의할 수 있다는 점이야. 시간 강사나 조교의 신분과는 전혀 다르게... 뭐랄까. 같은 내용이라도 더 무게가 있는 것 같고, 더 심오한 것 같고. 솔직히 몇 달 전하고, 내가 달라진 게 뭐 있어?"

"그래도 세상은 그렇게 보지 않아요. 자리가 사람을 만든다고 하잖아요?"

"어머니는 올라갈수록 겸손해야 한다는 말씀을 자주 하시는데, 그 말씀이 옳은 것 같아. 권리에는 책임이 따르니까."

그동안 사색하고 연구했던 내용들을 거침없이 강의하고, 질문에 친절히 대답하고 토론하며 젊음을 노래하고 낭만을 구가하며, 자유와 진리, 정의와 선을 논하는 일처럼 복된 일이 어디 있을까?

"당신은 고등학교 시절부터 다른 사람과는 좀 달랐어요. 뭐랄까. 보통 사람들이 생각지 않은 것들을 생각하고 그랬었잖아요?"

"칭찬이 좀 과한 것 같은데? 하하하...이 세상은 언제, 어떻게 생겨났으며, 우리들 인간은 어디서 와서 어디로 가는지 궁금했었거든. 왜 해는 동쪽에서 떠 서쪽으로 져야 하는지, 어디에서 바람은 불어오고, 어떻게 별이 뜨고 달이 지는지 알고 싶었거든. 그래서 어머니는 나를 보고 너무 궁리가 많다고, 농담 겸 걱정을 많이 하셨는데.."

"그야 기특해서, 좋아서 하신 말씀이시겠지요."

"사촌형처럼 곶감이 어디 있는지, 시렁에서 떡을 어떻게 내려

먹는지에 대해선 별로 관심이 없었거든. 평범하게 살다가 죽는 것을, 끔찍이도 두려워했던 것 같아. 공장에서 찍어 낸 제품처럼, 있으나마나한 인생을 살기는 싫었거든. 워낙에 특별한 삶을 희구한 탓에 그런, 기막힌 일들을 당했는지는 몰라도..”

“당신도. 왜 그런 말을…. 그래서 이런 좋은 날도 있잖아요?”

“그래. 평범한 삶에 만족했다면, 이런 자리도 주어지지 않았겠지만, 그 대가가 너무 컸던 것 같고. 어쨌든 일단은 승리했으니, 감개가 무량해. 학생들은 거짓말 하나도 안 보태고, 눈에 넣어도 아프지 않을 만큼 사랑스럽고…”

“우리 홍인이 보다 더요?”

“하하하… 솔직히 더하기야 하겠어? 그래도 아들에 못지않아. 왜 제자(弟子)라는 말이 생겨났는지, 왜 군사부일체(君師父一體)라는 말이 있는지 알 것 같아. 나의 모든 것을 내주어도 아깝지 않을 아이들이야.”

“당신, 군대 있을 때에도 유난히 부하들을 챙기더니, 여기서도 그러네요?”

“내가 책임 의식이 좀 강한 편인가? 난 잘 모르겠던데.”

“책임 의식이야 좋은 거지요. 어떤 사람은 지 마누라하고, 자식들도 나 몰라라 하는데…”

“아이고, 말끝마다. 알았어. 당신하고 홍인이 안 버릴 테니까, 걱정하지 말어.”

이제까지와 다른 새로운 삶의 출발선에서 태민은 마음을 새롭

게 다졌다.

'나를 향한 어머니의 소원, 무라리 사람들의 기대, 스승들의 가르침을 잊지 않아야 한다. 처음 먹었던 마음, 초심(初心)을 잃지 않아야 한다. 교수면 교수답게 생각하고, 행동해야 한다. 무엇보다 제자들로부터 사랑과 존경을 받는 스승이 되어야 한다. 이제 소원하던 목표를 이룬 이상, 학문과 학생들 외의 어떤 것에 대해서도 욕심을 부리지 않아야 한다!'

"난 두 부류의 사람들에게 쭉 마음의 부담을 느끼고 있었던 것 같아. 첫째, 고향사람들. 여동생 둘과 딸을 비명 속에 떠나보낸 후, 어느 날 아버지가 술에 취한 채, 동네 사람과 멱살을 잡고 싸웠다는 소식을 전해 들었어. 그때 가슴이 찢어지는 듯 했었지. 그렇게 '막가파' 행동을 하시는 아버지의 모습을 내 눈으로 본 적이 없었고, 감히 멱살까지 잡으며 아버지에게 대들만한 사람은... 적어도 무라리 땅에는 없다 믿고 있었거든. 어쩌면 그건 나의, 아니 우리 식구들의 마지막 자존심이었는지도 몰라. 그때 내가 이를 악 문 이유가 뭔지 알아?"

"……"

"그 모든 것이 결국 '내 탓'이라 여겼거든. 아! 어느새 우리 집안이 기울었구나. 그리고 거기에는 나 자신의 부진이 큰 몫을 감당했구나."

"다른 사람들은 보통으로 생각하는데, 당신은 좀 유별난 데가 있어요."

"하지만 사람이 땅위를 기는 벌레처럼, 입에 쳐 넣을 것만 찾아다니는 돼지처럼 그렇게 살 수는 없잖아?"

"그야 그렇지요."

"특히 신경이 쓰인 부류가 내 초등학교 동창생들이야. 중학교 입시에 연거푸 떨어지고 나서 난... 마음속으로 나를 조롱했을지도 모를 친구들의 존재를 늘 의식하면서 살았어. 사랑하는 딸을 잃고, 피눈물을 흘리며 돌아서야 했던 그 하늘 아래의 모래땅에 '이신만 씨의 큰아들이 출세했다네!'는 소식을 꼭 들려주고 싶었어."

"그래서 한풀이 했잖아요?"

"그래. 한풀이지. 다른 사람에 대한 한이 아니라, 나 자신에 대한 한이지. 두 번째 부류는 목양대학 교직원들. 조교라는 신분으로만 나를 바라보던 그 잘난 교수들, 내 앞에서 고개를 뻣뻣이 쳐들고 다니던 직원들 앞에 나를 증명해 보이고 싶었어."

가장 먼저 명 교수를 찾았다. 그는 흡족한 표정으로 둘을 바라보았다.

"잘했어. 정말 잘했다. 인자사 느그 아부지한테 빚을 조까 갚은 기분이다."

"모두가 선생님 덕분입니다."

"아니여. 니가 열심히 헌 덕분이지야. 근디 한 가지 니가 명심해야 헐 것이 있다."

".......?"

"광림대 교수들은 연구는 않고 밤낮 술만 퍼먹고 낚시질이나 댕기고 그래서... 놀고먹는다는 소문이 있어. 그러나 학자는 연구나 강의로 말을 해야지, 다른 것은 아무리 잘해 봤자 소용이 읎그든."

"선생님. 염려 마십시오. 제가 어떻게 얻은 자립니까? 열심히 하겠습니다."

"지금 금방 헌 그 말, 평생 잊지 말어라. 니가 대학원 온다고 했을 때, 내가 헌 말 생각 나냐?"

"그럼요. 학문을 헐라면, 머리 깎고 중이 되는 기분으로 해야 헌다고 허셨잖아요?"

"그래. 학문은 장난이 아니여. 뼈를 깎는 고통이 읎이는 안 되는 것이란 게. 김 박사님이 늘 그러셨다. 우리 영광군 출신으로 철학에서는 당신이 젤 먼저 나오시고, 당신의 제자인 내가 나고, 또 내 제자인 니가 나오니, 이제 철학으로 삼대(三代)가 내래갔다고...."

"아, 예..."

김종후 박사로 말할 것 같으면, 명 교수와 이씨의 중학교 은사로서, 철학계에서는 이미 전국적인 지명도를 갖고 있는 분이었다. 그런 그가 자신을 '계승자'로 간주하고 있다는 사실 자체가 크나큰 영광이 아닐 수 없었다. 옆에서 명 교수의 부인이 한 마디 거들었다.

"선생님은 지금도 새벽 두세 시까지 책을 보다 주무셔요. 학교에서 집에 오시면, 오시자마자 책을 드시는 것이 습관이 되어 있으시거든요. 박 원장님이 건강에 좋지 않다고, 좀 쉬어야 한다고 해도 소용 읎단 게요."

태민은 일본어와 독일어 원서로 **빼곡**하게 들어찬 책장을 올려다보았다.

　'연필과 콘사이스, 땀 냄새... 이런 것들이야말로 학문을 향한, 지난(至難)한 몸부림이 아닌가? 부지런히 연구하여 업적을 내야 한다. 이왕에 이 길로 들어섰으니, 학자로 성공해야 한다!'